读客®知识小说文库

读小说，学知识

# 侯大利 刑侦笔记

一部集侦查学、痕迹学、社会学、尸体解剖学、犯罪心理学之大成的教科书式破案小说

**3**

鉴证风云

## 小桥老树 著

《侯卫东官场笔记》作者

上海文艺出版社

**图书在版编目（CIP）数据**

侯大利刑侦笔记 . 3, 鉴证风云 / 小桥老树著 . --
上海：上海文艺出版社 , 2020.6
　（读客知识小说文库）
　ISBN 978-7-5321-7669-4

Ⅰ.①侯… Ⅱ.①小… Ⅲ.①长篇小说—中国—当代
Ⅳ.① I247.5

中国版本图书馆 CIP 数据核字 (2020) 第 072315 号

责任编辑：夏　宁
特邀编辑：刘兆兰
封面设计：吴　琪
封面插画：刘小梅

**侯大利刑侦笔记.3, 鉴证风云**
小桥老树　著
**上海文艺出版社**出版、发行
地址：上海绍兴路7号
电子信箱：cslcm@publicl.sta.net.cn
网址：www.slcm.com
**新华书店** 经销　三河市龙大印装有限公司印刷
开本 680毫米×990毫米　1/16　19印张　字数 265千字
2020年6月第1版　2022年2月第5次印刷
ISBN 978-7-5321-7669-4/I.6102
定价：45.00元

如有印刷、装订质量问题，
请致电010-87681002（免费更换，邮寄到付）

# 目 录

第一章　夜总会仇杀案 / 1

　　田甜接过签字笔，站在侯大利对面试了试，又换了几种握刀手势，道："刀背朝内，刀刃朝外，才能形成劈砍伤。手臂内侧这道伤口有皮瓣，和劈砍伤不同，更接近于刺伤，伤口前深后浅。比较怪异的是普通刺伤的伤口平滑，不会有这么多皮瓣。"

第二章　丁丽案有重大突破 / 27

　　老谭道："当年丁丽死的时候，我才到刑警队，跟着老技术员查看了现场。受害者的衣服被脱了下来，内裤上没有找到精液。我也发现一个矛盾处，死者的手腕有绳索的绑痕，说明死者被约束，但是死者手臂又有抵抗伤，这有点解释不清。"

第三章　金山别墅的枪声 / 59

　　"……他提前侦查，选择了一条监控盲区进入金山别墅，然后顺着选好的道路撤退，肯定会留下脚印，通过脚印可以推断出凶手的身高和体形。以这个凶手的行为模式，不应该把有价值的鞋印留在现场，也不会出现烟头之类。"

第四章　梅山黑社会往事 / 86

　　整理结束以后，侯大利目光久久停留在一个临时工的相片上。盯了一会儿，葛向东出现在资料室，道："有什么事，心急火燎的？"侯大利指着电脑，道："看这个戴帽的人，是不是似曾相识？"

第五章　　球场外暗藏杀机 / 127

那汉子画着浓重油彩，戴手套，摇动江州足球队的旗帜。这是整个比赛现场最普通的装扮。他外表很狂放，内心实则非常平静，跟在隆兴俱乐部后面，慢慢向停车场靠近。

第六章　　杀害丁丽的真凶 / 159

刘战刚不停摇头，道："侯大利思维方式有点奇怪，他提出了一个大胆的判断，得到了老朴支持。今天，梅山镇以前的公安人员老马去摸了情况，摸到的情况与侯大利的设想基本吻合。具体情况电话里说不清楚，他们等会儿就到。"

第七章　　飞上天的头颅 / 196

"我刚才在专案组资料室将几个案件全拉了一遍，在和侯大利讨论问题的时候突然有一个想法。我觉得，支队里有人给街心花园枪击案的犯罪嫌疑人通风报信，这个嫌疑人甚至很有可能就是支队里的人。"

第八章　　鱼死网破大追捕 / 231

为了安全，整个分理处大换血，两个柜台女员工是由秦阳公安局财务人员假扮的，临时突击学习了银行业务，平时办业务由秦涛指导。另一位负责内务的员工来自秦阳银行保卫处。"保安"由侦查员担任，穿着整套保安制服，挂着一条橡胶警棍，腰上则有手枪。

# 第一章
# 夜总会仇杀案

## 侯大利成为组座

2009年5月，山南省江州市。

市委赵书记办公室旁边有一间休息室，等待汇报工作的领导在此暂时休息。六个部门领导在上午九点之前就来到休息室，抢占汇报工作的好轮次。市财政局长刚从书记办公室出来，长青县委马书记赶紧起身。

马书记刚刚出现在门口，秘书小侯迎过来，低声道："马书记稍等，丁总有急事，正在赵书记办公室。"

在江州市，招商引资向来是大局，重商、亲商、安商、富商不是口号。马书记知道丁晨光在全市的分量，点了点头，退回休息室。诸领导得知丁晨光插了队，皆无二话。

山南省著名企业家丁晨光坐在赵书记对面，情绪激动，道："赵书记，我心里难受。"

丁晨光从南方将生产基地搬回江州以后，投入巨资，当年投入生产，当年上税超三亿，算是这些年江州招商引资的重大成果。赵书记有意将江州工业园打造成省内制造基地，相当重视丁工集团，与丁晨光关系良好，热情地道："丁总，喝口茶，这是今年的新茶，味道不错。"

"江州市公安局抓住了连环杀手，这个连环杀手专门杀害年轻女子，枪毙十次都不解恨。105专案组成立的时候，未破命案有蒋昌盛案、王涛案、赵冰如案、章红案，现在这些陈年旧案全部破了，就剩下我女儿的案子未破，我心里痛啊！特别是每天晚上，痛得撕心裂肺。"丁晨光原本想把情绪控制下来，说到最后，还是哽咽起来。

赵书记安慰道："江州市公安局给我做过专案汇报。'善有善报，恶有恶报，不是不报，时候未到。'这句名言，我相信，你也应该相信。我给江州市公安局提出明确要求，要继续加大力度，不能松懈。"

丁晨光道："我提一个具体要求，其实这个要求很小，没有必要惊动书记。只是，书记发话，效果更好。"

赵书记收敛了笑容，道："你说。"

"105专案组平时分为两个小组，樊警官和葛警官负责我女儿的案子，侯警官和田警官负责其他案子。樊警官和葛警官工作勤奋、兢兢业业，这一年来做了大量工作，调查走访了很多人，光是卷宗都有厚厚几本，但是，我女儿的案件还是没有取得关键突破。我不是否认葛警官和樊警官的努力和成绩，我只是有一个小小的请求，由侯大利警官具体负责我女儿的案子。侯大利是科班出身，技术过硬，关键是运气奇佳。要侦办我女儿的案子，除了工作态度和技术以外，运气也非常重要。"

丁晨光已经与侯大利交流过，心中有底。他为了让公安局进一步重视女儿的案件，让侯大利获得更多支持，在市委书记面前提出了这个"小得不能再小的要求"。

赵书记拿起电话，道："关鹏，到我办公室来一趟。"

江州市公安局长关鹏接到电话，立刻前往市委书记办公室，抓捕黑恶分子唐山林的工作会议交由杨英政委主持。虽然另一个黑恶分子吴开军已经抓捕归案，但是，若不能成功抓捕唐山林，很多线索将会断掉，很难彻底钉死吴开军。

来到市委，得知了丁晨光的新要求，关鹏不禁腹诽丁晨光小题大做，态度却很端正，道："我马上安排。105专案组分为两组，侯大利和田甜在一组，因为侯大利和田甜确定了恋爱关系，所以田甜离开了专案组，我们正在给侯大利选配合适的搭档。"

关鹏作为市公安局一把手，一般情况下对某个专案组内部管理不会如此上心，只是105专案组比较特殊，成立初衷就与丁晨光有很大关系。丁晨光能够直通市委市政府主要领导，再加上侯大利的父亲也是全省大名鼎鼎的大企业家，所以，关鹏经常过问专案组的事情，清楚专案组内部情况。按照关鹏本人在班子会上的说法，做领导的得有政治敏锐性，哪些事情是市委市政府关注的，哪些事情会引起全社会关注，一定要心中有数，不能当糊涂官。

丁晨光道："田甜是法医，对这种陈年旧案有帮助，能不能把她留下？这也和运气有关。运气这事很玄妙，运气好的时候，最好不要破坏原来的组合。"

关鹏客气地道："刑侦部门是特殊部门，要面临很多危险情况。侯大利和田甜正在谈恋爱，在这种情况下必须得调一个人离开专案组，否则会影响办案，希望丁总理解。目前我局有一个省公安厅督办的拐卖妇女儿童大案，二大队急需有经验的一线女侦查员，所以当初打算调田甜到刑警二大队。但是，专案组组长朱林、技术室负责人老谭分别找到我，各自都有需要法医的理由。特别是老谭，针对全市缺乏法医的现状，写了厚厚一份报告。考虑到专案组、技术室和刑警二大队的现状，局党委再次研究，调整了方案，决定让田甜回技术室，专案组有需要时，随时提供支持。二大队成立了打拐专案组，临时抽调田甜到专案组。这样调整后，几方都能兼顾，只是给田甜压了更重的担子。"

赵书记追问："侯大利怎么安排？"

关鹏道："侯大利工作时间不长，已经获得了一次三等功，其能力和工作态度得到公认。市局班子已经决定也让他承担更重的担子，让其担任专案组副组长，排名在朱林后面。朱林是经验丰富的老同志，负责专案组日常工作，案侦工作交给侯大利负责。通俗来说，侯大利年轻，是一把尖刀，可以有效打击犯罪。但是，刀把子还得掌握在老同志手里，这样才能保证方向正确。"

专案组是临时机构，不涉及编制和职级，关鹏作为局长有职权做出如此安排。丁晨光对这个安排还算满意。

送走丁晨光，赵书记道："老关，侯大利参加工作时间很短吧，真这么厉害？我在省政府开会，遇到侯国龙，侯国龙提起这个儿子就叹气。"

关鹏恭敬地道："侯大利还真是干刑侦的材料，入职时间短，在石秋阳案和王永强案中表现非常突出。支队老侦查员给他起了个'神探'的绰号，虽然这个绰号有调侃意味，可是也反映出侯大利的工作水平。刑侦总队有意调走侯大利，在我面前提了两次，我暂时没有答应。"

赵书记微微点头，又道："丁工集团迁回江州以后，带动了一批配套企业到江州落户，不仅是多交税，还解决了上千人就业。这样一来，江州制造业不弱于省城阳州，甚至还要强一些。丁丽遇害是丁总心头一根刺，不管于公于私都应该尽量拔下这根刺，给丁总一个正义的安慰。你赶紧回去，把事情落实好。"

关鹏回到公安局，继续参加大会。

会议结束，副局长刘战刚组织参战侦查员开会，关鹏则把刑警支队长宫建民和105专案组常务副组长朱林叫到办公室，传达了赵书记指示，自嘲道："105专案组一个副组长配备都能惊动市委书记，那就必须配齐配强。老朱，你是常务副组长，选谁到专案组由你说了算。"

朱林道："我想要一个法医，法医对我们研究命案积案帮助很大。"

宫建民当即反对道："刑警支队技术室如今缺兵少将，田甜回到技术室，我在这里保证，只要专案组有需要，随时可以过来支持。"

朱林道："我知道技术室缺人，老谭天天都在叫苦，甚至还想将侯大利挖到技术室。我们可以从县刑警大队挖人。长青县汤柳在省刑侦总队法医科培训差不多两年了，她是科班出身，在省刑侦总队法医科表现不错。我建议直接把她从长青县调到刑警支队技术室，编制在技术室，人由专案组用。"

宫建民一脸苦笑："老领导眼光太狠。老谭早就盯上这个小姑娘，找了我两次，说是我把田甜弄走的，就得把汤柳调过来。但是，省刑侦总队法医科用得顺手，专门找市局协商过一次，至少今年不会放人。"

关鹏果断拍板，道："我们得综合平衡，局党委研究的事就不能再变了，有困难各自克服。如果汤柳回到江州，到时候就从长青县调到市局。有一件事我得提醒，如果汤柳放到专案组，不要和侯大利分在一组。田甜刚调走，又弄一个小姑娘和他搭档，不妥当。"

凡是能当到市公安局一把手，业务能力不会太弱，综合能力绝对超强。关鹏办大事敢于拍板，办小事又心细如发，朱林对关鹏局长的综合能力也是极为佩服的。他目前坐在专案组的板凳上，一心想增加专案组力量，道："田甜回技术室，专案组实质上缺一人。外出办案，两人一组，这是规则。下一步，我想调一个熟悉业务的侦查员到专案组。"

关鹏道："这是小事，没有问题。那就调王华到专案组。"

出了局长办公室，朱林拿起电话，道："你在哪里？抽空到我办公室来一趟。"

侯大利含糊地道："我上午有事，下午到刑警老楼，可不可以？"得到肯定回答以后，他站在车门口点燃手中的烟。平时他甚少抽烟，只有心情郁闷之时，才抽一支。烟抽了半截，一辆熟悉的小车开进了江州陵园停车场。

小车停在了侯大利的越野车旁边，杨勇、秦玉下了车。

杨勇的头发在阳光下白得刺眼，道："凶手真是王永强？"

侯大利道："应该是王永强，但是他坚决不承认。"

秦玉无法控制情绪，激动地道："大利，你说清楚一些，为什么应该是他？他为什么又坚决不承认？"

"肯定是他，不会是其他人。"侯大利脑中始终有王永强对着监控做出掰手指动作的画面，以及王永强脸上出现的诡异笑容。每次回想起这些，他总会从心底升起一股寒意。

杨勇拉了拉秦玉，道："别着急，先去见小帆。"

沿着石梯上行，接近杨帆墓地之时，三人不约而同放轻了脚步，神情变得严肃又悲伤。

年初上坟的痕迹已经被墓地工作人员清扫，墓地台面干净整洁。香烛燃起，侯大利将鲜花放在墓前，稍稍退后一步，让杨勇和秦玉来到墓碑正面。

秦玉弯腰，伸臂，细心地擦掉相片上的些许灰尘。

时光飞逝如电，墓前三人都有了白发。杨勇须发全白，秦玉黑发中夹着白发，侯大利则是鬓发略微发白。杨帆的时间却永远停在八年前，她的青春凝固成相片，安静又温柔地注视着这世间最爱她的三个人。

在墓前站了一个小时，三人沿着小道下山，回到陵园停车场。两辆车一前一后从盘山公路下山，进入市区，来到江州大饭店。

自从搬离江州以后，杨勇和秦玉每次回江州给女儿上坟，都是从郊外直接到江州陵园，一次都没有进城，免得睹物伤人，徒惹伤悲。这一次，他们终于鼓足勇气，跟随永远不能入门的女婿进入江州城区。离开江州不过数年，江州城区变得面目全非，往日熟悉的地标性建筑被拆掉，一幢幢高楼拔地而起。江州大饭店原址是四层小楼，如今却成了江阳区地标建筑，成为侯家产业的一小部分。杨勇想起当年的供销科副科长侯国龙风尘仆仆的模样，暗自感慨。

"王永强到底是不是凶手？"杨勇进入雅筑餐厅后，再次郑重地提起这个话题。

侯大利双肘支在桌面，手指紧压额头，道："从石秋阳的供述，以及我在抓捕王永强时王永强亲口对我说的话，我可以肯定他就是凶手。但是，王永强在审讯时坚决不承认发生在世安桥上的事情。"

杨勇握紧拳头，咬牙切齿地道："王永强承认了其他杀人案，肯定要吃枪子，他为什么不承认这件？"

侯大利只觉得一股浊气从腹中升起，郁积在胸中，无法排遣，道："王永强心理变态，胸中有大恶。我不知道他的真实想法。"

侯大利为了抓住杀害杨帆的凶手，毅然报考了山南政法大学刑侦系，毕业后做了一名刑警。他原本可以成为侯氏集团的接班人，选择当刑警实则是改变了自己的人生。作为一名极有天赋的刑警，他心里相信，王永强肯定是凶手。由于线索太少，王永强若是坚决不承认自己是杀害杨帆的凶手，警方也没有办法。等到枪毙王永强以后，杨帆案恐怕就永远成了悬案。在杨勇夫妻面前，他没有点破此处，独自承担最终可能无法破案的痛苦。

秦玉在一旁急得敲起桌子，道："那就给他尝点厉害，不打他，不让他睡觉总行吧？不给他吃饭总行吧？"

侯大利道："王永强作恶多端，肯定难逃一死。现在审讯程序越来越严格、规范，谁都不敢也不会刑讯逼供。"

秦玉抹起眼泪，道："为什么法律要保护坏人？"

三人在小房间谈起此事，悲痛且愤怒。

午饭后，侯大利送杨勇和秦玉夫妻到停车场，安慰道："不管王永强是否承认世安桥的事，他都要被执行死刑，已经实质性报了大仇，小帆可以安息了。"

王永强不认罪，杨帆案始终是悬案，侯大利的安慰之语非常苍白。杨勇和秦玉对侯大利有着复杂的情感，假装接受了这个观点，郁郁而回。

不管是否破案，杨帆永远离开了，无法回来，侯大利、杨勇和秦玉都清楚这一点。只是，抓住凶手是他们继续前行的精神力量，也是他们活下去的重要意义。破获了王永强案反而有可能永远完不成这个目标，侯大利作为亲手逮住王永强的刑警，特别难以忍受这一点。他独自在停车场站了一会儿，抽了几支闷烟，这才回到刑警老楼。

以前每次回刑警老楼时，门口总会出现退役警犬大李。冷面大李英勇牺牲以后，老楼院子空了下来。朱林又到警犬中心挑了一条以前合作过的即将退役的警犬，准备等到警犬退役后，就在105专案组为其寻一个落脚之处。

侯大利刚走上二楼，迎面遇到匆匆下楼的朱林。朱林目光炯炯，道："正要给你打电话。有新发命案，去现场，你开车。"

105专案组主要职责是侦办命案积案，并不负责侦办新发命案。但是，根据"案案相靠"的原则，凡是新发命案，专案组都得参加，以便确定新案与命案积案是否有牵连。

有了新案，侯大利注意力一下就转到案子上，积郁在内心的浊气暂时被压住。他跟在朱林身后，到院子发动越野车。

越野车开出刑警老楼，朱林缓缓地道："后备厢有勘查设备吧？唐山林在家被杀了，带上勘查服，进入现场，记住所有细节。技术室人手足够，但你也要进去，第一感觉非常重要。"

侯大利原本以为是一般命案，听到"唐山林"这个名字，脸皮顿时绷紧，道："死了几个？"

"只有一个。"朱林又道，"对于侦办命案积案来说，观察名单上的人出现情况是好事，否则一潭死水，我们没法破案。但是，终归又是一条人命，还是越少越好。"

侯大利道："唐山林在逃，能知道他近期行踪的肯定是熟人，这是熟人作案。"

朱林道："现在说这话还为时尚早，一切要到了现场才清楚。你以后尽量不要预设立场，否则会影响判断。"

侯大利之所以对"唐山林"这个名字如此敏感，主要是因为黄卫遇害案。

黄卫曾经是刑警支队重案大队长，在侦办朱建伟案时，将张勇列为杀害朱建伟的嫌疑人。张勇认罪后，侯大利却发现了其不在杀人现场的直接证据，导致黄卫被调离刑警支队，到乡镇派出所担任所长。后来，根据省公安厅部署，江州市公安局抽调人员组成打黑专案组，黄卫被确定为打黑专案组副组长。打黑专案组抓获了涉黑关键人员吴开军，由于吴开军案件曾由黄卫经办，押解任务就交由黄卫亲自执行。

黄卫将吴开军押解回江州之后便遇害，侯大利还一度被列为嫌疑人。后来，杀害黄卫的凶手高平顺被揪出，在负隅顽抗时被重案大队击毙。高平顺死后，线索中断，尽管警方怀疑黄卫案背后另有指使人，但已经无从追查。

唐山林是江州夜总会总经理，由于一起严重暴力案件潜逃在外，其老板便是黄卫千里迢迢押解回江州的吴开军。正因如此，唐山林被列入黄卫案背后指使人的观察名单。重案大队一直在抓捕潜逃的唐山林。二十多分钟前，唐山林家人外出归来，发现唐山林死在屋内。

越野车很快到达命案发生地。命案发生地所在的小区照例聚集了一大群人，站在警戒线外面，伸长脖子朝里张望。若不是有民警和辅警在外虎视，这些人说不定就会钻进警戒线。

派出所警察正在维持秩序，见到朱林和侯大利，向上拉起警戒线，让两人通行。

刑警支队长宫建民已经到达现场，与朱林见面后，站在旁边低声讨论。侯大利提着勘查箱和衣袋，跟在朱林身后。

105专案组侦查员葛向东和樊勇也很快赶了过来。他们没有进入现场，而是站在第一道防线后面。

勘查命案现场时设立三道防线，是朱林当年定下的规矩。

第三道防线之外是无关人员，也就是群众围观区域。

第三道防线和第二道防线之间的区域可供记者以及当地干部使用。几个街道干部已经到达，与准备调查走访的侦查员聚在一起商量。《江州晚报》的记者正试图进入指挥区，被一名年轻警察拦住，两人正在争论。年轻警察口才明显不如记者，被呛得说不出话，但是他态度坚决，不准记者进入指挥区域。

第二道防线和第一道防线之间就是指挥区域，可供警方指挥员、应急救援人员和后勤人员使用。宫建民、朱林、葛向东、樊勇以及侯大利都站在这个区域。

第一道防线之内则只能是现场勘查人员和法医。

朱林低声道："黄卫案的幕后指使者没有找到，这桩案子不算完。让侯大利参加勘查现场，多点直观印象。"宫建民点了点头，将侯大利叫到身边，道："穿上勘查服，进入现场。"

侯大利赶紧换上勘查服，把勘查证挂在胸前，进入现场。

进入命案现场是有一定要求的，首先得是现场勘查人员进入，然后才由法医进入；而且最初进入命案现场的人员不能多，最好是依次进入。江州刑警技术室老谭带着勘查技术员小林、小杨来到现场以后，小林最先进入现场。

小林进入现场，打开足迹灯，以掠入射角的方向照射地面，仔细寻找地面上可能存在的足迹。找到足迹后，他就用踏板覆盖足迹。

现场勘查通行踏板是在现场勘查中以最小限度影响现场环境、物证为前提，快速进出现场的一项勘查装备。足迹被通行踏板覆盖以后，其位置就被标示出来，后面进入的技术人员就不会触碰到足迹，必要时，可以踩着踏板经过足迹所在位置。

江州刑警技术室使用的现场勘查通行踏板是由六块足迹踏板、一块毛巾和一个外箱组成的，足迹踏板是亚克力板，六毫米厚、四十厘米长、二十五厘米宽、四厘米高，透明度高，可以从上方清楚看到踏板下的脚印。

小林布置完勘查踏板以后，老谭和小杨进入现场。

侯大利进屋时，见到李法医和田甜蹲在尸体旁边，专心查看尸体伤口。田甜身穿防护服，专心记录。虽然被抽调到打拐专案组，她本职还是法医，遇到重案，会在第一时间以法医身份参加调查。田甜调出105专案组后，侯大利颇不习惯，此时在勘查现场见到她，侯大利仿佛回到专案组最初成立的时光，又有点地下党接头的感觉，等到田甜抬头时，抓紧时间对其眨了眨眼。田甜微微笑了笑，又低头记录。

侯大利没有参与现场勘查，而是作为旁观者观察尸体状况和屋内情况。他在八年前遭遇车祸后得到的特殊能力开始发挥作用：室内物体全部飞起来，飘飘然进入其脑中，如拼图一样自动拼接，最后在脑中形成整个现场的完整画面，细节清晰，色彩鲜明。

死者是中年人，身体微胖，穿灰色夹克，躺在沙发旁的地板上。他的左右手臂都渗出鲜血，染红了衣袖。染红的衣袖上有破口，特别是左手臂衣袖至少有四条明显破口，破口边缘整齐。胸腹部有伤口，血流得很多，沙发上有一块擦拭状血迹。死者身体下面有一片血泊，腰部衣服撕开，露出皮带，皮带上还扣着一把弹簧刀。

客厅有明显搏斗痕迹，有椅子倒在地上，还有砸碎的瓶子。室内除了死者身体下的血泊外，还有喷溅状血迹、溅落状血迹、抛甩状血迹和滴落状血迹。

侯大利仔细观察案发现场，其他几人也各行其是，努力寻找案发现场的蛛丝马迹。

李法医道："双臂形成抵抗伤，屋子里乱七八糟的，说明两人有过打斗。小林，多提取几份血样，说不定混入了凶手的血迹。"

抵抗伤是法医病理学的一个概念，即受害者在被袭击过程中本能地用手阻挡凶器或试图抢夺凶器时造成的伤害。抵抗伤如果是在手掌、手指关节处的切割伤，这意味着受害者曾试图抢夺凶器；如果是在手掌、胳膊上的贯穿伤或切割伤，这说明受害者曾使用胳膊或手阻挡刀具。

田甜仔细看伤口，又道："死者的伤口显示既有主动性抵抗，又有被动性抵抗。他的手掌内侧有一条线性创伤，这是主动性抵抗，说明了两点：一是他主动握住凶手的刀刃，二是凶手用的是单刃刀。而手臂和胳膊则是被动性抵抗。"

李法医频频点头，道："和我的判断一样。"

小林抬起头，道："我搜集了八份，够不够？"

李法医道："从现场来看，打斗很激烈，凶手多半要受伤，在不同区域多搜集血样，说不定会有意外发现。"

小林"哦"了一声，继续提取血样。

老谭蹲在地上调整足迹灯角度，反复查看室内脚印。室内有不少带血脚印，用肉眼便能分辨出是两类足迹，一类是正常脚印，有鞋印；另一类脚印则只有轮廓。他直起腰，对站在门口的小杨道："鞋柜里有没有鞋套？"

小杨是从长青县调来的痕迹技术员，身材微胖，第一次勘查凶杀现场，有些紧张，道："我查过鞋柜，没有见到鞋套，拖鞋有好几双。"

"再找，确定有没有鞋套，这很重要。"

老谭说完，又对四处张望的侯大利道："大利，你看出了什么？"

侯大利道："从现场来看，肯定是熟人作案。门窗完好，肉眼来看没有撬痕，应该是和平进入室内。凶手和死者发生冲突，死者没有来得及拿起武器抵抗，证据是皮带上挂着的弹簧刀都没有取下。他的双臂都有抵抗伤，是先被突袭，然后被刺死。我同意田甜的意见，凶手非常凶悍，没有给唐山林反击的机会。从双臂衣服破损情况来看，凶手用的是匕首类凶器，而不是砍刀。从流血情况来看，匕首刺中心脏，血液喷溅。当然，最终还是要以尸检为主。"

李法医竖起大拇指，道："大利眼光很准啊，当时应该就是如此。

等会儿解剖，你可以到观察室看一看。至于凶器则稍有些不对，是刀背有齿的单刃刀。刚才田甜讲得很清楚，你没有注意。"

老谭直起腰，道："大利，你都说完了，等会儿开案情分析会，我说啥？小林，小杨，跟大利学着点，大利观察得非常仔细。"

小林道："大利是神探，我比不了。我建议给宫支提申请，把大利调到技术室，我们这边急缺人手啊。"

老谭摇头道："不敢去挖专案组的墙脚，这一次能把田甜保住就算不错了。"

田甜抬头看了一眼男友，暗自骄傲，随即继续忙手里的活儿。

小杨过来报告："谭主任，没有找到鞋套，鞋柜里有好几双拖鞋。"

老谭道："难道凶手自带鞋套？若是自带鞋套，反侦查能力很强啊。这种情况，恐怕搜集不到指纹。"

小林又提取了十六份血样，道："凶手离开时，打扫了现场，门把手被擦得干干净净，还特意到卫生间清洗过水杯。我提取了一些掉落在地的头发，还有烟头，希望能有收获。"

现场勘查结束，尸体被运到设在殡仪馆的法医学解剖室。


侯大利在法医学解剖室观察解剖尸体时，朱林正准备和葛向东、樊勇分别谈话。

葛向东首先来到办公室，看见茶几上摆有茶水，还在冒热气，空气中有淡淡茶香，笑道："朱支，有啥事儿？还提前泡了江州毛尖，让我受宠若惊。"

朱林满脸笑容，从办公桌后面绕出来，坐在葛向东身边，道："老葛到专案组有一年时间了，还没有正式谈过心，我得做检讨。"

葛向东看到朱林的"亲民"做派，实在忍不住了，道："朱支，有啥事就直接说，你又是泡茶又是谈心的架势，倒真是弄得我七上八下，癞蛤蟆吃豇豆——悬吊吊的。"

朱林喝着江州毛尖，传达了局长关鹏的指示：准备提拔侯大利为专案组副组长，主抓案件。

葛向东一口茶喝到嘴里，差点笑得喷出来，道："朱支，我和樊勇都是搞业务的人，没想着当官。再说，专案组副组长没有级别，多不了一分工资，还得做最苦最累的活儿，只有侯大利是最合适的人选。我没有任何意见，樊勇肯定也没有，绝对听从侯大利指挥。"

朱林道："真话还是假话？是你没有意见，还是樊勇没有意见？"

葛向东道："侯大利的水平、能力都是死鱼的尾巴——不摆了。他为人处世也低调，根本没有富二代的习气，除了案子，其他都不放在心里，包括对当官也不放在心里，是非常纯粹的刑警。他虽然年龄小、工龄短，但我和樊勇都支持他。李大嘴牺牲后，侯大利一直在照顾师父的家人。包括黄卫的儿子，侯大利也很关心。重案大队侦查员都是从基层单位选出来的精英，他们表面不服侯大利，其实内心还是有杆秤的。"

"那就好。你干脆把樊勇叫过来，我就一起谈，免得说两次。"

人事问题是大问题，虽然专案组副组长不是官，没有级别，为了安抚老侦查员，朱林还是准备事先谈心，消除有可能存在的不安定因素。只是，朱林没有料到葛向东这种老油条会对这个年轻人如此推崇。

樊勇得知是这事，拍着额头，假装叹息："朱支啊，你太不了解我和老葛了，得罚酒三杯。我这个人嘴笨，其他话先不说，侯大利当副组长，我绝对支持，举双手双脚支持。"

朱林又转到办公桌前，拿出一包烟，道："这是从关局办公室顺出来的烟，大家一起抽。"抽烟的时候，他又道："侯大利去看解剖尸体去了，这具尸体解剖起来简单，用不了多长时间，等他回来，我就宣布组织决定。你们把丁丽案前期资料移交给他，以后案侦工作就听他指挥。"在办案过程中移交案件颇为敏感，朱林说到这里，注意观察葛向东和樊勇的表情。

樊勇拍着胸膛道："没有问题，绝对支持。侯大利当了副组长，那是升官了，得宰一顿。"

朱林笑道："没有问题，必须狠狠宰一顿。"

看完解剖后，唐山林尸体上的伤口就在侯大利脑中完全"活"了过来。他坐在越野车驾驶室里，暂时没有发动，闭上眼，脑中出现了一段生动影像：唐山林家里，一个熟人进屋，主动换上鞋套；唐山林没有防备，结果受到突袭；突袭短暂而猛烈，凶手正面捅了唐山林数刀，其中一刀直入心脏，形成致命伤。

唐山林有到健身房锻炼的习惯，肌肉发达，人近中年却几乎没有赘肉，在正面冲突中，居然没有来得及抽出随身携带的弹簧刀。这说明，凶手是惯犯，不仅反侦查能力强，近战搏斗能力也出色。

侯大利靠在车椅上，逐一回想唐山林体表的伤痕，突然觉得左手臂上有一条伤痕似乎与其他伤痕不一样，位置虽然差不多，形状却有着微小差异。电话响起，他睁开眼，关掉了脑海中的影像，与朱林通了话。

通话结束，侯大利没有立刻开车，仍然靠在车椅上，揣测凶手的背景。去年侦办石秋阳系列案件时，石秋阳的强悍身手留给侯大利极深的印象，今天遇到的这个凶手同样具备强悍身手，这让其习惯性地思考凶手的背景。而那条与其他伤痕有细微差别的伤痕，总在脑中晃来晃去。

侯大利开车回到刑警老楼，走进朱林办公室。

朱林和葛向东、樊勇坐在一起喝茶、抽烟，茶几上摆了厚厚几本卷宗。朱林谈笑风生，不时打起"哈哈"，笑声比平时响亮得多。侯大利更适应朱林的冷言冷面，总觉得这个画面很不和谐，别扭得很。

樊勇啪地站起来，立正，敬礼，道："欢迎侯副组长。"

得知市局决定，侯大利哭笑不得，道："副组长是临时的，这和以前还不是一回事？"

"不一样了，以前老樊、老葛小组和你、田甜小组是平行关系，以后虽然也是两个平行小组，各做各的事情，但是与案子有关的事得先向你汇报，你要行使指挥职能。专案组具体分工也有调整，由你负责案件，并具体负责证据审查；樊勇负责组织抓捕；王华负责外调；葛向东负责综合协调和后勤保障等职能。由于专案组人少，很多职能不能截然分开，在外出行动时，你和王华为一组，葛向东和樊勇为一组。田甜平时不在专案组上班，而是在专案组有需要时，参加专案组的行动。"

朱林又道："老葛和老樊非常支持你的工作，不管副组长是什么级别，总得有领导和指挥职能，这是大好事。等会儿把田甜叫过来，你得破费出血啊。"

破费出血对于侯大利来说完全没有问题。晚餐在江州大饭店雅筑餐厅，所上菜品全部由特级厨师亲自烹饪，道道菜都是精品。樊勇筷子翻飞，道："太好吃了，就是价格贵得咬手，偶尔来吃一顿过过瘾，平时就莫想到这些地方来了。"

饭店副总经理顾英正好进来问候，笑道："大利给我们打过招呼，朱支和你们几人过来，一律挂在大利账上，签单走人。"

在座诸人虽然都不会如此做，还是哄然叫好。

晚餐结束，各回各家。田甜挽着侯大利的胳膊，准备先散散步，再回家。等朱林的车开远，田甜才将头靠在男友肩头，道："技术室本来就缺人，我被调到二大队的时候，谭主任和李主任一起找宫支和刘局，要求增加技术室人手，所以才调来小杨。若是汤柳回到市局，或许还要进专案组。汤柳长得小巧玲珑，万一以后和你搭档，我还真不放心。"

侯大利道："有什么不放心？你是江州的高冷警花，谁能强过你？"

田甜轻轻捶打男友肩膀，道："你也变得油腔滑调了，不过，我喜欢。我爸还有几个月就出来了，等我爸出来，我们就结婚。我结婚时，想得到我爸的祝福。我爸这样一个当过刑警的粗人，把我带大不容易。"

侯大利握紧了田甜的手，道："等结婚以后，我们立刻就要小孩。"

他本来想说人生命运难测，生死就在旦夕之间，能早点要小孩就早点要。可是在这个场景下，此话极不吉利，所以他没有说出真实想法。

田甜沉浸在幸福之中，思路却很快转到工作上，道："我虽说回到技术室，其实主要工作是在打拐专案组，二大队还给我安排了一张办公桌。前天跟着顾华去解救被拐卖的婴儿，那个婴儿才十个月大小，为了不让婴儿哭，人贩子喂了安眠药。找到婴儿后，我实在忍不住，扇了那个人贩子一个大耳光。顾华批评我，说他也想打人，可是气愤归气愤，还是不应该打人，打人容易惹麻烦，而且，更不应该打脸，打脸有伤，得打肉多的地方才不会留痕迹。"

侯大利道："顾华说得对，你这个法医居然打脸，太丢丑了。"

聊了一会儿打拐专案组的事情，两人又聊起了王永强案。谈到此案，侯大利心情便沉重起来，恨不得立刻冲到看守所，对着王永强也来几下。


## 深夜来到殡仪馆

上午，刑警支队会议室正在召开唐山林案情分析会。

尽管105专案组副组长没有级别，但是有了副组长这个名义上的职务，情况还是稍稍起了变化。会前，刑警支队通知105专案组参会人员就明确为"朱林副组长、侯大利副组长参会"。

会议由分管副局长刘战刚主持。

会议程序相对固定，发言顺序依次是最先到达的派出所民警、现场勘查技术员、法医、第二组组长苗伟、重案大队长陈阳。

等到陈阳讲完，刑警支队长宫建民做了四条小结。

第一，唐山林一直潜逃在外，知道他近期回家的人肯定与其关系密切。现场勘查也支持这个结论。

第二，唐山林早年是江湖混子，经常在街上打打杀杀，身手不错。从现场来看，他和凶手有过激烈搏斗，最终被杀，这说明凶手身手不错，极有可能有黑社会背景。

第三，凶手没有在现场留下指纹，有意识穿了鞋套，反侦查意识很强。视频大队调取了沿途视频，没有发现任何值得怀疑的目标。在进入电梯后，凶手又举着雨伞，用雨伞挡住了监控。

第四，提取的血液样本中没有查到其他人的DNA，只有唐山林一个人的血。

宫建民随即安排了下一步工作：加大调查走访力度，从其社会关系中寻找线索，具体来说是由二组苗伟牵头，抓紧查唐山林最后接触的人、最后打的电话、在社交网络的最后活动。视频大队继续查看周边几条街的可疑人员，看视频时请四大队同志参加，特别要注意调查江州的黑社会人员。

105专案组作为配侦单位，主要是了解案情，查找此案与丁丽案、杨帆案两件积案的联系。因此，案情分析会上，朱林、侯大利没有发言，只是旁听。

分管副局长刘战刚最后的发言很简单："宫支队安排得很具体，我就不再讲。着重谈一点，凡是有新发命案、重案，105专案组都要介入，第一职责是查看是否与丁丽案有牵连。经过一年多努力，命案积案实质上只剩下最后一件，这是非常了不起的成绩。局党委希望我们戒骄戒躁，把最后的命案积案也拿下来，给党和人民一个交代。这不是套话，而是要我们实实在在地破案。"

下午，105专案组也开会讨论了唐山林案。会后，朱林特意留大家吃晚餐。晚餐安排在刑警老楼对面的中餐馆，准备正式给田甜钱行，同时迎接专案组新成员王华。

专案组诸人刚到中餐馆门口，顾问老姜从门口走出，朝着侯大利伸出手，道："祝贺，侯大利副组长。"

侯大利道："姜局，您老人家就别开我的玩笑了。"

老姜道："我没有开玩笑，副组长不算官，但也是组织对你的信任。你不要翘尾巴，再接再厉，争取把丁丽案拿下来。"

侯大利道："前几个案子都是专案组和重案大队共同努力，我不敢贪功。"

老姜竖起了大拇指，道："这么谦虚，还会进步。"

该中餐馆仅仅算作中型餐馆，其负责人常总却是丁晨光的代表，得知105专案组要在此"送旧迎新"，特意提前等候于此。

等专案组过来之时，常总与朱林紧紧握手，唉声叹气道："这几天丁总心情糟糕。专案组成立的时候，江州共有六桩命案积案，后来又有新案子，前后十来桩案子，每破一桩案子，丁总就睡不着觉，晚上睡不着觉，白天脾气就不好。如今老案子只剩下小丽一件，丁总发火，我们的日子不好过。唉，拜托各位，早点破案，给小丽报仇。"

"从关局、刘局到我们每个人都想破案，只是受条件所限。我们会尽力而为。"朱林早想松手,无奈常总紧握不放,只得多摇了几次。

老姜走在朱林身后,接话道:"我这个退休老头儿也没有放弃丁丽的案子。没有条件,我们就创造条件,事在人为嘛。"丁丽遇害时,老姜正是江州市公安局分管刑侦的副局长。退休以后,他仍然对这个命案积案耿耿于怀,主动做了105专案组顾问。他前一段时间身体欠佳,刚出院,又来到专案组。

常总松开朱林的手,又紧握老姜局长的手,不停摇动。等他准备与侯大利握手时,侯大利已经走进了餐厅包房。

葛向东和樊勇正在餐厅包房里斗嘴,见到侯大利,齐呼"侯副组长"。

老姜局长、朱林进来后,大家按位置坐定。侯大利年龄最小,工龄最短,以前聚餐总是坐在最靠近上菜口的位置,如今他当了副组长,在大家拥戴之下,坐到了朱林身边。

几人坐定,聊了几句,田甜和王华一起出现在包间门口。

葛向东道:"你们怎么走到一起了?提前交接?"

王华笑呵呵地道:"我们在楼下遇到。我和105专案组有缘分,系列麻醉抢劫案合作了一把,现在是长期合作。"

恋情公开后,田甜大大方方地坐到侯大利旁边,低声道:"李阿姨给我打电话,让我们抽时间到阳州去一趟。李阿姨没有具体说是什么事情,就是让我们这几天回去。"侯大利道:"为什么不给我打电话?"田甜道:"李阿姨说给你打电话,你总是当耳旁风。"

葛向东见两人凑在一起低声说话,打趣道:"侯副组长和田甜什么时候领证啊?迟早都要领,晚领不如早领。你们谈恋爱,应该是105专案组的意外收获,值得大书特书。"

田甜听到"侯副组长"的称呼,乐不可支,往日的冰美人形象荡然无存,道:"我挺不愿意离开105专案组,早知如此,就不和侯大利谈恋爱了。"

"田甜,我们可以这样理解,心里就能平衡。105专案组有事,你随叫随到,本质上还在105专案组,只不过是调到打拐专案组。"

朱林说完，又对众人道："以前侯大利负责专案组的内勤工作，如今他来抓案子，内勤工作就由老葛来负责。大家欢迎。"

众人皆欢笑拍掌。

聊了一会儿，大家的话题很自然地转到了唐山林案。

侯大利介绍了现场勘查的情况之后，又对田甜道："晚上有空没有？我想到殡仪馆去看看唐山林。我一直在观看你们解剖，有一点疑问，想去确认一下。"

田甜道："晚上去吗？我不喜欢晚上到殡仪馆。"

侯大利道："我陪你去。没事，不用怕。你不去的话，我没法进解剖室。"

朱林道："大利，尸体在殡仪馆不会飞，没必要急着今天晚上去。"

"我还是陪你去吧。"

田甜应承了侯大利，又对朱林解释道："大利这人有毛病，只要在案子上有一丝疑惑，挂在心上，不去就很难受。"

朱林有些好奇，道："大利，你发现了什么问题？"

侯大利指了指手臂，道："这里有一条伤痕，与其他伤痕不太一样，或许也没有太大价值，不去看一看不踏实。"

田甜道："我也破个胆，在深夜进殡仪馆。我不怕死人，就怕小时候听过的鬼故事，还有尸体突然坐起来之类的。做法医的怕鬼故事，传出去有点搞笑吧？"

谈话间，服务员陆续上菜。菜品远较平时丰盛，特意准备了专案组成员都爱吃的臭鳜鱼，朱林美滋滋地尝了一口，道："常总，我们工作餐有标准，这个菜超标准了。"

"这顿饭是丁总安排的，他有事耽误，不能过来，特意叮嘱我过来陪大家，一来是欢送田警官，二来是欢迎王警官。"

常总搓着手，满脸笑意，笑容中又带着些许无奈。他是丁晨光的心腹，很早就跟在丁晨光身边，随着企业发展得越来越大，其能力不足的缺陷严重影响了工作。丁晨光念旧情，让其留在身边，帮助处理家事，这一段时间丁晨光多次摔杯子，给了常总极大压力。

饭至中巡，侯大利出包房接电话，常总借口点菜跟了出来。

等到侯大利打完电话，常总靠了过去，恭敬地发烟，道："小丽的事要拜托给侯警官了。丁总创业的时候，我就跟着丁总，天天在一个锅里吃饭，看着小丽长大。小丽是个好女孩啊，一点儿也没有大户人家的坏毛病，就和侯警官一样，非常优秀。家属区距离江州师院近，她为了读书方便，就住在家属区。丁总已经在江州师院旁边买了房子，完成了装修，马上就可以住进去，谁知就出了这事。"

"常叔，你放心，我们都没有放弃。"侯大利点燃香烟，陪常总抽了几口。父亲侯国龙是山南省赫赫有名的企业家，作为富二代，侯大利完全能够体会丁晨光的心情，常总所言总能轻易将其带到二十世纪九十年代的特殊氛围。

常总不停搓手，道："大利是最厉害的刑警，大家都是这样说的。以前分工是由葛警官和樊警官抓小丽的案子，所以丁总专门找了赵书记，让你来挂帅侦办小丽的案子。"

侯大利道："我们虽然分为两组，实则是一体的，丁总实在没有必要为了这种小事惊动赵书记。"

常总道："有必要，很有必要。这一年多我是看明白了，凡是你抓的案子都破了，你没有参加的案子就一直悬着。这次由你来抓小丽的案子，破案就有希望了。"

侯大利道："常叔，你可能是电影电视剧看多了，还以为现在是福尔摩斯时代。如今破案是团队力量，个人能力不重要。"

常总业务能力不行，搞人际关系却甚为精当，不再提这个话题，谈了些十几年前与侯国龙同时期创业的往事。侯大利在学生时代挺不喜欢提及父亲，成为刑警以后，见到了太多人世间最悲伤的事情，对父亲的叛逆之心不知不觉中减弱了。他耐心听头发花白、身材发福的叔辈讲起当年的事，将其所言牢牢记在脑中。

吃完饭，大家各自离开。

侯大利和田甜乘坐越野车，前往殡仪馆。

侯大利启动越野车，道："你离开专案组，调来了搞治安出身的王华，效率降低一半。"

田甜系上安全带，道："唐山林经营夜总会，王华熟悉娱乐行业，局领导是用人所长。"

侯大利摇头，道："这两天我一直在跟踪唐山林案，唐山林被杀是典型刑案，与治安关系不大。"

田甜笑道："105专案组刚刚组建的时候，我是无心工作的冷淡法医，老葛天天想着妻子家族的生意，樊勇在抓捕时打死了犯罪嫌疑人，你更是一个大学刚毕业的菜鸟，所有人都认为105专案组就是摆摆样子，根本没有指望能破命案积案。结果怎么样？105专案组屡破大案，不仅在市局有了名气，省公安厅也准备针对全省未破大案要案建立类似机制。"

侯大利道："你想表达什么？"

田甜道："朱支不仅是破案高手，也是管理高手。他没有怎么费力，就让性格各异的刺儿头都变得积极向上，原本松散的专案组成为极有凝聚力的专案组。调王大队过来，朱支还是能发挥他的长处。这方面，你还得和朱支学习。他之所以离职，非战之罪，主要原因还是接近退休年龄，而且担任支队长时间太长，不利于新陈代谢。"

侯大利道："长江后浪推前浪，前浪死在沙滩上，这是自然规律，没有办法的事情。"

田甜道："朱支算一个老师，你还有另一个老师老朴。老朴在破案上很有一套，却又返璞归真，擅长从最简单处着手，不管是'社会关系和行为轨迹'，还是'犯罪分子也是普通人，要从普通人的角度考虑问题'，都是放弃看似高深的手段，回归质朴的破案手法。"

侯大利赞道："你是旁观者清，比我看得还明白。朱支和朴老都是我的老师，从他们身上，我确实学到很多。"

小车停在殡仪馆停车场。殡仪馆停车场有四盏路灯，路灯和街边路灯并无不同，因为出现在殡仪馆停车场就显得灰暗阴冷，不时有不知名的昆虫撞在路灯上，发出轻轻的砰砰声。田甜想起了小时候听过的鬼故事，不由自主缩了缩脖子，朝男友身边靠拢。侯大利轻轻拍了拍田甜的后背，道："别紧张，见怪不怪，其怪自败。"

走过停车场，进入馆内，面对明亮的灯光，田甜不再害怕，很利索地将唐山林尸体从冰柜中拉出来，面不改色心不跳。

尸体经过冷冻后，伤口更加明显，左手臂上有一处伤口确实与其他伤口不一样。

侯大利拿了一支签字笔替代单刃刀，让田甜充当对手，比画了一番。多数伤口位于手臂外侧，是正面劈砍、捅刺形成的抵抗伤，伤口斜行，创角靠近身体一侧尖锐，远离身体一侧稍钝。另有一条伤口位于手臂内侧，伤口与腕部平行，和劈砍伤有区别。

"怎么样才能形成这种伤痕？"侯大利询问。

田甜接过签字笔，站在侯大利对面试了试，又换了几种握刀手势，道："刀背朝内，刀刃朝外，才能形成劈砍伤。手臂内侧这道伤口有皮瓣，和劈砍伤不同，更接近于刺伤，伤口前深后浅。比较怪异的是普通刺伤的伤口平滑，不会有这么多皮瓣。"

她拿着签字笔，又凑近了观察尸体，突然有所发现，道："喉咙上有一个红点，是伤口，很小，破了一点皮，冷冻后才明显。"

红点是伤口，配上手臂内侧的刺伤，侯大利和田甜又比画一阵，右手不行又换左手，终于找到了最可能形成如此伤口的动作：唐山林在前，凶手在后，最初一刀应该是从背后动手，凶手左手握刀朝唐山林咽喉刺去，而且只能是左手持刀才能形成这个伤痕。唐山林不知道用什么方式发现了凶手的动作，下意识举起手护住咽喉，没有立刻受到重创，刀尖划破手臂内侧，刀背的锯齿划伤皮肤，形成皮瓣，与其他抵抗伤在位置上有明显区别。凶手攻击犀利，唐山林没有机会抽出挂在皮带上的弹簧刀。最终，唐山林还是遇害。

侯大利脑海中浮现出唐山林屋内的陈设以及现场勘查的影像，闭眼沉思片刻，道："唐山林所站的位置是客厅到阳台的玻璃推拉门正面，室内光线强，推拉门因此成了镜面，唐山林应该是通过推拉门上的影子发现了凶手的动作。"

田甜熟悉侯大利，知道其大脑有特殊空间能力，比别人脑中的记忆更深更清晰，对于这个判断倒不是很惊讶。她拿出相机，查看里面的相片，证实确实如侯大利所言：从客厅到阳台有一道玻璃推拉门，玻璃推拉门上还有现场勘查人员小林和老谭模糊的画面。

侯大利有些发愣，道："发现了这个细节，其实对侦破没有什么太大帮助，只能说明两人确实是熟人关系，凶手阴险毒辣。唯一有用的那怪异的一刀是用左手刺的，莫非凶手是左撇子？如果真是左撇子，倒是一个有用的信息。"

田甜摇头，道："另外几处刀伤明明就是右手持刀留下的。唐山林受到攻击后，连弹簧刀都没有来得及取出来，说明攻击很猛，不会停顿。如果用左手刺了一刀，又换回右手，就会给唐山林喘息之机。"

侯大利道："那怪异的一刀也许是其他原因造成的，只是我们无法复原。"

两人站在冰柜前议论一阵，没有找到绝对合理的解释。灯光突然闪了一下，田甜"啊"了一声，双手紧握男友胳膊。侯大利安慰道："别怕，这是电压不稳。"

离开殡仪馆时，走道电灯不停地闪，田甜一直没有松开侯大利胳膊。越野车离开了黑暗中的殡仪馆，车内音乐响起，田甜这才松了口气，道："你是不是觉得我很可笑？"侯大利拍了拍田甜的手，道："我觉得你很可爱，很真实，每个人都有怕惧的地方，如果你什么都不怕，那我就麻烦了。"田甜道："你靠边，停一下。"等车停下，田甜突然抱住男友的脖子，热烈地亲吻。

"你停一下，我出不了气。"侯大利面对袭击，故意抵抗。

"神探，我占了你便宜。"田甜亲吻一番，又调侃一句，这才罢手。

两人温存一番，继续前行，过了城区大十字路口，越野车突然拐弯，直奔江阳老城区。田甜不用侯大利解释，便猜到其意图，道："唐山林的家不是这个方向，难道要去看丁丽案的现场？"

侯大利道："唐山林是重案大队负责，不由我们专案组侦办，我还得把注意力集中到丁丽案。我们两人之前没有负责丁丽案，一年多时间都没有看过原始现场，今天还有时间，我们去一趟中山路机械厂家属院。"

田甜道："机械厂早已经大改造，现场没有价值。"

侯大利道:"老葛找来一本老画册,是江州摄影家协会出的影集,里面有很多老相片,恰好有机械厂家属院,我们对比着看一看。"

沿着师范后围墙从东往西走,走出围墙小道便来到中山路。在侦办污水井女尸案时,侯大利和田甜时常来到中山路,只是一直未曾前往老机械厂家属院。

侯大利将车停下后,观察路面情况,又朝前开了二十多米。

田甜不解,问道:"刚才停的位置不错,为什么特意往前开?"

侯大利指了指车窗斜上方,道:"树枝太密,遮住了摄像头。"

田甜道:"开豪车麻烦,得处处小心,停个车也杯弓蛇影。"

侯大利道:"那倒不是,我不是为了车,而是习惯将自己置于安全地带。这可能是假扮夫妻形成的后遗症吧。"

年初,为了保护受到生命威胁的吴莉莉,侯大利和田甜假扮夫妻住进了山南师范大学。正是在那次行动中,侯大利和田甜的感情取得突破性进展。两人经常回顾这一段往事,在回忆中,血腥味越来越淡,爱情的甜蜜感随时间推移越发浓稠。

将车停在路边,两人手牵手,来到中山路机械厂家属院原址。

家属院已经不见片瓦,取而代之的是一大片高楼。高楼在家属院原有地盘上修建,没有改变道路走向。田甜站在路灯下,看着画册,对比实际地形。

家属院的角落有一排平房,最右端就是丁晨光早年的家。丁丽那时正在江州师范学院读书,经常在这间平房落脚。这一片平房所住皆是原中山路机械厂职工,机械厂效益不好,厂区内住的大部分是下岗工人,当年偷盗案件时有发生。

侯大利脑中浮现出丁丽遇害时现场勘查的情况:丁丽遇害,颈部被切开,手臂有抵抗伤;全身赤裸,但是在其阴道里并没有发现精液,处女膜完好;家中现金540元被盗,主卧衣柜和抽屉有翻动痕迹;指纹被抹掉,唯一的残缺手印表明凶手戴了手套,脚印显示鞋底比较特殊,绑有自行车内胎所制作的胶底。

根据现场勘查和尸检情况,警方判断凶手入室的主要目的是抢劫,由抢劫演变为强奸，在强奸时遇到反抗，升级为杀人。基于此判断，警方以家属院内下岗男工人为主要调查目标，进行了大量调查走访，结果一无所获。

由于现场找到的残缺手印表明凶手戴了手套，鞋底绑了自行车内胎，警方调整了思路，将具有一定反侦查能力的刑满释放人员、黑恶势力成员作为重点调查对象，先后动员了一千多警力，搜查了大约三百五十名嫌疑犯，仍然没有战果。此案便成为命案积案，一直压在所有参战民警心里。

田甜站在路灯下看图册，数十只飞蛾环绕路灯飞舞。

侯大利站在路灯下，仰头看着黑沉沉的天空。他的脑海中似乎出现了一个旋涡，旋涡中时光倒流，一幢幢高楼被吸进了天空，从高楼地盘上长出了低矮平房，机械厂变回原来的模样。他整个身体演化成一只眼睛，在黑暗中飞行，俯视机械厂老家属院。

"你在想什么？"田甜将画册收起，挽住男友胳膊。

侯大利这才从"飞行状态"中落到地面，道："丁家平房最偏僻，前面还种了些菜，菜地有篱笆，从某种程度上算是单门独户。平房前面就是草地，走过草地是废弃的车间，车间以前要运货，所以有一条水泥路，直通外面的主公路。"

"你为什么强调有公路？难道怀疑凶手有车？那个年代车很少，可能性不大。"田甜借着路灯光翻看画册，画册清楚显示了侯大利描述的景象。

侯大利摇头道："我没有做判断，只是描述了房屋周边的细节。卷宗有缺陷，对室内拍得多，室外相片明显马虎，周边关键环境没有固定下来。老葛挺聪明，从摄影家协会的画册里找到这张老相片，很不容易。"

两人进入老机械厂的新建小区。新建小区外的道路保持了当年格局，但是内部面目全非，没有太多参考价值。侯大利和田甜牵着手在小区内转了一圈后，走出小区大门。

在越野车旁的阴暗墙角，站着一个消瘦的戴帽人。戴帽瘦汉全身陷入黑暗中，左手握弹簧刀，紧紧盯着走过来的一男一女。越野车价值超过百万，说明车主绝对是富豪。他原本只是在中山路机械厂家属院附近随便走一走，谁知眼前出现一只肥羊，便临时起意寻找机会做一把，控制住车主，绝对能大赚一笔。

# 第二章
# 丁丽案有重大突破

## 飞贼入室

一男一女都是高个子，牵手而行，明显是一对情侣。戴帽瘦汉右腿已经从阴影中跨了出来，却又慢慢退回阴影。

越野车前，男的走向驾驶室，女的走向副驾驶位置。男子在驾驶室前站住，没有急于上车，而是四下张望。戴帽瘦汉完全退回到阴影中，没敢行动。他行走江湖二十年，对危险有天生直觉，越野车前的男子身形矫健，警惕性极高，绝对不容易对付。因此，他放弃了临时起意的行动，收起匕首。

越野车开走，戴帽瘦汉背过身，点燃香烟。他抽一口烟，猩红的光芒猛然亮起。

抽完一支烟后，戴帽瘦汉走到路灯下，准备将烟头扔进垃圾箱。垃圾箱分为可回收和不可回收两类，可回收垃圾箱里面有废纸。戴帽瘦汉伸手进垃圾箱，将烟头放在废纸上。他步行了数十米后，垃圾箱冒出火光。烧掉烟头，就能毁掉痕迹，不让人提取到DNA。他能在险恶异乡拼杀出一条路，一靠凶狠敢拼，二靠处处小心，若没有这两条，坟前都能长起大树。

招了出租车，戴帽瘦汉道："到隆兴。"

隆兴是隆兴夜总会的简称。出租车司机掉转车头，踩了油门，又从后视镜看了一眼乘客，道："隆兴老板吴开军被抓，唐总遭仇人杀了，生意没有以前好了。没出事前，隆兴里面有江州最漂亮的妹子，清一色一米七。漂亮是漂亮，就是贵得咬手。"

戴帽瘦汉道："老板被抓，啥子事？"

"吴老板和西城断手杆是老对头。江湖事江湖了，断手杆不耿直，当警察走狗。"出租车司机胳膊上还有刺青，言谈举止很有些江湖气，又道，"听你口音，应该是本地人，但是有些变化，出去很多年了吗？"

戴帽瘦汉道："我是外地人，来江州才学了江州话。为了讨生活，没有办法。"

出租车停在隆兴夜总会前，戴帽瘦汉在车外仰头看着"隆兴"两个大字，然后缩了缩脖子，走进夜总会。出租车司机下车以后，进了大厅，找到平时联系的狗哥。狗哥专门负责与出租车司机联系，凡是拉客到隆兴夜总会的出租车，隆兴都要付三十块钱的车马费。出租车司机拿了钱，出门时瞅了眼穿旗袍的妹子，暗道："他妈的，好白菜都被猪拱了。等老子有了钱，一次要找五个。"

戴帽瘦汉进入夜总会，胡乱转了一会儿，点了两个妹子，唱歌，喝酒，玩得很嗨。到了凌晨，他出门时已经有了三分醉意。

夜总会不远处有七八个小青年打架。双方都喝了些酒，先是拳脚相加，随后又抓起能找到的椅子等物品，狠劲朝对方身上招呼。其中一方很快来了增援，十几人围住另一方三个人，一阵狂揍。

戴帽瘦汉原本只是旁观，见到场面一边倒，心里不痛快起来。墙角有些烂砖头，停车场还有几辆自行车，有一辆自行车带前筐。戴帽瘦汉动作利索地开了自行车锁，将几块烂砖头放在自行车前筐，然后从黑暗中冲了出去，单手握车把，右手持砖，朝人群砸去。扔了两块砖头，自行车冲到了人群旁边，戴帽瘦汉扬起胳膊，砖头敲在一个汉子头上。砸完砖头以后，自行车毫不减速，消失在黑夜中。

这群人被砖头砸蒙，想去追赶，连自行车影子都找不到。他们只能把怒气发泄在被打倒的三人身上，追问砸砖头的是什么人。挨揍的三人同样发蒙，压根儿不知道来者是谁，结果又挨了一顿拳脚。

警灯在远处闪烁，站在夜总会门口的侍者喊道："警察来了。"打架的人群顿时作鸟兽散，各回各家，或庆功，或去治伤。江湖事江湖了，这是江州社会人的规则，断手杆作为社会大哥，通过警察的手将吴老板弄进看守所，很受江州社会人鄙视。

戴帽瘦汉骑着自行车在城内闲逛了一阵子，来到前次观望过的半封闭的阳光小区。阳光小区最东端11幢四楼住了一个年轻女子，从阳台晾晒的衣服来看，此女子应该是一个人居住，经济条件不错。他把自行车停下，换上随手摸来的旅游鞋，躲过两个摄像头，大摇大摆地来到11幢楼下，然后戴上黑色面罩，又套上薄型工程手套，顺着外置排水管道，轻松蹿上四楼，从卫生间小窗翻进屋。

戴帽瘦汉走到了客厅，闻到了卧室传来的浓浓酒味。正在张望间，客厅灯打开，一个穿着三点式的女子站在卧室门口，呆呆地望着黑衣黑帽黑面罩的男子。

"你是谁？"

"还用问吗？"

女子突然醒悟过来，"啊"了一声，转身朝卧室跑，试图关上房门。戴帽瘦汉速度很快，猛推房门，冲进屋后，将女子按倒在地上，抽出弹簧跳刀，对准女子眼睛，道："你别叫，我求财不害命。敢叫一声，我就捅死你。"

女子吓得浑身哆嗦，酒醒了大半，牙齿不停碰撞，发出咯咯的响声，躺在地上丝毫不敢动弹，也不敢喊叫。

借着客厅的光，戴帽瘦汉见卧室拉上了窗帘，便开了灯，顺手拿过女子放在床边的衫子，几下就撕成条状，将呆若木鸡的女子双手和双腿捆上，打上结，然后抱起女子，将其扔到床上。

"钱放在哪里？"

"衣柜上面的盒子里。"

戴帽瘦汉抽了一张椅子，放在衣柜前，再踩在椅子上，从衣柜顶上拿到一个小盒子。盒子里居然有三万现金，还有存折和一些首饰。戴帽瘦汉只要了现金，没有动存折和首饰。他轻松搞到三万块，心情愉快起来，坐在女子身边，问道："家里为什么有这么多现金？"

女子牙齿还在发抖，结结巴巴道："我准备……重、重新装修。"

"你住四楼，顺着水管就能爬上来，明天记得装防盗网。有了防盗网，我也就爬不上来了。"男子说话时，不停晃动弹簧刀，眼光落在了女子身上。

女子很年轻，也就二十四五岁的年龄，身穿三点式，躺在床上瑟瑟发抖，既可怜又性感。戴帽瘦汉吞了吞口水，忍不住把女子胸罩往上推了推，两只饱满的乳房就跳了出来。女子看着闪着寒光的刀尖，不敢叫喊，也没有求饶，闭上眼睛，流出了泪水。

戴帽瘦汉望着女子漂亮的双乳，脑袋嗡地响了起来，响声从脑部直接蔓延全身，让每一个细胞都紧张起来。他深吸了几口气，道："你很漂亮，身材很棒。我原本想上你，但是你比较配合，没有大喊大叫，懂得舍财保命，就算了。我等会儿要堵上你的嘴巴，不准报案，报了案，我随时会回来。"

女子拼命点头。

戴帽瘦汉用碎布条堵上女子嘴巴，又将女子双手绑在床上，再找来抹布擦掉地板和椅子上的脚印，然后翻过厨房窗子，从原路滑下地面。他在地面阴影处站了一会儿，脱掉面罩。在离开的半路上，他扔掉了女子的手机和钥匙。又骑了一阵，换鞋后，他扔掉顺来的旅游鞋。

戴帽瘦汉骑着自行车，慢慢回到女朋友租住的小家。他将自行车靠在门口，在一楼小商店买了面条，回到家中，独自看电视。

凌晨两点，门铃响起，外面传来女声："张林林，开门！跟你说了多少次，不要反锁门。"

张林林睡在客厅，听到外面喊声，赶紧爬起来，开了门，笑容满面地道："习惯了，对不起啊。"

马青秀给了一个大白眼，道："这么大个人，胆子比老鼠还小，非得反锁门睡觉。家里有什么吃的？今天一直在忙，饿得很。"

张林林殷勤地道："我提前做了肉臊子。肉臊子面，很好吃。"

马青秀嘟着嘴，道："又吃面，能不能有点创意？"

张林林道："肉臊子面，再加青椒肉丝，都是提前备好的。你先洗澡，洗完就可以吃饭。先喝杯牛奶，垫垫肚子。"

马青秀喝了牛奶，到里屋取衣服。床上放着干净的内衣裤，还有睡衣。屋子虽然简陋，却让她感到格外温暖。

马青秀是第三人民医院的护士，张林林仅仅是第三人民医院后勤组的临时工，门不当户不对，她的父母强烈反对，同学强烈反对，同事强烈反对，唯独她自己吃了秤砣铁了心，坚决要跟张林林在一起。

在卫生间洗浴时，马青秀再次想起了让她伤心的那一天。她正在值夜班，一个满身酒气的男子冲进医院，在值班室大吵大闹，大骂第三人民医院是黑心医院，医生乱开高价药，乱开检查，良心全部被狗吃了。男子暴怒之下，动手打了当班护士马青秀耳光。

来看病的张林林看不过去，和醉酒男人打了起来。打斗中，张林林踢了醉酒男子一脚，醉酒男子才骂骂咧咧地离开。半夜，派出所来人带走了张林林，并刑事拘留。事后，马青秀才知道张林林踢断了醉酒男人的肠子。

张林林被拘留后，马青秀得知张林林是外地人，开始朝看守所送衣物和钱。一个多月以后，张林林无罪释放，被认定为见义勇为。张林林开始与马青秀接触，关系迅速升温。马青秀同班护士的舅舅在医院负责后勤，通过这层关系，张林林到第三人民医院后勤组当了临时工。

她洗浴出来，屋里飘起了青椒肉丝和面条的香味。

"我收到一笔钱，以前做生意时借出去的。"

"多少？"

"一万。"

"这么多啊！"

"哥也曾经阔过，见过大把大把的钞票，只不过生意失败，没有办法，才来当临时工。我不可能一辈子当临时工，当临时工只是权宜之计，我迟早会重新站起来。"

马青秀在张林林额头上亲了亲，道："我看上的男人，绝对不是窝囊废。我建议你也别想着做大生意，凭你的手艺，先开个家常菜馆，慢慢积累资金。"

"我先去洗澡，你在床上等我。"张林林在洗浴时，想起了三点式女子躺在床上的模样，身体起了明显反应，剑拔弩张。他擦干身体，朝卧室冲了过去。

卧室响起马青秀的声音："你慢点，能不能来点前戏？啊啊……老公，我爱你，我永远爱你。"

此刻，被绑在床上的女子终于挣脱了衣服做成的绳索，披上外衣，关紧卫生间的窗，又关掉了卧室门，然后站在窗口大喊救命。喊破嗓子以后，楼上终于有人报了警。警察过来以后，隔着防盗门问明情况，给女子父亲打了电话，女子父亲这才拿着钥匙赶过来。

打开房门，女子扑到父亲怀里，哭声震天。

入室抢劫是重罪，刑警二中队闻讯过来查看现场。入室飞贼手脚相当干净，二中队勘查现场后，没有找到有价值的线索。上班之后，二中队侦查员马兵按规定将新发案件录入合成作战数据库。

随着社会信息化高速发展，电信网络诈骗等新型违法犯罪频发，大案侦破难、小案防控难、流窜打击难。市县区公安机关受制于警种部门壁垒、信息孤岛林立、技术手段滞后等因素，难以完全适应新形势，因此，江州率先在全省建立起了网上合成作战室。

马兵一夜未眠，录入案件时，不停打哈欠发牢骚，完成录入工作以后，才与搭档何勇一起出去吃早饭。两人熬了一个通宵，蓬头垢面，眼圈发黑、脸色灰白，极似打了一个通宵麻将的闲人。

清晨的街道有匆匆行走的人，他们刚刚从温暖的家中出来，向各自的工作岗位走去。没有人知道昨天晚上发生的入室抢劫案，也没有人担心走在路上会遇到坏人。他们在安享生活的时候，没有想到有无数警察在负重前行，维护一方平安。

侯大利原本想睡懒觉，可是田甜还有事情，便早早起了床，陪着田甜到外面小店吃早饭。然后，侯大利到刑警老楼，田甜去刑警新楼。

侯大利来到三楼资料室，打开投影仪，查看丁丽案卷宗。

丁丽案一直是由葛向东和樊勇负责，大半年时间里，案子没有突破性进展，卷宗却是悄然增加。此刻摆在侯大利面前的卷宗有厚厚七本，经过葛向东和樊勇筛选，最重要的线索汇集成一个卷宗。

以前在这个时候，田甜经常会泡上一杯香浓咖啡，坐在侯大利身边，一起分析卷宗中的问题。田甜离开后，新搭档很少出现在资料室。王华明显不适应105专案组特殊的工作任务和工作环境，经常在办公室无所事事，显得颇为无聊。

当朱林、葛向东陆续到达之后，新搭档王华也来到刑警老楼。他在朱林办公室坐了一会儿，又转到三楼资料室。

王华没有急于进门，在门口打量靠在沙发上看投影的侯大利。

"组座，看得好专心。在看什么？"王华走进屋，坐在侯大利旁边，丢了一支香烟过去。

侯大利接过香烟，没有抽，放在鼻尖嗅了嗅，道："丁丽案卷宗。老葛和老樊近段时间收集了不少资料，需要消化。"

"丁丽案过去十几年了，刑警支队年年都会将这个案子拿出来研究一番，到目前为止，没有结果。组座虽然是神探，但是基础条件就是这样，一时半会儿很难突破。我说得难听一些，警察不是神，不是每个命案最终都能侦破。"

王华打了个哈哈，继续道："我不是打投降主意，也不是有意拖后腿，事实就是这样。破案和科研一样，有一说一，有二说二。凭我的经验，这个案子如果能破，还得从其他案子牵出来，要想凭现在的材料炒出一桌山珍海味，几乎不可能。"

在侦办系列麻醉案中，侯大利和王华有过合作，再加上王华和师父李超是好友，因此他对胖子王华印象不错。他拿起火机给王华点了烟，道："如果不认真研究案子，就算其他案子出来了，也不一定知道新案子是否和丁丽案有关。案案相靠，前提是我们把老案子吃得很透。"

"这句话有水平，能用辩证眼光看问题。"王华竖起大拇指，道，

"今天没啥急事，我请个假，回治安那边处理一点小事，都是扫尾巴的事。如果有事，打电话。"

侯大利道："为什么要向我请假？"

"我虽然是治安一大队的副大队长，但是来到专案组，就得按照专案组规矩办。我刚才给朱支汇报了工作，朱支说得很明确，你是副组长，我是组员，组员外出，得给副组长说一声。当了二十年警察，立正稍息的纪律还是懂的。"王华摇头晃脑地说了理由，又一摇一晃地离开了资料室。

葛向东、樊勇和田甜初进105专案组时，与王华现在的状况差不多，坐在刑警老楼，总觉得无所事事。进入角色以后，事情接踵而来，丝毫不比原单位轻松，这是几人的共识。

侯大利继续放投影，幕布上是葛向东和樊勇在前期收集到的资料。经过大半年时间调查，有两个事件成为卷宗重点：一个是国有胜利煤矿拍卖，另一个是江州机械厂并购案。

侯大利在前期先后将注意力集中到石秋阳系列杀人案和王永强系列杀人案，听过葛、樊小组通报工作进度，却没有真正进入脑海中。此刻，105专案组负责的命案积案只剩下丁丽案和杨帆案。在侯大利心中，王永强肯定是杀害杨帆的凶手，只是无法锁定证据，因此，命案积案实质上只剩下丁丽案。他将注意力转向丁丽案，重新研读葛、樊小组前期成果就非常重要。

对于江州机械厂并购案和胜利煤矿拍卖案，侯大利没有先入为主划分重点。只不过看了胜利煤矿拍卖案的几个主要玩家以后，注意力顿时被完全吸引，暂时将江州机械厂并购案放到了一边。

胜利煤矿是国有煤矿，准确来说是镇政府所有的小煤矿。改革开放初期，小煤矿多是乡镇政府开发，俗称乡镇煤矿。小煤矿标准不断变化，在二十世纪九十年代是年产六万吨，进入新千年后，标准为年产十五万吨。胜利煤矿年产在三十万吨左右，有两个矿井，属中型煤矿。拍卖前，煤炭市场行情不好，胜利煤矿经济极度恶化，煤矿工人为了讨要工资，数次围堵市区两级政府，弄得胜利镇政府焦头烂额。更为雪上加霜的是胜利煤矿出了冒顶事故，死了两个工人，镇长和分管镇长被撤职。当江州市实施"抓大放小"改革时，胜利镇便顺势拍卖胜利煤矿。拍卖了胜利煤矿，镇里税收收入不变，不必承担风险，虽然少了可支配收入，但是减少了大麻烦。

胜利煤矿资源还算丰富，基础条件不错，有五家公司参加投标。第一家负责人是夏晓宇，他是作为侯国龙代表参加投标；第二家负责人便是丁丽的父亲丁晨光；第三家负责人是金传统的父亲；第四家负责人是矿老板黄大磊；第五家负责人则是非法集资进监狱的秦永国。

这是一串如今如雷贯耳的名字：国龙集团和丁工集团如今成为全省机械汽摩行业龙头，国内有名，并有产品走出国门；金家是江州排名第一的地产商，实力强劲；黄大磊是豪气十足的矿老板。

而在当年，这群大佬还曾经争夺过一个乡镇煤矿。

看完资料已经是十一点，侯大利关掉投影仪，转身又坐在电脑前，打开了新改版的江州公安案件管理系统，输入用户名和密码，进入主页面，习惯性查看江州全市新发案件。很快，昨天晚上发生的一起入室抢劫案吸引了侯大利的目光。自从担任副组长以后，侯大利脑子里满是丁丽案的细节，这次入室抢劫案除了没有死人以外，和丁丽案非常相似。

刑警办案有路径依赖，这个路径很隐蔽，是以前的成功经验积累出来的，在办案中不知不觉就会采用原来行之有效的方法。惯犯作案同样有路径依赖，也是以前成功经验积累出来的，在作案时往往不知不觉就使用原来行之有效的方法，这个行之有效的方法也是惯犯最擅长的。

侯大利发现昨晚入室抢劫案和丁丽案的作案手法十分相似，顿时眼前一亮。

看了主办侦查员的名字，侯大利便拨通了马兵的电话。马兵接到电话，先是打了个哈欠，道："你要来二中队，做啥事？了解昨晚的入室抢劫案？来吧，我还在中队。"侯大利听到哈欠声，道："昨晚没有睡好？"马兵道："熬了一个通宵，今天还接着开会。你赶紧来，我还指望中午抓紧时间睡一会儿。"

搭档王华要回治安支队处理遗留问题，侯大利便来到二楼葛向东办公室，准备叫其一起前往二中队。

葛向东办公室犹如法医办公室，侯大利进门便看见了三个骷髅模型。尽管是模型，骷髅黑洞洞的眼睛瞅着大门，还是经常吓得误入此地的其他人退后两步。除了模型以外，桌前还有用于临摹的木架子，木架子上画了王永强案中的受害者杜文丽的脸，只不过一半画了皮肤，另一半则是骨骼。

葛向东洗了手，便跟随侯大利一起前往刑警二中队。侯大利曾经在二中队实习过，与丁浩、李超、马兵、何勇等人关系处得相当好。二中队新队长大董得知侯大利和葛向东要来，就特意在对面餐馆安排了一顿便餐，不值班的侦查员全部参加。

大董与来客握手后，道："上次大利请我们吃了江州大饭店，还让特级厨师亲自上阵，这实在是破坏我们的幸福感。为什么？原因很简单，由俭入奢易，由奢入俭难，吃过五星级手艺，再来吃对面小餐馆，确实不怎么样。我们花了半个月才适应原来的味道。今天你别请我们吃饭了，就吃你以前吃过的味道。"

寒暄之后，侯大利和葛向东就来到马兵办公室，听马兵讲案子，看现场勘查相片。

"有指纹吗？"

"没有指纹，犯罪嫌疑人戴了手套。"

"脚印呢？犯罪嫌疑人穿的什么鞋？"丁丽案的凶手在脚上绑了自行车内胎，这是一条重要线索，所以侯大利第二个问题就是脚印。

马兵拿起勘查相片，看了一眼，道："据受害者说，犯罪嫌疑人临走时，打扫了现场。他戴有帽子，不会掉头发；没有抽烟，也没有使用受害者家里的水杯，很难提取到生物检材；临走时，还拖了地，擦了椅子，屋内没有脚印，后来我们顺着墙壁外置水管才找到脚印。"

墙壁上的脚印很清晰，侯大利看罢相片，又递给葛向东，道："犯罪嫌疑人很小心，留下的脚印估计没有太大用处。"

马兵打个哈欠，道："就算没有用处，我们也得查，否则，就是玩忽职守。玩忽职守是个筐，什么都往里装，是把我们公安装进去。"

听闻"玩忽职守"四个字，侯大利和葛向东相顾苦笑。

今年江州有两名民警因玩忽职守被判刑。第一个是江州下属县户籍民警没有认真审核改名申请，十七年后，涉嫌玩忽职守被抓；第二个是辖区发生爆炸，民警因为检查不细而被判玩忽职守罪。此两案在江州公安界引起了强烈震动，害得大家提起"玩忽职守"就神经过敏。

"只抢了三万块现金，不要存折和首饰，减少流通环节可能存在的风险。这是一个小心翼翼的惯犯。"侯大利一边说话一边回想丁丽案，"犯罪嫌疑人猥亵事主没有？"

马兵耸了耸肩膀，道："推开乳罩，露出乳房以后，他突然停止，没有继续侵犯。"

侯大利继续翻看卷宗，咦了一声，道："他撕破了事主放在床边的衣服，用碎布条捆绑事主手脚，这个绑法有点奇怪，非常专业，得找专家看一看这种绑法有什么特殊之处。"

葛向东依据女事主的询问笔录，画了一幅蒙脸的人体素描，道："让事主看一看这幅图，有没有需要修改的地方。"

侯大利道："最好能把她请过来，有些时候，面对面进行交流，能获取不能作为证据却能勾勒出犯罪嫌疑人的细微情节。"

马兵打过电话不久，受害女子在父亲陪同下来到刑警新楼。她看到那幅素描以后，似乎又回到了昨夜不堪回首的场景，捂着嘴，干呕数声，道："有点接近。但是，他身形还要瘦些，挺拔一些，看起来应该经常锻炼。他和我爸差不多高。"

葛向东道："眼睛是什么形状，很重要。"

受害女子道："他戴了帽，蒙面，我不敢看他的眼睛，害怕激怒他。"

葛向东根据女子的描述做了修正后，画像获得受害女子认可。虽然这幅图不能作为证据使用，但是知道了身高和体形，对于案侦工作还是有意义的。

侯大利道："我看询问笔录，凶手使用的是一把匕首。能画出匕首的形状吗？"

受害女子画出了匕首的大体形状。这是两边开刃的尖细匕首，与唐山林案凶器不一样。侯大利又道："我问一个细节，或许有些敏感。"

受害女子道："只要能抓到罪犯，敏感就敏感。"

侯大利道："犯罪嫌疑人曾经有过猥亵的动作，为什么放弃？你观察到什么细节没有？"

女子道："那把刀很尖，看上去非常吓人，我选择顺从，免得受伤害。当时我很害怕，根本不敢看他。他推开我的胸罩以后，约莫有几秒钟，突然就走开了。"

受害女子二十四五岁，肤白貌美，风姿绰约，犯罪嫌疑人在临门一脚时放弃了射门，说明很有克制力。在劫财时只取现金，不要存折和首饰，说明犯罪嫌疑人有经验，懂得回避风险。侯大利算了算丁丽案中犯罪嫌疑人的年龄，又问："你估计犯罪嫌疑人多大年龄？"

受害女子迟疑了一下，道："我很紧张，没有注意他的年龄，听声音，应该二十岁左右，不超过三十岁。"

事情办完，诸人在对面餐馆吃饭，席间谈论起入室抢劫案，都觉得比较棘手。


**胜利煤矿往事**


鉴于入室抢劫案与丁丽案有诸多相似点，侯大利回到刑警老楼后，立刻给朱林汇报了此案，随即召开专案组工作会。

朱林主持会议，道："105专案组主要职责是侦办命案积案，根据案案相靠原则，凡是新发案件，专案组都要先去看一看是否和积案有关。全市每年刑案很多，如何做到案案相靠？有一个捷径就是登录江州公安案件管理系统，查一查新发刑事案件。侯大利做到了每天上午和下午各登录一次，你们做到的举个手。"

葛向东、樊勇和王华都没有举手。

朱林道："侯大利参加工作时间短，做出了突出成绩，这个成绩不是凭空而来，而是来自扎实的基础工作。大家都要向侯大利学习，把手中工作做扎实。下面，请大利讲一讲刑警二中队遇到的入室抢劫案。"

侯大利讲了入室抢劫案基本情况以后，在白板上写下了丁丽案和入室抢劫案串并案的支持和反对理由。

支持理由：作案对象都是单身女性；有猥亵行为和侵财行为；利用屋内材料捆绑事主双手和双脚；事后打扫了现场，没有留下指纹、脚印和生物检材，具有一定反侦查经验。

反对理由：事主认为入室抢劫案的犯罪嫌疑人二十来岁，而丁丽案发生在十五年前，如果是同一个凶手，那么犯罪嫌疑人应该三十五岁以上；丁丽案凶手持单刃刀，入室抢劫案嫌疑人持跳刀，双边开刃；丁丽案凶手打绳结用的是普通结，入室抢劫案嫌疑人用的是水手结。

等到侯大利把支持理由和反对理由都列出来以后，朱林道："女事主没有看到犯罪嫌疑人的脸，她怎么判断年龄？光凭声音，恐怕不准确。"

葛向东道："从体形来看，犯罪嫌疑人年龄也不大。"

朱林又问道："水手结？你是怎么判断的？"

侯大利道："我拍了相片，传给了朴老师，他找总队技术室看了，说是水手结。"

王华道："我以前在中队时见过不少入室抢劫案，遇到单身的、喝醉的、又穿得如此暴露的，摸两把很常见。入室抢劫用衣服绑人也很常见，拿弹簧刀也很常见，拿钱更常见，甚至很多犯罪嫌疑人都懂清理指纹，所以，没有串并案的理由。"

王华以前是治安支队的副大队长，大家只是记得这个身份，直到他提出这个观点以后，大家才想起他最早的底子是刑警。

樊勇道："我支持王大队的观点，把这两个案子串在一起的理由有点太扯了。"

朱林综合诸人意见，道："把这个案子列入我们的重点观察名单，但是条件还不充分，暂时不向支队提起串并案的请求。"

刑警支队重案大队也注意到了入室抢劫案，只不过入室抢劫案的犯罪嫌疑人使用两边开刃的弹簧刀，与唐山林案的单边开刃砍刀不一样，作案风格相差也大，所以没有将此案与唐山林案串并案侦查，仍然交由刑警二中队办理。

散会后，侯大利来到朱林办公室，道："我下午准备到物证室看一看丁丽案当年的物证，然后请假，和田甜一起回阳州。"

"应该回一次家了，这没问题。"朱林又道，"你肯定将丁丽案的卷宗倒背如流了，复审物证是想验证你的想法，到底是什么想法？"

侯大利道："从丁丽案现场勘查和法医报告来看，总觉得非常矛盾。受害者手腕和脚踝有绳索捆绑印迹，死亡时又没有被绳索捆绑；有猥亵行为，却没有被强奸。我想看一看实物，或许能发现与相片不同的地方。"

朱林想了想，道："我也去，你给田甜打电话，让她参加。"

王华接到电话，开车回到刑警老楼。他目前对丁丽案知之甚少，甚至连卷宗都没有看过，只是在侯大利看投影时在旁边瞅了几眼。这次复审物证，他更多只是旁观，以了解案情。

朱林、侯大利和王华来到物证室时，专案组编外人员田甜已经等在物证室门口。田甜脸上的冰霜尽去，向专案组诸人点头微笑，跟随在后。侯大利有意走在后面，趁着诸人不注意，偷偷握了握女友的手。

市公安局物证室实行分类、分区保管原则，设有专门的未破命案及重大案件物证区。丁丽案属于未破命案，其物证被长期妥善保管。

办完手续后，物证室丁大姐按编号从柜子里取出两个物证筐，交给侯大利和田甜以后，和朱林聊了两句，便坐到办公桌前鼓捣电脑。

为了防止污染物证，侯大利和田甜戴上了手套、口罩和头套。

尽管时隔十来年，打开第一个物证筐后，当年的血腥现场仍然扑面而来。运动外衣有大量陈旧血迹；床单也有大量血迹，由于血量太多，有血迹的那部分床单甚至比床单其他部分略厚一些。另一个物证筐则存放着当时提取的晾衣绳、水杯、金属盒、口红、垃圾桶等日常用品。

朱林道："大利，你来讲一讲整个情况。大家有什么想法，随时都可以谈。"

"这是当年提取到的白色尼龙绳,就是用来捆丁丽的绳子,当年很多家庭都用这种尼龙绳晾晒衣服。经过确认,这就是丁丽自己家的尼龙绳,不是外带的。下面还有一根长的尼龙绳,与捆人的尼龙绳断口完全一致。"侯大利拿起一段尼龙绳,介绍道。

老谭得知105专案组要重新查验证据,特意赶了过来。他在心中给105专案组贴上了"庙小妖风大,池浅王八多"的标签,特别是富二代侯大利,脑回路清奇,重新检查物证,说不定又要搞出什么事情。

老谭到物证室时,听到侯大利正在讲绳索。

侯大利提起尼龙绳,将断口展示给众人,道:"断口处非常平滑,没有毛边,说明切割尼龙绳的刀具非常锋利。"

朱林道:"当时就判断割绳子和杀害丁丽用的是同一把刀。现场没有刀具,丁晨光和丁丽母亲都一致否认家里有如此锋利的单刃刀。丁丽家有两把刀,一把菜刀,一把水果刀,两把刀都不够锋利。"

田甜原本站在众人身后,不知不觉就靠到了前面。她拿起放在桌上的丁丽案卷宗,找到尸检报告,又翻看了现场相片,不知不觉皱起了眉,提出一个问题,道:"手腕上的捆痕和抵抗伤有点奇怪,如果双手被捆住,怎么会在小臂内侧形成抵抗伤?"她在105专案组时和侯大利一个组,负责蒋昌盛、王涛等案件,没有负责丁丽案,对丁丽案的了解还真不算多,也没有研究过尸检报告。

老谭道:"当年技术室分析过这个原因,卷宗上有讨论记录。凶手最初应该只是绑住了丁丽的手腕和脚踝,后来才发展到性侵。之所以两处伤痕会形成矛盾,我们是这样理解的,犯罪嫌疑人最初或许只是为了侵财,见到丁丽长得漂亮,又处于完全被控制状态,这才产生猥亵企图。真要发生关系,则必然要解除脚踝的绳子,否则受害人双腿紧闭,犯罪嫌疑人也无法性侵。丁丽衣物完整,没有被撕破,应该是在威胁之下自己脱下衣物。犯罪嫌疑人在受害者乳头上留下了咬痕,咬痕有明显生活反应,说明是在生前咬了乳头。技术人员已经对牙印进行了建模。现场出现了某种我们不知道的原因,最大可能是丁丽遭遇猥亵以后开始反抗,才被犯罪嫌疑人杀害了。我当时刚调到技术室,这是我在技术室遇到的第一件命案，印象特别深刻。"

田甜又道："受害者脸上有一道伤口，虽然又浅又短，但是相片照得很清晰。她脸上的这道伤口，应该是威逼伤。"

威逼性损伤是指案犯使用锐器，通过点刺和划伤动作，造成被害人皮肤和皮下浅表点状、线状的擦伤、划伤和浅表伤。威逼性损伤多出现在谋财和谋性的犯罪中，报复杀人、激情杀人案件里很少出现。威逼损伤还有另一个重要意义，一般来说，威逼损伤发生在杀人之前，而案犯和被害人往往不认识或者不熟悉。

老谭很了解威逼伤，点头，习惯性道："我和田甜的判断基本一致，相片很清楚，从受害者脸上的细小伤口能够推断出这是威逼伤。我前面说得不是太完整，完整的应该是凶手尾随进屋，先用刀威逼，形成了脸部的威逼伤，制伏了受害者之后，然后用尼龙绳捆住了受害者。整个过程简略来说，威逼、捆绑、性侵、抵抗、杀害。也许还可以有其他解释，但我个人认为这个顺序最为合理。"

侯大利一直在思考丁丽案，总觉得有一层窗户纸没有捅破，听到老谭介绍，窗户中似乎透过一些光，但是仍然模模糊糊。

约莫半个小时，丁大姐走了过来，道："雷神前些年来查过好几次，能查的都查了。"

老谭道："确实如此，雷神一直没有放弃此案，现在还耿耿于怀。"

一件件物证被摆了出来，没有新的发现。

侯大利在陈凌菲案中，通过垃圾桶的一根鸭骨头找到了凶手的DNA，以前成功的经验总会在不知不觉中影响后来的行为。这次过来查看物证，他内心深处还是希望能在这方面有所突破。看过物证后，没有新发现，他有些失望。

复查过物证，侯大利便和田甜一起回省城阳州。母亲李永梅打电话催了几次，再不回去说不过去。而且，当年国龙集团江州分公司参加了胜利煤矿投标，直接询问当事人，有可能得到卷宗里无法显示的细节。

正走到高速路上，李永梅电话又打了过来，道："大利，晚上有空没有？回家来一趟。"

侯大利在开车，用的是蓝牙，道："什么事啊？催了几次。"

李永梅的声音陡然升高，道："我不知道你是神经大条还是怎么回事，你妹出了这么大的事，你这个当哥的就这样漠不关心？今天晚上晓宇也过来，大家一起给你妹压惊。"

"好、好、好，晚上肯定要回来吃饭。"听到"你妹"两个字，侯大利有些牙疼。

这些年，父母事业蒸蒸日上，集团主业制造业成为行业代表，现金流充沛，一切看起来都很美好，但是，华丽的大厦有隐隐约约的腐蚀缺口。父亲暗地里有了外房，虽然里面有涉及继承企业的复杂原因，终究是有了另外的女人和私生子。母亲表面上拥有丈夫和儿子，但丈夫最喜欢做的事情是如狮子一样雄视四方，发号施令，在集团大办公室的时间远远多过在家里的时间。儿子为了给杨帆报仇当了刑警，躲在江州，一年难得回家几次。宁凌就在这个时候来到母亲身边，陪着母亲做美容、逛商场，成了侯大利的干妹妹。这个干妹妹是母亲强加给侯大利的，侯大利本人完全没有多了一个"妹妹"的认识。

"你也不要这么勉强，想回就回，不想回就算了。"

"我已经和田甜一起在高速路上了。妈，当初还是我第一个冲到地下室，把宁凌救出来的。"

"那是你的工作，在这种情况下，你不下去，也有其他警察要下去。"

"好了，不说了，我在开车。"在地下室解救宁凌之时，王永强极有可能在黑暗的地下室，他在暗处，从上而下的警察在明处，存在相当大的风险。侯大利不愿意吓着母亲，没有点明此处，也对"偏心"的母亲有点无可奈何。

晚上六点，侯大利和田甜准时来到位于省城阳州的国龙宾馆。

国龙宾馆是侯家人在省城阳州的大本营，侯大利在次顶楼有一间套房。这套房不对外，专供侯大利和田甜使用。李永梅还给儿子在省城留了一套别墅，只不过侯大利难得来省城，每次都住在国龙宾馆，别墅成了摆设。

宁凌是今天晚餐的主角，殷勤地为侯国龙夫妻以及夏晓宇诸人服务。她还是那日舞台上那般打扮，没有佩戴首饰，只化了淡妆，气质还真与杨帆有几分神似。

坐在客厅沙发上的侯国龙看到儿子进屋，抬了抬眼皮。李永梅最了解丈夫的脾气和想法，低声打招呼，道："我好说歹说，儿子才同意回来吃饭，你别三句话不对就发火，把气氛破坏了。"侯国龙道："那我一句话都不说。"李永梅道："管几万人的大老板，对儿子也要有度量。"

宁凌知道田甜和侯家其他人关系还略有些生疏，主动挽着田甜胳膊，陪其进入客厅。她又给国龙宾馆总经理李丹打电话："丹姐，大利哥来了，我们开饭吧。"

等待服务员送菜的几分钟里，所有人都坐在客厅沙发上，围在一起。侯大利和田甜没有进屋之时，大家谈论国龙集团的事，兴致盎然。侯大利和田甜不是国龙圈子里的人，他们进入时，话题就戛然而止。

夏晓宇是人精，又对侯家情况了如指掌，主动提起另一个话题，道："大利，唐山林的案子破了没有？"

侯大利摇头，道："案子还没有破。晓宇哥，你和唐山林熟悉吗？"

夏晓宇道："江州只有屁股大一坨，圈子里的人彼此都抬头不见低头见。唐山林跟吴开军混社会，后来开赌场，放高利贷，再后来做夜总会，涉及的行业多，仇家不少。如今江州最大的夜总会便是隆兴夜总会，金家夜总会虽然很高端，论生意火爆程度却比不上隆兴夜总会。"

侯国龙皱着眉，努力回想唐山林的模样。虽然近年来他离开了江州，但是仍然关注江州这个发家之地，对江州的政界商界人物还是多有接触。唐山林不算是江州商界老板，只能算是吴开军的副手。吴开军开夜总会赚了不少钱，由于行业性质，上不得台面。比如丁晨光可以自由出入市委书记办公室，除了公司规模以外，还与其制造业身份有关。吴开军作为夜总会老板，就算有钱，也很难成为市委书记的座上宾。

侯大利道："夏哥熟悉江州各方面的情况，唐山林和吴开军关系如何？"

夏晓宇道："吴开军也算是老牌社会大哥，这人做事还算有分寸，很少逼人到绝路。放高利贷时，对方真是走投无路时，他还会给对方想想办法。我遇到一件真事，有一个朋友本身没有多少钱，想一锄头挖出个金娃娃，通过关系接了一个两亿体量的工程，启动资金几乎全靠贷款和借高利贷，做到最后，由于地勘不仔细，出现了大麻烦，最后资金链断了，眼看着就要做死。吴开军催了几次，又亲自到工地去看了，他动用了自己的人脉，约了市财政和市建筑的相关人员，聚在一起给我朋友出主意，追加了预算，市财政又提前支付了一部分，勉强让我那朋友吊住了气。吴开军再借了一笔钱，也是高利贷，只是还款期定得远一些。工程结束后，两个亿的工程做成了三个多亿，我那朋友还了银行和高利贷的钱，还赚了一笔。他给我说过几遍，吴开军虽然做高利贷，但是为人耿直。"

侯国龙见儿子听得十分仔细，插话道："吴开军算有生意头脑，这是放水养鱼的办法。晓宇那位朋友应该就是朱三吧？若是逼得紧了，朱三肯定是跑路，到时一笔烂账，吴开军也要受损失。这种做法虽然看起来简单，但是没有历练出来的心胸和眼光，做不到这一点。在所有行业中，商业最能磨炼人。"

"常在河边走，难免会湿脚。吴开军经营夜总会，带有一帮小弟，违法犯罪绝对免不了。"侯大利听得出父亲的言外之意，能接受父亲用这种方式谈话，没有接话，也没有反驳，只是客观地谈案子。

重案大队很多侦查员都怀疑唐山林之死与吴开军有关，原因很简单，唐山林死了以后，吴开军就成为最大受益者，很多涉黑之事都可以推到唐山林身上。田甜离开了专案组，不了解唐山林案，没有发表意见。她知道男友不会在家中随意提起案件，这样问肯定有目的，便在一旁静听。

李永梅插话道："唐山林这种混社会的渣滓，迟早要出事。江州以前未破的杀人案破得差不多了，只剩下丁丽案。为了一个案子，还有必要专门成立一套人马？"

侯大利顺势就将话题引到丁丽案，道："105专案组设立的初衷就与丁丽有关，丁丽案未破之前，专案组撤不了。丁丽遇害是在1994年10月，遇害前，丁晨光的公司正在投标胜利煤矿，丁丽遇害和这次投标有没有关系？"

夏晓宇道："警方多次来查这事，若是真有关系，早就应该查清楚了。当年老大一心想抓主业，对煤矿、地产都没有多大兴趣，我对地产有兴趣，不想经营煤矿。煤矿受国家政策影响更大，而且矿井里危险因素多，容易出事。"

侯大利道："既然不想做，为什么要投标？"

夏晓宇道："当时是老丁想做，那时他想多元发展，对煤矿和地产都有兴趣。我、老金、老秦都是受邀过去围标的，只有黄大磊才是真正的竞争者。"

"你们是围标？为什么我在卷宗里没有见过这个说法。"

105专案组有个好传统，每月有案件通气会，侯大利虽然没有侦办丁丽案，但是对丁丽案的关键点还是比较了解的，这一段时间又在突击看丁丽案卷宗以及葛、樊小组的调查材料，对"围标"这个关键说法很敏感。

夏晓宇微笑道："围标是违规操作，谁都不会对外说。这些陈年往事对老金来说，都是日常小事，说不定早就忘记了。丁丽遇害跟国龙集团没有任何关系，为了一个胜利煤矿杀人，值得吗？老金和秦永国的情况和我们类似，也是帮忙参加投标。唯独不参与围标的只有黄大磊，他是突然出现的投标者。黄大磊当时在开石场，恰逢修阳江高速路，大赚了一笔。那时他接连开了三个石场，顺风顺水，应该也不会为了一个煤矿杀人。丁丽遇害后，丁总很伤心，放弃投标。秦永国当年已经有了两个煤矿，有管理经验，也有现成的人手，丁晨光放弃投标，秦永国中标是合理的。"

侯大利道："秦永国会不会与案件有关？"

侯国龙一直在注意听儿子和夏晓宇谈话，听到儿子提问，下意识摇了摇头。

夏晓宇道："秦永国在江州商界是一条狡猾的老狐狸，算得很精，偷税漏税的事绝对会做，但是绝不会傻到杀人放火。警方不要把精力浪费在几个投标人身上，投标是正常的商业行为。国龙集团这些年投标次数成百上千，有的中标，有的没有中标；在投标过程中，竞争对手或是其他人出意外也极有可能存在。警方应该换一个思路，在这件事情上面下功夫是浪费时间。"

几分钟后，服务员端着菜盘来到房间。侯国龙不喜家宴过于铺张，厨房便努力将菜品弄精，每餐都有江州特色菜，今天特色菜就是盐白菜豆腐肉片汤。此菜的特色在于盐白菜，是早年行船江州河上的船夫必备抗腐菜品，黄秧白装盆，用特殊装置紧压，直到黄秧白彻底脱水，再放各种调料。侯国龙在世安厂工作期间，喜欢上了这道菜，成为一辈子的饮食习惯。

汤菜端来，宁凌先给侯国龙盛了一碗汤，汤里有半碗盐白菜。她又朝向李永梅，李永梅摆手道："盐白菜油大才好吃，我晚上要控油。"

夏晓宇道："都到家里了，宁凌别太客气了，太客气就把自己当外人了。"

宁凌没有忸怩，道："我得给大利哥和甜姐倒一杯酒。这一次若不是大利哥接了我的电话，我就要在地下室闷死了。"

侯大利道："这杯酒可以喝，你也给自己倒一杯，若不是你机警，留下来一部手机，我们还真找不到你。"

田甜在侯家素来都没有太多语言，是一个良好的听众。她很熟悉杨帆高中时的相片，宁凌如此打扮让其生出戒心，只是没有声张，准备私下与男朋友谈一谈这事。

侯国龙瞧了儿子一眼，道："这一次多亏江州警方行动还算迅速，否则就是灾难性后果。我以为江州社会治安这些年已经彻底好转，没有料到还有恶性案件。"

夏晓宇笑道："老大，这样说不公平，江州社会治安比起二十世纪九十年代好得太多。那个年代很多年轻人都学古惑仔，嚣张到扛着砍刀在街上耀武扬威，现在的江湖大哥都在约束小弟，打架很低级，找钱成为社会人的第一任务。"

侯国龙道："明明是黑恶势力升级，没有什么值得夸耀的。"

夏晓宇道："老大，至少社会人不会轻易骚扰普通市民了，这就是进步。"

吃过饭，侯国龙有事离开，李永梅、夏晓宇、宁凌和田甜聚在一起打麻将。侯大利打牌记性太好，基本不会输，实在没人的时候才能上桌子。今天凑得起一桌，侯大利便被踢出局，独自回到房间看电视。

夜里十二点，田甜还在打麻将。侯大利躺在床上，丁丽案卷宗的现场勘查相片和物证筐里的物证在脑海中浮现出来，格外清晰。

八年前，杨帆遇害以后，侯大利出过一次严重车祸。车祸以后，侯大利发现自己脑袋似乎出了点问题。他以前就因为出色的观察能力而被称为"四眼狗"，而车祸之后，观察能力更是得到大幅提升，一双眼睛几乎像是摄像机一般，视野开阔、清晰，能快速而敏锐地捕捉每一个细节。更让他吃惊的是，一旦闭上眼睛，关注点的画面便会自动跃入脑中，细节清晰，结构明确，就像是摄像机的画面回放功能一样，一遍又一遍循环播放，供他检索和审视。

凌晨一点，田甜回到房间。她轻手轻脚洗漱，刚钻进被子就被男友抱住。侯大利将女友压在身下，给女友来了一个深吻。

"我喘不过气来了。"

"你打麻将到半夜才回家，让我一个人独守空房，是何罪过？"

"我不喜欢打麻将，纯粹是陪你妈。要进侯家门，我也得主动融入，否则要被嫌弃。"田甜想起宁凌在侯家如鱼得水的状况，道，"你妈是真喜欢宁凌，恨不得让她成为儿媳。"

"我妈喜欢没有用，得我喜欢才行。"

"你以后少和宁凌接触，你发现没有，她的穿着打扮和杨帆有几分神似？"

"过敏了，她如今是我的干妹妹。"

"以后你回阳州，我尽量和你一起，不是怀疑你，而是不给其他人可乘之机。不管什么职业，我都是女人。"田甜翻过身，趴在侯大利胸前，亲吻了男友嘴唇、鼻子和耳朵。亲了一通之后，她又道："今天打麻将的时候，宁凌谈了些王永强的闲话。她在地下室缺氧之时，曾和李晓英在最后阶段漫无边际地聊天，或者说两人都在自言自语。李晓英患了斯德哥尔摩综合征，被救出来以后，痛骂王永强是恶魔。但是据宁凌说，有时不经意间，李晓英会脱口而出'大哥'的称呼。"

"这确实是典型的斯德哥尔摩综合征，是生命受到严重威胁时产生的自我保护，大脑某个部位受到重创，产生了器质性改变。"侯大利对此深有感悟。杨帆之死给他留下了严重的精神创伤，八年时间过去了，他都无法面对涌动的水体，甚至严重到不能进浴缸。

"宁凌还说，李晓英说王永强有早泄的毛病，有两次甚至还没有进入就射精。每次早泄以后，王永强就变得特别暴力。有一次刚和李晓英亲了两下嘴，王永强就不行了，王永强恼羞成怒，给了李晓英十几个耳光。王永强为什么要杀女人，估计也与极度自卑有关系。"

"等等，王永强早泄？"

"是啊，这是一种病，并不罕见，得了这种病，一般不会给外人谈起。"

"王永强早泄，会喷在李晓英什么地方？"

"没问，这个细节无关紧要，从常理上，肯定是腹部、大腿之类的地方。"

聊了好一阵，两人相拥而睡。

侯大利一直在做梦。梦中，丁丽案的现场勘查相片和物证再次清晰地显现出来，侯大利、老谭、小林和田甜抬头望着投影仪幕布，你一句我一句进行讨论。这种讨论在日常生活中经常出现，在梦境中出现还是首次。

田甜以法医身份道："从尸体表面以及解剖的图片来看，凶手行为呈现出一定的矛盾性。乳头有明显咬痕，这是推定死者受到猥亵的一个重要原因，但是经过检验，死者还是处女，阴道里也没有查出精液。"

老谭道："当年丁丽死的时候，我才到刑警队，跟着老技术员查看了现场。受害者的衣服被脱了下来，内裤上没有找到精液。我也发现一个矛盾处，死者的手腕有绳索的绑痕，说明死者被约束，但是死者手臂又有抵抗伤，这有点解释不清。"

小林道："丁丽出事时，我还没有参加工作，通过后来读卷宗，发现整个现场没有凶手的指纹和清晰脚印，其他痕迹也没有提到，我判断此人是惯犯，具有反侦查能力。"

老谭道："不是没有指纹，是残缺的戴了手套的指纹，这点要讲清楚，不能马虎。"

侯大利是侦查员，又有勘查证，是侦查员中现场勘查技术最好的，属于技术室的编外人员。他经常和田甜、老谭和小林在一起讨论，所以梦境中的对话虽然有小小的误差，却格外真实，宛如真实的会议现场。

四人正在开会讨论，忽然桌上手机几乎同时响了起来，震得大家心神猛颤。一个人手机响，有可能是私事，四人手机同时响动，那绝对有案子，而且是大案子。

侯大利翻身而起，左顾右看，这才发现刚才做了一个梦。

"做噩梦？"田甜被弄醒，拿起手机看了看时间。

侯大利道："刚才那个梦太真实了，在梦中，我、你、老谭和小林在讨论丁丽案，每个人的发言都很有水准，与现实的案情分析会没有区别。然后所有人的手机同时响起，是有大案子，我就被惊醒了。"

田甜将手机放回床头，道："日有所思，夜有所梦，你一天到晚都在想案子，当然会做这样的梦。睡吧，等会儿天就亮了。"

侯大利隐隐有些想法，又没有完全想透，干脆下床，静坐于窗边沙发。田甜没有起床，侧身看着自己的男人，看了一会儿，睡意渐浓，慢慢睡去。醒来之时，侯大利还在身边酣睡。她不忍心叫起男友，蹑手蹑脚起床。等到田甜从卫生间洗漱回来，侯大利已经坐在床沿，道："我想重新看一遍丁丽案的物证。"

田甜道："你昨天才去过，又要去？"

侯大利道："昨晚你说王永强早泄，给了我灵感。如果这个凶手也早泄，说不定会射在床单或者衣服上。我这样推测也是有依据的，从现场勘查相片来看，运动衣和内裤就在大腿、屁股旁边，能染上血迹；如果真有早泄，就完全有可能喷到衣服上。由于衣服上有大量血迹，之前没有发现精斑也很正常。"

田甜了解侯大利，知道他产生了这个想法以后，肯定会再次复查物证，道："葛向东和樊勇没有复审过物证？"

侯大利道："现场勘查是技术活，一般侦查员都只懂基本常识，而葛向东以前在经侦支队，樊勇以前在禁毒支队，更是隔行如隔山，肯定不会复审物证。"

田甜道："你反复审查物证，不担心葛向东和樊勇有看法吗？毕竟以前是以他们为主，如果一接手就有突破性发现，会不会显得他们不够专业？"

侯大利道："我做的一切以破案为最终目的，不会管其他人的看法。他们有想法要自己调整，而不是我去适应他们。原因很简单，我没有私心。"

田甜道："我陪你去不太妥当，如今王华是你的搭档。"

侯大利想起王华高大肥胖的身体，皱了皱眉，道："王华对现场勘查是外行，到时还得叫上你。"


## 发现重要生物检材

来到刑警老楼，侯大利来到朱林办公室，请求再次复查物证。

"还要复审物证？给个理由。"

听完侯大利陈述的理由，朱林沉默了一会儿，又道："你为什么会想到找精斑？这个想法有点异想天开。"

侯大利道："我是从男人的本性来考虑问题，年轻男人看见裸体漂亮女人都应该有反应，更别提凶手。凶手暴起杀人，情绪控制能力不行，真有可能早泄。这是撞大运，也许能撞上，也许撞不上。"

一行人来到物证室，这一次老谭、小林、小杨和田甜都等在门口。田甜朝着男友悄悄眨了眨眼睛，侯大利也迅速眨了眨眼睛。

老谭道："又要复查，有什么新想法？"

侯大利道:"我觉得凶手极有可能留下精斑。"

老谭道:"我们都查过,没有精斑,受害人还是处女。"

侯大利道:"有可能体外射精。"

老谭喃喃自语:"如果体外射精,以前应该能查到。"

这一次复查物证有了明确目的,侯大利直接从物证筐里取过内裤。丁丽经济条件很好,虽然是十几年前的内裤,款式老旧,但是质地优良,在物证筐里躺了十几年,仍然非常柔软。

侯大利翻过内裤,发现底部有少量黄渍,目光便有些停留。

老谭眼光一直跟随侯大利,指着内裤上缺损的一小块,解释道:"我们剪下来查过,没有精液,也没有查到其他人的DNA。黄渍是女性分泌物。"

朱林背着手站在一旁,脸上没有表情。

侯大利刹那间有些走神,脑中形成了一幅画面:犯罪嫌疑人持刀尾随进屋,控制住丁丽,用尼龙绳绑住其手脚,第一阶段是绑架;犯罪嫌疑人发现丁丽很漂亮,心态发生变化,至少解开了双手的绳子,对其进行了猥亵;但是随后应该发生了冲突,导致犯罪嫌疑人凶性大发,挥刀杀人。他摇了摇头,暂时屏蔽了脑中画面。

除了内裤外,物证筐里还装有死者的外衣裤和床单。江州气温季节性强,10月还在二十摄氏度左右,丁丽遇害时穿了一套休闲的运动装,运动装没有破损。侯大利提起床单,一寸一寸细致揉捏。

老谭道:"会在床单上?"

侯大利道:"犯罪嫌疑人脱掉了丁丽衣服,还咬伤了乳房,没有精液这一点违背常理。如果射精,精液极有可能遗留在床单上。"

现场勘查、尸体解剖和侦查员推理都有一个"猜、猜、猜"的过程,有些猜想能够得到证实,有些猜想得不到证实,前者往往意味着破案,后者则意味着案件由现发案件变成积案。

田甜听到最后一句话,悄悄剜了侯大利一眼。

老谭、小林都是痕迹技术员,瞪大眼睛看着侯大利。

两人的心情并不完全一样。小林一心盼望奇迹出现,老谭心情相对复杂，一方面希望能发现新的线索，另一方面又不希望侯大利如此轻易发现精液。当年，他作为年轻技术员也参加了现场勘查，若是真让侯大利发现了精液，当年现场勘查就遗漏了重要线索，这条线索或许直接导致了无法破案。

侯大利先是检查最容易出现精液的床单，查完以后，没有新发现，又检查了外裤，还是没有发现。

老谭松了一口气，道："我们当年检查还是很细致的，内裤、床单和外裤都没有放过，应该没有精斑。"

侯大利没有说话，放下裤子，又拿起了丁丽的运动衣，从衣领部位往下捏。

老谭的目光随着侯大利的手移动，当那只手接近衣服下摆时，再次松了一口气。

谁知，侯大利的手又往上移，伸进左手衣袖以后，突然停了下来，又轻轻捏了两下。他翻开衣袖，凝视细看后，道："运动衣的衣袖里面应该有精斑。"

翻开的衣袖有一块指甲盖大小的硬块，极似精斑。如果是精斑，那将是丁丽案的重要突破。如今DNA技术日趋成熟，找到犯罪嫌疑人的DNA，意味着基本锁定了犯罪嫌疑人的真身。

老谭双眼圆睁，道："这是什么鬼东西，怎么跑到衣袖里面了？这不符合常理。"

小杨惊讶得合不拢嘴。他借调到市局时间不长，以前听说侯大利是神探，并没有真实感受，今天当面领教，才知"神探"或者"变态"的称呼当真名不虚传。

衣袖内侧的小硬块被送到新成立的DNA室进行检测，朱林等专案组成员在技术室旁边的会议室等待。最初只有参加重审物证的几人，随后宫建民、陈阳闻讯赶到。

会议室里烟雾弥漫，大家闷头抽烟。退休的老姜局长和分管副局长刘战刚一起走进会议室。刘战刚扇了扇烟雾，径直走到窗边，推开所有窗户。

老姜局长来到侯大利面前，脸皮绷得紧紧的，道："你怎么想到衣服上有可能沾有精液？"

侯大利道："依常理，应该有精液。"

老姜局长道："就这么简单？"

"道理不复杂，只是容易让人忽略。"侯大利又讲了王永强因为早泄而变得残暴之事。

老姜局长道："为什么是在衣袖内侧？"

侯大利道："我也不知道。"

朱林知道老姜局长的心病，见其两眼发红，插话道："侯大利说起来轻巧，实际上极为用功。他天天看卷宗，现场勘查相片都印在脑子里。我听田甜说，他钻研起案子来，经常通宵睡不着觉。没有扎实准备和研究，根本不会有灵感。"

"结果出来没有？是不是精斑？"门外传来一个粗犷的声音，跟随声音进来的是一个身高超过一米八五的老人，老人头发花白，红光满面，脚步匆匆。

"雷神，你竟然也来了。"老姜局长和来者打了一个招呼。

老谭则上前打招呼，道："师父，您来了，身体不错嘛。"

"身体不错，吃得了饭，走得了路，一时半会儿还死不了。"

来者是老谭主任的前任和师父，江州刑警支队技术室第一任主任雷帮国，因其声音洪亮，被称为雷神。丁丽这个花季少女惨死家中，警方没有能够破案，雷帮国作为技术室主任，对此案最难释怀。在退休聚餐时，他喝得大醉，抱着稍早些退休的老姜局长大哭："丁丽案没有破，我是白当了公安，不甘心啊。"

成立了105专案组以来，雷神时不时来找老姜局长喝茶，打听丁丽案进展。老姜局长得到消息以后，也给雷神打去电话，谈了最新发现。

雷帮国顾不得和朱林、宫建民等老同事打招呼，逮住徒弟老谭道："衣服上当真有精斑？"

老谭小心翼翼道："左边衣袖内侧发现一块指甲盖大小的斑块，现在还无法判定是不是精斑。"

雷帮国双眼瞪得如铜钱，道："当时是谁在负责查看衣服，是张法医还是你？为什么没有发现那个斑块？"

老谭无数次回想当时勘查现场的细节，道："我负责查找指纹和足迹，死者衣物由张法医检查。卷宗里记得很清楚。"

"法医要负责检查衣物，你是勘查人员，也应该注意到这些细节。"雷帮国长叹一声，用力拍了下大腿，道，"是我的失误，把事情安排给他们，我就到市局开会了，没有再细致检查。"

老谭道："师父，您别自责，我们当时都进入了一个思维误区，死者阴道、内裤都没有精液，没有想到犯罪嫌疑人会有精液留在衣袖里面。我记得当时城里地痞打群架，砍死好几个人，您从现场被叫到局里开会了。"

新成立的DNA室负责人张晨走了出来，道："检验结果出来了，确实是精液。这块精斑时间太久，我怕技术不过关，已经向省厅求助，由他们来提取DNA。"

精斑是精液浸润或附着于基质上，干燥后形成的斑痕。精液如同唾液、血液、乳汁一样，都是人体体液的一种。精液中所含有的DNA可以准确记录下每个人的身份，所以精斑是法医物证中的重要检测材料。

雷帮国听到这个消息，嘴唇发黑，道："我有重大失误，若是当年发现精斑，案子早就破了。"

老谭知道雷帮国身体不好，劝道："师父，你血压高，千万别急。有了DNA，凶手绝对跑不了，落网是迟早的事，只是让他多活了几年。"

"迟到的正义不是正义，至少是打了折扣的正义。"雷帮国声音低沉，情绪低落，双手轻轻颤抖。

老姜局长原本想责怪雷帮国，见雷帮国嘴唇发乌，便忍住到了嘴边的话，佝偻着背，离开小会议室。走到小会议室门口，他想起雷帮国的神情，暗觉担心，又转了回来，发了一支烟给雷帮国，安慰道："小辈们比我们厉害，作为前辈，我们要高兴。若是一代不如一代，那才糟糕。105专案组发现了这条重要线索，意味着此案必破，只是时间早晚。凶手若是逍遥法外，我们死不瞑目，如今有了线索，就算今天晚上就死，也没有太多遗憾。"

雷帮国背对一帮小辈，顿了顿脚，道："姜局说得对，我们留下的大窟窿，自然是新一代帮我们填。我回家喝杯小酒，为他们庆功。"

丁晨光得到发现精斑的消息后，从座椅上一跃而起，对办公室吼道："叫司机到门口来，到公安局！"

一分钟后，小车发出轰鸣，直奔市公安局。

关鹏局长在市政府开会。丁晨光来到刘战刚副局长办公室，进门就道："刘局，是啥情况？"刘战刚将泡好的茶放到丁晨光面前，道："丁总，喝茶。"

丁晨光道："哪里有心情喝茶。"

刘战刚道："专案组有重大突破，在保留的物证中找到了一块指甲盖大小的精斑。精斑已经送到刑警总队，总队DNA室正在提取DNA，很快就会有结果。结果出来以后，在数据库里进行比对，就极有可能破案。"

丁晨光双眉上扬，声音激动："案发当时，为什么没有发现这个重要线索？如果当年及时发现，是不是早就破案了？当年的办案人员有没有责任？"

"现在有了突破口，我们要集中精力破案，至于以前的责任，那是下一步的事情。"刘战刚指了指茶杯，道，"丁总喝茶。"

丁晨光缓了缓口气，道："算了，我也不是要追究他们的责任，追究责任没有任何价值。谁找到的精斑？"

刘战刚道："105专案组，参加检查的有朱林、侯大利、田甜，还有老谭。"

丁晨光原本想重奖发现精斑者，听到侯大利的名字，便将"重奖"念头取消了，问道："谁具体发现精斑的？是不是侯大利？"

刘战刚道："几个人一起参加检查，侯大利在检查衣袖时发现了精斑。"

丁晨光听到"衣袖"两个字，想起女儿穿起运动衣的模样，心酸如浓雾一般泛滥开来，道："刘局，支队真要提高水平，没有专案组，凭支队的本事，根本抓不到石秋阳和王永强。"

丁晨光是丁工集团的老板，在集团内部说话向来咄咄逼人，不留余地，面对集团外部时还是彬彬有礼，今天得知女儿案子取得突破，心情激动，指名点姓批评起刑警支队来。

在刘战刚眼里，丁晨光不仅仅是老板，也是受害者的父亲。作为老资格刑警，他很能理解丁晨光的反应，安慰道："从案发到现在十来年了，刑事技术发展很快。十几年前，DNA技术刚刚起步，整个山南都没有能够做DNA检测的机构，就算当时发现了精斑，其实也没有太大作用。支队有很多不足，去年到今年，还是办了几件漂亮的案子，比如长青灭门案、黄卫遇害案，都破得非常漂亮。"

丁晨光道："不管怎么说，当年没有发现精斑，是重大失误，有人要对此负责。"

刘战刚道："那是历史局限性。再说，当年的经办人员大部分都退休了。"

丁晨光发了一顿火，渐渐平静下来，道："对不住啊，刘局，刚才我激动了。以前的事就不说了，说了也没有意思。希望DNA能够比对成功。"

刘战刚再次耐心解释道："二十世纪九十年代，DNA技术没有普及，真正普及是在2005年前后，当DNA鉴定技术普及后，针对以前被公安机关打击过的人，全部安排重新采集血样。服刑人员，由监狱采集；刑满释放的由派出所采集；现行犯罪，由办案人员采集，同时还要采集指纹、声纹和足迹等。那个凶手肯定是惯犯，极有可能在库里；就算不在库里，也给我们以后的工作提供了强大支撑。"

到了下班时间，桌上电话突然响起。刘战刚抓起电话，道："老谭吗？结果怎么样？……啊，为什么没有比对成功？"

听到对话，丁晨光脸色惨白。他原本一心盼望着通过DNA锁定犯罪嫌疑人，没有料到数据库里比对不成功，刚燃起的希望就此被浇灭。尽管刘战刚以资深刑警的角度再三解释，获得了犯罪嫌疑人的DNA，抓住犯罪嫌疑人是迟早的事。但丁晨光想到"迟早"两个字就满心不是滋味，怏怏而回。

作为掌管上万人的大企业老板，丁晨光自控能力很是了得，车刚出公安局大门，心情便平复下来。他给常总打电话，淡淡道："你去约侯大利，安排吃一顿晚饭，我到时参加。"

葛向东和樊勇在调查丁丽案时，丁晨光从来没有单独约两人吃饭，只是在小会议室里与他们见过一面。这一次丁晨光主动安排饭局，很罕见，是看重侯大利的具体表现。

常总站起来接了大老板电话，屁股刚坐到沙发上，赶紧与侯大利通话，希望能一起吃晚饭，特意说明丁老板要亲自参加。

丁晨光是山南省著名企业家，是省市领导的座上宾，一般民警很难有机会参加这种大老板的饭局。但是，侯大利父亲侯国龙就是与丁晨光同级别的大老板，所以侯大利对参加丁晨光饭局完全没有兴趣。

"这几天忙得很，常总别安排饭局，免得耽误时间。你约一下丁老板，他什么时间有空，我亲自拜访他，和他谈一谈案子。"

常总道："其他事情我不敢打包票能单独约到大老板，但是只要与小丽的事有关，我尽量争取，会很快回复侯警官。"

# 第三章
# 金山别墅的枪声

## 侯大利和丁丽的合照

侯大利放下电话，走回刑警老楼三楼资料室。

朱林、侯大利、葛向东、樊勇和王华聚在资料室等待DNA比对结果。不管最终结果如何，专案组能发现重大线索，大家都扬眉吐气，包括新加入的王华，也觉得专案组很厉害。

电话响起，朱林深吸一口气，道："结果应该出来了。"他缓慢接过电话，道："我是朱林。"

田甜来到老楼，准备和侯大利一起回家。她刚进入三楼资料室，除了正在接电话的朱林以外，其余人都将食指放在嘴边，发出嘘声。

朱林"哦"了两声，放下电话，眼光从众人面前扫过，道："很遗憾，DNA没有比对成功，数据库里没有。"

所有人都很失望。侯大利道："凶手应该是惯犯，难道从来没有被抓过？"

樊勇拍了拍侯大利肩膀，道："组座，革命尚未成功，同志尚须努力。"

朱林批评道："樊勇，你真是樊傻儿。丁丽案难道是侯大利一人的事情？这是我们全组的事情，每个人都有份儿。现在我们找到了凶手的DNA，就是非常关键的一步，下一步要利用找到的DNA来查找犯罪嫌疑人，就算大海捞针，也得把他捞出来。大利，你谈谈想法。"

在专案组里，侯大利年龄最小、资历最浅。但是，由他负责案侦工作，其他几位资格更老的侦查员都没有任何意见，都觉得由侯大利来负责是理所当然的事。

侯大利打开投影仪，幕布上显示出尼龙绳的特写画面。

"尼龙绳是用来捆绑丁丽的。这种尼龙绳在厂区家属院最大的用途就是晒衣服，当年谁家都有。"他又在幕布上显示另一个画面，"丁丽脸上有一道不太明显的伤口，田甜看了相片说极有可能是威逼伤，老谭认同这个判断。从这两点来看，凶手最初的目的是绑住丁丽。所以我判断凶手是为了钱而来。这种经过精心策划的案子，肯定不是为了抢几百块钱，而是想做笔大生意。"

他再次调整幕布上的画面，道："经过一年多调查，老葛和老樊最后把注意力集中到参加胜利煤矿拍卖的投标人和江州机械厂职工。只是，他们的工作到此为止，没有进展。"

葛向东知道侯大利在谈论案件时从来直言，不会为了面子而藏着掖着，今天的评价实则非常客观。纵然如此，他还是觉得脸面无光。

樊勇神经大条得多，道："丁丽案不怪我们。凶手不再作案，对于丁丽案这种老案来说，他不动，我们就没有机会。"

朱林客观评价道："专案组成立以来，老葛和樊勇默默地做了很多工作，形成的材料有厚厚几卷。虽然没有直接成果，但是排除了很多线索，排除也是进步。"

侯大利用手拍了拍厚厚的卷宗，道："我绝对没有否定老葛和老樊工作的意思，而是觉得他们工作很有成效，有了他们前期的工作，我们就能少走弯路。这一段时间，我加班加点看完了他们前期调查走访的材料，把参加胜利煤矿拍卖的几个投标人和江州机械厂列为重点对象，思路正确。如今有了凶手的DNA，工作就好做了，下一步就是在这两个范围内采集生物检材。"

朱林曾经做过刑警支队领导，比起侯大利更有政治敏锐性，道："采集生物检材涉及面很大，而且当年投标人好几家目前都是省内有名的企业，必须由支队向局领导汇报，光凭专案组搞不定。"

侯大利道："时间不等人，先缩小目标，重点突破。如果无法突破，再全面搜集。"

朱林道："你有重点目标？"

侯大利道："黄大磊。"

朱林道："给我理由。"

侯大利道："有以下几个理由，夏晓宇、金总、丁总和秦永国都是经营企业多年才有如此大的规模，黄大磊参加投标时也就二十五六岁，他的第一桶金是从什么地方来的？有没有猫腻？之所以这样想，和王永强案还有点关系。王永强中专毕业没有几年就开办了驾校，他的原始资金来自抢劫。另外，我爸、夏晓宇都与江州商界关系密切，按他们的观点，当年金氏集团、四建司改制的江州建筑集团以及秦永国的公司都算是比较成熟的企业，胜利煤矿对他们来说就是一个普通项目，不可能为了一个普通项目杀人。而且据夏晓宇透露，当时除了黄大磊，其他几家都是丁晨光邀来围标的，也就是说丁晨光想要这个煤矿，而黄大磊则是正常投标的企业，两者有直接竞争关系。"

葛向东以前在经侦支队工作，其妻子家族又在做生意，对江州商界也挺熟悉，道："我们调查过黄大磊，其发家纯粹靠运气。当时正在修阳江高速，高速公路建设单位需要大量碎石，带着大把现金到处找石场。丁总从内心深处也拿不准是否与黄大磊有关。按丁总说法，他和黄大磊只是在胜利煤矿上有交集，此前和此后，两人不是一个行业，各做各的，没有竞争，也没有矛盾冲突和深仇大恨，在场面上是点头之交。除了胜利煤矿，另一个大的嫌疑点是一件并购案。丁总曾经并购过市属江州国营机械厂，并购时信誓旦旦说不会让工人下岗，并购完成以后，至少有一半工人因各种各样原因先后下岗。下岗工人有好几百人，曾经到市政府上访，还围堵过工厂大门，有激进的工人甚至威胁要和丁晨光同归于尽。"

侯大利道："虽然材料中有黄大磊的调查材料，但是缺乏深入调查，当年又没有DNA支撑。我想到黄大磊原籍地和石场调查走访，查一查他的社会关系，特别是当年的行动轨迹。"

放在桌上的手机响了起来，常总在电话中兴奋道："我刚才给丁老板报告了，他说今天就想与侯警官见面，在办公室等你。丁老板请你一个人去，在办公室见面后，一起吃饭，叙叙旧。"

侯大利放下电话，对朱林道："我今天要和丁总见面。丁总提了一个要求，让我一个人去，说是叙旧。"

朱林道："你和丁晨光关系如何？"

侯大利道："小时候就认识，那时我们两家还有来往。丁晨光到了南方以后，我基本上没有见过他。他这种大老板，心机很深，见不同的人说不同的话。他想和我单独交流，或许有什么事情要讲。"

得到同意之后，侯大利独自驱车前往丁晨光住地。丁晨光住所别具一格，不是别墅，也不是高档小区，而是住在所辖工厂内部。工厂戒备森严，分为两道门岗，第一道门岗是进工厂所有人都需要检查的，第二道门岗更严格，必须有特别通行证。若非丁晨光的助手阿蛮亲自迎接，就算开警车也难以进入第二道门岗。

侯大利完全能够理解丁晨光"一朝被蛇咬，十年怕井绳"的心理，耐心配合第二道门岗的安检。

阿蛮是一个脸上布满疙瘩和伤痕的中年人，面相凶狠，说话却十分和气，彬彬有礼。他摸了摸胸口，叹了口气，道："请侯警官理解啊，大老板内心受的伤还没有痊愈，或者说永远都不能痊愈。大利兄弟，你不认识我吗？"

侯大利摇头道："抱歉，我曾经出过一次车祸，有些事情忘记了。"他还有一句话没有说出来，出车祸以后，忘掉了一些事，有一些事却得到异常加强，具体来说，凡是与杨帆有关联的事情都异常清晰，回忆往事，能嗅到草地的清香、新烤面包散发的奶香，一切仿佛都没有中断过，一切仿佛都在眼前。

"他们都叫我阿蛮，跟着大老板很多年了。那年大小姐带着你玩，我就跟在你们身后。可惜，大小姐读大学以后，嫌我跟在她身后不方便，坚决不准我跟。如果我能跟在大小姐身边，也不至于出事。"阿蛮说到此，深为懊恼。

侯大利对这个面带凶相的汉子大生好感，道："有句俗话叫'天网恢恢，疏而不漏'，这不是一句套话，确实是我的真实感受。"

阿蛮脸上伤痕抖了抖，道："这些年，你变得太多，我还记得你初中在外面打架的模样。你没有印象，我有。"

电梯到了三楼，穿布衣的丁晨光站在门口，面带微笑，如慈祥的邻家大伯。

"丁伯伯。"

"好，好，没有叫我丁总。到茶室来，我们喝茶、聊天。"

茶室有一个三十来岁的漂亮女子，气质优雅，安静如深山细竹。

丁晨光道："这是自家人，不必回避，有什么话都可以谈。"

大老板长期处于支配地位，自然而然形成一种潜在的威压。侯大利的家庭环境让其天生对这种威压免疫，道："丁伯伯，我就开门见山，在你心目中谁是凶手？"

丁晨光神色黯然，道："这是最让我难受的地方。出事以后，我一直在想谁会对我下毒手，想来想去，没有结果。老姜副局长提出有可能是流窜作案，流窜作案更难侦破，我急眼了，还和老姜拍了桌子。"

侯大利道："是否和生意上的竞争对手有关？"

丁晨光摇头道："要说最大的竞争对手，其实是你爸爸。我们经历相似，从国有企业出来，搞起机械厂，业务高度重合，为了抢夺市场，你挖我的墙脚，我撒你的烂药，还曾经组织两帮人打架。"

侯大利惊讶得嘴巴都合不拢了，道："还有这事？我一点都不知道。"

"那时你还小，丁丽比你长几岁，她有印象。我们两个机械厂为了在竞争中生存，不断提高技术，结果是把其他类似的小机械厂搞死了，我们两家各有拳头产品，都活了下来。再后来，我们慢慢明白了什么是市场，就开始合作。我把产业转到南方以后，你爸转战省城阳州，那时我和你爸经常互通有无，共同投资不少项目。小丽出事前，我和你爸已经度过了最野蛮的竞争阶段。所以，我还真想不出谁会下如此狠手。如果真是有人报复，最有可能是当时并购后失业的江州机械厂工人。"

丁晨光拿出一张字条，上面写有三十七个名字，道："这些人都是江州机械厂员工，当年被开除后闹得凶的。他们在吃大锅饭时养成了一些不好的习惯，迟到早退，顺手牵羊，你在世安厂生活过，明白我说的话。我的工厂里绝对不允许这些行为。经过教育后，有三百多工人无法适应新工作，被正常辞退。我不是黑心资本家，只是纯粹从企业角度做出决定，最终留下来的工人有六百多，很多人都成了公司骨干。被辞退的工人闹腾得很厉害，四处上访堵路，我没有退缩，坚决不同意让他们继续上班。让他们走法律途径，他们不愿意，说我和政府有钩挂。实则他们都有迟到早退或者绩效方面的把柄在人事方面，真打官司，他们肯定赢不了。今天特意找你来，我就是要说点真话，阿蛮脸上有伤痕，你应该注意到了。除了面上做工作以外，阿蛮还暗自带人去收拾了带头的工人。那些工人真不是吃素的，反抗得很激烈。阿蛮收拾了对方，打一顿，威胁他们的家人，在这个过程中，阿蛮自己也受了伤。带头的工人吃了亏，不再闹了，事态也就慢慢平息了。当时挨打的工人有三十七个，都在名单上。"

侯大利接过字条，道："葛向东和樊勇是否知道此事？"

丁晨光道："并购和辞退工人的事，他们两人知道，包括老姜也知道。那时没有找到精斑，最终没有破案。我判断凶手肯定就在这三十七人中，可以查他们的DNA。"

侯大利接过这极为珍贵的字条，小心翼翼地放好，道："这是很重要的线索。除了江州机械厂以外，葛向东和樊勇还把胜利煤矿拍卖的投标人列为重点对象。"

"这也是我提供的线索。原因很简单，出事时，那是我正在进行的项目，所以有怀疑，却也拿不准。当时我想搞多元化，邀请了几家企业围标，黄大磊当时才进入江州商界，不太懂这方面的规则，跑过来投标。秦永国本来是搞矿的，我给他说过，下次我会让他，他也同意了。

出事后，我无心留在江州，带着团队南下，最终让给秦永国中标。你是国龙的儿子，又是刑侦天才，所以我给你讲的都是实话。你不要谦虚，老朴也给我说过这个观点。"

丁晨光接过女人递过来的小杯，慢慢喝了一口，放下杯子，道："我想听一听你的真实想法，到底能不能破案？"

侯大利道："我还在了解案情，暂时没有结论。找到了凶手的精斑，这就是突破点。有了这个突破点，凶手只要继续作案，迟早会被绳之以法。除非他不在国内，或者已经死掉，否则始终要露出马脚。"

"如果凶手出国，或者死了，你们就无法破案？"丁晨光仰起脖子，提高声音。

侯大利依然冷静，道："出现这两种情况，基本无法破案。"

"不管怎么样，我要追查到底，否则人生就没有了意义。"丁晨光的精力似乎突然被抽空，靠在椅子上，仰头朝天，整个人仿佛猛然间就老了十岁。

丁晨光、侯大利和茶室女子共进了晚餐。晚餐时间很早，刚到六点准时开饭，七点半就结束。晚餐结束，丁晨光离开。

侯大利跟随茶室女子重回茶室。茶室女子拿出一张翻拍的相片，道："丁总很珍惜女儿所有相片，这是第一次翻拍后送人。那时你还在读小学吧，比小丽还要矮小些。他不能面对这些相片，所以让我给你。"

这是一张稍显模糊的相片，侯大利只有十一二岁模样，身边并排站着一个青春少女。青春少女便是丁丽。丁丽将手放在侯大利肩膀上，笑得很开心。相片中侯大利没有笑容，似乎在生气。

侯大利家中影集没有这张相片，努力回忆也没有想起是在什么场景下拍摄的，他很快就放弃回忆，注意力集中到相片中的丁丽身上。他对丁丽的主要印象来自卷宗中的现场勘查相片，丁丽遇害时颈部被切开，皮开肉绽，鲜血流下，形成血泊。此时骤然看见自己和丁丽并排站在一起的相片，相片中丁丽是典型邻家小妹，相貌清纯，面容姣好，与现场勘查中血淋淋的相片形成鲜明对比。

茶室女子叹息一声："小丽是个好孩子，没有富家女的娇骄毛病，很上进的。没有想到祸从天降，出这种事情。你是刑侦系高才生，一定要抓到凶手，为小丽报仇。这张相片是特意翻拍的，送给你。"

侯大利接过相片，放进手包，又问："为什么以前没有给我这张相片？"

茶室女子道："丁总最初对破案没有信心，没有太高期望值，自然没有想到翻拍视若珍宝的相片。后来，你在专案组连破大案，丁总这才真正产生了信心，要我将相片转交给你。大利，希望你能帮帮丁总。丁总管理着一个大企业，平时在外人面前指挥若定，谈笑间做成大生意，其实内心非常凄苦。我这个茶室，也只能给他片刻安宁。"

离开丁家，侯大利心里沉甸甸的。

他选择做刑警是为了亲手将杀害女友的凶手绳之以法，在专案组工作短短一年时间，他看到了普通人或许一辈子都难以见到的悲剧。

悲剧具有普遍性和随机性，不分高低贵贱，就算站在社会顶端的丁晨光也无法摆脱命运的折磨。他在白天是意气风发的成功人士，在夜晚却只能独自品尝痛苦，痛苦到极点就用烟头来烫腹部，用肉体痛苦替代心灵最深处的悲伤。

这些悲剧无一例外地给侯大利心灵带来强烈冲击，特别是一张张血淋淋的现场勘查相片长期清晰地停留在其大脑里，如慢性毒药一样腐蚀其精神，给其带来新的创伤。

这是职业伤害，侯大利无法避免。更准确地说，他不愿意回避。每次见到受害者家人以后，破案和惩罚凶手的冲动便在内心深处涌动，成为其对抗慢性毒药的盾牌。


**雷神之死**

侯大利坐上越野车，没有急于开车。车窗如一道隔离屏障，让他与世界产生淡淡隔膜。

路灯和高楼轮廓线制造了夜间繁华，而另一个词叫作灯红酒绿。以侯大利的家世，如果不做刑警，那么此刻多半沉浸在灯红酒绿中，正在思考如何才能更好地度过美好的夜晚，享受上天赐予的人生。此刻做了刑警，他的目光穿过摩肩接踵的人群，越过做成花朵状的路灯，直达灯光照不到的黑暗深处。光明和黑暗，繁华与冷清，一对一对矛盾共存于这个世界，让有的人幸福，有的人痛苦。

坐了一会儿，侯大利拿出手机，正要打给田甜，金传统电话先打了过来。

之前，金传统被王永强陷害，被误认为是杀害杜文丽的凶手，为此在看守所度过了短暂的难忘时光。他从看守所出来后闭门谢客，今天才给侯大利打电话。

"大利，我遭了一次大难，你居然不来看我，同学友谊薄如纸啊。"金传统的声音还是和以前一样，带着几分调侃。

侯大利道："我打过你电话，没开机，想着你应该在舔伤口，就没有来骚扰你。"

"我犹豫了两个小时才给你打电话，不管吃过没有，过来喝一杯。"金传统得到肯定回答以后，把手机扔到一边，扇走了一只飞过来的蚊子。

金传统坐在别墅的亭子里，准备在此喝杯小酒。在亭子里电蚊香没效果，阿姨便用了最土的蚊香，摆在两角，这样勉强驱赶了蚊子。

摆好了蚊香，阿姨道："传统，回屋里坐吧，没有蚊子。这里的山蚊子凶得很，叮到就是一个大包。"

"七婶，亭子好，能吹自然风，比屋里舒服多了。"金传统又扇走了一只大蚊子，道，"明天弄点驱蚊子装备，最起码要弄点花露水，或者风油精。"

阿姨是金传统的远房亲戚，辈分比金传统高一些，年轻时当过村妇女主任，做事很利索，也很可靠。若是没有杜文丽事件，金传统不会让长辈亲戚进到自己别墅，进了一遭看守所，他的想法有所变化，同意让婶子进了别墅。

夜风袭来，送来茉莉花的清香。花园深处还躲藏着好些蛐蛐，正在响亮地歌唱。进入看守所以前，金传统有时开玩笑说别墅就是大一点的四面墙，有钱人花巨资困在里面。进入看守所以后，他才明白真正的四面墙的残酷滋味。所以，他现在最喜欢在家里的亭子吃饭，四面通透，不再有墙。

侯大利轻车熟路来到金山别墅，进入别墅区以后，沿着香樟小道来到金传统的别墅。金山别墅一区只有八幢别墅，每幢别墅占地三四亩。侯大利数次到过金山别墅，以前很少关注其他别墅，如今他特意查看了第二幢别墅。第二幢别墅是黄大磊所住，与金传统所住别墅有一座小山坡分隔。更准确表述为，别墅一区有一座小山坡，一侧是金传统所住别墅，另一侧是黄大磊所住别墅。

侯大利将车停在别墅外，由侧门走进别墅区。阿姨过来开了门，道："传统在小亭等你。蚊子有点多，给你一把扇子。"

以前，金传统长期在别墅内大宴宾客，从看守所出来以后，张晓是第一个进入者，侯大利是第二个。在阿姨的带领下，侯大利拿着蒲扇，沿着花园小道来到角落小亭。金传统没有说话，指了指椅子，又倒了一杯茶水，放在桌上。

两人面对面而坐，目光交锋，都不退让。

金传统先开口，道："如果不是你发现了水泥路上的脚印，我不会进看守所。我们是朋友，你发现了对我不利的证据，完全没有对我预警，不讲义气。"

侯大利道："提审王永强时，我问过他，脚印非常隐蔽，如果警方不能发现，他所做的一切不就白费了？王永强明确答复，如果警方真的没有发现，他就会在互联网上公开。结果，他的游戏还没有开始就结束了。害你进看守所的不是我，是王永强。至于义气问题，很明确地说，我不会为了义气损害职业道德。"

地灯光线柔和，照射在金传统脸上，让其脸色变得红润起来。金传统突然狂笑，道："你现在一点儿都不好玩，总是一本正经，我怀疑你是假的侯大利。"

侯大利不客气道："别这样傻笑，神经质。"

金传统的狂笑以最快的速度消失，道："我若是真生了你的气，不会再给你打电话。重案大队几次案情分析，你都坚持认为我不是凶手，算是说了公道话。以前有人说你很厉害，是天才刑警，我半信半疑，这一次彻底服气了。希望你能让王永强说实话，他百分之一百是杀害杨帆的凶手。"

说到这里，他的神情慢慢黯淡起来，道："这件事情你别生气，我在高中阶段曾经发现王永强跟踪过杨帆，只是不想暴露我对杨帆的单相思，怕被你鄙视，忍着没有说。这一次被王永强摆了一道，差点被当成连环杀人犯，害得我的底裤都被你看光了。特别是房事不举的毛病被你知道，丢了我的大脸。"

侯大利真诚地道："你那是应激创伤，我同样也有，只不过表现形式不一样。"

金传统道："我联系了北京一位资深教授，他看过我的体检资料，制订了治疗方案，说是有百分之七八十把握能治好。若是治好了病，我就和张晓结婚。在外面荡了这么多年，见了大世面，也该好好过日子了。"

聊到了这个地步，两人算是彻底打开了心结。

侯大利指了指小山坡对面，道："黄大磊，你熟悉吗？"

金传统道："他犯了什么事？被你盯上。"

侯大利道："只是想了解。你听说过他有什么有趣的事情？"

金传统道："黄大磊是江州最大的矿老板，有钱，为人低调。我和他没有什么交集，在饭局上遇到过几次。要说有趣的事情，也有，都是很久以前的事。这人年轻的时候很凶悍，护矿队出去打架，几乎没有输过，后来越来越有钱，便越来越低调。当年矿山很乱，不是狠人站不住脚。"

侯大利在脑中给黄大磊贴上一个"凶悍"的标签。

回到高森别墅，田甜还没有回家。侯大利知道她今天夜里有任务，要去解救被拐到山区的妇女，便没有打手机。他在床上想了一会儿案情，慢慢睡去，醒来时，床的另一边仍然是空的。侯大利拿起手机，握在手里，想了一会儿，最终还是放下了。田甜在执行任务，若是任务结束，自然会主动联系，现在打手机过去，极有可能添乱。

早上，侯大利给田甜发了信息。很快，田甜电话回了过来，声音疲惫中透着些兴奋，道："解救出来了。我们解救被拐卖妇女完全就是打仗，派出所民警提前侦查好，二大队重兵埋伏在公路边，等到夜深了，我们突然冲进去，把被拐妇女抢了就走，一点儿都不敢耽误。开车不久，好多村民都冲了出来，在公路边大吼大叫。我们根本不敢在当时动人，只求能顺利把被拐妇女解救出来。"

侯大利道："你整晚没睡觉吧？早点回家，美美睡一觉。"

田甜意犹未尽，道："我和顾大队等会儿要陪着被拐妇女去检查身体，那个被拐妇女说想呕吐，我们怀疑有身孕了。其实准确来说也不叫妇女，而是十六岁的少女，正在读职中，被骗出来工作，后来被卖到了前不着村后不着店的大山里面。"

说到这里，她愤怒起来，道："大山里面，一群买卖妇女的人提着锄头，拿着菜刀，理直气壮得很。我们解救人的公安还偷偷摸摸，世界上还有没有比这更荒谬的事！到现场你就知道，当场带走老光棍肯定不可能，能把被拐的女人救出来就算不错了。以前做法医，觉得杀人犯可恨，现在到了二大队，才发现最可恨的是拐卖妇女儿童的人贩子。不管是妇女被拐还是儿童被拐，被拐后都生不如死，被拐家庭同样生不如死，而且这种伤痛会持续一辈子。有时候，真想一枪毙了那些人贩子。"

与女友通话以后，侯大利一颗心便放了下来，开车前往刑警老楼。他正在三楼资料室翻看丁丽案卷宗的时候，王华跑上了楼，手撑在膝盖上，大口大口喘气，道："昨天晚上，老雷脑出血，走了。"

"谁走了？"

"雷帮国。"

"啊，他昨天还到局里来了一趟。"

"老雷昨天从支队回家，或许是高兴，或许是不高兴，反正喝了点酒。他本身血压高，晚上就出事了，医生来的时候，已经没有呼吸了。"

王华坐在曾经属于田甜的椅子上，扭开矿泉水瓶盖子，喝了几大口，又道："这些年来，脑出血的同事有好几个了，警察这个工作真不是人干的，穷得叮当响，又累又苦还老是面对负面东西。大部分同事都不想让娃儿当警察。老雷责任心强，和姜局一样对丁丽案耿耿于怀，这次你发现了精斑，这正是当年的重大失误，他挺自责。"

雷帮国前辈的死与自己其实有间接关联，侯大利的脸色瞬间变得十分难看。

王华安慰道："这事和你没有任何关系，只怪老雷过于上心。他若不上心，屁事没有。"

桌上座机电话响起，朱林的声音透着疲惫，吩咐道："你知道雷主任的事吧？下午三点就要为老雷开追悼会，换上警服，一起给雷主任送行。"

侯大利道："这么快就开追悼会？"

朱林道："老雷以前就说过，如果他死了，莫要搞算日子那些名堂，当天死，当天开追悼会，当天火化。一般情况，政法委书记都只是送个花圈表示悼念。老雷是江州刑警支队技术室创建者，多次立功。杜书记听说老雷逝世，立刻表示要亲自参加。今天开完追悼会，杜书记和关局马上要到省委政法委开会。"

王华继续在资料室谈雷帮国的往事，楼下响起了低沉的吼叫声，极似当年大李的声音。侯大利几步蹿出门，站在走道向下张望。樊勇带着一只狼青色狼犬，正在前往大李以前的房屋。

大李死在岗位上以后，刑警老楼冷清了许多，侯大利赶紧下楼，迎接专案组新成员。

新来警犬是昆明犬，身材高大，体形健壮，狼青色，耳朵竖立。它听到侯大利的脚步声，抬头望了一眼，眼神冷冰冰的。

樊勇整个人容光焕发，介绍道："这是旺财，治安犬，扑人时力量很大，以前我就见过，刚刚退役，被我软磨硬泡从老王手里要过来。老王是真舍不得旺财，还非要我签保证书。我们本来就是内部单位，还得签保证书，办领养手续，这不是脱了裤子放屁——多此一举？看到老王眼泪巴巴的样子，我才签了保证书。"

警犬退役以后，首选会被送回训练基地，或者被训导员领养。如果训导员无法领养，才会询问警犬之前所在的单位能否收养。105专案组曾经收养过大李，训练基地的人都知道专案组有独立地盘，从朱林到樊勇都对警犬有特殊感情，所以才愿意将旺财放到专案组。

旺财保持着相当高的警惕，侯大利只能站在旁边观看。

樊勇蹲下来，道："旺财，这就是你以后的家。我打扫干净了，非常舒服。这是我们的副组长，我们都叫他组座，听明白没有？"

旺财已经接纳了樊勇，听了他的话，便进入自己的家。

侯大利道："雷主任过世了，下午三点开追悼会，我们两点半出发，穿警服。"

樊勇原本情绪高涨，喜笑颜开，闻听此言，笑容慢慢消失。他询问了雷帮国过世的原因，闷了一会儿，道："我到健身房锻炼，身体才是革命的本钱。"

下午两点半，专案组朱林、侯大利、葛向东、樊勇和王华都穿上警服，一起前往江州殡仪馆的追悼大厅。

侯大利入职以来穿警服的次服不多，主要是在一些正式场合以及特殊场景。他的警服平时挂在小衣柜里，近一年时间，警服几乎还是新的。上一次穿警服是全局干警大会，再上一次穿警服是冬季集训，冬季集训前穿警服就是参加师父李超的追悼会。

追悼厅门楣上张挂着大幅的条幅："沉痛悼念雷帮国同志"。侯大利和樊勇举着花圈送过去，花圈上落款是105专案组。送了花圈，侯大利取了白花和青纱，让专案组诸人戴上。追悼大厅里除了雷帮国的家人以外，全是戴着白花的着装警察。

田甜与二大队同志站在一起，神情肃穆。侯大利和专案组同志站在一起，便没有走过去打招呼，隔了几米，仍然能清晰地看到田甜的黑眼圈和右脸上的几道抓痕。

政治处陈浩荡迎面而来，向侯大利打了个招呼，匆匆朝外走。侯大利见其走得急，便顺着其背影望了一眼。门外走来了市委常委、政法委书记杜军和公安局局长关鹏等人，陈浩荡微微弯腰，伸出右手，给领导们带路。

陈浩荡是侯大利的大学同学，大学毕业后和侯大利一起分到江州市公安局，在刑警支队办公室短暂工作了一段时间后，调到政治处工作。他颇有眼力，深悉为官和处世之道，与只是专注于案件的侯大利形成鲜明对比。

三点钟，追悼会准时开始。哀乐声中，政治处顾主任尽量用平缓的语气将英雄事迹读出，声音通过喇叭送到灵堂外。

队伍里有哭泣声响起，场里场外有不少民警落泪。侯大利内心颇不是滋味，尽管从理智上他知道雷主任逝世不应由自己负责，可是面对雷主任家人时，总还是心怀内疚。

追悼会结束，侯大利向朱林请了假，没有再回刑警老楼。田甜坐在副驾驶位置，靠在椅子上，闭目休息。

侯大利在女友面前吐露了心声，道："今天在灵堂，听到顾主任读雷主任事迹，怪不是滋味。若是没有发现这块精斑，雷主任估计还没事。"

田甜睁开眼睛，道："发现精斑对雷主任也是好事，至少他在逝去前知道凶手最终会被捉住，没有太多遗憾。对丁晨光来说，发现了精斑，意味着正义最终会来到。你站在丁晨光和丁丽的角度来想问题，一切迎刃而解。"

"对，我矫情了。我应该把精力放在丁丽案上。"侯大利轻轻点了点油门，越野车发出轰鸣，向高森别墅驶去。

田甜拉开后视镜，仔细看脸上伤痕，道："这是一个八十岁的老太太抓的，她的儿子买了女学生。我们强行带走女学生时，她就和野兽差不多，拼死都要保护自己的财产。在她眼里，女人是传宗接代的工具，是家里花了几千块钱买来的财产。老太太根本没有想到会给女学生带来多大的伤害。在车上，女学生浑身发抖，说不出话来。我想这一段经历会永远改变这个被拐女学生的心理。以前我作为法医接触的都是尸体，如今到了一线，接触到活生生的受害者，那是另外一种心理冲击。"

"丁晨光给过我一张翻拍的相片，里面居然是我和丁丽的合影。我感觉这张翻拍的相片就如那种能够连通鬼神的特殊介质，以前面对的是受害人，有了这张相片，时光仿佛倒流，我面对的不再仅仅是受害人，而是曾经活着的人。没有谁能够夺去其他人的生命，没有任何人能够。"

侯大利说到激愤处，用力按响喇叭。越野车喇叭发出刺耳吼叫，刺破阴云密布的天空。

"愤怒没有用，我晚上回去弄一份报告，请求根据凶手DNA，对丁丽案的重点嫌疑人进行一次重点排查。"

"重点排查会调动相当多的人力和物力，若是没有结果，会有怨言的。"

"顾不得这么多，破案才是唯一正确的事。"

回到高森别墅，侯大利开始起草报告，希望能够开展一次大排查。田甜昨夜通宵未睡，早上有不少扫尾工作，下午又参加追悼会，着实疲惫，回家洗浴后倒床就睡。凌晨两点醒来时，床边还空空的，她来到书房时，见侯大利已经完成了报告，正对着电脑出神，烟灰缸里罕见地有一堆烟头。

早上，侯大利将调查报告交给了朱林。朱林一字一句细读后，提笔签字："同意，速报战刚副局长。专案组朱林。"

根据105专案组提供的调查报告，市公安局决定展开大排查。

排查工作会就在接到报告当天举行，由分管副局长刘战刚主持，参战两百名民警齐聚在市公安局大会议室。宫建民介绍了丁丽案的基本情况后，再由重案大队陈阳大队长布置具体工作。排查范围比起侯大利预想的更大，包括被丁晨光并购的江州机械厂、参加胜利煤矿投标的企业相关人员、丁晨光所在企业部分人员以及当年中山机械厂家属院住户，其重点之一是丁晨光提供的三十七人名单。

排查不仅仅是调查走访，还得采血以获取生物检材，工作任务相当艰巨。针对此情况，市公安局成立了以刘战刚为组长的排查工作领导小组，宫建民、陈阳为副组长，陈阳兼任办公室主任。

会议结束，105专案组全体返回刑警老楼。

王华坐在副驾驶，嘴巴自然不会闲着，啧啧数声，道："组座，你胆子够肥啊。全局抽调两百民警，大动干戈，如果查不出名堂，追根溯源，最后板子肯定打在你的屁股上。你的屁股没几两肉啊，受得了几板子？几板子下去，屁股就会被打烂，若是伤了筋动了骨，你这娃走路都难。"

侯大利眼光平视前方，道："朱支经常说一句话，否定线索也是成果。至于板子打屁股，这事肯定不会发生，最多就是闲言碎语，就如以前我们背过的课文，如抹蛛丝一样轻轻抹去。说得直白一点，我只管破案，管不了别人的嘴巴。"

王华感慨地道："大利，你和我们不一样，你是全省最有名的富二代，明明可以靠爹吃饭，非要来当刑警。当刑警就当刑警嘛，还能当成神探。你有底气，我没有。我们普通人靠着这个饭碗，没办法，必须小心翼翼，有棱有角都必须先打断再磨圆。我干治安的时间最长，治安管得杂，黄赌毒、场所管理、治安清查，还有什么违规饲养犬只管理、群租房管理等，牵涉面很广。有一句话套在治安上面也很适用：上管天，下管地，中间管空气。最初干治安时，我长得瘦，为人处世还是很刚硬，自视甚高，最后的结果是干了二十年还是副大队，又被弄到专案组。我不是说专案组不好，只不过……你明白的。现在离开了治安，我突然意识到其他警种，特别是重案刑警们眼中的治安警都是瞎忙。最初听到这个评价时，气得我差点挽衣袖打人。"

王华坐在田甜惯常坐的副驾驶位置上，双腿岔开，肚子鼓得老高。他如今不仅经常坐在副驾驶位置上，在三楼资料室里，还自然而然坐了田甜的椅子。很长时间里，专案组喜欢在资料室谈案情，每个人都有相对固定的位置，这个位置没有明文规定，大家都有默契，各坐各位，基本不乱。王华这个大肚唠叨汉坐在以前田甜的位置，让侯大利颇为不适应。尽管王华为人也不错，但是终归不如田甜知冷暖。

听到王华唠叨，侯大利不由得想起师父李超。樊勇多次抱怨王华嘴巴就如机关枪，每天嗒嗒嗒嗒响个不停。由于李超和王华关系很不错，侯大利爱屋及乌，也慢慢接受了同样话痨的王华。

王华道："我现在知道为什么组座能成为神探了，能力只是一方面，更主要是用心。来到专案组这些天，除了开会和外出调查，你天天都盯着投影仪。如果大家都这么用心，不说百分之一百的案子能破，至少百分之八十能破。神探炼成最重要的原因就是投入精力在案子上。你别认为我说的是废话，很多人做不成事，主要就是投入精力不够。比如我吧，在治安上工作时间长，肯定熟悉各方面工作，但是距离真正的高手还有差距。"

侯大利道："什么神探，就是一个菜鸟。"

王华道："你根本不是菜鸟，在黄卫那件事情上，你做得非常专业，稍有一个环节没做好，你都没有那么容易脱身。说起来我和唐山林、吴开军都是熟人，做治安工作的，与夜总会老板打交道也是工作之一。"

杀害黄卫的凶手被击毙，幕后指使人无法追查，侯大利对这事挺上心。他听到王华谈起了吴开军，便留了心，道："黄卫遇害，你凭直觉判断与吴开军有没有关系？"

王华道："黄卫千里押解吴开军，谁都不敢说没有关系。可是有什么关系，谁也不能说清楚。现在不是凭直觉办案的时候，一切靠证据说话，证据才是王者。"

侯大利道："唐山林案是由重案大队主侦，专案组配侦。我也抽时间研究过唐山林案，唐山林死了，最大受益者应该是吴开军。吴开军又和黄卫案有说不清道不明的关系，从这个几方面来说，吴开军都很值得怀疑。"

王华努力回想与吴开军接触的点点滴滴，道："吴开军开夜总会，难免三教九流都要接触，有点违法犯罪的小事这是肯定的，但是不太可能做大案。这人耿直，我到他老家梅山去钓鱼，那边村民提起吴开军，都竖大拇指。我钓鱼以后，村支书、主任，村里有头有脸的都过来陪酒。"

侯大利最初只是顺耳听王华吧嗒吧嗒不停地说，听到"梅山"两个字，如烧红的烙铁烙了屁股，拍了下喇叭，道："吴开军老家在哪里？"

王华道："梅山。"

侯大利道："黄大磊的老家也在梅山。"

王华道："这很正常，梅山是靠江大镇，有五万多人口，江州各行各业里有很多梅山人。"

"黄大磊参加过胜利煤矿拍卖，丁丽就是在此期间遇害。吴开军是涉黑人员，还是梅山人，这之间有没有联系？"

侯大利之所以对同乡如此敏感，来源于其经验，系列麻醉案的主犯狗货是王永强的同乡，王永强获得的麻醉药品"任我行"便来自狗货。此刻，开夜总会的吴开军和矿老板黄大磊猛然间有了同乡这个联系，让其高度警惕起来。

王华道："如今各行各业都有圈子，圈子之间是有来往的，我从来没有在吴开军的圈子里见到过黄大磊。"

侯大利道："我们抽时间到梅山，查一查吴开军和黄大磊之间的关系。"


## 金山别墅响起枪声

排查工作在刑警支队长宫建民指挥下，有条不紊地开展。大量生物检材汇入市技术室，市DNA实验室主任张晨带领借调来的两名工作人员吃住在实验室，也无法在短时间内完成巨量的检测工作。刘战刚了解实际情况后，特意去找了省厅老朴。在老朴协调之下，省刑侦总队DNA室接收了一部分生物检材，还将阳州、秦阳、湖州的DNA室都调动起来。

105专案组人少，没有参加排查工作，继续调查案件。

朱林是经验丰富的老刑警，得知吴开军和黄大磊同是梅山镇人，与侯大利一样，意识到其中或许有某种联系。

专案组为此召开专题案情分析会，除了专案组成员以外，重案大队主办吴开军案件的二组组长苗伟、经侦支队一位熟悉黄大磊的副大队长、治安支队一位了解吴开军的大队长参加案情分析会。参会诸人都认识吴开军和黄大磊，但是没有人了解吴开军和黄大磊之间是否有联系。

苗伟以及经侦、治安的同志在会议结束以后，又暗中开展了调查，仍然没有发现吴开军和黄大磊有过联系。

由此可以判断，吴开军和黄大磊至少在江州期间很少在一起。但是，人与人之间的联系是在动态发展变化的，此次调查只能证明当前情况，而无法搞清楚吴开军和黄大磊在1994年的关系。

朱林和侯大利一起前往梅山镇。

梅山派出所所长施成曾经是刑警支队三大队副大队长，接到朱林电话以后，便一直在派出所等候。看到越野车进院，施成快步下楼，道："欢迎朱支，上一次朱支到梅山所还是送我上任，后来一直都没有来过。"

朱林望着熟悉的战友，道："时间过得很快，转眼就是四年了。按市局规定，在派出所工作四五年，还得回业务部门。"

施成把目光转向侯大利和越野车，道："派出所的车太差，上次追一个犯罪嫌疑人，速度提不起来，眼睁睁看着车屁股越来越远。若是有这样一台越野车，踩油门就提速，那就带劲了。"

侯大利道："专案组车不够，还是旧车，外出爬山就只能开这辆。"

朱林介绍道："这是105专案组副组长，侯大利。"

施成打量英俊的年轻刑警，道："久闻大名。我是说真话，确实是久闻大名。你是刑警支队后起之秀，其实说后起之秀不准确，应该说是我们局里的新神探。"

三人进屋，关门。朱林直截了当地道："你知不知道吴开军和黄大磊的情况？"

虽然朱林已经不是刑警支队长，可是施成在老领导面前仍然以下级自居，拿着笔记本，腰挺得笔直，道："吴开军和黄大磊都是梅山名人，专案组想要哪方面情况？"

朱林道："大利，你来具体谈。"

侯大利道："吴开军和黄大磊是否认识？关系怎么样？"

施成道："他们都是梅山名人，每年镇里搞团拜会，他们都要参加，肯定认识。"

侯大利道："你谈谈他们两人的情况，不管什么情况，越详细越好。"

施成不知道朱林和侯大利调查两位梅山名人的目的，略微思考，道："我来到梅山所时间不长，只有四年。这四年间，黄大磊很少回镇里，他的几个矿都不在梅山，所以和梅山所打交道的时间不多，偶尔吃顿饭，没有实质性接触。吴开军虽然是梅山人，由于其在江州城里开夜总会，还有涉黑嫌疑，我和他接触得也很少。他们两人的关系，我还真不清楚。"

侯大利道："1994年，黄大磊和吴开军是不是在镇里？那个时候他们在做什么？谁了解？"

"梅山所是新所，建所前都只有一个公安人员，姓马。马公安退休很久了，我不认识他，也从来没有联系过，听说到外地带孙子了。"施成看了一眼朱林，道，"我能找到马公安的联系方式。"

专案组来梅山后一直没有说出来意。施成是老刑警，听到侯大利提到1994年，立刻联想到发生在1994年的丁丽案，翻出一个本子，建议道："我记得黄大磊当初在镇里面开过石场，可以找当年企业办的同志或者驻村干部来问一问具体情况。"

朱林道："我们暂时不出面，由你调查，要了解吴开军和黄大磊是否认识；如果认识，是否有密切关系。"

施成道："我马上去办。"

朱林又道："找一家生意最好的农家乐，去放松放松。"

施成爽快地道："那我安排一个农家乐，老领导喜欢钓鱼，一边钓鱼，一边等我消息。"

朱林强调道："我要生意最好的。"

施成笑道:"梅山偏僻,没有什么好餐馆,黄氏农家乐就是最火爆的。"

来到黄氏农家乐,施成把农家乐黄老板叫出来,道:"朱总是我的朋友,你先请朱总钓鱼,中午我过来陪吃饭。"

黄老板瞅着越野车看了一会儿,估了估越野车价值,认同了"朱总"这个说法。

梅山是远郊镇,位于巴岳山脚下,屋后竹林、前院鸡狗,不远处是天然池塘,农家生意气息扑面而来。朱林到农家乐老板的堂屋转了一圈,板着的脸放松下来,要了一支钓鱼竿,和侯大利到池塘边钓鱼。

朱林见到池塘边有鸭棚,道:"鸭子屎多,掉进池塘,把水都弄肥了,鱼不好吃。"

农家乐老板耳朵上夹着烟,脸上浮现出狡黠和淳朴的混合表情,道:"老板眼睛挺毒,还看到我那些年的鸭房子。以前我喂过鸭子,后来大家都说我的鱼不好吃了,后来干脆不喂鸭子。亏是亏点,管他妈的,图个大家欢喜。"

朱林接过烟,点着,抽了一口,麻利地将渔线扔进池塘,不一会儿就钓起来一条二指宽的鲫鱼。他取了鱼,仔细看了看,丢进盆子,道:"老板哄人哟,这不是土鲫鱼,是麻鲫。"

钓起来的鲫鱼个头不大,嘴巴细小,边缘有淡黄色。这正是侯大利认识中的土鲫鱼标配,听到朱林说这是麻鲫,不由得凝神细听。

农家乐老板明显愣了愣,然后竖起大拇指,道:"遇到高人了。真人面前不说假话,我喂的确实是麻鲫。麻鲫比起湘云鲫长得慢,食性也杂,其实和土鲫鱼没有太大区别。"

朱林道:"江州正宗的土鲫鱼身侧有二十八个侧线点,麻鲫也有,只是没有这条明显,稍稍模糊些。另外,麻鲫的鱼鳞要大些。现在能吃到麻鲫也不错,真正的土鲫鱼基本找不到了,就算找到其实也是杂种。"

几句话之后,朱林便拉近了与农家乐黄老板的关系。两人站在池塘边聊得甚欢,抽完第一支烟,朱林取出自己的烟,散给农家乐老板,互相打火，在池边吞云吐雾。

"黄老板，你是本地人？"

"是啊，土生土长本地人。"

"你应该出去混过几年。我怎么知道？这很简单，本地人不戴这种翡翠戒指。黄家人都很不错，黄大磊就是梅山人，你们是不是亲戚？"

"梅山姓黄的很多，还建有黄家祠堂。黄大磊和我应该是一个老祖宗的，只不过后来分得远了。虽然谈不上亲戚，我们还是熟悉的，黄大磊每年回乡，都得到我这里来吃饭。"

"梅山虽然偏僻，但是大老板多，吴开军也是梅山的，生意做得大。"朱林表面是闲聊，一番话之后，慢慢将话题引到了调查对象上。

侯大利假装不在意两人对谈，实则竖起耳朵，一句话都不放过。

黄老板没有丝毫防范，道："黄大磊和吴开军现在是大老板，年轻的时候和我一样，都在梅山街道混社会。我混得孬些，开农家乐，赚点小钱。黄大磊和吴开军混得好，当大老板。"

侯大利很想问"黄大磊和吴开军是什么关系"，话到嘴边，还是忍住，继续听朱林和农家乐黄老板闲聊。

朱林道："能开这么大一家农家乐，很厉害了。当大老板的也就只有几个，不可能个个都当大老板。"

黄老板哼了一声，道："黄大磊发迹就靠石场，做石场前，他和我一样穷得叮当响，还经常在赶场天喝胡豆酒，抓一把胡豆，打半斤白酒，划拳。后来修阳江高速，他狗日的一下就发财了，再也不和我们喝胡豆酒了。"

朱林道："吴开军怎么发财的？第一桶金不好搞。有一百块钱赚一万难上加难，有一万赚十万就容易些，有十万赚一百万就不太难，有一百万赚一千万就不是问题。"

黄老板对此深有同感，道："吴开军发财还是靠着黄大磊，当年黄大磊开石场时，吴开军和几个社会哥就跟在黄大磊屁股后面混。后来我到粤省打工，就不晓得吴开军怎么也成了大老板。"

这正是踏破铁鞋无觅处，得来全不费工夫。侯大利暗自朝朱林竖起大拇指。

下午一点，施成才来到农家乐。黄老板在池塘边安了一张桌子，端来大盆的火锅鲫鱼。桌子在开放环境，视野开阔，反而不怕被人偷听。施成等到废话连篇的黄老板离开，道："时间太长了，我找了几个人才打听到情况。当时梅山开了好几家石场，企业办对黄大磊石场印象不深。后来我遇到正在办事的村支书，他晓得些情况，说是当年黄大磊开石场前就混社会，赶场天喝酒打架不在少数，后来黄大磊开了石场，慢慢就不在社会上混了。梅山场就是屁股那么大一块，吴开军和黄大磊年龄差不多，长期在一起玩。"

侯大利陷入沉思：从之前掌握的情况来看，吴开军和黄大磊之间没有联系，包括黄大磊和吴开军之间没有电话记录，吴开军手下也没有人与黄大磊有联系。但是从今天了解的情况来看，两人在年轻时曾经在一起混过社会。吴开军和黄大磊现在完全不往来，只能说明两人之间发生了什么外人不了解的事情。

午餐之后，朱林特意交代施成，一定要找到以前那位马姓公安人员的联系方式。

越野车在弯曲的山路行驶，绿树、灌木和杂草从车窗前闪过。侯大利回想朱林和黄老板聊天的细节，道："朱支，你主动要求去钓鱼，莫非料定能摸到实料？"

朱林靠在车椅上，道："我不是神仙，没有掐指一算的本领，主动要求到最火的农家乐是基于常识。梅山这种山区镇没有几家好馆子，黄大磊和吴开军都是有钱人，回到家乡必然要衣锦还乡，出来吃饭肯定会找最好的馆子或者农家乐。能在乡镇把农家乐经营好的人都是乡村能人，见多识广，极大可能会认识黄大磊和吴开军。今天是运气太好，恰好遇到知情人。如果运气不好，黄老板不认识黄大磊和吴开军，我们也没有损失，至少能吃到梅山场镇中最好的味道。"

"今天的火锅鱼味道确实不错。朱支今天问话真有技巧，几句话绕过去，黄老板就把知道的全部说了出来。"在侯大利最初的印象中，朱林素来不苟言笑，是支队有名的"冷面王"，接触久了，他才发现朱林外冷内热，很有点冷幽默。

"你少拍马屁啊，现场调查是侦查员的基本功。"摸到了黄大磊和吴开军在1994年的关系，朱林心情颇佳，又道，"我们那个年代，侦查技术比起现在差得很远，破案就靠调查走访，眼尖、嘴勤、腿快，这是我们当年破案的绝活儿。别人都叫你神探，你的尾巴要夹紧点，论到调查走访、蹲点守候这些基本侦查业务，你和老队员比起来没有优势。"

侯大利道："朱支，我从来没有承认自己是神探啊，这点自知之明是有的。我以前的师父是李超，牺牲了，现在没有师父了。我想拜朱支为师父，是真心的。"

朱林笑了起来，道："若是一般的人听到你这种说法，都怕触了霉头，会避之唯恐不及。我们做刑警的其实有时也迷信，迷信归迷信，你这个徒弟我还是愿意收。大利啊，我总觉得会从那个马公安嘴里探到更多东西。当年，开石场必然和公安人员打交道，公安人员又负责治安，他们接触比起企业办的人更紧密。"

越野车刚刚到城区，几辆警车迎面而来。朱林原本靠在椅子上休息，看到闪烁的警灯，身体顿时立了起来，两眼炯炯有神，道："掉头，跟上陈阳的车。"

重案大队长陈阳乘坐便车，跟在警车后面，车速颇快。他接到朱林电话后，道："刚发生枪击案，黄大磊在别墅门口被枪击，送到医院抢救，还没有脱离危险。他的司机腿部中枪，没有生命危险。"

放下电话，朱林说了一句"黄大磊被枪击"后，便一语不发。

接近金山别墅时，救护车里传出"哎哟、哎哟"的声音，与越野车擦肩而过。

越野车停在金山别墅东门。进入东门之后，步行约百米，向左拐便是金传统所住别墅；向右拐，穿过一片茂密的树林便是黄大磊所住别墅。黄大磊别墅虽然与金传统别墅很近，由于中间有一个小山坡相隔，两个别墅互不影响。

黄大磊别墅门口拉起了警戒线，派出所民警、重案大队陈阳站在第二层警戒线内，围在一起交流情况。

侯大利跟在朱林身后，进入第二层警戒线。对于命案积案来说，如果以后案子与之再也没有关系，遗留下来的命案积案很难侦破。如果新案与命案积案有牵连，那么侦破的可能性将大大提高。侯大利是105专案组成员，从警以后接触的全是命案积案，对此理解得最为深刻，此时隐隐有些兴奋，就如即将投入战斗的狮子。

发生了枪击案，重案大队长陈阳顾不得寒暄，开门见山向朱林介绍案情，道："凶手潜伏进来，在别墅门口袭击了黄大磊，用的是六四式手枪，找到四枚弹壳。"

朱林不知不觉又把自己当成了刑警支队长，道："监控查了没有？"

陈阳道："查了监控，没有发现凶手是怎么进来的。小车进入金山小区，到了黄大磊家门口。司机下车开大门，凶手突然冲了出来。凶手戴有口罩，打伞，穿雨衣，看不清楚面部，身材也有些模糊。他站在驾驶室窗边，朝坐在后座的黄大磊开了三枪。开枪之后，凶手从监控镜头消失，整个过程非常冷静。视频大队在路上，马上到，准备把别墅区和附近监控镜头彻底查一遍。"

朱林道："驾驶员是啥情况？"

陈阳道："枪击过程很快，驾驶员完全没有反应过来。驾驶员正要追赶，凶手回身打了一枪，说了一声'滚，和你无关'，这一枪打在驾驶员大腿上，没有打到动脉。苗伟问过驾驶员，凶手是本地口音，但是没有看到相貌。"

朱林扫视别墅区整个环境，道："别墅区高度封闭，现场没有被破坏。凶手能潜进来，肯定是躲在草丛里面，必然留脚印，要查一查脚印附近有没有烟头之类的遗留物。"

陈阳道："已经安排了。警戒线拉得比较宽，老谭、小林马上就到。"

"叫警犬。"

"马上到。"

朱林点了点头，皱着眉头，问道："凶手是守株待兔，还是提前知道黄大磊行踪？"

陈阳道："刘局已经安排技侦支队调查黄大磊、其司机和公司秘书电话。"

侯大利一直在旁听两位领导的对话，站在现场，脑中浮现起"现场影像"：凶手举伞，躲在大门旁边墙角，耐心等待黄大磊小车回来，利用驾驶员下车开门的短暂时间，非常冷静地扣响了扳机，然后打伤了驾驶员，从容撤离现场。

朱林习惯性转过头，问道："大利怎么看？"

侯大利关掉脑中浮现的现场影像，道："凶手是预谋杀人，谋杀对象就是黄大磊。他提前侦查，选择了一条监控盲区进入金山别墅，然后顺着选好的道路撤退，肯定会留下脚印，通过脚印可以推断出凶手的身高和体形。以这个凶手的行为模式，不应该把有价值的鞋印留在现场，也不会出现烟头之类。"

陈阳道："唐山林案中，凶手穿鞋套，也是用伞来挡监控。此案的凶手与唐山林案凶手思路非常接近，可以串并案侦查。"

警车不断到来，刘战刚和宫建民先后赶到，老谭、小林也赶到现场。刑警支队领导到场后，侯大利主动请缨，换上勘查服，准备跟随老谭和小林进行现场勘查。

警犬到来后，果然如朱林所猜测，很快就在绿化带深处的泥土里找到脚印。警犬在凶手留下的脚印里慢慢嗅，然后沿着绿化带穿行。进入后院以后，警犬失去了目标。

侯大利将警犬的路线图画出来，做了标记，交给小林，道："这个凶手很鬼，凭肉眼观察，这条线路恰巧能够躲过所有监控。"

老谭道："这小子不仅鬼，还很神，我高度怀疑是内鬼，否则不可能找到这么完美的躲避监控的路线。"

警犬工作结束以后，老谭、小林等人开始现场勘查。有老谭和小林在场，侯大利主要负责现场拍摄。勘查结束，果然如侯大利所推断，现场没有头发、烟头等有用的物证。

第四章
# 梅山黑社会往事

## 马公安聊往事

勘查结束，没有能够提供与凶手直接有关的证据，只是从凶手的行为勾勒出一些特点，作为侦查方向的参考。

在随后召开的案情分析会上，决定从两方面梳理：一是调查黄大磊社会关系，从现在来看仇杀可能性极大；二是调查金山别墅的管理系统，凶手能避开监控，说明凶手熟悉监控点，而一般人做不到这一点。

会议结束，朱林和侯大利一起坐电梯到车库。从会议室出来直到坐上越野车，两人一句话都没有说，沉浸在案子中。

越野车启动，朱林问："你怎么看？"

侯大利道："黄卫案、唐山林案、黄大磊案，这三个案子不是孤立的，甚至丁丽案也与这三个案子有牵连，存在某种内在联系，只是我们还没有找到这个内在联系。"

朱林道："采集样本，DNA比对，工作量很大。比对工作结束，或许一切就迎刃而解，也有可能一无所获。我们现在要耐心等待结果，当然，也不是什么事情都不做，按照既定步骤，一步一步来。梅山镇的马公安明天要从秦阳回来，我们和他谈了以后，再做下一步安排。"

大案再发，侯大利内心颇为急切，道："我想复制一份金山别墅这一段时间的视频。凶手选择的路线躲过了大部分监控，应该提前到别墅踩过点，我想看一看。"

朱林能够理解侯大利的心情，道："105专案组是特殊专案组，实行的是案案相靠制度，凡是有重案，我们都可以去查看是否与丁丽案有关系，虽然是配侦，却是特殊的配侦。你是专案组副组长，直接到视频大队，按规定复制相关视频。"

得到朱林同意以后，侯大利叫上王华，一起来到视频大队。

随着社会治安防控体系建设法治化、社会化、信息化的推进，视频监控在技防工作中占据重要位置，江州市刑警支队率先在全省刑警支队中设立了第五大队，也就是视频大队，负责全市公安科技工作的规划、建设、宣传和管理。

王华与视频大队长姜华关系熟悉，径直推门而入。姜华见到王华，原本想笑骂几句，见到跟随其后的侯大利，便将笑骂之语收回肚中，端坐在办公桌后，露出公事公办的表情。

"姜大队，专案组想调取金山别墅的视频资料。"侯大利开门见山道。

姜华慢条斯理地道："视频大队正在对所有视频进行研判，你们有什么要求，可以直接提出来，由我们负责研判。隔行如隔山，你们不要以为读视频是简单的事，费力不讨好，伤眼睛，磨屁股。"

侯大利道："我们现在提不出具体要求，主要是想看一看前一段时间有没有特殊人进入别墅。"

姜华道："这也是我们研读的重点。"

对方打起官腔，侯大利忍着不耐，道："专案组一直在研究丁丽案，黄大磊与丁丽案有关联。专案组和视频大队两边同时研读，从各自角度出发，能够互补。"

姜华还要找理由推托，王华高声道："姜大头，少给我打官腔，大家都从一个战壕爬出来的，谁不知道谁啊？专案组是案案相靠，各单位无条件支持，你懂不懂？你如果不懂，我们就给关局打正式报告，除了正式报告，还给你打小报告，你最终还得给我们。都是为了工作，你别装腔作势了。"

姜华尴尬地笑，道："王胖子，你别在我办公室叫器。我没说不给，这是沟通商量。"他给办公室打了电话，叫来技术人员，帮侯大利拷贝视频资料。

侯大利离开后，姜华顿时脸露笑容，从办公桌里摸出一包烟，抽出一支，递给王华。

王华气哼哼地抽起烟，道："你是姜华，我是王华，我们两个华互相知根知底。今天怎么回事？给侯大利打官腔，不是你的性格。侯大利为人很不错，眼里除了案子，没有别的歪经。他虽然年龄小，资历浅，我还是挺佩服这种很纯粹的人。如今这种社会，全心全意扑在案子上的侦查员也不多了。"

姜华靠在椅子上，道："侯大利这人就是一把刀，太锋利了，好几次弄得重案大队没有面子。全局都知道年轻神探怒怼重案大队的故事，传起来津津乐道。这些故事往往把重案大队领导们传得很蠢，就和阿凡提故事里的老爷一样。其实我们重案大队在全省都算强队，干净利索地侦破了长青县灭门案和黄卫案，办得非常漂亮。但是，不管重案大队破了多少案，有两三次失算就被无限放大。重案大队每年办的案子这么多，有几次不如意太正常了。若是把视频拷贝给侯大利，如果他看出了什么名堂，我们视频大队搞专业的没有发现，那会弄得我们没有面子。视频大队成立不久，还在爬坡上坎，得注意形象。"

王华嘲笑道："你这人就是满肚子弯弯肠子。侯大利本身就是重案大队的侦查员，他做出了成绩，也是重案大队的成绩。"

姜华道："宫支这一招非常聪明，化解矛盾于无形。当领导的就是当领导的，比我肚子里的弯弯肠子多得多。"

从视频大队拷贝了视频资料，侯大利回到刑警老楼三楼资料室以后就没有转过眼，一直盯着画面。金山别墅监控探头多，视频量很大，侯大利一帧一帧耐心查看。

晚上回到家，侯大利滴了眼药水，让眼睛舒服一些，这才有空给田甜打电话。田甜接到电话以后，声音极为冷硬，道："晚点联系，等会儿别再打。"

田甜调到打拐专案组以后，凡是火气旺盛之时，必是遇到让其生气的案子。让其生气的案子并非是难以侦办的案子，而是妇女儿童受到严重伤害的案子。今天她的火气比起平时还要大，肯定是又遇到了让其特别难受的案子。

侯大利放下电话，坐在沙发上，拿过来一张A4纸，在上面画了黄卫、黄大磊、吴开军和唐山林的关系图。黄卫和吴开军能联系在一起，黄大磊和吴开军能联系在一起，唐山林和吴开军也能联系在一起，侯大利在吴开军这三个字上画了一个圈，以示此人的关键性。

田甜办案，时间上没有准头，也不知什么时间能够回来。梳理了吴开军关系网后，侯大利放下纸笔，准备洗浴之后上床睡觉。

按照田甜要求，别墅里专门拿一个房间来安装圆形大浴缸。田甜喜欢这个大浴缸，每天晚上都要在浴缸里泡一会儿，把白天从单位带来的坏情绪全部泡走。

自从杨帆出事以后，侯大利便不敢面对流动的水体。晃动的水体会让他晕眩，头昏眼花，严重的时候会呕吐，甚至全身瘫软无力。今天，侯大利准备再次尝试着克服这个心理障碍，给浴缸放满了水，然后跨入浴缸之中。别墅造得非常结实，按标准可抗八级地震，可是他进入浴缸之后，感到整个浴缸都在晃动，水体如波浪一样摇晃，发出哗哗的响声。

侯大利很快停止了尝试，逃出浴缸，来到另一间淋浴室。当一股股热流从天而降时，他的呕吐感才慢慢减轻。闭着眼，享受着热水按摩，他身心慢慢放松，思维转到了王永强身上。他头脑中浮现起王永强冷酷的声音："杨帆太美了，我找了十年，都没有谁能比得上。可惜没有上过她，这是人生最大遗憾。"声音响起的同时，他脑中还出现王永强掰开杨帆手指的动作。

如今王永强承认了多起杀人案，却坚决不承认杀害杨帆。虽然他难逃一死，可是他没有承认杀害杨帆，对于侯大利来说，此案并不算破。每次想到这一点，他胸中的怒气就无法遏制，积郁久了，似乎要将胸腔撑破。

洗浴之后，侯大利回到床上，渐渐睡去。

凌晨两点多，屋内传来脚步声。刚回家的田甜推开卧室看了一眼，轻手轻脚走开。关门时声音稍稍响了一些，侯大利睁开眼睛，拿起床头柜上的手表。他从床上起来，朝着没有开灯的浴室走去。

田甜果然在浴室，面对浴缸而站。她脱下宽大的浴衣，透窗而入的月光洒在裸露的皮肤上，皮肤产生了柔和质感，修长的身材在月光照亮下，有的明亮，有的陷入黑暗，更增凹凸感，很有古希腊雕塑的美感。她没有立刻进入圆形大浴缸，而是从桌柜上取了一杯酒，仰头倒入口中。酒杯不是红酒杯，而是透明的玻璃酒杯，里面装的不是红酒，而是散发着浓烈香味的酱香白酒。

侯大利走进浴室，从身后抱住了女友，感受到女友冷冰冰的身体。

"又是什么案子，让你情绪激动，居然喝起了白酒？"

"今天的案子快把我气死了。"

"你以前给我说，办案不能带情绪。而且你以前当法医时，面对受害者尸体非常冷静。"

"位置不同，心态不一样。以前当法医面对的都是尸体，如今面对的都是活生生的老弱妇孺。今天这个案子更特别，十一岁小姑娘被强奸了。"

"强奸幼女，重判。"

"重判个狗屁！强奸犯未满十四岁，十三岁半。我就眼睁睁看着这个强奸犯从眼前离开。受害者家属听到这个消息，几乎要崩溃了。这个十三岁半的强奸犯接近一米八了，身高体壮，他的妈妈还一口一个小孩。小女孩是真小，十一岁，身体还没有发育，下面被撕破了。不仅是身体受到伤害，心理阴影肯定会跟随她一辈子。女孩爸爸眼里喷火，一直在喃喃自语说要亲自报仇。我们建议民事赔偿，数额可以高一点，女孩爸爸反复说赔偿解决不了问题。"

田甜的皮肤因为气愤而生了一层小鸡皮疙瘩。

"世界就是这样的，没有办法完美，我们必须认识到这一点。"侯大利想起了世安桥上发生的惨剧，叹息一声。

田甜转过身，抱紧男友，低声道："在床上等我，今天我想要，痛痛快快来一场，让我忘记人间的不公和肮脏。"

月光如水，透过窗，洒在地面和床头。如丝绸一般的呻吟声响起，越来越响，又突然拔高，高得似乎能飞到月亮上。

早饭过后，田甜特意穿上警服，准备应约到中山小学去上法制课。

侯大利独自来到刑警老楼，抓紧时间研读从视频大队拷贝回来的视频资料。

视频资料与十九世纪初的黑白电影相似，无声且灰暗。黑白电影胜在有情节，演员有夸张表演，视频资料是零散的、没有情节的视频片断，看久了会让人觉得特别无聊。侯大利有着强烈目标，将无聊感抛在了脑后。他在读视频时，同时制作了人物表格，以便与金山别墅住户和服务人员加以对照。

金山别墅是高档小区，物管配置很强，一级物管人员有物管经理、保安队长、客户服务总管、维修主管，下设有保安队、客户助理、清洁队和维修组。

侯大利将视频中出现的所有人物整理出来以后，便将物管经理、保安队长、客户服务总管和维修主管叫到刑警老楼，逐一核实。此项工作不需要高科技，却需要耐心和细心。经过核实和排查以后，有十七名非本小区人员出现在名单中，其中有十三名是本小区住户的亲戚朋友，四名是为了维修小区道路请的临时工。

十七人中有九名女性，排除。剩下八名男子有四人是临时工，有四人是亲戚朋友。

整理结束以后，侯大利目光久久停留在一个临时工的相片上。盯了一会儿，葛向东出现在资料室，道："有什么事，心急火燎的？"侯大利指着电脑，道："看这个戴帽的人，叫张林林，是不是似曾相识？

葛向东站在电脑前看了一会儿，然后拿了一张纸，凭记忆勾勒出戴帽人的身影。

侯大利道："和谁像？"

"飞贼。"葛向东转身到二楼，取出上一次依据受害者描述画出的素描，将两张图放在一起，果然神似。

侯大利道："谭主任根据金山别墅的脚印，推算出凶手身高在一米七五左右，体重六十五公斤左右，误差不会太大，正是张林林的体形。"

朱林到资料室看罢两张素描，道："查。"

侯大利道："身材相似的情况多，所以我们不能押宝，得全面调查。我和王大队负责调查四个进入小区的临时工，老葛和老樊调查四个进入小区的亲戚朋友。"

朱林又道："重案大队不会放掉这些明显线索，他们应该查过，你们可以去问一问情况。"

侯大利和王华一起找到第二组组长苗伟。苗伟负责黄大磊案具体侦办工作，早就将所有进出金山别墅的人查了个底朝天，道："四个临时工都在维修组。维修组主要负责配电室、中央空调、电梯、管线以及其他综合维修，实在抽不出时间来维修道路出现的破损，就从外面叫来临时工。我们挨个儿调查了这些外来人员，重点也是这几个临时工，这几个临时工没有案底，没有劣迹，没有发现异常。"

侯大利拿出两张画像，道："这两张素描都是葛向东画的，一张是入室抢劫案犯罪嫌疑人的素描，另一张是张林林的素描，非常接近。"

苗伟看罢素描，道："确实有点接近。这是一条重要线索，我们会把张林林列为重点目标。"

从重案大队出来以后，王华道："四个临时工有姓名、电话和住址，被叫来当临时工皆与本小区的服务人员有各种联系，应该不是他们。"

侯大利道："是不是他们，都得实际接触，说不定会有意外发现。我们找个理由，再去见张林林。凶手也是普通人，要做到隐藏痕迹，必然得走进金山别墅，还得不止一次进入，所以，我们重点关注反复进入小区的。反复进入别墅最多的除了正式物管人员以外，就数这四个临时工。虽然重案大队查得很细，对物管人员、临时工都进行了调查走访，但是，我们以老案的角度来进行调查，与重案大队不同。"

论起调查走访，王华就比侯大利熟悉得多。他给第三人民医院保卫科打了一个电话，然后就直奔保卫科。到了医院保卫科，梁科长也是一个胖子，见到王华客气得紧，又是泡茶又是递烟。过了几分钟，一个身材中等的保安走了进来，道："张林林是后勤人员，今天不值班，在家休息。"

　　梁科长道："把他喊过来。"

　　侯大利道："不用让他过来，我们到他家里去。"

　　梁科长道："怎么能劳动你们大驾？我把那小子叫过来。"

　　王华看到侯大利眼色，道："你找个人，带我们到张林林家中。"

　　保卫科长非常积极，道："张林林的家不远，和我隔得近。我带你们过去。我去开车，一脚油门就到。"

　　一行人几分钟就来到张林林租住的房屋。房屋一室一厅，带卫生间和厨房，屋内陈设稍显简陋，但是室内干干净净，很整洁。

　　"张林林，王大队找你了解情况。你知道什么，都必须讲，知无不言，言无不尽，听到没有？"梁科长指着张林林，大声交代。

　　张林林怯生生地道："梁科长，他们找我有什么事？"

　　梁科长道："我也不知道。王大队问你啥事，你老实回答就行了。"

　　侯大利见其相貌，道："听你的口音，不是本地人？"

　　张林林道："我是岭南人，来江州有大半年时间了。"

　　王华道："你是岭南人，怎么到江州三院来工作？"

　　张林林道："去年我跟着朋友贩水果到江州，当初以为贩水果能赚钱，结果水果烂了一半，亏得惨，就不做水果生意了。在这边认识了一个女朋友，便留在这边，找了一个临时工作。"

　　王华道："当临时工赚不了几个钱，你以前做过生意，这点钱看得起啊？"

　　张林林道："我是借钱贩水果，欠了一屁股债，总得找事情来做，慢慢想办法还。我知道你们想问什么事情，昨天也有两个警察来问我是不是到金山别墅去过。我在这边当临时工，下班也去找点零工，等到缓过劲，经济稍稍宽裕以后，还可以贩水果过来。以前没有到江州来过，不了解行情，如今找了一个江州女朋友，熟悉了这边情况，明年后年，再弄几车水果过来，应该能赚钱。"

王华道："身份证，我看看。"

张林林双手将身份证递了过去，道："梁科长特意交代我们这些临时工平时都要带身份证，以备检查。"

王华检查身份证的时候，侯大利又问："谁介绍你到金山别墅的？"张林林道："是金山别墅物管的李姐。"

侯大利又道："你去修了几天？"

张林林道："前一段时间主要是去搞维修。小区要换一批人行道地砖，我当过泥水匠，所以被喊去帮他们弄地板砖。"

张林林有一米七五左右，稍瘦，脸颊微微凹陷，眼睛也有些内陷，正是岭南人长相，说话也是明显的岭南口音。这与重案大队得到的情况一致。

谈完话，侯大利借用了卫生间。在卫生间里，侯大利在浴盆里捡到一些没有被水打湿的短头发，装进物证袋。出来以后，他又择机在张林林枕头上捡了十几根头发，装到另一个物证袋。

半个小时以后，调查结束，侯大利和王华与保卫科梁科长分手，准备去调查下一个打零工的人。

王华道："我刚才核实了张林林的身份证，是岭南人，说话也是那边口音，没有啥问题。大利，你觉得他有没有问题？"

侯大利摇了摇头，道："没有发现异常。我找到几十根头发，装了两袋，一袋是在卫生间找到的，另一袋在枕头上，可以做DNA检测，然后进数据库碰一碰运气。"

王华道："你这样做太麻烦，直接采血，干净利索。"

侯大利道："这一次大规模采血，惹了些麻烦，有十几个人联合起来告状，说公安局滥用权力。能在床上和卫生间搜集到张林林的头发，没有必要再惹麻烦。"

随后调查的三人皆是寻常砖瓦工或者修理工，看起来皆与案子关系不大。

受害女子到二中队看罢张林林相片，无法判断是不是当夜进来的飞贼。侯大利又找借口给张林林打了电话。受害女子仔细听了电话里放出来的声音，摇头，道："这个人三十七岁了，比那个人老得多。这个人说的是岭南普通话，那个人是本地话。肯定是本地话，我听得出来。"

张林林与飞贼无法对应。

DNA室忙得不可开交，张晨抹不开侯大利的面子，还是抽空从头发的发囊中提取了DNA分型，但是在数据库中没有找到匹配的样本。张林林虽然体形与飞贼接近，可是年龄不对，口音不对，更重要的是他的DNA与精斑DNA不匹配，排除了与丁丽案的关系。


## 乱麻一样的关系

市公安局调集了两百公安民警开展大规模采血，丁晨光提供的三十七人名单是这次检测的重点，警方采集生物检材时还进行了扩展。采集到的样本在省刑侦总队、秦阳、湖州等地刑侦部门全力帮助下，夜以继日，完成了对大量生物检材的提取和检测。在数据库里进行匹配后，意外抓到了两个逃犯，侦办了一起伤害案件，遗憾的是没有查到与精斑DNA匹配的生物检材。

侯大利对大规模采血抱有很大希望，得到最终结论以后很失望。他从刑警新楼DNA室回来，刚下车，新警犬旺财就飞奔而来。

新来的警犬旺财熟悉刑警老楼的情况以后，便显示出比大李活泼的性格，每一个专案组成员回来都前往迎接，完全没有一只功勋犬应有的矜持。侯大利喜欢它的性格，在院子里陪着它玩了一会儿，又换了衣服到健身房训练，缓解郁闷心情，额头刚刚出汗，便听到旺财发出了低沉的吼声，吼声持续时间不长，数下便结束。

侯大利走出健身房，见到朱林和一个打扮落伍的老头站在一起。这个老头打扮虽然落伍，头发花白，还有一口黄牙，可是整体气质上仍然与姜局等退休老公安有几分神似，特别是眼神中总有几分审视和严肃。

朱林没有介绍，只是给了侯大利一个眼神。侯大利赶紧擦掉汗水，抓起外套，跟随着朱林上楼。

"马老，喝茶。"侯大利给马公安倒了一杯茶。他在选择茶叶时没有选最好的一款，而是选的稍次款，特意加大了茶量，使茶水变得稍苦。

"别叫马老，承受不起，一辈子没人这样叫过我。就叫我老马，你叫起来顺口，我听起来顺耳。"马公安一口梅山土语，说起来倒也铿锵有力。

略微寒暄以后，马公安道："朱支队，你有话就问，别绕圈子，我这辈子没啥拿得出手的，就是在梅山干了一辈子，情况熟悉，知道陈谷子烂芝麻的往事。"

朱林扔了一支烟给马公安，道："老马，我问的就是陈谷子烂芝麻的往事。"

老马狠狠地吸了一口烟，道："姜局知道我，那年他到梅山镇办案，和我一起住过好几天。我这人没有什么本事，就是记性还不错。"

朱林道："1994年，黄大磊和吴开军在做什么？"

"这两人现在都发达了，前些年回乡，我还在梅山，他们开着大宝马，耀武扬威，想在我面前装，门都没有，几句话之后，他们点头弯腰，恭恭敬敬。"

老马晃动着手里的香烟，道："那个时候公安艰苦，工资不高，也没有啥装备。我一个人管整个梅山的治安，平时带两副手铐，那些地痞见到我必须稍息立正。敢在我面前不守规矩，铐回去关黑屋，一顿杀威棒，什么事情都解决了。"

马公安长期抽烟喝茶，牙齿熏得很黄，谈起以前经历，眉飞色舞。

"后来成立了梅山派出所，办案规则比砖头还厚。哼，弄这么多规则有个卵用，一个所八九个人，配两台车，还没有老子当年一个人管用。好汉不提当年勇，我们这批老家伙不适应新形势，电脑更不会用，做的材料过不了法制科。弄这些表面文章有卵用？现在小流氓敢跟公安对着干，当年哪敢？我吼一声，他们得立刻夹起尾巴。黄大磊这么大的老板，在我面前也得弯腰。"

马公安在外地带孙子，接到电话便回江州，到了江州就与朱支队联系，并不知道黄大磊受到枪击。

朱林一直在静静地听马公安聊往事，听到"黄大磊"的名字，道："你着重谈一谈黄大磊和吴开军。"

马公安喝了一口茶，道："黄大磊没发财之前，就在梅山混社会，黄大磊、吴开军、杜强和秦涛学什么狗屁桃园结义，喝了血酒，经常在场里打架。有一次，我逮到最小的秦涛，黄大磊、吴开军和杜强跑来求情，我骂他们：'别人都是桃园三结义，你们桃园四结义，狗屁！'后来黄大磊开石场，吴开军、杜强和秦涛就成天在石场帮忙。人还是得有正事才行，黄大磊做起生意后，赚钱不少，吴开军这几个人就不再混社会了，从此，梅山江湖上就没有这几个人的名号。派出所现在的人根本不晓得当年的事，又不谦虚，我才懒得给他们说。其实，这几个人也不是坏娃儿，那些年录像室全是播放古惑仔电影，我也看过，录像里天天打打杀杀，年轻人不学坏才有鬼。梅山一个小场，就有好几伙结拜兄弟的，黄大磊这伙人最有出息。后来我退休以后，在城里遇到黄大磊，他娃还请我吃过饭。"

马公安滔滔不绝地说个不停，透露出不少专案组感兴趣的信息：黄大磊不仅跟吴开军认识，而且还是结拜兄弟；结拜兄弟还有杜强和秦涛，这两个人是新出现的名字。最近几年黄大磊与吴开军基本不联系，这里面应该有故事。

侯大利听着马公安说话，有些走神，脑海中浮现出丁丽案发时的现场地形。丁丽住所旁就有一条公路，交通方便。他插话道："1994年的时候，黄大磊和吴开军会不会开车？"

马公安毫不迟疑地说："黄大磊开石场，进进出出有不少货车，吴开军经常无证驾驶，被我逮住好几回。"

侯大利在笔记本中记下——吴开军会开车。

朱林问道："杜强和秦涛如今在做什么？"

马公安道："我还真不知道杜强在哪里，问过黄大磊，他也不太清楚，应该是到南方打工去了。梅山是劳务输出大镇，绝大多数年轻人都在外面打工。秦涛后来读了中专，在秦阳一个银行工作。秦涛的哥哥以前是市刑警支队的，叫秦力，朱支应该熟悉。"

听到"秦力"两个字，侯大利心脏猛跳了几下。

黄卫牺牲以后，侯大利和黄卫儿子黄小军去陵园，在墓地遇到过秦力。黄卫遇害后，黄卫妻子陈萍突然到省委上访，大家都怀疑后面有人指使，而且此人应该懂公安业务。在黄卫案和黄大磊案中，包括在唐山林案中，凶手具有极强的反侦查意识，而秦力曾经是重案大队的刑警。想到这里，虽然没有任何证据，侯大利背上汗毛还是毫无理由地一下竖了起来。

朱林表面上还在与马公安说说笑笑，眼中寒星却是越聚越浓。

送走马公安，朱林和侯大利相对而坐。过了一会儿，朱林道："我要去找刘局，今天得到的信息有可能会很重要。"他和刘战刚电话联系以后，又对侯大利道："我还有半个小时出发，你先回资料室，把所有线索理一理。二十五分钟后，我们再碰头。"

半小时后，朱林和侯大利一起，来到刑警新楼。

分管副局长刘战刚、支队长宫建民、朱林和侯大利商议之后，刘战刚又带着三人到关鹏局长办公室。

关鹏听完汇报，当场拍板补充搜集相关人员生物检材。

汇报结束，宫建民让办公室发通知，请重案大队全体参会。开会前，他来到政委洪金明办公室，谈了要继续让相关人员提供血液样本的事情。

洪金明脸露苦笑，道："既然局长都同意了，那只能执行。"

宫建民道："机械厂几个人还在闹吗？"

洪金明搓了搓脸，道："今天上午胡林还在给我打电话，给我下了最后通牒，要求我们公开赔礼道歉，否则要去起诉我们。"

胡林曾是江州机械厂办公室主任，是江州机械厂有名的一支笔。他对刑警支队采集血样的做法很不满，认为刑警支队违法，三天两头到市委市政府反映，还嚷着要上访。这种棘手事向来由支队政委洪金明处理，经验是一磨二拖，最后一般是适当给些补助来结束争执。

宫建民火气腾地就上来了，道："这是破案需要，胡林就是借机闹事，以此为要挟，解决破产后的个人问题。"

洪金明拿起放在桌上的《刑事诉讼法》，道："胡林也有些理由，也不是完全无理取闹。我又将《刑诉法》读了一遍，按照一百三十条规定：'为了确定被害人、犯罪嫌疑人的某些特征、伤害情况或者生理状态，可以对人身进行检查，可以提取指纹信息，采集血液、尿液等生物样本。犯罪嫌疑人如果拒绝检查，侦查人员认为必要的时候，可以强制检查。检查妇女的身体，应当由女工作人员或者医师执行。'后来公安部的办案规范和检察院的诉讼规则，又规定了一些细节。胡林坚持认为采血范围只能是被害人和犯罪嫌疑人，他本人不是被害人也不是犯罪嫌疑人，所以我们强制采血不符合法律，是违法甚至是违宪的。而事实上，我们当时进行采血前的宣传，就利用了谁不采血谁就心中有鬼这种社会舆论，才完成了对机械厂原职工的大规模采血，这对绝大多数守法公民来说确实是不尊重，还干扰了他们的正常生活。"

宫建民叹气道："就算胡林有点小道理，也得放在抓住杀人凶手这个大道理之下，否则束手束脚，更没有手段。我继续做恶人，老洪就辛苦点，帮我打扫战场。"

洪金明道："丁晨光主动要做胡林的思想工作，我还是婉拒了。他若是掺和进来，事情更复杂。我们还是要把侦查方向搞准，尽量缩小采血范围。我这段时间听到一个怪话，有的侦查员发牢骚，说是侯大利成为刑警指挥中心，他拍拍脑袋，想出个什么主意，重案大队侦查员就要跑断腿。一组说怪话的最多。"

宫建民笑道："这是好事，侯大利是条鲇鱼，有他在旁边刺激我们的侦查员，才能保持活力。我在会上要专门谈一谈这个事情。"

与政委沟通以后，各大队负责人基本到齐，会议开始。

宫建民布置继续采集血液样本的任务以后，道："刚才谈了具体安排，各组都有搜集任务，我就不多说了。我知道大家最近一段时间很辛苦，今天又布置新的采血任务，会牵涉你们很多精力。但是，当刑警岂能不辛苦？要想安逸，就别来当刑警。现在重案大队还有一种很不正常的观点，有人发牢骚，说侯大利拍一拍脑袋，动一动嘴巴，就让重案大队跑断腿，白忙活。这种牢骚没有水平，105专案组所有建议都是通过正常程序汇报给了支队或者局领导，再经过局办研究决定，这是代表了组织意图的，并非侯大利个人意见，这一点大家必须给队员们讲清楚。而且，从石秋阳案和王永强案的表现来看，105专案组确实能够提出有水平的建议，取得关键性突破，这一点不得不服气。"

散会以后，重案大队领受任务，再次有针对性地采集黄大磊、吴开军、杜强和秦涛以及十七名当年比较活跃的社会青年的生物检材，以便与丁丽案中搜集到的DNA进行比对。黄大磊在医院，吴开军在看守所，都比较容易搜集，要搜集其他人的生物检材就要麻烦些。当然，麻烦归麻烦，只要下定决心去做，最终还是能完成任务。

最初成立105专案组之时，对于如何使用105专案组并没有完整方法，经过石秋阳案和王永强案，市公安局明确了105专案组的两点定位：一是深入调查命案积案；二是配合侦办新发案。前者是成立105专案组的初衷，后者是在实践中逐渐强化的职能。

105专案组则兵分两路，展开对黄大磊、吴开军、杜强和秦涛四人的调查。

侯大利决定与黄小军见面，聊一聊闲话，核实一些细节。

黄小军接到电话以后，走出小区，站了不到一分钟，一辆高大威武的越野车停在了身前。侯大利戴着白手套，坐在驾驶室，道："上车。"黄小军看了一眼副驾驶座位上的胖子，拉开车门，坐到后座。

侯大利道："王叔叔是我的搭档，也是你父亲的朋友。"

黄小军望了一眼王华的肚皮，道："王叔叔好。"

王华是自来熟，道："高考怎么样？"

黄小军道："我肯定能成为大利哥的师弟。"

王华笑道："这么有自信啊。山南政法的刑侦系是他们的王牌系，分数线不低。"

黄小军撇了撇嘴巴，道："对于江州一中的清北班来说，考入山南政法刑侦系基本算是失败，老师们都为我可惜。当年，大利哥也是这样考入刑侦系的。"

越野车来到江州大饭店的雅筑餐厅，要了一间最安静的小包间。侯大利交代服务员以后，道："小军终于毕业了，我们请你吃顿饭，以示庆祝。"

黄小军坐下以后，看了侯大利一眼，又瞧了王华一眼，道："若是庆祝毕业，大利哥肯定一个人请我，今天两人一组就是有话要问我。"

侯大利没有明确承认，也没有否认，与进屋的顾英打了个招呼。

侯大利是江州大饭店最特殊的客人，凡是他到来，副总经理顾英都会亲自来安排饭菜，这次也不例外。顾英安排了饭菜，打过招呼，便退了出去。王华看着陆续上来的精致菜肴，叹息道："为什么我每次准备减肥的时候，总是会有一顿大餐摆在我面前？这顿大餐不能浪费，从明天开始减肥。"

吃饭时，王华谈了些黄小军的儿时趣事，以证明自己确实和黄卫关系不错。黄小军有着同龄孩子少有的沉稳，慢条斯理地品尝五星级酒店特级厨师的手艺。

"你妈妈到省里上访前，有谁到家来过？"

"我真没有印象，那些天，我整个人都恍恍惚惚的。"

"我们两人在江州陵园遇到过秦力。秦力和你爸是什么关系？"

"秦叔和我爸当年应该关系不错，在我小时候，他曾经到我们家来吃饭，还带我出去玩过。"黄小军说到这里，陷入了回忆，道，"前几天我曾经收拾过影集，还特意翻了爸爸的相片。"

"吃完饭，我们一起到你家里看看相册。"侯大利比较喜欢看影集。影集里有着丰富的社会关系和大脉络的行为轨迹，是了解一个人的捷径。他又问道："你妈的情况怎么样？"

黄小军的神情顿时黯淡下来，道："没有什么变化。谢谢大利哥，没有你帮助，我现在就没有办法安心读书了。"

黄小军母亲出车祸以后，家里原本不多的存款迅速减少，这时国龙集团成立了一个基金会，专门帮助牺牲的警察家属。黄小军母亲的医药费中不能报销的部分，全部由基金会解决。基金会还给未成年子女发放津贴，如果不读大学，则发放到二十周岁；如果读大学，则发放到本科或者研究生毕业。

侯大利见黄小军加快夹菜速度，道："好事不在忙上，慢慢吃，吃完了再去。"

黄小军放慢了速度，吃过一碗饭，又添了一碗。

王华跟着盛了一碗饭，拍了拍大肚子，道："你别不好意思，这是特级厨师的手艺，就算你以后当了最优秀的刑警，也不一定能吃到。有机会吃就多吃一些。"

离开雅筑的时候，黄小军到卫生间悄悄打了几个饱嗝。打完饱嗝，他对自己如此贪吃很是羞愧，暗自拍了下自己的脸，心道："你一点自制力都没有，肯定要被大利哥笑话。就算大利哥不笑话，继续下去，肯定也没有大出息。"他拍打另一边脸，又暗暗道："可是真是香啊，好久没有吃到过这么好吃的菜了。"

父亲突然遇害，母亲出车祸成植物人，彻底改变了黄小军的生活。虽然国龙集团基金会保障了他的基本生活，可是在最短时间失去父母爱护，黄小军几乎成了孤儿，家里再也没有饭菜飘香，每天都在学校食堂应付，周日则到外婆家里吃一顿。外婆家里的伙食都趋向老年人，没有什么味道，猛然间吃到了特级厨师的美味佳肴，他确实无法控制自己的嘴巴。

侯大利进入黄卫的家便感到了扑面而来的冷清和孤独。黄小军平时住校，周末才回来住两天，房间倒还是干净，只是缺少了烟火气，格外冷寂。黄小军来到父母房间时，步伐明显有停顿。他轻轻推开房门，回头对侯大利咧了咧嘴，道："我好久没有进这屋了，每次进这屋，心情都不好。"

屋内很久没有开窗，空气浑浊，有轻微霉味。王华没有征得黄小军同意，直接拉开窗帘，打开窗，道："房间要通风，否则没法住人。你妈醒过来以后，回家才能住得舒服。"

黄小军眼睛微红，没有应声，拉开衣柜，在左下方抽屉里拿出家里的两大本影集。每家的影集都差不多，最多的相片是年轻时谈恋爱的相片，有孩子以后便将焦点聚集在孩子身上，这两部分相片构成了家庭相册主力。同事、朋友、父母兄弟的相片要么是单独摆在一册，要么是被放到最后几页。黄家相片还相对好一些，黄小军妈妈和黄卫的相片各自单独有一册，应该是从原来相册中抽出来，然后放进了独立相册。

黄卫擅长整理，其相册是依据时间顺序摆放的，最初是警院的相片。王华很快就从警院相片中找到了几个熟人，包括黄卫、秦力和陈阳。看到相片，侯大利才知道黄卫和陈阳也是警察学院同学。相片中的秦力与在墓地上见到的秦力相差不多，只不过随着年龄增长，秦力脸上多了几道皱纹。

其中一张合影吸引了侯大利的注意力。这张相片顶端写着"山南警察学院武术比赛五班合影"，陈阳、黄卫和秦力都穿着运动衣，陈阳握着一柄长枪，黄卫提着拳套，秦力则是双刀。

侯大利仔细看了下双刀，想起唐山林左手臂的奇怪伤痕，眼皮跳了跳，问道："秦力是左撇子吗？"

"应该不是。若是左撇子，我应该有印象。"黄小军想起一事，又道，"肯定不是左撇子，我和秦叔打过乒乓球，他是右手横拍，水平很高。"

翻了几页，侯大利惊讶地发现了黄卫、秦力、陈阳和准岳父田跃进的合影，而且这类合影挺多。田跃进年龄比黄卫等人要长一些，站在最中间，抬头挺胸收腹，寸发干净利索，完全是一副刑警的模样，气质与后来当律师时完全不一样。

侯大利指着四人合影，问道："他们几人经常在一起照相？"

黄小军道："在我的印象中，这几人都是我爸的搭档。听妈妈说过，秦叔爸妈去世早，要养弟弟，所以结婚比我爸要晚。我爸结婚以后，他还是单身汉，常到家里来吃饭。这些年，陈叔一家人和我们一家人走得挺近。田伯伯当时应该是他们的头儿，在家里都被大家称为田大哥，我妈也一直是这样称呼。"

侯大利道："也就是说，田伯伯和秦叔后来都来得少了？"

黄小军想了一会儿，道："确实是这样。他们两人后来都没有当公安，我爸和陈叔在一个队里，来往最多。"

侯大利道："你爸有记日记的习惯，我想再翻一翻日记本。"

黄卫的日记本被重案大队三组全部取走，经过检查，没有发现线索，在黄家的要求下又送回来了。黄小军从柜子里取出了全部的日记本，堆放在桌上。日记本大多是较小的软面本子，这样就方便放到手包里，出差时也可以记录。日记本是以年为单位，比如2000年就有三本日记本，前两本记完以后，第三本只记了三分之一。2001年元旦之时，黄卫启用了新的日记本。

黄卫在2009年的日记本只有一本，记录停止时间在遇害前七天。

2008年的日记，有两本；2007年的日记，有三本；2006年的日记，有三本；2005年的日记，有两本。

侯大利翻看了最后几本日记，道："小军，你爸是不是还有一个2009年的日记本？"

黄小军摇头道："重案大队带走日记本时有清单，还回来的时候，和清单能一一对应。"

王华听明白了侯大利的意思，道："侯组长怀疑有一本日记被凶手拿走了。"

黄小军赶紧翻看以前的日记本。黄卫并非天天都写日记，但间隔时间最长也就三四天，2009年第一个日记本已经记满，很有可能启用了第二本日记。

侯大利道："启用新日记本的可能性很大，但是，也不能绝对化。黄大队这一次是千里押解，不一定有充足时间写日记。"

离开黄家，坐上越野车。

侯大利回想着四个人的相片，问王华："秦力这个人怎么样？"

"秦力当年在刑警队有个绰号叫'拼命三郎'，若是他一直在刑警支队，肯定是刑侦方面的领导了。"王华看了一眼侯大利的手套，又道，"你还真是一个怪人，开车戴什么手套？多此一举，大家谈起此事都喷饭。我是你的搭档，有必要说点真实情况。"

侯大利淡淡地道："见怪不怪，其怪自败。"

王华拍了拍额头，道："我比你大十来岁吧，我们在一起办事，怎么感觉你就是入行多年的老刑警？见多识广，沉稳细致，对什么事情都风轻云淡。我这个老麻雀变成了菜鸟，毛毛躁躁，粗心大意。这事有点怪啊，莫非是吃人嘴软？"

侯大利没有理睬他的牢骚，注意力完全放在案子上，道："当年秦力为什么要离开警队？田甜爸爸为什么要退出警队？"

王华道："秦力退出警队的原因是为了腾出时间照顾弟弟，还得多赚钱，至少摆在明面的原因是如此。秦力当年辞职时，老姜局长还是刑警支队长。他惜才，在办公室大骂秦力，骂得秦力当场抹起了眼泪。眼泪归眼泪，秦力还是坚决辞了职。为了这件事情，老姜局长有很长一段时间不愿意见到秦力。这些都是刑警支队公开的秘密，工作时间长一些的老侦查员都知道。你这人太神了，所以与其他侦查员关系一般，很难听到这些老龙门阵。"

侯大利道："秦涛能够到秦阳银行工作，是通过他哥的关系？"

王华道："他哥对这个弟弟是尽到了责任，又当爹又当妈。秦涛后来混过社会，是和秦力事情太忙导致鞭长莫及有关系，这应该也是秦力辜负老姜局长坚决辞职的原因。"

虽然王华刑侦技术确实不怎么样，但是资历老，经的事多，这也是非常宝贵的财富。

回到刑侦老楼，侯大利独自坐在三楼资料室整理调查走访来的零碎情况。农家乐黄老板、梅山马公安、黄小军以及王华各自都回忆了当年的事情，把这些材料组合起来就可以得到一些基本信息：黄大磊最初和吴开军、杜强和秦涛等青年在梅山场镇混社会，因为某种原因（年代久远，暂时没有能够摸清楚）办了一个石场，恰逢阳江高速修建，掘到第一桶金。随后小团伙散开，黄大磊成为矿老板，吴开军开夜总会，杜强很久都没有露面，秦涛则成为秦阳银行的普通职员。

在这里有三个点非常关键：第一，黄大磊是怎样挖到第一桶金的，这是一个谜团，得解开；第二，四个结拜兄弟是怎么分开的，里面发生了什么事情；第三，据派出所施成反馈，杜强十几年前就离开了江州，至今在何处，不得而知。

写下需要进一步理清楚的三个问题后，侯大利稍稍休息，拨通了田甜电话。自从田甜调到打拐专案组以后，多数时间通话都匆匆忙忙，偶尔通话时还能嗅到田甜顺着电话线传过来的火气。今天打通电话，田甜的声音却很平静，反倒让侯大利不太习惯，轻声道："你没遇到什么事？"田甜愣了愣，轻笑道："你傻啊，我不发火，你倒不习惯了。"

两人在电话里约定晚上见面，决定沿着江州河走一走，再找一家小馆子吃饭。侯大利和田甜经常在江州大饭店雅筑餐厅吃饭，时间久了，哪怕特级大师的手艺也不觉得惊艳了。两人找了一家有特色的河边小餐馆，点了河鱼。侯大利原本想直面河水，可是坐了一会儿还是开始晕眩，只能与田甜调换位置，背对河水。

"明天抽时间去看一看老丈人？"

"谁？"

"老丈人。"

田甜脸上罕见地飞起一朵红晕，道："为什么突然想去看我爸？是不是有什么案子牵连到他？"

"和聪明人聊天一点意思都没有，完全没有悬念。"

"你想问我爸什么问题？"

"他为什么要辞职？"

"我其实不太清楚，据说是换个活法。"

"明天我和王华要去见见你爸，询问当年队里的事，比如黄卫、陈阳、秦力等，没有太明确的目的，就是查一查黄卫的社会关系。我特别说明一点，这事与你爸没有关系，是其他人的事情。"

"没有必要给我解释，我如今也是侦查员。"

河鱼里放满了花椒和辣椒，吃过之后，出了身透汗，两人沿着河边走了一圈。来到马背山隧道，侯大利强忍不适，在河边讲了抓获代小峰的经过，这是他在刑警支队崭露头角的第一案，时间过去这么久，依然记得非常清楚。

两人平时各忙各的，有时，侯大利闲下来的时候，田甜又在忙，田甜手里的活忙完，侯大利却又在连轴转。今天难得两人同时有闲暇时间，便投入地享受这傍晚时光。夜晚回到家，两人如过节般地早早洗澡上床，尽情欢愉。

上班时间，侯大利和王华准时来到江州监狱，与田跃进见面。以前他陪田甜来到监狱，是探监，这一次来到监狱，是提审。

田跃进当过刑警和律师，自然明白其中道理，见到侯大利和王华时神情冷漠，冷漠中透着严肃，坐下后沉默不语。

王华上前散了烟，笑道："老田，我调到105专案组，是大利的搭档，好久没见你了。"

田跃进瞥了王华一眼，接过烟默默抽起来，抽了几口，道："你们想问什么，直截了当地问。我什么事情都说了，也不会隐瞒一件两件。"

侯大利望着田甜父亲，心平气和地道："我想问当年秦力辞职的原因？"

田跃进眼睛眯了眯，道："秦力辞职，那得问支队领导或者政治处，我怎么知道？而且，是多年前的事情了，早就忘记了。"

侯大利又道："你当年为什么要辞职？"

田跃进自嘲道："警察危险、辛苦、待遇低，这三条理由够吧？我当律师一年收入相当于警察二十年收入，真不是夸张，是事实。"

田跃进将口子封得很死，反而加重了侯大利的怀疑。他今天提审田跃进只是从各个角度搜集情报，按着预先设想的题目询问一遍以后，便结束了提审。


## 秦涛的一家人

侯大利和王华小组调查走访黄小军和田跃进之时，葛向东和樊勇小组先提审了吴开军，然后前往秦阳与秦涛见面。

在调查走访之前，葛向东和樊勇做了诸多准备工作，整理了秦涛的基本资料。

秦涛：男，江州市江阳区梅山镇人，出生于1975年。1994年丁丽遇害时，19岁。21岁考入省银行中专，毕业后分配到秦阳银行工作至今。于2000年结婚，妻子为秦阳银行职工，育有一对双胞胎女儿。双胞胎女儿正在读小学三年级。

基本资料上有一条备注，秦涛五岁时，父母出车祸同时遇难，由其兄长秦力抚养长大。

樊勇驾驶专案组警车，车速极快。葛向东套着安全带，右手紧握车窗上方的抓手，道："慢点开，超速了。"樊勇笑道："这一段没有测速仪，前面有个下坡，到那里我减速，然后再到服务区抽支烟、方便，那就绝对没有问题。"

警车依然没有减速，葛向东愤怒地道："以后我来开车，上高速路就不准你摸方向盘。"

樊勇不为所动，道："你在经侦时间多，没有多少需要飙车的时候。当年我们在禁毒，毒贩开车逃跑往往把油门踩到底，我们跟不上，只能眼睁睁看着他们跑远。现在我在105专案组也没有多少飙车的时候，得找时间开开快车，免得该快的时候快不起来。"

这是一个独属于樊勇的理由，葛向东无可奈何，只得承认现实，叮嘱道："注意安全，一定要注意安全。"

来到秦阳，葛向东抢过方向盘，确保在城区不超速。樊勇故意叫嚷："太慢了，和乌龟爬差不多。"葛向东被闹得心烦，怒吼："闭嘴。"樊勇见葛向东气急败坏，笑得很开心。

来到秦阳以后，葛向东和樊勇找到当地警方，在秦阳警方帮助下，很快就调取到黄大磊遭遇枪击当天秦阳银行附近的监控视频。调取的视频显示：秦涛当天上午八点四十七分走进银行大楼，中午十二点一十五分走出银行大楼，没有前往黄大磊所住别墅进行枪击的时间。出于稳妥起见，两人拷贝了三个月的视频资料，带回江州研判。

看完视频之后，基本排除了秦涛本人作案的可能性，葛向东和樊勇的秦阳之行也变得轻松愉快。下午，葛向东和樊勇来到银行大楼厅堂，再次给秦涛打电话。几分钟以后，秦涛从电梯里出来，将两人带到二楼会客室。秦涛是典型的银行从业人员形象，中等个子，白白净净，戴无框眼镜，肚子微微凸起却不显累赘，为人彬彬有礼，说话慢条斯理。

葛向东知道秦涛年轻时曾经在梅山镇跟随黄大磊混社会，有过当小混混的经历，在脑中有预设形象，虽然因为秦涛现在是银行职员而在脑中对小混混形象进行调整，可是他没有想到秦涛的相貌、气质和小混混差了十万八千里，没有任何相似之处。

"葛警官，樊警官，找我有什么事？"秦涛坐在两位警察对面，客客气气地道。

"你认识黄大磊吗？"葛向东曾经在经侦工作过，与经济界人士接触得多，这次就由其主谈。

秦涛微微一笑，道："当然认识，我是梅山镇的人，和黄大磊是老乡。当年我哥刚刚从警院毕业，分到刑警支队，工作热情高得很，把我扔到二伯家里。二伯忙生意，管不住我，我就经常到镇里录像室看录像，和黄哥在那时认识的。后来他开石场，我还经常到石场玩。别看我现在文质彬彬的，以前也在街上打过架。有一次在场镇打了架，当时的公安马大爷骑了一个二八圈，追得我屁滚尿流。"

到来之时，葛向东和樊勇研究了询问预案，没有料到，秦涛回答得如此坦诚，微笑着承认和黄大磊很熟悉，还在街上打过架。

"你和黄大磊曾经是结拜兄弟？"

"谈不上结拜兄弟，当时乡村流行喝血酒，那时年少轻狂，不懂事，就跟着喝血酒，觉得很酷。"

"喝血酒的有哪几位？"

"嗯，有我、黄哥、吴开军，还有杜强。"

"黄大磊、吴开军都做生意，成了大老板，后来你为什么选择读书？"

"这还得怪马公安，他给我哥打电话，说我在街上鬼混，我哥就发了火，把我从梅山揪到城里。我进城读了复习班，然后考上了银行中专。其实我经常和我哥讲这事，黄哥和吴开军都做了大老板，当年不让我读银行中专，我有可能也混成大老板了。现在混成上班族，早九晚五，没啥意思。"

"杜强后来到哪里去了？"

"我被我哥严管，后来就没有再和黄哥他们在一起玩了，不晓得杜强的去向，只是听说好多年都没有回来了。"

秦涛基本上能做到知无不言言无不尽，其讲述和葛、樊小组提前搜集的情况完全吻合。聊了四十多分钟，眼看到了晚饭时间，秦涛看了看表，道："今天我双胞胎女儿过生日，我哥也在这边，两位警官是家乡人，晚上一起吃饭。没有其他客人，全部是家人。"

"相请不如偶遇，那我们就打扰了。"葛向东特意交代道，"等会儿见到家里人的时候，就说我们到秦阳办事，你在街上偶遇我们。"

秦涛到楼上办公室，换掉工作服，下楼开车，带着葛向东和樊勇两位警官来到家里。

秦涛家在银行小区，离办公楼也就十来分钟车程。银行小区是市内几大银行共同打造的小区，住户多，档次高，保卫严，里面有幼儿园、超市等基本生活设施，非常方便。除了葛向东和樊勇以外，生日宴会其他参加者皆为家人，包括从江州过来的秦力夫妻。秦力儿子比起黄卫儿子要小几岁，正好读高一，学业要紧，便没有到场，只是委托爸妈给两个妹妹带了礼物。

丈夫带了两个陌生警官回来，妻子杨颖最初还有几分不快，后来见到大哥与两个警官相熟，也就热情起来。杨颖虽然是两个孩子的妈妈，看起来仍然很年轻，相貌娟秀。她招呼过客人以后，关了客厅的灯，推了一辆蛋糕车过来。双层蛋糕上插了蜡烛，两个打扮漂亮的小女生双手合十，许下心愿。众人齐唱生日快乐歌，两个小女生在歌声中用力吹熄了生日蜡烛。

秦力面带微笑望着烛光中的家人，等到灯光重新亮起，就热情招呼杨颖父母坐到上桌，又招呼葛向东和樊勇坐在自己身边。葛向东是天生自来熟，很快就和杨颖父母谈笑风生。樊勇与葛向东、侯大利斗嘴时脑子非常灵光，奇言妙语往往随口而出，应付这种社交场合的能力就稍差一些，只是和秦力交谈，谈的都是当年刑警支队的逸事。

谈起往事，秦力禁不住流露出几分不舍。

秦力妻子杜琳快人快语："两位警官别多心啊，我是直性子，说点真话。我是真心不想让老公当警察，特别不想让他当刑警，也不想让他当派出所民警，这两个警种真不是人做的。我老公当刑警也就几年时间，大伤小伤七处，有两处特别危险，稍差一点点，老公就要变成相片，挂在墙上。刑警又苦又累，流血流泪，工资又低得可怜。老公辞职以后，经济条件完全是天上地下。不过，我更佩服仍然在当警察的人。"

杜琳拿起酒瓶，给葛向东和樊勇倒上酒，道："我给两位警官敬酒。如今流行一句话，没有你们负重前行，哪里有我们岁月安好？这是流行话，也是大实话。"

葛向东乐呵呵地喝了这杯酒。樊勇还要开车，就以茶当酒，与杜琳碰杯。

杨颖带着两个孩子来到了秦力身边，道："你们给伯伯倒酒。爷爷和奶奶过世得早，长兄如父，你们的爸爸就是伯伯一手带大的。可以这样说，没有伯伯，就没有爸爸的今天，也就没有你们两个。"

双胞胎女儿端着酒，来到秦力面前敬酒。秦涛也跟着过来，站在两个女儿身后，给大哥敬酒。秦力接连喝了三杯酒，喝酒之时，眼中泛起了泪光。

酒足饭饱，秦力到楼下送葛向东和樊勇。他多喝了几杯，说话不免动情，道："我这辈子最不愿意做的事情就是从警队离职。离职以后，钱多了，时间多了，但是，脱掉警服后，生活中总觉得少了些什么，有时会感到空落落的，凡是与公安有关的消息，都会特别留心。"

警车启动，秦力扬起手不断挥动。夕阳照耀，黑发中夹杂的根根白发特别刺眼。


葛向东和樊勇从秦阳市回来后，105专案组召开例行碰头会。自从侯大利被任命为副组长以后，朱林、老姜在碰头会上当起了甩手掌柜，碰头会由侯大利主持。

王华首先汇报了调查走访黄小军、田跃进得到的基本情况；葛向东汇报调查走访秦涛和提审吴开军获得的情况。

侯大利在白板上画上了黄大磊、吴开军、唐山林、杜强、秦涛、黄卫和秦力的关系图，道："黄卫和秦力是搭档，而秦力通过秦涛与四个喝血酒的结拜兄弟联系在一起，黄卫在遇害前又千里押解了吴开军，如今黄大磊又受到枪击，诸多事件凑在一起，里面必然有某种联系。至于什么联系，现在还无法破解。我有一个疑问没有找到答案，当年喝血酒的四兄弟，为什么后来彻底分手，不再联系？秦涛的解释是被大哥秦力管教，去读复读班，考上银行中专，所以自然脱离。这个理由说得过去，但是读银行中专并不影响血兄弟接触。吴开军的说法是各做各的生意，没有联系很正常。黄大磊还在重症监护室，没有办法询问。所以，下一步有两个调查任务，一是杜强去向，二是四个血兄弟不再联系的原因。"

樊勇提出反对意见，道："重案大队正在围绕重点人员采集血液，重点人员包括黄大磊、杜强、秦涛、吴开军以及当时梅山的社会人。如果DNA比对成功，凶手自然就落网。如果DNA比对不成功，那么黄大磊、杜强等人就和丁丽案完全无关。我们现在做的调查其实是白费劲。今天我和老葛与秦涛见了面，从时间来说，秦涛不可能作案。"

侯大利道："DNA是重要的技术手段，但也不是万能的。就算DNA比对不成功，我们彻底调查黄大磊等人的社会关系和行动轨迹，也有助于协助侦办黄大磊枪击案和唐山林被杀案，甚至还能查出黄卫案的背后指使者。配侦，也是我们的职责。"

王华和葛向东没有提出明确反对意见。

老姜走到黑板面前，拿起粉笔，道："小侯很敏锐，怀疑得很有道理。黑板上有七个人的名字，黄大磊中枪进重症监护室，唐山林遇害，吴开军进看守所，杜强不知所终，黄卫牺牲，秦力从刑警支队辞职。七个人有六个人不正常，唯有秦涛一个人从目前看起来最正常，调取的监控视频也排除了其枪击黄大磊的可能性。如果这几人中间没有发生什么异常事情，那就只能用撞邪来解释他们的遭遇。丁丽案发生时，这四人也曾经进入我们的视线。可惜啊，当时现场勘查水平不行，工作不扎实，没有及时发现精斑。老雷说到底也为此而死，想到这一点，我心里憋得慌。"

他退休多年，年龄渐长，脸上越来越多老年斑，挺直的背也佝偻了，说到激动处，用粉笔用力戳黑板。

朱林接过老姜话茬，道："采集血液的任务基本完成，最迟明天能出结果，到时肯定会通知我和大利开会。DNA比对有成功和不成功的两种情况，不管是哪一种情况，我们最近调研中发现的问题都有助于侦办黄大磊案和唐山林案。只是，支队花了很大精力在采集血液上，如果再次比对不成功，个别侦查员说不定有怨言。专案组成员要正确对待，特别是大利，难免会听到些闲话。"

侯大利自嘲地笑道："我已经习惯了。"

散会以后，老姜来到朱林办公室，相对而坐，抽烟，喝茶，聊些不算闲话的闲话。

老姜道："小侯成熟得很快，气质沉稳，颇有大将之风。王永强那个狗崽子一肚子坏水，明明是他将杨帆推下水，却坚决不承认，这分明是给侯大利添堵。丁丽案也是我的心结，退休之时，我想到再也无法亲手捉住凶犯，那股难受劲儿可以用死不瞑目来形容。王永强死不认罪，等到吃了子弹，小侯的心结一辈子都解不开了，那种牵肠挂肚的不甘心只怕比我未破案的不甘心还要强烈。"

朱林道："不管案子破不破，生活还得继续。老大弄了条大河野生鱼回家，我开瓶老酱酒，我们哥俩喝一杯。以前当支队长的时候，没有时间陪你喝酒，现在得提前适应退休生活。"

老姜道："听说关局想聘请一批刑侦战线退休的骨干作为刑侦顾问，你肯定是最合适的刑侦顾问。"

朱林起身关了开水器，道："我们不能把自己看得太高，现在年轻人成长得很快，等我到了当顾问的年龄，侯大利这批年轻人真的不需要我们再来当顾问了。老人家有句话说得好，时代是我们的，也是他们的，但是终究是他们的。"

朱林和老姜一路感慨人生，到了家门口，推门而入，屋内已经满是鱼香。

朱凯穿着围裙，笑哈哈道："姜伯伯，好久没见你了，身体还好？"老姜上前拍了下朱凯肩膀，道："好个狗屁，前段时间天天跑医院。你小子还是那么壮，比妹妹身体好。"朱凯道："身体好没用，关键是脑袋要灵，所以妹妹有好工作，我就当讨口子，混口饭吃。"

热腾腾的香鱼摆上桌，老姜也不客气，直接连鱼肉带鱼汤舀了一碗，喝了几口，道："小凯这手艺，不当厨师还真是可惜了。"

朱林对儿子道："把老酱酒拿来，陪你姜伯伯喝一口。"

朱凯道了一声"好嘞"，乐呵呵地从柜子里取了老酱酒，又倒到分酒器里，介绍道："这个老酱酒和清香型、浓香型不一样，和红酒差不多，得提前醒酒。特别是从小车后备厢拿出来的酱酒，在后备厢不停摇来摇去，味道都变了，若是不醒酒，会变得很冲，挂杯也不行，就和泼妇差不多。醒酒的过程，酒精分子与水分子、酯类、酚类再次聚合反应，游离的小分子重新聚合成大分子，口感和风味重新变得幽雅细腻，醒酒就是一个泼妇变成贵妇的过程。"

朱林打断道："别吹嘘这些歪门邪道的东西。"

朱凯道："我以前卖过酒，这是正经生意经。"

老姜笑哈哈地道："老朱啊，你得转变思想。等到你退休以后，你才会走出刑警的圈子，走出刑警圈子天地宽，这才会发现并非只有破案才是正经事，搞生产是正经事，当老师也是正经事，做生意同样也是正经事。来，喝起。"

大半瓶酒下肚，老姜道："老朱啊，你幸福啊，一儿一女，女儿搞刑侦，儿子做生意。恐怕在你心目中搞刑侦的女儿更有出息吧，但是，你想想，谁经常回来看你们？谁给你们买酒？谁给你们弄鱼？都是小凯吧。你恐怕难得见到小旋一次。我算是看明白了，从孙子辈起，尽量不当警察。我们两代人都为警察这个职业贡献了一辈子，也算是为社会做贡献，应该享福了。"

朱凯眼珠滴溜溜转了几圈，给父亲和老姜又倒满了酒，道："爸，有一件事情还请你帮忙。"

老姜眯眼而笑，道："给老爸说话还这么多弯子拐子，有话直说。"

朱凯很为难地道："姜伯伯不是外人，我就说了。最近生意艰难，竞争特别激烈，我几台床子都空闲了。国龙集团下属有机械厂，我联系几次，都没有揽到活。侯大利是爸的手下，能不能让他打个招呼？"

朱林的脸色沉了下来，道："我工作一辈子，从来没有因为私事开后门，开不了这个口。"

朱凯见父亲拒绝得十分干脆，既委屈又恼火，道："我没有读到大学，原因是读书的时候，你成天不落屋，根本没有管过我。"

朱林气哼哼道："我也没管你妹妹，她为什么能考到警察学院？你不要老是找客观原因，得从主观上找原因。"

老姜在桌子下面用力踢了朱凯一脚，又给他挤眉弄眼，道："喝酒，喝酒，这些事情别在饭桌上说。"

餐后，老姜打起酒嗝，道："喝得二麻麻的，小凯，你送我，免得摔阴沟里。"

两人一前一后走出小区，老姜似乎瞬间清醒了，道："小凯，你是不是故意趁着姜伯伯在场时才说这事，想让我给侯大利递话？"

朱凯嘿嘿笑道："原本今天也要给我爸说这事，姜伯伯来了，我就改变了策略。我爸这人讲原则一辈子，我和我妈都叫他朱原则，为别人的事情能向组织和同事开口，为自家的事情根本开不了口。我和我妈认命了，只不过侯大利这条线太好了，不用就是傻瓜。对于侯大利来说，也就是打个电话的事情，又不违反原则，我爸现在还把支队长的架子绷起来。"

老姜摸出电话，拨通了侯大利电话。打完电话，老姜嘿嘿笑了几声，道："你明天在下班时间直接给小侯打电话，他带你去和夏晓宇吃饭。"

夏晓宇对于老姜和朱林来说就是一个普通商人，可是对于朱凯这种有几台数码机床的小老板来说，就是了不得的财神。朱凯得知要和夏晓宇吃饭，抓着老姜的胳膊使劲摇。

"你轻点，老胳膊老腿，要被摇断了。"老姜一边吼着，一边开心地笑。

## 有可能存在内鬼

高森别墅卧室。

手机被扔到一边，在床上蹦跶两下，却没有归于平静，随着床垫不断上下起伏。过了良久，床垫起伏停止，手机这才彻底安静下来。

田甜抓了一条毛巾，到卫生间洗浴。晶莹的汗珠沿后背滑下，丝毫没有受到阻力，三四十粒滴落在地面。侯大利目光被滴落的汗珠所吸引，翻身下床，取过放大镜，蹲在地面细看。

田甜没有进入圆色浴盆，来到淋浴室，扭动开关，仰头迎接从天而降的温水。她冲了一会儿，睁开眼，看见男友的奇怪动作，道："在看什么？过来一块洗。"

侯大利将放大镜放回原位，来到淋浴室，与田甜一起站在莲蓬头下面，道："今天床上运动太激烈，你出了不少汗水，有好多汗珠滴落下来。我刚才用放大镜观察了，汗珠滴落在地面后呈圆形或者椭圆形，还有毛刺。通过毛刺，我观察到了你行进的方向。"

田甜挤了一些泡沫胡乱抹在侯大利头上，道："完了，完了，你提审了老丈人，现在又研究滴落的汗水，走火入魔了。"

侯大利挤了些泡沫，涂在田甜头发和身体上。

"滑，真滑。"

"流氓。"

"我是说泡沫真滑。"

"讨厌。"

两人在莲蓬头下面打闹一阵。侯大利笑道："你爸比你想象的还要理智，他应该有话没有讲透。"田甜道："你当前应该研究我爸的案子，而不是追查我爸的历史。改天我们到监狱去一趟，缓和关系，我爸出来以后，你们还得抬头不见低头见。"

两人在床上和浴室里度过了美好又激情的时光，彻底放松下来，身体愉悦，心情舒畅。洗浴之后，他们又端着清茶来到窗边，也不开灯，在月光下闲聊。

"我当年只是装得冷冰冰的,对谁都爱搭不理。你是真正的奇葩,本身是重案大队的一员,却被绝大多数重案大队侦查员和其他大队侦查员视为异类。"月光下,田甜红润的皮肤如玉一般光滑,细腻柔和。

侯大利伸手轻轻抚摸女友脸颊,道:"就是因为我奇葩,你才愿意跟着我,我才有机会成为拱白菜的那头幸福猪。"

"臭美吧。"田甜用脸颊靠了靠男友手掌,道,"明天DNA比对就要出来,若是没有比对成功,这一次你就非常尴尬了。根据你的报告,全局组织了两百名干警去采血,后来又到梅山搞了一次。干警不仅工作量大,还要面临被抽血人的怨气,比对不成功,这些怨气都会指向你,你要有思想准备。"

侯大利道:"按照朱支的说法,查否也是进步。"

"话虽然如此说,你还是会受到压力。"田甜靠在躺椅上,抬头可以看到满天繁星,繁星在夜空中闪烁,将黑夜衬托得更加深邃。

第二天上班不久,朱林和侯大利接到案情分析会通知。重案大队目前有唐山林案和黄大磊枪击案要侦办,案情分析会相应多一些,朱林和侯大利接到通知,立刻赶往重案大队。

田甜的预言不幸言中:DNA比对没有成功。

当老谭宣布DNA比对结果时,参加会议的重案大队侦查员都将耳朵竖得直直的,让每个字音都能顺利敲打耳膜。听到没有比对成功时,侦查员们下意识松了口气,侯大利这个神探马失前蹄,属于重案大队侦查员们喜闻乐见的事情。尽管侯大利本人已经是重案大队的一员,但是他从来没有在重案大队工作,参会人员习惯性将其列入专案组。

参会人员都是经验丰富的侦查员,下意识的喜悦很快消失,他们明白DNA比对不成功意味着破获丁丽案的时间又得往后延期,延迟到何时就不得而知,甚至是无限期延期。职业荣誉感让所有人的心情沉重起来。

侯大利表面上神情如常,内心里还是很有些失望和沮丧。

宫建民提高声音,道:"大家打起精神来,不要如霜打过的茄子,这条线索查否,我们继续查找下一条,没有什么大不了。苗伟,黄大磊由重症监护转到了普通病房,有什么新情况?"

苗伟目前主办黄大磊案，他双眼布满血丝，打了个长哈欠，道："在石秋阳案中，石秋阳潜回到医院行凶，李超牺牲，这给了我们深刻教训。我们不能在一条沟里摔两次，所以相当重视黄大磊在医院期间的安全，三组刑警轮换，确保黄大磊在医院期间二十四小时有人。黄大磊醒来后，我们让他辨认凶手相片。他强调不认识凶手，对凶手没有任何印象。黄大磊还自称没有恶性竞争对手，换句话说，他有竞争对手，但是矛盾还没有积累到要动枪的地步。司机也一直说没有见过开枪者。我们也考虑从司机角度来找凶手，经调查以后，凶手不是冲着司机来的。一是司机是新近从部队转业的，离开地方十几年了，没有什么仇怨；二是凶手只打了司机一枪，却打了黄大磊三枪。打司机，只是让司机失去追击能力，打黄大磊，是要置之于死地。"

苗伟稍有停顿，举起矿泉水喝了一口，道："黄大磊不一定说实话，大家看一看投影。"

投影仪换了几个画面，最后定格在黄大磊的手提包上。黄大磊平时总是提着一个手提包，从来不让其他人代劳，此形象还被塑造成公司的形象，公司为此还提出了一个响亮的口号：自己的事情自己做。

苗伟手持红外线指示笔，指着黄大磊手提包，道："凶手向黄大磊开了三枪，一枪打在腹部，两枪打在了手提包上。据第一个到现场的保安回忆，手提包是放在黄大磊的头胸部的，也就是说，黄大磊是有意识用手提包遮挡头和胸部。后来我们检查，手提包经过特制，中间有防弹层，能够阻挡子弹。我们可以这样推测，凶手显然不知道手提包的功能，以为子弹能够穿过手提包，肯定击中了胸部或者头部，黄大磊必死无疑，所以才迅速离开。我提出一个问题，黄大磊为什么要制造这个手提包？是不是防备特定目标？若不是防备特定目标，他特制手提包的原因就是心里有鬼，这个鬼让他寝食难安，时刻担心自己的生命安全。"

这是一个很重要的问题，现阶段还无法准确回答。

分管副局长刘战刚提出了另一个问题："唐山林案和黄大磊枪击案是否可以串并案侦查？"

苗伟道："唐山林案和黄大磊案的凶手有相同特征，作案手段凶狠，反侦查能力很强，动机都不明确。但是，唐山林案明显是熟人作案，凶手掌握了唐山林行踪，用的是锋利的单刃刀。而黄大磊不认识凶手，可以排除熟人作案，凶手用的是手枪，枪法不错，绝对不是第一次用枪。综合起来看，我不倾向于串并案侦查。"

重案大队长陈阳却有不同意见，道："我倾向于是一个凶手。唐山林案，遮挡监控器的是一把雨伞；黄大磊案，凶手披雨衣，打雨伞。当天没有雨，雨衣的作用是遮身材，雨伞的作用是遮相貌和身材。凶手是用的同一个思路，支持串并案。"

参会侦查员议论起来，一些人支持串并案，另一些人否定串并案。

刘战刚面色凝重，道："同志们，大家肩上担子非常重啊。如果凶手是一个人，那么这个凶手具有相当强的反侦查能力，能用刀，枪法还好，从某种程度上来看，比石秋阳还难对付。因为石秋阳杀人是有逻辑的，找到这个逻辑，破案就是必然。而这个凶手动机不明确，破案难度很大。如果凶手是两个人，那么在我市就有两个具有反侦查能力的犯罪嫌疑人，压力同样巨大。"

他说到这里，眼光从侦查员们脸上滑过去，停在侯大利脸上。

重案大队都知道刘战刚经常会让"神探"侯大利谈一谈看法，每次神探发了言以后，必然有繁重任务安排下来，累得大家够呛。刘战刚目光定格在侯大利脸上之后，不少参会侦查员下意识皱起眉头。

果然，刘战刚又开口道："105专案组这些天都在调查走访，你们作为配侦单位，有什么意见？"

朱林道："侯大利在管案子，由他来讲。"

侯大利从笔记本上抬起头，道："倒是有些想法，只是不成熟，等散会以后向领导单独汇报。"

此语一出，参会侦查员都瞪大了眼，齐刷刷看向侯大利。在案情分析会上，"不成熟"的想法是可以讲的，侯大利不肯当面讲出"不成熟"的想法，肯定另有隐情，而不能讲的隐情往往和内部人员有关系。

"侯大利到底还是嫩了点，也年轻气盛，此刻最佳的回答是没有线索，而不是下来汇报。下来汇报不能当面说，而是暗自做。"朱林心想着，用犀利的眼光看了侯大利一眼，暗自后悔自己没有叮嘱这个细节。

侯大利更关注案件本身，虽然注意到大家此时神情各异，却没有太在意。

刘战刚脸色如常，眼光从朱林脸上滑过，又转向老谭，询问技术室是否有新的发现。

老谭摇了摇头，道："暂时没有新线索，刑侦总队的枪弹专家来看了，子弹是六四式警用手枪的子弹，正在从手枪这条线追查。"

案情分析会结束以后，朱林和侯大利留了下来，一起前往市局的刘战刚办公室。

在越野车上，朱林毫不客气地批评道："侯大利，你脑袋平时很灵光，今天怎么乱说话？你这种说法，很容易引起大家猜疑，极不妥当。你直接回答没有意见，下来单独找领导汇报，一切OK。"

"朱支，我没有考虑太多。"

朱林毫不客气，道："你为什么不肯在领导面前说出没有意见？这是虚荣心，大家称你为神探，你真以为自己就是神探，说不出新意见，有辱神探面子。"

侯大利在开车，最初对于朱林的批评是不以为意，听到后面几句，脸颊开始发烫。虽然他回答领导问话时并没有刻意想着虚荣心问题，可是究其本质，自己确实产生了虚荣心。自己表面上不在意别人的看法，事实上还是在意的，只不过是用另一种方式反映出来。

"话已经出口，无法更改了。幸好你还动了脑壳，没有当面说出黄卫、秦力这些事。这是教训，以后别把自己当成神探，小尾巴夹起来。"

"嗯，下次我一定注意。"

"说话做事要考虑全局，有些话不能贸然出口。现在你是基层侦查员，职能有限，但是不想当将军的士兵不是好士兵。你换位思考，站在指挥员角度，什么话能说，什么话不能说，你会想明白很多事情。"

朱林借此事对侯大利进行敲打，免得这个极具天赋的年轻人骄傲自满。在刑侦战线上工作了二十多年，他深知一个人的能力终究是有局限的，个人天赋在案侦工作中肯定有突出作用，但是起决定作用的还是系统作战。个人英雄主义是浪漫的，在现代刑侦工作中却行不通。他之所以不愿意为朱凯的事情找侯大利开后门，原因也在于此。若是真让侯大利开了后门，他面对侯大利时很难做到现在这样公平公正，没有私心。

老姜之所以愿意帮助朱凯，则是因为退休多年，对人生有了另一层感悟，对世事看得更通透，再加上帮的是老战友的儿子，没有任何心理负担。

刘战刚是分管副局长，办公室宽大，有一个小型会客室，是特意用来开比较机密的小范围会议的。诸人坐下后，刘战刚道："小侯，有什么话，在这里可以直说。"

"专案组前些天进行了系列调查走访，有些想法，但是没有证据支撑，所以没有在会上说。我可不可以用白板？"

刘战刚道："废话，当然可以。"

侯大利多次到刘战刚办公室，熟悉其设备，将小白板推了过来，在上面用大号签字笔写下了黄大磊、吴开军、杜强、秦涛、唐山林、秦力、黄卫七个名字，关系如下：黄大磊、吴开军、杜强和秦涛喝过血酒，秦涛和秦力是亲兄弟，吴开军和唐山林是一个团伙，黄卫和秦力是搭档，黄卫千里押解过吴开军。

当前现状：黄大磊中枪，吴开军进看守所，杜强失踪，秦涛在银行工作，唐山林遇害，秦力辞职做生意，黄卫牺牲。

画出关系图，写下诸人现状，侯大利放下笔，道："里面涉及一个牺牲的警察，一个离职警察，所以在会上我没有谈及此事。关系图和诸人现状摆在这里，很蹊跷。我没有线索破解为什么如此蹊跷，但是，事反常态必有妖。"

支队政委洪金明道："通过DNA比对，已经排除了黄大磊、吴开军、杜强、秦涛、唐山林在丁丽案中作案的可能性。"

"这些人或许与丁丽案无关，却肯定有问题，只是我现在说不出问题在哪里。但是我觉得有几处不对劲，黄大队押解吴开军回江州，一路上严控消息，为什么刚刚回家就遭遇袭击？唐山林同样如此，刚刚潜逃回来，就在家中遇袭。这两件事情，都与吴开军有关联，但是，吴开军如今在看守所，被严加看管，不可能遥控指挥。"

侯大利说完心中疑虑，放下签字笔，回到座位上。

几人都看着白板，脑袋里各自的算盘启动，打得啪啪作响。

刘战刚最先说话，道："老洪，我记得当年你和田跃进、黄卫和秦力都是重案大队第二组的吧？田跃进和秦力当年是什么情况，为什么先后辞职？"

洪金明摸了摸圆脑袋，道："秦力和田跃进都是二组骨干，秦力是拼命三郎，田跃进是智多星，后来还当过二组组长。两个主力前后辞职，搞得我很没面子。姜局在开会时骂我带兵能力不行，完全是痛骂，骂得我恨不得地上有条缝好钻进去。"

刘战刚道："为什么辞职，你真不知道？"

"田跃进辞职，他当时说要考律师资格证，然后当律师，后来果然成为江州最有名的律师。秦力则是说经济困难，家里还有个弟弟要养。秦力爸妈都在车祸中过世，弟弟其实是他带大的，长兄如父，我也理解。"洪金明指着白板，道，"秦涛如今在银行工作，生活还算不错，秦力功不可没。"

刘战刚道："你的意思，他们辞职有正常原因，没有什么异常？"

洪金明道："如果不是侯大利弄了一个关系图，我压根儿没有想到秦力和田跃进辞职有什么不正常的地方。当年公安待遇特别低，社会上又是下海潮，离职并不稀奇。"

刘战刚仰头看着屋顶，看了好几分钟，道："这是一个很重要的思路，我们不能忽视。黄卫案算是破了，但是我们只是打死了凶手，幕后指使者一直没有出来。黄大磊案又涉及被盗窃的六四式手枪，他们之间如果有牵连，那就是惊动省厅甚至公安部的大案啊。"

在座诸人都明白分管副局长的意思，最怕公安内部有人牵涉其中。当初黄卫牺牲，作为黄卫逝世前最后接触的人，侯大利有重大作案嫌疑，省厅直接派了三人小组到江州市局，判断出侯大利没有作案嫌疑以后，三人小组就撤回了省厅。如果这几个案子背后真有公安人员参加，性质就变得极其恶劣。

刘战刚又凝神想了一会儿，道："你们几个在我这里坐一坐，我到关局办公室去一趟。"

半个小时后，刘战刚回到办公室，道："我和关局商量了，105专案组深入挖一挖黄大磊、吴开军、杜强、秦涛、唐山林、秦力、黄卫之间的关系，现在不预设立场，顺着线索往下挖，如果有民警涉及其中，必须拔除脓疮。田跃进是因为其他案子进监狱，这几年都在里面。他除了曾经与秦涛和黄卫是同事之外，没有其他纠葛，至少表面如此，所以侯大利不必回避。挖这七人关系的真正原因只能局限于屋内几人，支队只能是宫支和洪政委两个知道，专案组只能是朱支和侯大利知道。朱支为人正派，破了很多大案要案，组织上是绝对相信。侯大利是新民警，与以前的事没有瓜葛，组织上也相信你。"

刘战刚环顾所有人，道："我强调一遍，今天在这里谈的事情要绝对保密，不能外传。专案组继续深挖线索，宫支和洪政委在支持和配合的同时，要目光向内，注意掌握侦查员的动态。但是，在没有线索的情况下，宫支和洪政委这边不要有明显行动，免得引起不必要的麻烦，造成不利影响。支队和专案组有任何发现，必须随时向市局报告。"

这是一个特殊任务，朱林和侯大利都感觉到巨大的压力。

离开刘战刚办公室，上了越野车，朱林告诫道："希望与内部人员没有任何关系。我干了三十年刑侦，组织上信得过。你是刚毕业的侦查员，与老侦查员没有纠葛，又是谁都不理的公子哥脾气，反而赢得组织信任。我和你都不能辜负了组织上的信任，一定要把这事办好。"

侯大利苦笑道："我没有对谁都不理，只是天天想案子，对其他事情想得不多。朱支，我想调查秦力在唐山林被杀以及黄大磊被枪击那天的行踪，先去调取秦力住家附近的监控视频。"

朱林道："为什么要调查秦力？仅仅因为他是秦涛的哥哥？"

侯大利谈了在黄卫家里看到的秦力持双刀的相片以及唐山林左手臂的奇怪刀伤。

朱林道："你负责案侦工作，有什么想法就去办，查到了有用线索就继续追，查否了也是进步。调查的时候程序要合法，提前办好手续，拿给我签字。"

回到刑警老楼，侯大利将调取视频之事交给了葛向东和樊勇。葛、樊离开不久，他接到丁晨光打来的电话。

丁晨光声音低沉，道："从道理上，我应该主动拜访你。你是小辈，就动个步，到厂里来，我们叔侄聊一聊。"

侯大利有着杨帆遇害的经历，对丁晨光充满了同情，给田甜通话以后，直奔丁工集团。

阿蛮早就等在大门口，看到侯大利的越野车以后，坐上越野车副驾驶，这才一路顺畅经过保卫严密的二道大门。

丁晨光陷在柔软的皮沙发里，除了眼珠以外，身体其他部位都一动不动。当阿蛮带着侯大利进屋以后，他张开嘴巴，如干涸湖底的鱼一般用力吸气。氧气进入他的身体，慢慢变成了精力。

"大利，到我这里来不要有心理负担，不能说的你可以不说。我想找人聊一聊，你是很好的聊天对象。平时喝茶还是咖啡？茶和咖啡，我都有顶级的。"丁晨光站了起来，最初身形佝偻，慢慢变得挺拔起来。

侯大利跟随丁晨光走到窗前，道："重案大队大规模采集了血样，遗憾的是没有比对成功。我们找到了凶手的DNA，他迟早会落网，我对这一点很有信心。"

丁晨光将手放在侯大利肩上，道："从本质上来说，能不能破案，对于丁丽本人来说都没有意义，她短暂的生命已经结束了，以一种非常惨烈的方式。破案，更多的是我的执念，如果不能破案，纵然赚再多的钱，对我来说也没有意义。女儿离开了，我脑中常常涌出'无常'这两个字，觉得人生很空虚，失去了意义。这和失去女儿的痛苦又不一样，前者是用一把大锯切割身体，一刀两断，痛苦是痛苦，但来得干脆；后者是病毒感染了每个细胞，每个细胞都破裂，在慢慢死去，这是更加无法解脱的悲哀。这两种感受交替出现，我能撑到现在全靠丁工集团。为了对抗'痛苦'和'无常'，我把所有精力投入到工作中去，创造了丁工集团的辉煌。我还有过好几个漂亮的年轻女人，给我生了儿子和女儿。但是，想起丁丽生命结束时的状况，我总有一种无常感，感觉一切都没有意义，包括痛苦也没有意义。每次走到阳台，望着楼下，我总是会想，跳下去就可以解脱这一切。人生不过是一场电影，电影开演时，非常华丽，非常热闹；电影结束，一切都消失，之前的画面只是幻影和错觉。"

侯大利完全能理解丁晨光的心理状态，更准确地说，他曾经也有过类似的心理状态。当杨帆逝去时，他的人生就被隔成了两段，这两段有联系，人生方向却彻底改变了。

"丁伯伯，你放心，我们都在全力以赴。有件事不知道你是否知道，当年技术室的主任雷帮国，得知我们发现了衣服上的精斑以后，情绪变化很大，偷偷哭过，晚上喝了酒，结果脑出血，过世了。"

"我知道这事。唉，这人很可恨，非常可恨，恨不得让他判刑。后来听说他出事，我又原谅了他。他用生命来弥补了失误，还有什么不能原谅？"丁晨光拍着窗台，道，"什么是最珍贵的？肯定是生命。有生命，才有一切，没有生命，什么都是空谈。大利，你说会不会真是流窜作案？"

在侦办丁丽案时，有侦查员提出这有可能是一起"流窜作案"，从1994年到目前，这种想法一直没有完全消失。在老谭宣布DNA比对失败之后，侯大利也在短时间想起了以前的争论，道："如果没有找到凶手的DNA，那么此案还真没有办法侦破，除非凶手因为其他案子被抓，然后主动交代。现在有了凶手的DNA，极有可能在数据库里比对成功，我们现在最需要耐心。"

"那是大海捞针。"丁晨光低下头，声音低沉。

侯大利道："我一直不倾向于流窜作案的说法。案发是1994年，那时刑侦技术手段比现在落后得多，甚至出现了代差。相应地，那时的犯罪分子的意识和手段都要差些，流窜作案往往是团伙作案，又因为是流窜，所以现场往往都会留下些痕迹。此案的犯罪现场非常干净，没有留下有用的指纹、足迹，也没有毛发和烟头，凶手翻动抽屉时戴了手套，足迹显示鞋底绑了一块从轮胎上剖下来的橡胶，这说明凶手有很强的反侦查经验。我否定是流窜作案。"

丁晨光双手抓住头发，道："我实在想不出谁会这样狠毒。大利，你们采集DNA，会不会出现遗漏？或者说凶手故意拿了其他人的血液，有没有这种可能性？"

侯大利摇了摇头，道："采集过程有严格程序，不可能有人冒充。"

晚餐安排在办公室，丁晨光和侯大利相对而坐。吃饭时，丁晨光没有谈案子，话题转向宗教问题，探讨佛教的生死轮回。

# 第五章
# 球场外暗藏杀机

## 梅山的桀骜少年

葛向东和樊勇调取的监控视频显示，唐山林遇害当天，上午八点左右，秦力和平常一样在小区步行道散步；上午十点开车离开小区，车停在公司停车场；下午四点，开车回到小区，晚六点左右在小区散步。在唐山林小区附近没有见到秦力的车，也没有见到秦力出现。

黄大磊被枪击那天，上午八点左右，秦力和平常一样在小区步行道散步，九点开车到所在公司，车停在公司停车场；中午开车回家，下午两点又开车到公司，六点从公司离开。

与此同时，重案大队二组也对秦力进行了暗中调查，动用了技侦手段，没有发现明显问题。

尽管秦力持双刀的形象给侯大利留下了深刻印象，他还是将秦力从作案嫌疑人中暂时排除了。准确地说，秦力犯罪嫌疑大大减弱。

在分析案情时，专案组内部和刑警支队一样，出现了类似的分歧。

侯大利和樊勇支持唐山林案和黄大磊案有两个凶手，王华和葛向东支持这两案只有一个凶手。

葛向东道："这一次神探肯定看走了眼，两案的凶手都有反侦查经验，有一个最明显的特点，用雨伞来遮挡监控镜头。凭这一个细节，可以认定就是一个凶手。"

樊勇最喜欢和葛向东抬杠，当即反驳道："进入唐山林家的凶手使用了单刃刀。我就有个疑问，如果是同一个凶手，他有枪，为何不用枪，还要与唐山林搏斗？"

葛向东针锋相对，道："在唐家用枪动静太大，凶手觉得一对一，有把握。在金山别墅，凶手要一对二，所以要用枪。"

樊勇道："老葛擅长文斗，不懂得我们练武人的习惯，用惯了某个方法，改过来很难。比如组座每次打架都要用擒拿，这已经成了他的身体本能，越是关键时刻，本能越要发挥作用。同样，习惯了用枪解决问题，想方设法都会用枪，特别是在杀人的时候。"

王华拍着肚子，道："我干了二十多年警察，遇到很多没有文化的土贼。江州市出现两个反侦查高手，可能性太小。不管樊傻儿找什么理由，两个案子都用伞，不是一个凶手才有鬼。"

樊勇想了一会儿，又寻了一条理由，道："唐山林案的凶手是熟人作案。据黄大磊说，他根本不认识凶手。"

葛向东马上回击："开枪的凶手全身裹得严严实实，黄大磊想认也认不出来。凶手之所以裹得严严实实，还有一个目的就是防止被黄大磊认出来。黄大磊没有认出来，不能说明不是熟人。"

王华道："老葛的观点是正解，是同一个凶手可能性极大，我支持串并案，就算不串并案，在实际办案时都得将两个案子集中起来考虑。"

樊勇被两人夹攻，有点受不了，道："组座，你也说句话。"

两种观点都有一定道理，但是在真相没有揭穿前，很难判定谁胜谁负。侯大利本人更倾向于是两个凶手分别作案，可是两个凶手为何惊人一致地使用雨伞来遮挡监控器，着实不好解释。

侯大利道："我是站在老樊一边。大家把观点表述得很清楚，再争下去没有结果，还得做具体事。我和王大队去梅山，见杜强父母。老葛和老樊再去提审吴开军。"

葛向东道："DNA不匹配，四个喝血酒兄弟和丁丽案没有关系，我们再去审也没有价值。这一次提审的核心问题是什么？"

侯大利没有解释更深层次的原因，道："问三件事，一问喝血酒四兄弟为什么互相不联系，二问杜强到哪里去了，三问黄大磊第一桶金是如何赚到的。把他们的社会关系和行为轨迹理清楚，说不定就能有惊喜。吴开军被关在看守所，信息闭塞，这是极有利的条件，正好可以利用。"

朱林见葛向东、樊勇和王华三人对这个决定都有些不理解，用不容置疑的语气，道："我同意大利的意见，执行吧。"

组长和副组长意见一致，大家也就没有话说，行动起来。

杜强的老家在梅山镇偏僻的大山中，有一条山道相通。侯大利驾驶的越野车性能极佳，沿着货车印迹，马达发出狂吼，一路冲到杜强父母的小院。

停车后，王华双手撑住膝盖，叫苦不迭："我的个妈，若是开警车，在半山坡就开不上来，整死个人。"

杜强的家很偏僻，风景却是极佳，高大的竹林包围着一座青色小砖房，房前有一个小水塘，水塘四周皆是菜园，绿油油的叶子菜煞是喜人。竹林后面是高大的树木，主要是樟树和楠木。楠木高大挺拔，多数都有十几米高，一个人难以合抱。

院子里散养着十几只鸡，长年在山野乱跑，吃了不少野味，个个昂首阔步，神气活现。两只黄色土狗飞奔而出，前脚趴低，头朝前伸，发出凶狠的威胁之声。

一个肩扛锄头的壮实汉子从竹林处钻了出来，道："你们找谁？"他说话有着浓浓的梅山口音，短促含混。

山里汉子身材和表情甚是彪悍，侯大利后退半步，出示警官证，等到汉子将锄头放下，这才靠了过去，道："你是杜强的爸爸杜家德？"

"我是杜家德。"杜家德脸色黝黑，身体强壮，脸带怒气，道，"你们的人前几天来过，还抽了我和老婆的血，今天又是什么事？"

侯大利道："我们想了解杜强的情况。"

杜家德闷闷不乐地朝屋里走，道："我都好多年没有见到这个兔崽子了，不知死到哪里去了。"

王华背着手，四处张望，道："风景不错。"

杜家德道："住在这里，天天看，啥风景都不好看了。风景有屁用，不能吃不能穿不能卖钱，我还得脸朝黄土背朝天，修地球赚点钱。"

侯大利打量房屋，看屋内陈设并不是土得掉渣，包括墙上贴画都是南方的风光，并非十大元帅或港台美女，道："你去过不少地方。"

杜家德闷闷地道："农村人在家里没钱，基本上都得出去打工。修起房子后，老子就不想出去了，离乡背井，受罪哟。"

一个农妇从外面回来，横着眼睛看了屋内一眼，转身到院子里，坐在小木凳上，望着远处的大树。杜家德道："农村婆娘家没见识，见不得客。"

侯大利道："你娃儿有多久没有回家了？"

杜家德小声嘀咕道："都问两回了，你们烦不烦？"

王华扔了一支烟给杜家德，道："我们从城里跑这么远过来帮你找儿子，我们都没有烦，你烦个什么？你摸着良心说，我们是不是来帮你的？"

杜家德被训斥以后，没有生气，道："晓得你们是为我好，我是生娃儿的气，一把屎一把尿把他拉扯大，我们真不容易。这个龟儿子不知死在哪里，硬是不回来。"

侯大利道："杜强最后一次回家时，有没有给你们说什么话？有没有反常的地方？"

杜家德狠狠抽烟，想了一会儿，道："杜强是野性子，初中没有读完，硬是不读了，在镇里跟黄大磊、吴开军几个人混在一起。他平时不怎么回家，一个月就在家里住几天。我真不晓得他是好久不见的，大约就是1994年底，元旦和春节都没有见到人影。我儿喜欢在外面玩，但是春节没回来就不对了，我到处找，黄大磊、吴开军都说没有见到我儿。我想我儿多半被人整了，要不然肯定还是要回家的。我儿喜欢在外面野，孝心还是不错，在镇里弄点好吃的，他都要给他妈带回来。"

侯大利道："杜强失踪，报过案没有？"

杜家德摇头，道："我们又不会搬家，只要他还活着，还是要回来。古话说得好，儿不嫌母丑，狗不嫌家贫。十几年没回来，多半出事了。唉，人活这一辈子有啥意思？没意思。"

王华到东屋和西屋里转了一圈，走到客房时，道："刚才你说杜强多半被人整了，那你说说，最有可能被谁整了？冤有头，债有主，总不会无缘无故地整杜强。"

杜家德继续摇头，道："我和娃儿他妈前些年在外面打工，娃儿是他婆在管。他婆管不住娃儿，那些年娃儿就喜欢在外面打架，到底惹到谁了，我们还真不知道。娃儿不见人影儿，他婆也走了，我和娃儿他妈就不打工了，守在山里。"

王华望着门外山林，道："我看你家里有冰箱，还装有空调，生活应该不错。"

杜家德抽了一口烟，道："以前生产队有个苗圃，后来承包给我，这些年城里种树多，树苗卖得还行。"当侯大利和王华进屋时，他一直稳坐不动，抽了王华发的两根烟，这才道："老婆子，倒点水。眼睛长起来吃屎，一点都盯不到事。"

茶叶是山里大叶茶，经过农家简单炒制，闻起来有股山野味。侯大利见茶缸黑黑的，只是象征性往嘴边送了一下，便将茶缸放下。

王华似乎没有见到茶缸的陈年老垢，喝得津津有味，喝完之后，又塞了一支烟给杜家德，道："杜强跟黄大磊和吴开军走得近，听说还喝过血酒。你找到他们，他们怎么说？"

杜家德道："他们没有说啥，都不知道我儿跑哪里去了，还以为是到粤省来找我了。"

王华与杜家德交谈时，侯大利眼光停在墙上相片上，便走上前去。这是农村常用的相框，里面有杜家德父辈的相片，有全家人合照，还有两张杜强单人照，相片都出自梅山镇照相馆。杜强相貌清秀，身形单薄，身姿是那种桀骜少年对抗社会的弯曲姿态，头向左偏，脖子梗着，双手抱在胸前。有一张相片是杜家德扛着一把很长的土猎枪，儿子杜强则手提一只兔子。

侯大利听王华和杜家德"闲聊"，意识到了自己在调查走访时与老警察的差距。王华身体胖胖的，笑起来很和善，容易打消对方的敌意，询问前喜欢先拉家常，然后导入到最想问的问题上去，效果很好。朱支队在黄氏农家乐时也采用类似的方法，先拉家常，再绕到目标问题。而自己与杜家德问话时稍显简单，没有想到先消除对方的抗拒感，而是直奔主题。他一边反思自己的不足之处，一边盯着相片看。

"现在打猎吗？林子这么密，应该有野家伙。"侯大利注意力被猎枪所吸引，忍不住打断了王华和杜家德的"闲聊"。

杜家德道："打个屁猎！施所长盯得紧，三天两头上来查枪。"

侯大利道："我想翻拍杜强的相片。"

王华不等杜家德反对，提前用话封住其嘴，道："早就应该翻拍几张，我们公安联了网，发到公安网上，其他地方的公安都看得到，可以帮你找娃儿。"

杜家德还没有来得及拒绝就被眼前的胖子堵了嘴，点头同意。

侯大利翻拍了杜强的相片，相片不多，一共只有六张。每张相片都是差不多的姿势，有一种少年人特有的别扭劲。

聊了一个多小时，侯大利和王华准备离开。杜家德随口道："来都来了，就在家里吃午餐，我打了一只野兔子。"王华拍着大腿道："野兔，好东西啊，老哥弄兔子，我弄酒，中午喝两杯。"王华到越野车里面弄了一瓶酒。这是宁凌特意放在越野车里的洋酒，价格不菲。杜家德喝了口洋酒，再也不肯喝，拿出土酒招待王华。

侯大利要开车，没有喝酒，只是吃红烧野兔。

酒足饭饱，侯大利和王华离开杜家。杜家德装了一袋红薯，非要送给王华不可。

在车上，王华打了一串酒嗝，道："杜家德和他老婆杨丽芬对儿子失踪有一种冷漠感，眼泪都没有掉一滴，到底是不善于表达感情，还是真的冷漠？杜家德口口声声说不晓得儿子做了啥子事情，但是又说儿子在外面打架，失踪是被人整了，从这些谈话，可以推断出，马公安说得没错，杜家德两口子外出打工，杜强婆婆管不住孙子，杜强成了梅山小地痞。"

侯大利还在想猎枪，道："杜强跟着父亲打过猎，枪法应该不错。"

"杜家德有个姐姐杜家秀，现在还在粤省那边。我记下了杜家秀的电话和住址，如果需要，我们过去查一查。"

王华摇晃着记号码的小本本，道："我们调查走访也不要太死板，有时候，吃吃喝喝也很必要。除去了公职，大家都是人，增加了感情，很多事就好办。我是治安出来的，搞治安没有这一套本事，那绝对不行。"

侯大利向胖子伸出了大拇指，表示赞赏。

这一次调查走访，没有查到什么有新意的线索，却增加了侯大利对杜强的直观印象。看过相片，与其父母交谈过，杜强就不仅仅是资料中的一个名字，而是还原成活生生的人了。杜强是二十世纪九十年代无数乡村不良少年中的一个，初中未读完就辍学，游荡在乡村，然后失踪了，生不见人死不见尸。由于查不到杜强这些年使用身份证的记录，所以，被人"整"的可能性更高。

越野车开进梅山镇，朱林电话打了过来："马公安带了些材料，你们两点钟回来见面。"

通话时，侯大利听到电话里传来马公安浓重的梅山口音："朱支队，我做点事是应该的，还请我喝酒，太客气了。"

越野车停在刑警老楼对面的餐厅，朱林和马公安相对而坐，桌上一瓶酒，已经喝了大半。朱林做事严谨，中午喝酒是极少见的，此刻脸已经微红，笑容满面，道："你们下午不要动车，也不要上班了，陪老马喝一杯。刚才和老马摆了龙门阵，他们那时的乡镇公安人员真是了不起，一个人骑个破自行车，要管理一两万人，辛苦，真是辛苦。"

马公安明显喝多了，眼角出现些灰色小颗粒眼屎，脸色酡红，道："我们就是处理点打架扯皮的事情，办刑案还是差了些。那时上培训课，朱支刚刚三十出头，讲起刑侦技术，一套一套的，把我们这些没有见过世面的公安人员听得一愣一愣的。今天，朱支还要亲自陪我吃饭，这是给我面子。作为公安人员，我讲一件伤心事，有一次走到市公安局大门，想进去看一看，结果保安不准进。当时我站在门口伤心得差点哭了。乡镇公安也是公安啊，虽然退休早一些，想进自己家看一看却进不了。"

朱林道："改天不喝酒的时候，我带你到市局转一转。你想进关局长的办公室，我都可以带你去。"

马公安道："其实进去也就那样子，但是，不准我进公安局大院，我还是很气愤。"

侯大利倒了酒，给马公安敬了酒。王华工作时间长，聊了些曾经在梅山派出所工作的老同志，也给马公安倒了不少酒。时间不长，马公安就彻底醉了，趴在桌子上打起呼噜来。

朱林要了一杯浓茶，喝了几口，道："上一次与老马见面之后，我给老马留了一个任务，让他去查一查黄大磊石场以前是谁在经营，是用什么方式从前一任经营者手里面拿下石场的。企业办的人不熟悉当年情况，当地年龄大些的老村民应该还知道。老马把情况打探清楚了，黄大磊前任经营者姓陈，如今在海南开餐馆，是被迫将石场转让给黄大磊的。你们跑一趟，找那个陈姓经营者当面聊一聊。这种事情电话说不清楚，必须得见面细谈。今天休息，明天出发。调查走访相当于大河捕鱼，撒网下去，到底能有什么鱼还真不知道。希望你们能网上大鱼。"

侯大利三言两语讲了杜强父母的状况，准备这次顺路与杜家德姐姐见个面。

105专案组主责是丁丽案，凡是有新发命案，查看是否与丁丽案有关便是其首要职责。虽然两次大规模DNA比对都没有成功，105专案组仍然没有放弃既定的侦查方向。一方面原因是黄大磊、吴开军和杜强身上的疑点特别多，即使他们没有亲自到现场，也有其他可能性；另一方面，专案组朱林和侯大利还肩负着调查警察中是否有内鬼的重任，只有把调查进行下去，才能逐渐找出真相。

诸人喝了酒，不便在刑警老楼出没，直接回家。

侯大利回到高森别墅，脑子里总想起杜家德夫妻的模样。独子失踪，他们居于大山深处，其中的苦痛很难彻底让外人感同身受。

他在床上躺了一会儿，翻身起床，给母亲打去电话。

"哇，稀奇啊，我儿居然主动给我打电话。有啥事啊？就冲着主动给妈打电话这个事，什么要求，妈都满足你。"电话接通以后，传来了母亲李永梅欢乐的声音。

"妈，我想摘天上的星星。"侯大利难得地给母亲开个玩笑。

李永梅在电话另一边明显愣了愣，一本正经地道："摘星星难度太高，我和你爸商量一下，发射一颗商业卫星，这事估计还办得到。"说到这里，她扑哧笑了起来，又道："你怎么想起主动给我打电话？你妈很感动啊。"

她还有一句题外话没有说出来。自从杨帆出事以后，儿子身上似乎就披了一层防护罩。儿子的身体还是属于儿子，精神却发生了变化，形成一道硬壳，将自己的感情包裹在里面，将家人的感情挡在外面。

"儿子，真没事吗？"当妈的人对于儿子精神上的细微变化最为了解，敏锐地觉察到儿子主动打电话的不同寻常之处。

"没事，中午喝了点小酒，没去上班，闲得无聊，顺便拨了个电话。"

"我倒是希望你的空闲时间能多一点，最好是天天闲得无聊。你和田甜很久没有回来了，什么时候回来？我让你爸回来。"

"我和田甜才回来不久啊。"

"那是很久以前的事情了。"

"你在上班吗？"

"这几天皮肤不太对劲，宁凌陪我美容。来，你妹给你说两句。"

侯大利没有料到母亲会直接把电话交给宁凌，还让"你妹给你说两句"。电话那头传来宁凌略微迟疑的声音，道："大利哥，我一直没有单独感谢你。"随即传来李永梅隐隐约约的声音："以后直接叫哥，把大利两个字去掉。"

侯大利道："你别客气。自从那件事后，我对你是刮目相看，相比李晓英，你表现得太优秀了。"

宁凌道："每次想起这事，我都很后怕。李晓英出现了精神上的状况，我没有，不是我比她优秀，是她遭的罪比我多。"

与宁凌闲聊了一会儿，李永梅又说了几句，侯大利才挂断电话。

放下电话，侯大利想起父亲的外室以及外室的儿子，还有蒙在鼓里的母亲，心情便灰暗起来。在外人眼里，他是国龙集团太子，是天之骄子，在刑警支队工作不久就有神探绰号，生活肯定幸福美满。而在他内心深处却总有一块灰暗之处，这是当年杨帆逝去所留下的阴影。无论外界如何变化，这块灰暗之地都没有太多变化，特别是他独处之时，忧伤便如细雨一般袭来。如今，对于原生家庭，他也开始心生愧疚。

接近下班时候，田甜打来电话。她的心情还不错，道："今天我们在外面吃饭，不到雅筑啊，老是到同一个地方也烦。到金色天街吧，那边吃饭的地方挺多。"

要与女友吃饭，侯大利从沙发上爬起来，洗了淋浴，让温水洗涤身体的同时将忧伤也暂时洗去。

金色天街是金氏集团所做的与地产结合的商贸综合体，里面吃、喝、玩、乐一条龙，是江州年轻人比较喜欢的去处。田甜挽着侯大利的胳膊，道："金色天街是江州城漂亮女生聚集度最高的街区，秀色可餐，我带你来，是考验你的意志。"侯大利道："人的意志是最经受不住考验的，希望这就是最高等级的考验。"田甜见男友心情不佳，笑得勉强，道："等会儿吃完饭，我们看场电影。你这人年纪轻轻，却是老气横秋的，没有年轻人的活力。"

与女友在一起吃饭、聊天，这是侯大利目前最轻松愉快的时光。

金色天街聚集了山南省各地很多著名餐饮企业，名店林立，最火爆的店面门口等了不少人。正在四楼闲逛时，田甜突然拉了拉侯大利的手，道："前面那人，站在扶梯上的那个男的，你猜多少岁了？"

扶梯处站着一个身高接近一米八的男子，他站在扶梯处看书，只要有人坐扶梯上五楼，便抬头看一眼，如果扶梯上站着穿裙子的女孩，便用目光全程护送女孩。在他的位置，目光所及，恰好能看到女孩稍纵即逝的走光处。

侯大利反应极快，道："这个就是强奸小学生的许海？个子挺高啊，完全是成年人模样。"

田甜道："许海是人渣，现在是人渣，以后更是人渣。法律严重跟不上形势，以前十四岁算未成年还有合理处，现在营养好，信息发达，十四岁啥都懂了，未成年应该降到十岁。你看这个人渣的眼光，就是盯着女孩裙子里面。我去提醒他，让他回家。"

侯大利和田甜还未靠拢，电梯处已经吵闹起来。一对情侣沿扶梯上楼，女生穿着短裙，注意到扶梯处那小子的眼光，就用坤包挡了挡裙子，又给男友说了两句。男子脾气也挺急，马上做出反应，道："喂，小子，眼睛朝哪里看？"许海回嘴道："关你屁事！"

吵了几句后，男子怒火冲天沿着下行扶梯，跑到四楼。走到近处，他才发现专盯女人裙子的男人面相幼稚，骂道："毛都没有长齐，还要在这里要流氓。"

男子话音未落，许海猛地一拳打在他脸上。两人扭打起来。男子虽然是成年人，体力却不如未成年人许海，被许海压在地上，脸上挨了好几拳，鼻血涌出来，满脸花。

商场原本人多，人群迅速聚在一起。

侯大利道："那个男子打不过许海，到了派出所更要吃亏，我去帮帮他，给人渣一个教训。"田甜叮嘱道："他是未成年人，下手注意分寸。"侯大利笑道："我用反关节技劝架而已。"

短裙女子想帮助男友，被许海反手推了一把，摔倒在地。许海的手还没有收回去，只觉手指传来剧痛，顾不得再打人，准备摆脱对方。

侯大利原本已经控制住许海，却有意将手放开。许海看着自己手指，倒吸了几口凉气，骂了一句"妈卖×"，怒吼着朝侯大利冲过去。

侯大利正等着对方冲过来，准确抓住其手腕，利索地来了一个背摔，紧接着使用反关节技，将许海压在地面。

许海的胳膊被扭得很痛，禁不住哭了起来，道："放开我，放开我。"

商场保安陆续过来，侯大利趁机松开手。这时，满脸是血的男人趁机冲过来，对准许海狠狠踢了一脚。依着侯大利本性，很想痛揍许海，只不过身为警察，行为受到限制。他推开鼻血长流的男子，示意道："赶紧去看鼻子，犯不着和未成年人较劲。"

男子瞅了许海一眼，道："他是未成年人，可恶！"他捂着鼻子，拉着女友快步离开商场。

许海站起来，身边站着两个保安，将其与侯大利隔开。他没有理睬保安，而是盯紧田甜。田甜曾经处理过许海，这让许海记了仇。此刻女警察和摔打自己的男子在一起，两人肯定是一伙的，许海眼中射出仇恨的目光。


## 砍人最凶的年轻人

两个小时飞行后，侯大利和王华从阳州机场来到海南三亚机场。车行又一个半小时，两人来到了黄大磊石场的前任老板陈彬的门店。陈彬戴了一顶遮阳帽，看着进门的小伙子和胖子，道："我不想惹事。"

王华胖脸上满是笑容，道："老陈，你放心，没有人知道我们过来。我和老马是朋友，你的联系方式是他给我的。"

陈彬哼了一声，道："老马是好人。只是，他一个人管梅山镇好几万人，根本管不过来。社会渣滓娃儿表面听招呼，实际上根本不理他。"

陈彬说着带有江州口音的普通话，语调比普通话要短促，听起来就如和人争执一般。

三人在里屋坐定，陈彬泡了茶，端给两人，道："这是梅山春茶。每年，在梅山的大姐都给我寄春茶。老马帮过我大姐，是通过大姐拿到我的联系方式的。"

侯大利喝了口清茶，放下茶杯，道："陈总，我就直截了当谈过来的目的。当年你在梅山经营石场，在你把石场转给黄大磊后，阳州高速公路建设到了江州，需要大量碎石，石场赚了很多钱。"

陈彬咬紧了牙关，脸皮轻微抽动。

侯大利道："明明知道要赚大钱，你为什么转让？是用什么方式转让的？"

陈彬猛地将帽子摘下来，道："这就是原因。"帽子下面显露出一条没有头发的暗红色伤疤，伤疤从额头开始一直延伸到左脑，足有十来厘米长，手指宽。

陈彬自嘲地笑道："我到了这边，有好几次与当地人发生冲突，我摘了帽子，露出这条伤疤，事情就解决了。"

侯大利道："黄大磊砍的？"

陈彬点点头，又摇头，道："算他砍的，但砍人的不是他。"

王华道："黄大磊主使，其他人下手。"

陈彬道："我不是梅山人，大姐嫁到梅山，我跟着过来开了石场。当时梅山开石场的老板都知道阳江高速要修过来，谁会在这个赚钱时间点转让石场？黄大磊带着一群小混混，欺负我不是梅山人，强行要我转让石场。明明可以赚钱，我又不傻，当然不愿意转让。谈了两次，我都是明确表态不转让。第三次，他们在吃晚饭的时候又到石场，说了两句话，黄大磊身边一个年轻人提刀就砍，若不是我躲得快，脑袋绝对会被砍开。这一刀将我头皮砍掉了一大块，治好以后就是现在这个样子了。黄大磊威胁我，说我给脸不要脸，若不转让，小心我姐一家人。"

侯大利道："你没有报警？"

陈彬道："梅山是穷山恶水，打架斗殴的事情多得很，马公安一个人管不了。再说，这伙人是亡命徒。那个砍我的小子绝对没有留情，我若是没躲开，坟头树都有好几米高了。时隔这么多年，我还记得那小子眼里的凶光。不瞒二位，这一刀把我吓破了胆，成了没有卵蛋的男人，根本不敢再和黄大磊讨价还价，也不敢报警，怕他们伤害我大姐一家人。石场是以最便宜的价格转让给黄大磊的，基本白送。黄大磊先是给了五万块，剩下的钱是从石场经营收入中分三年付清的。到最后，黄大磊只付了两年，第三年没付。他妈的，欺负人啊。"

侯大利取出五张相片，摆在桌上，道："谁是砍你的那个人？"

陈彬用力戳相片，道："就是这小子，杜强，看上去还挺秀气，动起手来最疯狂。当时，我们石场工人大部分都下班了，还剩下两个守石场的，都被这小子吓住了，硬是没敢还手。这几年我在这边发展得不错，想起当年的事情就气得不行，但是我没有报仇的想法，好人不跟疯子斗，我生活还可以，没有必要惹麻烦。"

五张相片是黄大磊、吴开军、杜强、秦涛和唐山林。五人中就数杜强相貌最清秀，若不是陈彬指认，侯大利根本想不到杜强会是如此凶悍之人。

侯大利又问："黄大磊这一伙人在梅山是不是很凶？还做过哪些坏事？"

陈彬道："在梅山场上混的有好几伙人，黄大磊这伙人算是出道晚的。他们出道以后就打了好几架，基本上都打赢了。打架最凶的就是杜强，其次就是大个子吴开军。黄大磊是在后面摇扇子的，坏主意都是他出的。"

侯大利道："黄大磊摇扇子，出主意；杜强和吴开军是打手；秦涛当时年龄最小，他在里面起什么作用？"

陈彬道："我对秦涛这个人印象不深，但是，那天在石场的时候，他也拿了刀的，还在那里使劲吼叫，吓唬石场工人。听说秦涛的哥哥是警察，后面有势力，所以黄大磊这个团伙才这么嚣张。"

侯大利瞳孔微缩，道："你说秦涛的哥哥是保护伞，有没有具体事例？"

陈彬摇头，道："只是传言。时间隔得太久，很多事情记不清楚了。"

王华道："黄大磊接这个石场时在做什么生意？1994年，他拿得出五万块，也不少了。他们以前是小混混，没有做什么生意，应该没有这笔钱。"

陈彬道："我估计是搞了其他事，赚了一笔钱。"

侯大利道："搞了什么事，你听说过吗？"

"吴开军这人喜欢喝酒，喝了酒是大舌头，到处吹牛。他曾经在喝酒后说过弄了一个大户，够吃好几年。"陈彬把帽子戴上，道，"两位警官，你们专程到这里来问黄大磊这些人的事情，莫非他们犯了什么案子？我现在生活过得好好的，不想追究以前的事情，也不会去当证人，今天我说的全部是真话，但是我不会出庭作证。"

每个人处境不同，立场便会不同，这是所谓的屁股决定板凳。陈彬不愿意平静富裕的生活被打扰完全在情理之中。不过，侯大利飞到海南是为了寻找线索，还远远谈不到出庭作证。

陈彬打消了顾忌之后，热情地邀请家乡警官去品尝渔港风味。渔港距离南海只有一百米距离，渔港太阳伞挡住了炙热的太阳光，海风则不受阻挡，在渔港内四处横行。

王华突然叫了一声："哇，前边楼盘是国龙集团的。"

与渔港相距五六百米的是一处占地极大的楼盘，楼盘上有"国龙集团"四个大字，在太阳光下闪闪发亮，笑傲海湾。

"国龙集团从江州起家，这是在海南开发的第二个大盘，实力强，信誉好，给我们江州人长了大脸。"陈彬谈到国龙集团时，发自内心感到自豪。

侯大利知道父亲有一系人马在做房地产，却没有想到能在海南见到国龙集团旗下的楼盘，禁不住多打量了两眼。

王华笑道："陈彬，你知道他是谁吗？"

侯大利摇了摇头。王华便改了口，道："侯警官是侯家亲戚，货真价实的亲戚。"

"既然侯警官与国龙集团有关系，哪里还用得着当警官，抱着国龙大腿，随便做点什么生意都能够发大财。"每家人都有直接亲属和拐弯抹角的亲戚，陈彬只以为侯大利和国龙集团侯家是拐弯亲戚，没有太过惊讶。

渔港菜品以海货为主，海货做法简单，以水煮和清蒸为主，尽量保持海货鲜味。江州菜重油重辣，与渔港做菜方法完全相反。两种做法都是因地制宜，各有鲜美之处。吃吃喝喝时，侯大利和王华从各个角度了解黄大磊小团伙的方方面面。

两辆小车从国龙集团工地开过来，径直来到渔港。在兴建楼盘时，渔港成为项目部经常光顾之地。渔港老板见到大客户，态度热情，接连招呼"唐总请坐"，引导一群人坐到靠海临风的餐桌前。这群人的老大是一个中年胖子，中年胖子坐上自己常坐的位置，抬头看到一个年轻人朝自己走来。他用力揉了揉眼睛，站起来，亲热地道："我还以为眼花了，真是大利。你怎么在这里？"

中年胖子唐豪达是跟随侯国龙创业的世安厂元老之一，以前常在侯家出没，地位比夏晓宇要低一些。自从侯家搬到阳州以后，侯大利就很少见到他了。

侯大利与唐豪达握了手，道："唐哥，我来办事，没想到你在这边。"

唐豪达道："那边是你的朋友？如果方便，一起坐坐。"

得到肯定答复以后，唐豪达回到桌前，腾出三个位置。其中一个副总道："那是侯大利吗？我几年前见过，他还在政法大学读书。"唐豪达道："就是大利。等会儿他过来，你们别问那些为什么不到国龙工作的傻话，也别问过来做什么，听到没有？"

大家都说明白。说明白的人中只有两三人是真晓得前因后果，大多数却并不明白，只是听领导招呼而已。

侯大利、王华和陈彬也就聚了过来。大家都是山南人，说着家乡话，倒也亲切，气氛很快就融洽起来。陈彬得知中年胖子是国龙集团项目的老大唐豪达，而这个老大对侯大利很是热情，讲了很多发生在世安厂的趣事，陈彬才慢慢醒过味来，明白侯大利不是侯家的亲戚，而是国龙集团大老板的儿子。知道这一点，他的眼光顿时变得充满敬畏，也有许多不解。

餐后，侯大利和王华准备前往粤省，与杜家德姐姐见面。谁知杜家德姐姐因为生意问题前往越南了，何时回程说不清楚。专案组与杜家德姐姐见面并没有明确目的，只是想从交谈中发现事先无法知道的蛛丝马迹，就如在与陈彬交谈之后便明白黄大磊小团伙已经不能仅仅看成不良青年团伙，实则已经是犯罪团伙了。

回到江州，侯大利开始细心勾勒喝血酒四兄弟的具体特点。

黄大磊：小团伙中的大哥，核心人物，大主意都是他出的。如今是矿业老板，没有与黑社会交集。

吴开军：小团队中的二哥，核心打手，会开车，缺点是喝了酒管不住嘴，大嘴巴。如今是夜总会老板，与黑社会有牵连。

杜强：小团队中的三哥，相貌清秀，小团伙中最喜欢使用武力的，在抢夺陈彬石场时冲在最前面。1995年初失踪，至今生死不明。

秦涛：小团队中的老弟，年龄最小，敲边鼓角色，也敢用刀砍人。1995年后脱离小团体，成为秦阳银行职员。

小团伙最迟在1995年就分崩离析，随后就没有以小团伙进行过活动。杜强在1995年初失踪。秦涛离开小团伙来到江州城区，开始复读，随后考入银行中专。

侯大利将所有资料分门别类后输入电脑，用投影仪投射到幕布上，然后坐在椅子上，一遍一遍反复看。彻底掌握资料，这是侯大利屡次提出正确判断的不二法门，这也是其从警以来获得的最重要经验。

侯大利正在专注看投影，葛向东走进门，道："刚才得到消息，吴开军今天拘役期满。唐山林死了，吴开军把主要恶行都推到唐山林身上，最后认了三条小罪，算是给警方找了个台阶。从现在看起来，唐山林死了，最大赢家就是吴开军。"

拘役的刑期从判决执行之日起计算；判决执行以前先行羁押的，羁押一日折抵刑期一日。吴开军被判拘役刑期抵扣了在看守所的羁押时间，判决之日恰好是走出看守所之日。

侯大利皱眉道："吴开军关在看守所，怎么知道唐山林死了？"

葛向东愣了愣，道："或许我说得不够准确，还有推测的成分，事实上吴开军就是将所有事情推到唐山林身上，包括打人致残、非法拘禁这些烂事，都完全推给唐山林，自己只认了几条小罪。唐山林死了，吴开军就是最大受益者，此事和他脱不了干系。我们前些天去提审他，问起他和黄大磊、杜强、秦涛的关系，他装傻说记不清了，明显是在打马虎眼，不说老实话。十几年前的事情不肯说，反而显得有问题。"

"如果唐山林不死，会有什么后果？"侯大利又自言自语道，"后果很简单，为了把案子办成铁案，我们会加大审讯力度，吴开军最后招架不住，肯定会吐；吐了以后会被判得很重，还会牵连到其他人。"

"应该是这样吧。"葛向东抬头看着投影仪幕布上的资料表，疑惑道，"DNA比对结果显示黄大磊、杜强等人与丁丽案没有关系，你和朱支为什么还要紧盯这四个人？"

侯大利道："这四个人存在太多值得怀疑的地方，越是深入调查，疑团越多。"

葛向东道："不管有多少疑团，都和丁丽案没有关系。你平时挺看重DNA，怎么不合自己心意的时候，就不管DNA了？"

"DNA是科学，一是一，二是二，很严谨，但是这个技术并非万能的。提取的生物检材则有很多具体情况，比如在丁丽衣物上发现的DNA来源就有可能多种解释，她是大学生，遇害时还是处女，极有可能是她当年男友留下来的。"

"你的脑洞真的很清奇，与我们一般人不同。"

"侦查工作本身就有一个依据证据来猜、猜、猜的过程。你别嘲笑，实质上就是这样，用专业术语来说就是寻找侦查方向。黄大磊小团伙散伙实际上就在丁丽案以后，时间隔得不久，你说这之间有没有关系？"

"你的这个思路确实是'猜、猜、猜'游戏，完全没有证据支撑，我只能回答，也许有关系，也许没有关系。"

"我们再大胆猜测，黄大磊敢于为了夺石场动刀，杜强差点将陈彬脑袋砍下来。为了争夺煤矿，他们敢不敢绑架最大竞争对手的女儿？我查过当时中山机械厂的地形，丁丽住家不远处就是公路，吴开军会开车，这是极佳的绑架场所。如果他们是绑架，那么现场勘查发现的奇怪现象就能够得到解释——绑架后见色起意再杀人。"

"这个联想绝对牵强，我是经侦出身，对经济犯罪还是有一定了解。如果是为了夺标，黄大磊只会威胁，不会要人命，这是其一；最后黄大磊也没有夺标，这是其二。"

葛向东提到的DNA比对问题和竞标手段问题都很有道理，但是侯大利和朱林还肩负查清楚是否有民警涉案的任务，这一项任务对专案组其他成员保密，不能讲出来。除了此任务外，黄大磊小团伙存在着种种谜团，与黄大磊枪击案有关，也与唐山林案有间接关系，这让侯大利产生了强烈兴趣。

侯大利突然拍了下桌子，道："今天吴开军出看守所，你猜一猜，吴开军和黄大磊会不会见面？若是见面，应该是吴开军前往黄大磊家里。"

葛向东道："见面又如何？吴开军去看望中枪的老朋友，很正常。"

侯大利道："根据我们前期调查，吴开军基本上不与黄大磊联系。如果见面，就和我们调查的情况相悖，那么以前得到的情报要么是假象，要么是枪击事件促使两人又相见。前者的问题为什么要有假象，后者问题是为什么枪击事件让两人见面。但是，不管是前者的原因还是后者的原因，其中的原因都很重要。由于重要，极有可能在电话里难以沟通，或者在电话里沟通不够安全，他们应该有见面的可能性。"

葛向东道："你的说法似乎也能自圆其说。这事很简单，给朱支报告一下，只要他同意，我们兵分两路，一路守在吴开军小区门口，一路守在金山别墅区门口，两人是否会面就清清楚楚。"

朱林正在宫建民办公室谈事，接到侯大利电话后，道："同意这个方案。从我的判断，没有太大价值。你们愿意蹲点守一天也行，万一猜对了，又多了一个侦查方向。"打完电话，他不等宫建民询问，主动道："专案组今天晚上准备守一守黄大磊和吴开军小区，看看他们在今天是不是有联系。"

宫建民笑道："英雄所见略同，陈阳已经给我提过此事，安排了电话监控。晚上蹲守是侯大利的主意吧，这个小伙子倒真是厉害，老天爷赏他这碗饭。只可惜国龙集团，侯国龙是一心盼着儿子接班。不过今天这次蹲守，没有精心策划，比较冲动。一个人没有缺点是很可怕的，侯大利有缺点，我喜欢。"

朱林道："侯大利缺点不少，只不过一俊遮了很多丑。我和他长期在一起，看得更清楚。"

宫建民又道："重案大队二组盯住吴开军和黄大磊，是因为唐山林案和枪案，DNA比对结果出来以后，基本排除丁丽案与这两人有关。黄大磊和吴开军屁股上有屎，但是这坨屎多半与丁丽案没有关系。专案组研究了以前的卷宗，把以前查否的材料都重新研究了一遍，最后，最大两条线索就是江州机械厂下岗工人和黄大磊小团伙，最异常的便是黄大磊团伙。若是从这里都挖不出东西，要想破案只能等待真凶因为其他案子被抓获后DNA比对成功。我们可以等，只怕丁晨光等不起，所以我们得不断挖线索。"

这是105专案组必须解决的一道难题，朱林也在不断说服自己。他这个说法结合了大量事实，却并非完全是真话。随着对黄大磊小团伙的深入调查，他开始和侯大利想法接近，总觉得黄大磊团伙与丁丽案脱不了干系，只是他现在无法直接说出这个想法，因为DNA比对未成功。

"朱支想法有道理，否则刑警支队还得承受更大的压力。"

宫建民很想询问与民警有关的另一线是否有进展，可是这事非常敏感，最好不要主动问进展。作为支队长，他真不希望手下侦查员出事，若手下侦查员真与黑社会有牵连，那支队名声就臭大街了，自己的仕途也算是到头了。

得到朱支同意后，葛向东自嘲道："瞧我们讨论出来的臭主意，今天晚上又得守通宵。我最怕守通宵，守一晚上折寿十天。"

他原本只是与侯大利在"猜、猜、猜"，不料猜成了今晚的工作。而且这个计划要立刻执行，不用等到天黑，现在就去守候。

自嘲归自嘲，对于正式确定下来的工作，专案组成员都没有懈怠。专案组初成立时，抽调过来的人员皆是各单位刺儿头；在朱林领导下，经过一年多时间的整合，专案组在石秋阳案和王永强案中发挥了特殊作用，赢得了从高层到一线民警的普遍认可。重案大队侦查员们虽然对侯大利仍有不服之处，但是对专案组整体工作还是认同的。受人尊重是催化剂，使得专案组成员们每个人的工作自觉性大大提高。在外人眼中，葛向东、樊勇、王华和以前的田甜都如换了一个人，甚至有打了鸡血的感觉。

半小时后，樊勇和葛向东乘坐一辆最普通的面包车来到黄大磊家门口，找了一处合适的位置停车。侯大利和王华乘坐一辆普通面包车，停在吴开军小区门口。侯大利手持红外线高清望远镜，辨认开出小区车辆的车牌号。

各自找好监控位后，四个侦查员进入守候阶段。王华是老警察，蹲点守候经验极为丰富，特意准备了几个大号矿泉水空瓶，用来解决内急问题。

晚上八点，望远镜里出现了吴开军小车的车牌号。车速不慢，车内一片黑暗，能看见小车后座有一个人，但看不清楚后排乘车人是不是吴开军。

在金山别墅区门口，葛向东接到王华通知以后，等了很久，也没有看到吴开军的小车。

约莫一个小时后，吴开军的小车回到小区。

夜里十一点，一辆自行车慢慢骑过。车至小区时，骑车者单腿支在地上，朝着小区门口张望了几眼，抽了支烟，又继续往前骑。

侯大利指着自行车，道："那是张林林。"王华道："是张林林。他是三院临时工，应该是下班回家。"侯大利道："明天去查一查他的值班表。"他看着张林林的背影，脑中又浮现出葛向东所画的那幅飞贼背影，从车中角度看出去，两个背影高度相似。

除了面包车上的眼睛以外，在面包车背后的稍旧小区也有一双眼睛紧盯吴开军小区。旧小区第七幢四楼窗户正好面对吴开军小区大门，一个灰衣人坐在窗边，不时抬头透过窗户瞧向外面。他家的窗户采用了特殊玻璃，屋里人向外看非常清晰，屋外人则很难看透。

窗边安装有一台望远镜，望远镜有支架，可以随意调整角度。灰衣人经常在此观察对面情况，调整望远镜的手法非常娴熟。

吴开军从看守所回家，灰衣人特地来到此处，准备通过望远镜观察吴开军以及其家中周边情况。在窗口坐了一个多小时后，一辆面包车开了过来，停在吴开军小区门口。这是一辆极为普通的面包车，丢在街道上绝对不会引人注目。灰衣人注意到了这辆面包车。两分钟后，面包车里没有人走出，他便意识到其中必有异常，将望远镜转向了面包车。

面包车里有两个人，注意力都在吴开军所住小区，并未留意到在对面小区楼房里还有一双眼睛在观察他们。

灰衣人使用的是高倍望远镜，面包车里的人犹如在眼前一般。驾驶员是治安支队的王华，车内用望远镜观察的是重案大队的侯大利。

灰衣人不再理睬面包车，继续盯紧吴开军小区的大门，吃喝都在窗边完成。夜渐渐深了，来往行人稀少。路灯光洒下，大树下的阴影越发浓重，在树下乘凉的灰衣人默默地坐在窗边，整个身体融入黑暗中，身体似乎没有了力气，软软地靠在藤椅之上。

放在身边的手机响了起来，是妻子的电话。妻子在电话里情绪明显不对，说话声音刺耳，道："我管不了你儿子了，你明天到学校去，找班主任。"

灰衣人目光仍然停留在门口，道："别急嘛，什么事情这么严重，还要请家长？"

妻子道："你儿子学本事了，知道给女同学写情书了，结果女同学把情书交到班主任手里。那个女同学是尖子生，是冲清华北大的材料，班主任很生气。我没有脸到学校见班主任，你去。"

如今灰衣人需要处理的事情十分棘手，下一步如何操作关系到全家人的生死安危，根本没有心思处理这种小事，道："亲爱的，我还在出差，明天回不来，你去把事情应付过去。儿子到了这个年龄，开始有性冲动，喜欢女同学很正常，我们不必大惊小怪。"

妻子冒了火，道："你这段时间是不是有什么事情瞒着我？天天神神秘秘的，回来也没有个笑脸。是不是在外面找了女人？"

灰衣人苦笑道："在外面赚钱不容易，你理解理解。我一个穷小子找一个城市妹子，这辈子知足了，没有再找其他女人的想法。"

妻子声音明显低了下来，道："我刚才照镜子，老得不成样子，脸上还有黑痣。赚钱重要，生活也重要，就算你赚再多钱，我老了，穿衣服不好看，戴首饰还累赘。"

灰衣人哄道："我老婆还年轻得很，再生个娃儿都没有问题。明天我真有事，你去吧。"

两口子在电话里聊了一阵，妻子火气消了，灰衣人这才挂断电话。时间一分钟一分钟向后移动，骑自行车的张林林出现在小区门口。灰衣人将高清望远镜对准了张林林，目不转睛。等到张林林离开后，他便离开窗台，让窗口的监控镜头继续孤单地工作。

这个监控镜头已经安装了很长时间，只不过平时没有启动。而且，监控镜头只是记录固定角度的情况，要观察面包车的蹲守人员以及骑车人张林林，还得靠高清望远镜。

灰衣人回到卧室里，取出一张老相片。老相片中有四个人，个个都非常年轻，身材结实，没有任何赘肉。四个人都留着杀马特发型，笑容简单而灿烂，有两个还戴着劣质的蛤蟆镜。相片微微发黄，具有浓重旧日痕迹。相片中的人皆比现实中的人要单薄许多，体形有明显变化。当然，十来年时间，人的体形有变化很正常，体形不变才是异常。

灰衣人默默想了许久，走进书房，从盒子里取出一把手枪。他慢慢地将手枪拆开，摆在桌上。这个时候，手枪散乱成一堆没有任何威胁的破铜烂铁，失去了存在的意义。灰衣人又一丝不苟地将所有零件重新组合起来。等到零件组合完成以后，一个个零件仿佛活了回来，变成了能夺人性命的猛兽。

灰衣人走进书房，取了一顶遮阳帽，出门。江州夏天非常炎热，在太阳下戴帽还算正常，可是在夜晚戴帽就是异常行为。灰衣人戴着帽子，如灰狼一样，走到树荫之下。沿着树荫步行约七分钟，则是江州最火的餐饮一条街，大排档和特色菜云集于此，每天夜间热闹非凡，酒香半城。

## 被盯上的吴开军

吴开军在隆兴夜总会顶层召开了一个酒会，灯红酒绿，美女如云。夜总会核心骨干们聚在一起，庆祝老板脱困。诸人在大厅里喝酒，吴开军喝了几杯以后，搂着隆兴的大妈咪素姐进了楼顶单独的大房子。

有经理故意喊叫："老板，别走啊，再喝两杯。"

吴开军粗鲁地道："你们先喝，我把素姐就地正法再出来喝酒。"

素姐扬手打了下吴开军肩膀，嗲声道："你讨厌。"

吴开军原本长得牛高马大，和鲁智深一般肥壮。在看守所这一段时间，生活作息有规律，无法喝酒，粗茶淡饭，让吴开军体内脂肪大量消解，肚子瘪了，赘肉无影无踪，整个人看起来精神许多，至少年轻十岁。他回到夜总会以后，发现以前的衣服穿在身上全部空空荡荡，于是重新买了小一号或两号的衣服。

素姐看到打扮一新的吴开军，眼里荡出水来，双手挂在吴开军脖子上，撒娇道："你看我的肚子都起游泳圈了，干脆我也进看守所，帮我减减肥。"

吴开军搂住素姐，拍了拍她弹力十足的屁股，道："你还是别去，那里的日子淡出了鸟，我是一天都不想待。"

素姐踮起脚，在吴开军脸上啄了几下，道："你在看守所，这一段时间我可寂寞了，你要陪我。"她低声在吴开军耳边说了几句，两人哈哈大笑起来，屋内春光一片。

事毕，素姐靠在吴开军胸口，道："你这个没良心的，我为了把唐老鸭死了的消息传进去，可是费了大劲。"吴开军抱紧了素姐，道："没有想到隆兴这么多人，只有你一个人想着给我传消息。老唐在隆兴的股份，分一半给你。"素姐道："你这算是有良心的。跟你这么些年，还知道给点股份。"

吴开军抱着素姐揉了一阵，脸上笑容不知不觉阴了下来，道："你没有这么聪明，谁告诉你要给我传消息的？"

素姐眉目含春，软在吴开军身上，娇声道："我曾经接到一个电话，他自称是你的朋友，让我想办法把消息传给你。虽然这些年夜总会也交了不少朋友，为了传消息给你，我还真是想了好多办法，用了不少钱。"

吴开军一边上下其手，一边猜想是谁想给自己传消息；想了半天，也没有想出此人是谁。

屋外有不少夜总会的漂亮女子过来喝酒，划拳之声、娇笑之声，此起彼伏。

重新穿上衣服以后，吴开军站在窗边，俯视着如银龙一般的路灯灯光，脸色变得严肃起来，甚至还有一丝忧虑。

"怎么，今天弄得不舒服？"

"我在想其他事情，和你没关系。"

"老大，你回来以后，没有以前开心了。这么大一摊子，唐老鸭又被害了，你总得找人撑起。啥事都自己管，你也管不过来。"

"好了，好了，我们出去，再和兄弟们喝几杯。"

吴开军到了楼下，又和大家喝了约半斤酒，他身高体壮，酒量甚豪，平时喝一斤半高度酒没有问题，今天喝了六七两酒以后，无论兄弟们如何劝，都捂着酒杯不再多喝。大家欢喜一场之后，吴开军将周疤子叫到了房间。周疤子以前在隆兴的地位稍逊于唐山林，带了一伙人专门放高利贷。

两人关了门，面对面而坐。吴开军酒意全消，道："唐山林死了，到底是谁做的？他和我一起跑路，一直在外面，刚回家就被杀，肯定被人吊了线。"

周疤子道："你在看守所修行，断手杆的人经常来捣乱。"

吴开军道："断手杆的人来捣乱，这很正常。他们夜总会才开的时候，我们去捣乱的时间也不少，断手杆巴不得我彻底栽进去。唐山林回家，断手杆如果发现了，肯定会向公安局点水，只要唐山林被抓进来，隆兴也就麻烦大了，彻底玩完。所以，不可能是断手杆。我就打开天窗说亮话，有人会怀疑是我下的手，因为我得到的好处太多，伤人、关人、要钱，这些烂事都可以推到唐山林身上。这种想法是把我看得太神了，我手里信得过的人，唐山林算一个，你算一个。我被关进看守所，消息传不出来，哪能遥控指挥人去杀唐山林？"

唐山林是谁害的，周疤子心里一直有疑惑。吴开军今天所言确实有道理，至少在吴开军被关进看守所这一段时间里，周疤子从来没有得到过吴开军从看守所传过来的消息。以前跟随唐山林的人也天天在隆兴混日子，过得逍遥自在。

周疤子道："老唐这些年惹了仇人，不知是哪股水发了，公安费了老鼻子劲，没有查到结果。"

吴开军道："老唐走了，他的位置就由你来坐。隆兴这一段时间管理混乱，生意差了好多。以前我在的时候有几个靓妹，都跑哪里去了？给我叫回来。谁不回来，给我滚出江州。"

谈完正事，刚刚得到重用的周疤子兴奋地道："老大，我们去喝两杯，爽一把。"

"今天喝了五两多，不能再喝。我给自己立了一个规矩，每顿只能喝半斤，喝了半斤以后，打死也不能开口。喝酒误事啊。"吴开军说起此语，想起和黄卫在火车上醉生梦死的时光，又想打自己的耳光。

时间过得很快，吴开军从看守所出来有半个月了。最初，他非常谨慎，很少离开隆兴夜总会，每天窝在夜总会顶楼房间，喝点小酒，开房间唱歌，打打小牌，与兄弟们玩乐。时间长了，一向好动的他终于觉得自己是惊弓之鸟，唐山林被杀，黄大磊遭枪击，或许真是他们自身的原因，并不会牵连到自己。

7月18日，江州体育馆有一场城市足球赛，参赛的是阳州足球队和江州足球队，因而取名为阳江足球赛。阳江足球赛是历史悠久的比赛，开始于二十世纪八十年代末。当时，足球热在全国兴起，阳州和江州都是省内足球基地，踢球和看球的人在全省最多。两个城市第一次足球比赛在1988年，以后每年7月18日都搞一次城市足球赛，阳州和江州轮流作为举办地。去年比赛在阳州举行，江州足球队以一比零小胜，阳州足球队在家门口输了球，被球迷骂得狗血喷头。经过一年卧薪尝胆，阳州足球队憋着劲要报仇雪恨。

吴开军是真球迷，经常飞行去看球。从阳江足球赛开始，一场都没有落过，自然，这一场足球赛也不想错过。上有所好，下必甚焉。老板喜欢足球，隆兴也成立了一个球迷协会，协会里有大量漂亮女子，在球场上最为引人注目。

18日晚七点，吴开军在脸上画了油彩，穿上球衣，带着俱乐部球迷们，雄赳赳地前往江州足球场。

两城争雄只是一个由头，更主要是为困于钢筋森林的城市居民们找到一个狂欢理由。球赛日，整个球场就是欢乐的海洋，旗帜飘扬，锣鼓震天，音乐伴着灯光穿破城市上空。无数人戴着江州或是阳州球队的帽子，脸上画满油彩，在球场上大吼大叫。

隆兴球迷俱乐部照例引人注目，一个肩上有刺青的汉子光着胳膊，站在大锣鼓前卖力敲打，浑身肥肉随敲打有韵律地抖动。相隔不远处是阳州球迷所在地，肥汉开始敲鼓时，阳州球迷竖起一片中指。

在双方互骂中，比赛开始。

比赛进入下半场，两队战成一比一平，球迷们情绪更加高涨。

江州大饭店副总经理顾英特意为公司高层弄了些贵宾票和一等座的票。侯大利嫌贵宾票里有领导和场面人物，不想去应酬，要了位置稍差的一等座，这里无人打扰，可以专心看球，更准确来说，可以拿着望远镜观察隆兴球迷俱乐部。

田甜拿起在球场外买来的塑料手掌，用力摇晃。田甜在父亲没有出事前，经常陪父亲来看阳江足球比赛。父亲出事以后，她便不再来看阳江足球赛。这一次阳江足球赛开打，她终于克服了心理障碍，参加城市狂欢。

身处欢乐的海洋，侯大利仍然觉得这一切与自己无关。杨帆出事后，他的大脑中设置了一个玻璃墙，所有热闹、狂欢都被玻璃墙隔离。外面的世界越是热闹，他的内心越是冷静。田甜的冷只是冰块，遇到持久的温度便会融化，恢复成正常人。他大脑中的玻璃墙完全透明，却如防弹玻璃一般坚硬，很难彻底撼动。

侯大利的眼光被望远镜的镜头加持，变得如鹰眼一般锐利。隆兴俱乐部旗帜出现后，鹰眼便定格于此。镜头里，吴开军面部表情都看得清清楚楚。这条大汉很是奔放，最初还穿着T恤衫，球队进场后，他脱掉T恤衫，拿在手中挥舞。吴开军从看守所出来的时间不长，身体肥肉消解后，胸腹部显出还未完全丢失的肌肉。他完全沉浸在看球赛的快乐之中，站在隆兴球迷前面，扭动身体，不时还将一个漂亮性感的女子拉过来，一起挥舞旗帜，屁股、腰身不时碰撞在一起。

侯大利将望远镜递给田甜。田甜透过望远镜观察了一会儿，凑在侯大利耳边，道："这是一个中年狂放大叔，还很有些男人魅力。"

一个头戴江州队球迷帽的汉子坐在距离隆兴球迷俱乐部不远的位置，目光也牢牢锁定身高体壮的吴开军。他怀里揣着带有消音器的手枪，准备趁这混乱之夜，给吴开军致命一击。开场之时，他已经找到了隆兴球迷俱乐部的停车位，将自行车放在与停车场一步之隔的地方。在如此混乱的局面之下，自行车是最好的逃逸工具。进场后，他数次走到离吴开军只有一两米距离的地方。在这个距离下，用衣服挡住枪，百发百中，只不过逃走路线稍有麻烦，得经过数道保安，极有可能出现意外。

江州球迷和阳州球迷互相扔矿泉水瓶，现场乱成一团，那汉子还是忍耐住开枪的冲动，安静地守在座位上。

比赛结束，那汉子跟随人群走出体育馆。由于江州足球队获胜，隆兴球迷俱乐部所有人都兴奋异常，一路挥动旗帜。吴开军在现场十分卖力，脱下上衣，露出上身。他的胸前后背皆有刺青，刺青是关公图像，很是威武。

那汉子画着浓重油彩，戴手套，摇动江州足球队的旗帜。这是整个比赛现场最普通的装扮。他外表很狂放，内心实则非常平静，跟在隆兴俱乐部后面，慢慢向停车场靠近。

到了停车场，不断有汽车启动，灯光亮起，马达轰鸣。

一辆自行车停放在距离隆兴俱乐部中巴车不到两米的地方，没有上锁，等待主人随时骑上去。吴开军即将来到中巴车旁时，那汉子加快脚步，从后面越过仍然在兴奋中的隆兴球迷，来到吴开军身边。他在黑暗中举起手枪，枪口微微上抬，对准吴开军后背和后脑连开两枪。在昏暗的停车场，汽车引擎声此起彼伏。经过消音的枪声微弱，除了挽着吴开军的素姐以外，没有人注意到异常。

那汉子开了两枪，确定吴开军必死无疑，加快脚步，朝自行车快步走去。他骑上自行车，按照事先规划好的路线，伏身，猛然冲进黑暗之中。骑了十几米，从他的身后传来哭声和吼声，一群人如无头苍蝇一样冲了过来，却很茫然地失去了目标。

宫建民、朱林等刑警支队领导没有到球场，抽空聚在一起，吃饭后，喝喝茶，聊聊天。大家都知道刑警之间的禁忌，没人敢说今天平安无事之类的犯忌之语。尽管如此小心翼翼，该来的总得来，宫建民的电话、洪金明的电话还是几乎同时响了起来。

得知体育馆出了枪击案，朱林道："侯大利和田甜正在体育场看球赛，我让他们赶紧去现场。"

"体育场正在散场，现场很容易混乱，让侯大利注意维持秩序，保护好现场。"宫建民安排之后，又神情凝重地拨打电话，让支队值班人员安排技术室、重案大队赶到停车场。

朱林打通侯大利电话，询问其所处位置，道："吴开军在停车场遭枪击，你赶紧过去，指挥民警保护现场。"

侯大利在停车场已经发动汽车，接到朱林电话后，马上熄火，到越野车后备厢拿起勘查设备，和田甜直奔案发区域。

侯大利距离案发区域停车场非常近，来到现场时，一组执勤警察也刚刚到达现场。现场还处于混乱状态，女人的哭声，男人的叫声，汽车的喇叭声，交织在一起。不少到停车场开车的人发现这个区域出现异常，纷纷过来围观，还有人拿着相机。

值勤民警到达以后，将围观的人群和枪击现场隔开。

侯大利出示证件以后，接管现场。执勤警察负责人是二级警督，头发已经花白。他对把现场交给如此年轻的刑警有疑虑，道："我问了两句，整个情况很简单，吴开军和球迷们刚到停车场，一个人从后面走上来，朝吴开军开了两枪，然后穿过停车场，应该是骑自行车离开的。"

侯大利发出第一道指令，道："田甜检查吴开军。"

保护生命是最先到达的现场民警的首要职责，电话中朱林只说吴开军受到枪击，是否死亡还得进一步判断。如果吴开军没有死亡，那么必须现场急救或者送到医院抢救。同时，为了下一步破案需要，还得尽量保护现场，减少现场变动范围，不要使用现场物品，不要让人在现场丢弃杂物。

田甜检查吴开军身体时，侯大利发出第二道指令："拉警戒线，大一些，保护现场，无关人员不能进入警戒线。"

执勤民警恰恰到车内取来警戒带，根据现场情况，开始围圈。执勤民警经验丰富，不用侯大利指挥，中规中矩地设置警戒线。

侯大利发出第三道指令："请民警询问现场知情人，如果有嫌疑人，立刻扣留下来；如果没有，把现场知情人带到附近体育馆派出所进行询问，注意不要引起围观。动作要快，行动迅速。"

侯大利发出第四道指令："安排两位民警守在停车场左入口，不准无关人员进入警戒线方向。再安排民警在右入口，疏导车辆。"

此刻，比赛刚刚结束，大量球迷正在散场，最忌讳的就是引起围观。侯大利如此安排，一方面保护现场，另一方面引导观众离开。执勤民警负责人见年轻刑警处置得当，指令清晰，松了一口气，赶紧招呼自己部下，调集车辆，将隆兴球迷带到体育馆派出所询问情况，又安排两名执勤民警在警戒线外面指挥交通，保护现场，引导行人绕行。

隆兴球迷被带离时，一个女子还蹲在吴开军身前不肯离开，哭得稀里哗啦。一个现场民警认识其中一个隆兴球迷，交代之后，让两个球迷搀扶女子离开。

设立警戒线以后，围观人群踮脚伸头，也看不清楚现场，兴趣大减，纷纷离开。

侯大利与带队警察做了简单交流，发出第五道指令："在核心区域再拉起一道警戒线，严禁任何人进入。嫌疑人停放自行车的地方也拉上，保护好现场。"

田甜做完了检查，回到侯大利身边，摇了摇头。侯大利道："是枪伤吗？"田甜道："目测应该是，具体情况还得看解剖。隆兴球迷已经通知了120，应该很快就过来。"

侯大利又找到带队警察，道："120要过来，肯定是从十字路口方向过来。建议派一个民警过去拦住他们，让救护车别闪灯，也别按长喇叭，悄悄过来，免得引起围观。"

几项指令由带队警察指挥执行以后，现场得到有效控制，基本不会引起大规模围观。带队警察好奇地打量年轻的重案刑警，道："你是重案大队的？以前没有见过你。"

"以前我在二大队，今年才调到重案大队。"侯大利没有暴露自己是只有一年工龄的菜鸟，又道，"刚才您简单介绍了情况，当时怎么确认凶手是骑自行车的？"

带队警察道："现场大多数人是球迷打扮，很乱，吴开军的人没有注意到有人挤过来开枪。一个女的发现吴开军倒在地上，身上冒血，才报了警。"

侯大利道："没有听到枪响？"

带队警察道："他们都没有听到枪响，等到反应过来后，四处寻找，发现一个人影正在骑自行车离开。"

简单交流以后，田甜负责录像，侯大利照相的同时，还抓紧制作《最先到达现场的民警工作情况记录表》。这个表原本应该是最先到达的民警制作，只不过现场民警皆是球场执勤民警，身上没有准备情况记录表，他便主动把此项工作接了过来。

陈阳、老谭等人到达现场时，救护车也刚刚到达。由于救护车提前遇到警察，很安静地进入现场，没有闪灯，也没有发出"哎哟、哎哟"的声音。大型比赛期间原本就备有救护车，球迷们见到救护车开来也不惊讶，各行各道。侯大利向重案大队长陈阳报告现场情况之后，移交了指挥权。

急救医生到现场，略作检查，对跟在身后的老谭道："谭主任，眼睛无反应，脉搏消失，呼吸停止，没有生命体征了，没有必要到医院抢救，直接送去殡仪馆吧。"

发生在停车场的枪击案没有引发骚乱，球迷们散去，停车场的小车陆续开走，只留下遍地垃圾，证明不久前这里曾热闹非凡。

宫建民、朱林等刑侦领导也赶到现场。执勤民警负责人见到刑侦领导几乎全部到来，彻底轻松下来。他和三组组长李明是老同事，暗自指了指侯大利，道："那个年轻人最先到现场，人年轻，很不错，非常冷静，现场指挥有条理，是个人才。"

李明道："你居然不认识他，我们刑警支队新近冒出来的神探，侯国龙的公子。"

执勤民警负责人"啊"了一声，道："他就是侯大利啊。我以前听说侯大利有点小本事，就是目中无人，下巴扬到天上，根本不把你们这些老侦查员放在眼里。今天我们第一次打交道，他为人还可以啊，敢担当，水平高。"

小林和其他勘查人员打开照明灯，在警戒线内找到两粒六四式手枪子弹的弹壳。现场烟头有二十多个，全部搜集。案发现场有很多隆兴球迷俱乐部的球迷，脚印纷杂，乱成一团，失去了价值。在指认的自行车停放处，也没有发现有价值的物证。

视频大队侦查员调取停车场以及大门处的监控录像。调出相关视频以后，侦查员有些傻眼，无数球迷戴着江州足球队的球帽，穿着江州足球队的队服，监控镜头从上往下，根本无法辨认。

# 第六章
# 杀害丁丽的真凶

## 掉入思维误区

侯大利交出指挥权后，和朱林站在另一边，低声讨论。

侯大利懊恼地道："我陷入了思维误区，由于吴开军是唐山林案受益者，我下意识就将他放到犯罪嫌疑人的位置，很多措施都是从此出发。现在看起来，吴开军不是猎手，他和黄大磊一样，都是猎物。"

朱林道："猎手是谁？"

侯大利道："秦涛没有作案时间，那么大概率是杜强。但是，杜强十几年没有露面，这是一个极大的难点。"

杜强在1995年春节前后失踪，失踪不等于死亡。黄大磊和吴开军至少在半年内没有任何电话联系，吴开军和黄大磊手下的人也否认两人有来往，这种情况下，两个人相隔不久都被六四式手枪射击，一死一伤，失踪者杜强就凸现出来。

晚十二点，尸体解剖结束，案情分析会连夜召开。

首先是最先到达的侯大利汇报到达现场的基本情况。

其次，技术人员小林汇报现场勘查情况，特别提到吴开军案的弹壳和黄大磊案的弹壳底部特征相同，弹壳的抛壳口痕迹相同，是同一把枪射出。

再次，法医李主任汇报了基本情况，吴开军后脑和后背各中一枪，一枪打穿颅骨，另一枪打中心脏。两枪都是致命伤。

三个基本程序走完，分管副局长刘战刚面色凝重，道："两枪都是要害，犯罪嫌疑人心理素质相当好，枪法也好，这是存心要人命啊。江州接连发生两起枪案，省公安厅接报后相当重视，老朴明天带队过来协助我们侦办此案，其中一个叫林海军的侦查员挂职担任重案大队副大队长。我们今天先把案子捋一捋，要做到大体上心中有数。我重提一个问题，唐山林案、黄大磊案、吴开军案，三者之间有什么联系？"

重案大队长陈阳道："吴开军之所以只被判了拘役，与唐山林遇害有直接关系。也就是说，吴开军是唐山林被害的最大受益者。如果吴开军是杀害唐山林的幕后指使者，那么谁会杀掉吴开军？吴开军死掉，受益者是谁？黄大磊没死，不是凶手不想让他死，而是他有防范。从手枪弹壳来看，黄大磊案和吴开军案符合串并案侦查的条件，是同一个凶手所为。串并案以后，我们就要考虑谁会同时从黄大磊案和吴开军案中获益。"

宫建民道："陈阳说得有点绕。我就简单说，黄大磊案和吴开军案并案侦查，至于唐山林案，还得另做一案。"

陈阳道："以前我以作案手法来推定，觉得是一个凶手。到了现在，我的观点变化了，应该是两个凶手。"

刘战刚道："唐山林案和后两案之间真没有联系？在唐山林案和黄大磊案中，都出现了雨伞，这如何解释？"

陈阳道："这正是我所疑惑的。"

宫建民道："现在无法解释。"

刘战刚道："无法解释的地方，便是我们要着力的地方。暂时抛开唐山林案，你谈谈对吴开军案和黄大磊案的想法。"

"黄大磊和吴开军是喝过血酒的兄弟，但是近年来两人几乎不来往，重案大队和专案组都发现了这个奇怪现象。如今两人相继中枪，我觉得应该从寻仇方向来思考。如果两人在当前阶段没有共同的仇人，那么我们的视线就可以往前移，看以前是否有仇人。105专案组做过细致调查，黄大磊和吴开军在资本原始积累阶段充满血腥，算是早期的黑恶势力。喝血酒的四兄弟之一秦涛后来与黄大磊和吴开军没有接触，有了正式工作，通过调查，排除了其作案可能性。喝血酒的四兄弟之一杜强如今下落不明，比较奇怪的是，这些年没有发现杜强身份证的任何活动轨迹。也就是说，杜强要么死亡，要么匿名；若是匿名，则杜强有重大作案嫌疑。"宫建民稍稍停顿，道，"我们不知道他们内部发生了什么事情，但是，不管凶手是谁，要加强对黄大磊的保护，同时对秦涛进行保护性监控，布下一张大网，等待凶手钻进来。"

宫建民的分析融合了重案大队和105专案组两个单位的调查成果，大家比较认同。

刘战刚的眼光从朱林和侯大利身上扫过，略有停顿，又移开了。这一次，他没有询问专案组的意见。

散会后，侯大利回到高森别墅，进屋便闻到诱人的面香，道："难得啊，我不知道你做面食的手艺这么好。"

田甜难得地提前回家，还特意做了些小面点，得到男友表扬，心花怒放。

金黄色小面包放在洁白的瓷盘上，散发出阵阵奶香。侯大利正准备伸手，被田甜用筷子轻轻敲了下手背，道："洗手去，你从现场回来，居然不洗手。"侯大利无辜地道："你以前做了解剖，也简单冲洗就吃东西，现在怎么变成小清新了？"田甜道："以前没有家，现在有了家，不一样了。"

侯大利到卫生间洗手，田甜站在门口，道："我爸减刑了，还有两个月就可以出来了。你不是说要定结婚日期吗？等我爸出来以后，我们就去领证。我希望我爸能站在我们面前给我们祝福，而不是在监狱里给我们祝福。"

侯大利笑道："什么日子结婚，你全权决定。我不急，反正已经享受到了新郎待遇。"

"狗嘴里吐不出象牙。"田甜脸现娇羞，嗔道。

侯大利忍不住上前抱住未婚妻，恶狠狠地亲了几口，才道："狗嘴里如果能够吐出象牙，那才是怪事。"

二人调笑几句，温情如水，在屋内流淌。侯大利暂时将案件压在脑海深处，不让它们冒出来影响温馨的气氛。有了温馨的家，侯大利想起曾经的原生家庭，多愁善感起来。自己的原生家庭是由侯国龙、李永梅和自己构成的，如今自己独立，毫不回头地离开父母，做着他们不喜欢的事情。以前在世安厂的日子虽然清贫，却成为侯大利脑海中最美好的时光。

他和田甜也将有儿女，建立自己的家庭。原生家庭最多二十年便会破碎，他和田甜的儿女将在打碎一个原生家庭的基础上建立新的家庭。这是社会规律，谁都无法改变。

听了侯大利关于原生家庭的想法，田甜想起了自己的原生家庭，眼里不知不觉地蓄满了泪水。她将头埋在侯大利胸前，道："你别说这么伤感的话题，原本气氛好好的，要赔我。"侯大利道："怎么赔？"田甜听着侯大利有力的心跳声，道："我想要一个孩子。"侯大利将田甜拦腰抱起，道："走吧，我们去做人类最伟大的事情，为人类繁衍而行动。"

"明明想做爱，还说得这么高尚。"田甜笑起来，蓄积在眼角的泪珠却往下流，又道，"你去拉窗帘。不拉窗帘，总觉得怪怪的。"

"没有开灯，外面看不进来。再说，这是别墅区，对面是树林，晚上没人。"

月光如水，偷偷摸摸溜进了窗户。呻吟声起，月光被惊吓，从窗户仓皇撤退。随即，月光又好奇地探头探脑伸进窗，观看在床上翻滚的一对恋人。

早上醒来，侯大利回味着幸福生活，想起了母亲，打了电话过去。李永梅被惊醒，看到儿子电话，大吃一惊，道："儿子，出什么事了？"得知儿子就是打电话过来问候，拍着胸口，又道："没有什么事，这么早打什么电话？吓死老娘了。以后得多打电话回来，免得我接到儿子电话，第一反应就是判断是不是出事了。"

聊了几句，放下电话，侯大利对母亲的反应很无语。当田甜过来问起之时，侯大利自嘲地道："我给老妈打电话，把她吓着了，还以为出了事。"田甜道："你也得反省，平时回家的时候太少，时间久了，真会变成外人。"

此时，电话又响起。老朴在电话中说道："我今天下午到江州，先和战刚副局长、老宫见面，商量案子。另外两个同志住公安宾馆，我不睡公安宾馆，就住在刑警老楼四楼。在宾馆睡不好，只有在自家宿舍才能睡得舒服，这是老毛病了，同志们都理解。晚餐，我们去雅筑餐厅，上次品尝了特级厨师的手艺，回到阳州，心里还在想。吃过晚餐，我直接回刑警老楼。"

侯大利挺喜欢省厅这位醉心于刑侦的老朴，来到刑警老楼以后，立刻挽起衣袖，清扫四楼宿舍。

朱林背着手来到四楼，道："老朴活得洒脱，不求官，只是醉心于破案，以前有时觉得他是怪人，现在很能理解。另外，老朴是省厅代表、刑侦专家，我们不能因为他洒脱而心生慢怠，你要特别注意这一点。"

为了深入与老朴交流，打扫完房间以后，侯大利回到三楼资料室，从头到尾将丁丽案所有资料都在投影仪上看了一遍，随即又播放了黄大磊、吴开军、杜强和秦涛的资料。循环播放了两次，上午就过去了。

下午时间，专案组开了会，对前期工作进行了小结，布置了下一步工作。

晚餐时间，老朴准时出现在雅筑餐厅，他穿了一件纯白色T恤，还有很拉风的红鞋子，这和当年二中队中队长丁浩神似。只不过老朴头发花白，又配上纯白T恤，更加拉风。他不作寒暄，道："老规矩，有什么想法放开了说，包括直觉、联想，有什么谈什么。"

"丁丽遇害，极有可能与黄大磊喝血酒的四兄弟有关，杜强最可疑。但没有证据，我就是怀疑。"侯大利说出自己一直憋在心里的判断，就如盛夏进入空调屋，每个毛孔都舒畅了。

老朴拿着一把老式折扇，不停打开又合上，发出哗哗的声音，道：

"没有证据，但是得有理由。"

侯大利道："喝过血酒的四兄弟，曾经暴力强占了一个石场，这是黄大磊发迹的根本。暴力强占时，杜强提刀砍人，差点将原来的石场老板陈彬砍死。到了如今，四个人除了秦涛以外，结局都不太好。黄大磊被枪击，受重伤；吴开军被枪击，死亡；杜强失踪，失踪时间是在1995年春节前后，也就是丁丽遇害之后。所以，我认为他们四人与丁丽案有关。"

老朴强调道："DNA比对，已经排除了黄大磊他们四兄弟。"

侯大利道："这是最令我困惑的地方。后来我想通了，虽然DNA比对排除了四人，但是完全可能是其外围成员留下的，比如吴开军的手下唐山林之流。"

老朴很了解案情，道："当年在梅山活动的社会人都采了血，没有查到。"

侯大利道："或许是因为某种原因产生了漏网之鱼。"

江州大饭店副总经理顾英进包间询问了晚餐所需，又亲自为老朴和侯大利倒了茶，这才退出房门。老朴眼光瞧着顾英的背影，感叹道："如今每一行都不容易。这个副总经理是有心人，上两次我和你出现在雅筑，这个副总经理就准时出现，今天又是如此。"

侯大利早就习惯这一切，下意识认为这是理所当然，听到老朴评价才想起每次到此顾英确实会准时出现，几乎没有缺席之时。她之所以如此做，说明其用心，也从另一个侧面说明职场艰难。他的思路很快又转回到案件之上，道："杜强这条线索若是查否，我真就不知道从何处下手了，用句俗语就是狗咬乌龟——无处下口。"

"你也有无处下口的时候？"

"朴老师，你笑话我了，我是经常觉得无处下口，想啊想啊，查啊查啊，有时运气好，就突破了。"

"运气自然有，更重要的是占有基础信息，才能厚积薄发。占有基础信息，是内因；运气，则是外因。"

聊了一阵案子，老朴转了话题，又道，"这次随我来的林海军要留下来，挂职重案大队副大队长。"

侯大利道："我听说过他，是我的师兄。我入学的时候，他刚刚毕业，是刑侦系的学生会主席。他挂职是为了督战吧。"

老朴道："林海军能力强，是省刑侦总队重点培养对象。这一次派他来挂职，主要是接触基层，了解基层，也带有指导、帮助破案的意思。"

晚七点，老朴搬了椅子坐在电视前，专心看《新闻联播》。他见侯大利对看新闻兴趣不大，道："你搬张椅子过来，坐在我身边，一起看新闻。除了办案以外，生活中还有很多事情，你需要关注。关注这些时事，了解社会发展的方方面面，也能从另一个方面帮助破案。破案除了刑侦专业技术以外，还得懂社会。看《新闻联播》，一时半会儿觉得没用，实则告诉你这个社会正在发生什么，将要发生什么。"

侯大利道："平时很少看，觉得都是套话。"

老朴指着侯大利，道："说你聪明，实则是个大糊涂蛋。你认为是套话，那说明你修炼不够，看不懂新闻中藏着的刀光剑影和雷霆风暴。你想成为神探，必须得深刻了解社会，否则就只能算工匠，不能算是大师。"

菜肴陆续上桌，一素两荤一汤，色香味俱全，老朴吃得津津有味，暂时停止讨论《新闻联播》。侯大利吃了几口，问道："朴老师，你一直没有谈对案子的看法。你是什么想法？"

老朴没有回答，突然"啊"了一声，只见纯白T恤上落了一滴红油，格外显眼。他低头看着胸前痕迹，道："完了，这就是贪吃的代价。"他用餐巾纸擦了擦红油，见无法擦掉，也就不管这团污渍，继续享受美味。

《新闻联播》结束，山南卫视开始播放近期很火的《等待》节目，此节目两周一期，主要内容是平凡老百姓这一辈子"等待之事"，节目组则尽量帮助其实现愿望。

老朴终于满足对美味的需求，放下筷子，道："命案积案并非件件能破，我们能做的就是竭尽全力。具体到此案，我认为唐案并非孤案，和黄案、吴案密切相关，黄卫案也与这几个案子脱不了关系，这是我的基本观点。这是一团乱麻，我们要找到牵一发而动全身的牛鼻子。"

"我非常赞同朴老师的想法，其实我也是这种想法，就是找不到证据，没有发力之处。"

"找不到证据就得调整思路。杀人凶手是如何掌握黄卫动向的，如何掌握唐山林动向的，这两个问题一直没有解决。另外，这一次你们采集血样的量很大，动用了很多民警，能不能保证每份血样都真实？"

侯大利考虑过这两个问题，因而怀疑有内鬼。分管副局长刘战刚要求顺着黄大磊、吴开军这条线查一查是否存在内鬼，要求暗查之事要绝对保密。在领导没有发话时，侯大利并没有对老朴提及此事，只是回答了后一个问题："全局动用了两百多位民警采集血样，有严格标准，我们只能相信每份血样都是真实可信的，不可能重新采集。"

老朴又道："杜强是独生子，他们那个年代独生子有些罕见，是什么原因？"

侯大利有些汗颜，道："没有查找这个原因。"

《等待》节目中正在播放一个母亲对抱错孩子的"等待"。这个母亲发现儿子与自己和丈夫的相貌差异很大，悄悄做了亲子鉴定，发现不是自己亲生，怀疑当初同一个房间的产妇抱错了孩子，多方寻找，却一直没有找到当初同房的产妇。节目最后，栏目组帮助找到了同房产妇，两个孩子确实是抱错了。虽然是皆大欢喜的结局，两家四个家长仍然哭得昏天暗地。

节目即将播完之时，侯大利想起老朴提出的诸多问题，突然跳将起来，指着电视画面，道："我可能犯了一个错，掉入了习惯思维陷阱。"

"什么习惯思维？"

"朴老师很敏锐，发现了一个异常现象。杜家德这个年龄，农村家庭一般都有三四个小孩子，他们家只有一个，确实很奇怪。由于杜强失踪多年，没法提取其血样，我们是查杜强父母的DNA来与精斑DNA比对是否有亲缘关系，结果查否。这个电视节目说明了一件事，杜强的父母不一定就是亲生父母，如果不是亲生父母，那么肯定不能比对成功。"

"你这个脑洞很大啊，但是有道理，值得深挖。"

产生了这个想法以后，侯大利觉得黑沉沉的乌云中似乎露出一丝光亮，道："那我就按照这个毫无根据的思路进行调查。"

老朴挥了挥手，道："死马当成活马医，大胆去查，反正没有任何损失。"

挥手之后，他低头看着胸前纯白T恤上的红油，痛惜地道："这可是今年新款啊，吃一顿饭就废掉，太可惜。但是，若是你能找到杜强不是杜强父母亲生的证据，这件新款毁掉也值得。"

早晨，朱林刚上班，遇到了在院子里和旺财玩耍的侯大利和老朴。他听了侯大利的想法，觉得匪夷所思，道："大利，这种思路你也想得出来？"

侯大利用了老朴昨晚说过的话，道："死马当成活马医，若是被我们蒙对了，以前所有的疑惑都能迎刃而解。我这就跑一趟梅山，做详细调查。"

老朴笑道："还是老办法，从社会关系入手，若真是抱养的小孩，亲戚朋友应该知道。"

朱林很尊重省厅刑侦专家的意见，见老朴也支持这个想法，道："不用亲自去跑一趟，这事让老马调查最有效。老马是以前梅山的公安人员，熟悉当地情况，现在退休了，对公安业务仍然很热爱。"

老马接到朱支队电话以后，不到半小时就赶了过来。

老朴在省厅工作，面对省厅领导们都以平常心对之，很少有"屁颠颠"的表现，今天见到老马如农村老人一样的相貌和穿着，立刻从座位上起身，主动给老马散烟。

老马接过香烟，放在鼻尖使劲嗅，道："我当了一辈子公安，这是第一次抽到省厅领导的烟。其实，我是第一次见到省厅领导。"

老朴勉强能够听懂老马的梅山土话，笑道："说啥子省厅领导，我就是一个普通侦查员。"

老马抽了两口烟，听了任务，拍起胸膛来，道："我这人没有别的本事，不懂电脑，不会开车，做不来现在的公安业务，但是，论起人熟地熟，现在梅山派出所的大学生就远远不如我。这几十年，我几乎进过每一幢房子，叫得出大部分人的名字，和我关系好的社员不说有一个营，至少有一个连。"

交代完任务，侯大利开车送老马到梅山。到了梅山，老马步行到场镇，去找关系户。侯大利则来到前次去过的黄氏农家乐，找黄老板要了钓鱼竿，专心钓鲫鱼。黄老板凑了过来，神神秘秘地道："侯老板，我听说吴老板出事了，挨了一枪，脑袋都被打穿了。"

侯大利眼睛看着浮子，道："听说过，全城都传遍了。"

黄老板又道："我们本家黄老板也挨了一枪，看来梅山人在走背运，两个最大的老板都挨了枪子。"

黄老板开的农家乐，是梅山的"龙门客栈"，各种信息都在此交汇，因此有远比其他人更灵的消息来源。侯大利故意道："那谁跟梅山老板有仇啊？"

黄老板笑嘻嘻地道："我又不是公安，怎么能够知道谁跟两个老板有仇？不过，冤有头债有主，以前梅山有过一个开石场的陈老板，他姐姐嫁到梅山，他就过来开石场。最近他回来过一次，就在我这里吃的饭。他喝了酒，说起以前被黄大磊强占了石场，到现在还在流泪。"

侯大利故意装傻，道："还有这种事？"

黄老板道："江湖里，这种事情很常见。陈老板还说杜强心肠狠辣，要么是被对手打死，要么是被自己人弄死，绝对不能善终。"

上一次侯大利与陈彬见面时，陈彬提供了真实情况。当时交流时，陈彬态度还是挺克制，只是说了事实，没有发表观点。回到梅山，陈彬喝酒之后说了酒话，酒话不是事实，却是他的真实想法。

黄老板聊了一会儿便离开了，侯大利则反复琢磨陈彬的酒话。

临近午餐时，老马回来，带回来两条重要信息。第一，杜家德夫妻多年不孕，杜家德为了让老婆怀孕，找了不少医生。后来，杜家德夫妻外出打工，回来时带了一个婴儿，说是在粤省大医院治好了病，才怀上了小孩。第二，杜家德在粤省时，与其姐姐住在一起。

这条信息完美地印证了侯大利此前关于杜强是不是杜家德亲生儿子的猜想。

越野车回到江州，朱林先与老马细谈，随后又打电话向刘战刚谈了这条重要线索。刘战刚正在组织刑警支队诸位领导谈话，放下电话后，一双眼睛轮流在重案大队诸人面前扫过。

宫建民坐在刘战刚对面，隐约听到几句对话，又见到其特殊表情，道："105专案组又有突破了？"

刘战刚不停摇头，道："侯大利思维方式有点奇怪，他提出了一个大胆的判断，得到了老朴支持。今天，梅山镇以前的公安人员老马去摸了情况，摸到的情况与侯大利的设想基本吻合。具体情况电话里说不清楚，他们等会儿就到。"

"侯大利是重案大队的一员，他做出成绩，我脸上也有光。以前队员们还不服气，现在大家都认可了他。"陈阳自嘲道，"把侯大利调入重案大队，这个决策相当英明。"

十分钟后，朱林、侯大利和老马来到刘战刚办公室。老马站在刘战刚办公室门口，再次感慨，道："跟着专案组，我算是开了眼，见到省厅领导，又进了局长办公室。我当了一辈子公安，还是第一次走进局长办公室。"

面对退休的基层老警察，刘战刚没有摆副局长的架子，和老朴一样，主动握手，态度热情，问了些近况，包括身体情况、工资情况和医药报销情况。

过了几分钟，老朴和省厅另外两名侦查员林海军、刘劲也一起来到会场。

会议开始，侯大利先讲了前因后果，然后由老马介绍杜家父子情况。参会人员很快达成一致意见：这是一条重要线索，立刻派员到粤省找到杜家德姐姐，了解杜家德妻子的生育情况。

老朴主动道："我与粤省省厅比较熟悉，刑侦局副局长是我同学，关系不错，有熟人办事方便。这次我和侯大利一起过去，用不着太多人，关键是设计好问话方案。"

刘战刚忙道："怎么敢劳动您的大驾？"

老朴道："我就是省厅派过来工作的，别跟我客气，赶紧订票。"

刘战刚知道老朴性格"古怪"，也没有再多劝，赶紧吩咐支队办公室订票。

会议在半个小时结束，一个小时后，侯大利和老朴到达机场，三个半小时后，两个山南警察出现在粤省。一辆警用便车驶入机场，在机场公安引导下，到达了停机场，直接将老朴和侯大利接到一处雅致餐厅。来者是粤省刑侦局副局长，与老朴见面便热情拥抱，随后聊起被公安部抽调办案的难忘岁月。大家都是同道中人，边吃边聊，很快敲定了针对杜家秀的询问方案。

粤省警方效率很高，很快就将杜家秀查了一个底朝天。杜家秀开了一个小商店，经常来往于深圳和香港，带些水货回来。

来往于深圳和香港，已经成为杜家秀的生活方式。今天太阳出来得早，照得人火辣辣的，杜家秀刚出关，便被警察带上车。带水货不是什么了不起的大罪，杜家秀这些年和无数人往返于两地，也进过派出所，所以并没有太担心。她坐在车上，想得最多的是中午没办法给老公煮饭，只是手机被暂扣，无法与老公和孩子们联系。

警车转了几圈，没有来到熟悉的派出所，而是来到一个完全陌生的派出所。杜家秀开始有些紧张，后来想起自己不过带了数量不多的水货进来，没有什么大不了的。进入派出所，杜家秀被安排在办案区的一间独立房间，房间有电视。电视约在两米五高度，不能手动控制。杜家秀被带到房间以后，有警员打开电视后便离开了。

杜家秀独自在房间坐了一个小时，根本没有任何人进来问话。最初她无心看电视，时间过得久了，注意力渐渐被电视所吸引。电视内容全部来自山南卫视的《等待》节目，是《等待》的节目合集，一共有六个小时。

节目里，有一对丢失孩子的父母最终找到了孩子，双方抱头痛哭。杜家秀作为当母亲的人，感同身受，眼泪唰唰地往下掉。

节目里，有一个丢失孩子的父亲最终崩溃，自杀，只剩下母亲一个人在孤独地等待丢失的孩子。最终，节目组也没有能够为孤独的母亲找到丢失的孩子。

节目里，有一对丢失孩子的夫妻离婚，各自组织家庭，当孩子通过节目组出面找到父母以后，父母都不愿意来到节目组。

在此期间，有警察送来简单餐食，并不询问，直接关门走人。

杜家秀不间断看《等待》节目，哭红了眼睛。第七个小时，进来两个警察，一个警察花白头发，另一个警察则非常年轻。

老警察开口，是典型的山南话："杜家秀，你看了六个多小时的节目，有什么感想？"

杜家秀听到山南口音，愣了愣，道："什么节目？我眼睛近视，没有戴眼镜。"她说这话时，单肩耸动。

年轻警察声音很严厉，道："杜家秀，你不要装傻，我们有监控，明明看你在哭。"

杜家秀这才发现在墙角有一个监控器，双肩不停耸动。

老警察盯着杜家秀的肩膀看了一会儿，温和地道："人心都是肉长的，你想想，如果你的娃儿被人偷了，你这个当妈的会是一个什么心情？你有两个女儿，若是女儿丢掉了，你活着还有什么意思？"

年轻警察绷着脸，斥责道："你把当年的事情说清楚，若不说，那就是共犯。到时你进了监狱，想带外孙也没有机会了。"

在看电视的时候，杜家秀便开始回想当年发生的事情。杜家德夫妻一直没有生育，杜家德妻子为此背负了极大压力，在家里备受歧视。吃药多年没有生育，杜家德夫妻来到了粤省，经过检查，才发现没有生育能力的是杜家德。杜家德得知自己缺少精子以后，非常郁闷，甚至产生了自杀的念头。一天晚上，杜家德的妻子抱回了一个小婴儿。

杜家秀知道弟妹是在给人当保姆，如今抱了一个小婴儿回来，自然是从东家家里偷来的，大惊道："你到东家当保姆，是留了身份证的，怎么跑得掉？"杜家德道："她是复印别人的身份证，有点模糊，东家没有看出来。"

当天夜里，杜家德夫妻就携带婴儿到了火车站，乘坐清晨六点的火车前往山南。

杜家秀知道这是伤天害理的事情，三十多年过去，她心里仍然留有阴影。今天连续看《等待》节目，让深埋在她内心几十年的阴影再次翻动起来。想起往事，杜家秀低下了头。

老警察继续诱导，道："这是三十多年前的事情了，杜强也长大了。你看过刚才的电视节目，如今科技发达了，杜强父母找了过来，进行了DNA比对。你不说，并不意味着我们不能找到真相。"

杜家秀有些发蒙，刚刚从电视里听到什么比对成功，具体内容并不太清楚，只是明白通过这事能查清是不是父子关系。

年轻警察语气严肃，道："我们现在正在审问，你若是不如实回答，就是包庇罪。根据我国《刑法》第三百一十条，明知是犯罪的人而为其提供隐藏处所、财物，帮助其逃匿或者作假证明包庇的，处三年以下有期徒刑、拘役或者管制；情节严重的，处三年以上十年以下有期徒刑。犯前款罪，事前通谋的，以共同犯罪论处。你明明知道杜家德夫妻偷了别人的孩子，却不肯告诉警方，这就犯了包庇罪，情节非常严重，至少要判十年，你今年六十五岁，关你十年，说不定就死在监狱里了。"

老警察和蔼地说："事情已经暴露，纸包不住火，否则我们也不会来找你。现在给你一个自首的机会，你不是主犯，只要自首，我们会根据情节从宽处理，有可能不进监狱。"

经过六个小时《等待》节目的轰炸，再被两个山南警察轮番轰炸，杜家秀大脑昏沉沉的，缺失了判断能力。她哭了一会儿，讲述了当年杜家德夫妻拐骗东家婴儿之事。

办案区有监控设备，侯大利身上还带有高清录制设备，将杜家秀的讲述记录得清清楚楚。

杜家秀离开派出所以后，侯大利和老朴击掌庆贺。

## 杜强的身世

由于杜强与杜家德夫妻没有血缘关系，前期DNA检测不能排除杜强杀害丁丽的嫌疑，可以顺着这条线索深入地查下去。

侯大利给宫建民和朱林打去电话，报告了粤省这边的情况。

宫建民用拳头擂了下桌子，给二大队大队长叶大鹏打去电话。

组织、指导全市拐卖妇女儿童犯罪打击工作和解救受害妇女儿童工作是侦查二大队的职责之一，也是其最重要的职责。杜家德夫妻涉嫌拐骗儿童，二大队副大队长丁浩、田甜等侦查员立刻前往梅山镇派出所，准备控制杜家德夫妻。

梅山派出所所长施成接到丁浩电话以后，派出一名民警和辅警守在杜家德家附近，防止这一对夫妻逃跑。

一个小时以后，派出所所长施成、二大队副大队长丁浩、侦查员田甜等人开车到村办公室，沿小道步行前往杜家德的家。

杜家德并不配合派出所工作，先是一脸茫然，然后猛地推开站在身边的侦查员，朝厨房方向跑去。丁浩是老侦查员，抓捕经验丰富，在堂屋各个方向都布置了侦查员。杜家德刚跑到厨房门口，就被按倒在地。

杜家德在地上拼命挣扎，皮肤上青筋鼓出，大吼大叫，道："我没有犯法，凭什么抓我？警察打人了，警察打人了！"

杨丽芬扑到侦查员身前，又抓又挠，如母老虎一般。

丁浩轻蔑地道："铐起来。"

杜家德夫妻被铐起来以后，气焰一下就灭了。

田甜是法医出身，与在场的侦查员思维方式略有不同，控制了杜家德以后，对丁浩道："丁大队，我想去看一看杜强的房间，说不定能找到毛发等生物检材。若是碰巧能找到合适的检材，丁丽案有可能就破了。"丁浩道："杜强失踪十几年了，还能找到生物检材？不可能吧。"田甜道："试一试，万一运气来了，我们就捡到宝了。"

施成所长带着村委会主任来到杜家德的家里。杜家德坐在警车上，望着村主任一言不发。杜家德为人固执，得理不让人，和周边邻居关系不好，与村里也有很深矛盾。此时到了关键时刻，他也不指望村主任帮他说好话。

村主任朝警车瞧了一眼，便跟着施成进入房间。

田甜戴了手套，拿着手电，在杜强床上仔细搜索，希望能找到毛发之类的生物检材。令人遗憾的是在床上没有任何发现。田甜打量杜强房屋环境，看到角落放着一个农村比较常见的老式木箱。打开木箱，霉味冲鼻而出。木箱里全是杜强以前穿过的衣服，胡乱堆在箱里，想必杜强离开之后便没有清理过。

田甜取出第四件上衣时，发现上衣肩头有一条口子，口子边缘整齐。她做过多年法医，经常清理死者衣裤，经验丰富，看到衣服肩头的口子以后，便慢慢往下清理，果然找到大片暗黑色斑块。

清理完所有衣物，共找到两件带有暗黑色斑块的上衣，而且上衣都有边缘整齐的口子。凭经验，这些斑块应该是陈旧血迹。

田甜将衣服装入物证袋，三辆警车离开了杜家德的家。杜家德家附近围了些村民，大家站在一旁议论纷纷，嘻嘻哈哈，增添了不少谈资。

重案大队长陈阳、二大队副大队长丁浩亲自审问杜家德。

杜家德长年劳作，身体壮实，脸上黑黝黝的，看起来比实际年龄还要小一些。当陈阳问起杜强的情况之时，他恨恨地道：“1995年春节就没有回来，不知道死在哪里了。”

陈阳直截了当地问道：“你没有生育能力，杜强是从哪里来的？”

杜家德愣了愣，道：“你乱说啥？警察也不能乱说。”这些年，杜家德最怕有人提起此事，有一次杨丽芬无意中提起此事，杜家德当场发作，将一碗饭扣在了杨丽芬头上。此时到了屋檐下，他只能低头，没有破口大骂。

陈阳道：“雁过留痕，人过留名。全村的人都知道你没有生育能力，你自欺欺人，不敢承认。”

杜家德涨红了脸，道：“放屁。”

陈阳也不生气，道：“是不是要到粤省去查一查越秀公园附近医院的记录？你这人是鸭子死了嘴壳子硬，不见棺材不落泪。你没有生育能力，杜强哪里来的？你不说，有人会说的。"

听到越秀公园附近医院，杜家德明白肯定是姐姐已经承认了。他稍稍沉默，知道抵赖不过去，便痛快地承认了杜强不是亲生的，承认之后，还发了一句牢骚："古话说得好，树要根深，儿要亲生。这个捡来的小孩子一点都不贴心，十来岁就在外面鬼混，成天不落屋。我管他，他还要和我干仗。走了十几年，不知是死是活，我就是养了一只白眼狼。"

丁浩道："杜强是谁家婴儿？"

杜家德道："我不知道，是真不知道。杨丽芬在劳动力市场被他们家带走，应该就住在越秀公园附近。"

在另一个房间，重案大队二组组长苗伟和二大队副大队长顾华审讯杨丽芬。

杨丽芬比起杜家德来更"顽强"，进入办案区，一语不发。苗伟低声道："朴处在粤省那一招很厉害，我们让杨丽芬看两个小时《等待》，等到其情绪波动时，我们继续审。"

在杨丽芬看《等待》节目时，杜家德已经承认杜强非亲生，但是他不知道杨丽芬的东家具体情况。陈阳和丁浩经过分析，认为杜家德的说法可信。

在另一间审讯室，杨丽芬看了两个小时《等待》节目后，情绪开始松动，得知丈夫和杜家秀都已经交代之后，最终崩溃，讲述了当年偷小孩子的经过。

"我嫁到杜家以后，一直没有生育，杜家上上下下都骂我是不会下蛋的母鸡，婆子妈更是每天指桑骂槐。杜家德不吃酒还可以，是个人，吃了酒就使劲打我。我不能生育，当时觉得理亏，挨了打也不敢给娘家说，只是让杜家德不要打脸，否则白天出去干活不好看。后来我们到了粤省大医院去检查，才发现是杜家德身体有毛病，生不了娃儿不怪我。"

杨丽芬满脸皱纹，皮肤粗糙，抹着眼泪，抽噎着道："杜家德在不喝酒的时候还是可以的，没有和我离婚，还到处给我拿药。我们都很想要一个孩子，所以我看到东家的娃儿以后，就忍不住想抱回家，由我们自己来养。我们两个确实没有亏待娃儿，有什么好吃的，都是娃儿先吃。娃儿来得不容易，我们舍不得动一根手指。他长大以后，就成天在外面玩，不回家。娃儿孝心还是有的，在街上吃了好吃的，还要给我提一点回来。那年元旦还给了我五百块钱，那时五百块钱很管用的。"

……

"杜强的亲生父母叫什么名字？住在什么地方？"

"时间太久了，粤省又这么大，我都记不清楚了。那男的姓王，女的好像姓张，男的应该在大学当老师，女的是医生。我记得有一个公园，应该叫作越秀公园，他们家就在公园大门附近。几十年了，多的我记不清楚了。"

"仔细想一想，你当保姆那家的大体位置，还有对方的姓名。"

"我记不起来了，这是真的。我天天都在努力忘记那家人的相貌和姓名，现在是真记不起来了。"

……

审讯结束后，江州警方立刻将杨丽芬东家的基本资料传给侯大利。

老朴和侯大利拿到江州警方提供的资料以后，立刻交由粤省警方处理。由于资料并不清晰，时间隔得太久，粤省警方派出警力在越秀公园附近进行了调查走访，没有查到当年失踪人口资料，也没有在大学和医院找到曾经丢失孩子的老师和医生。

粤省警方相当负责，在日报和晚报分别刊登了关于"寻找当年丢失孩子的老师和医生"的相关消息。报纸登出数天，得到几条线索，沿着线索追查下去，线索又分别中断，无法深挖。

侯大利和老朴正在茶餐厅里慢条斯理地消磨时间。他们此刻已经完成了主要工作，盼望着粤省警方突然报来好消息。等待之时，老朴又开始将以前办过的大案掐掉尾巴，当成作业，布置给侯大利。

侯大利明显心不在焉，不在状态。

"你别心急，心急吃不了热豆腐。就算找到了杜强的亲生父母，也并不意味着精斑就是杜强的，这个逻辑关系一定要理顺。要成为一名优秀侦查员，必须得有耐心，不能急躁，急躁就要犯错。我经常看《动物世界》，非洲狮子在进攻前，会非常耐心地等待猎物靠近。"老朴一边享用南国鲜香美食，一边向侯大利传授心得。

侯大利似乎神游天外，突然"啊"了一声，道："我又掉入思维陷阱了，应该用精斑数据到打拐数据库比对，若精斑确实是杜强所留，那么就极有可能在数据库中与其亲生父母比对成功。"

"你哪有这么多思维陷阱？既然有了，就爬出来。"老朴提醒道，"杜强亲生父母会采取血样，录入到DNA数据库吗？"

侯大利道："极有可能，杜强父亲当年是大学老师，母亲是医生，都是知识分子，应该会懂得使用这个技术。"

江州刑警支队DNA室负责人张晨接到侯大利电话以后，笑道："英雄所见略同，我正在将精斑DNA数据输入全国打拐DNA数据库，刚刚开始，还没有结果。"

一个小时以后，电脑突然发出刺耳的警报声，一张照片弹了出来，屏幕上随即显示出几个字："符合023号送检物证DNA特征。"

张晨马上抓起电话，给侯大利打了过去，声音激动，道："奇迹啊奇迹，居然比对成功了，精斑DNA与深圳一对夫妻比对成功。不多说了，我要报告宫支队。"

放下电话，侯大利握紧拳头在空中挥动，望着老朴，道："踏破铁鞋无觅处，得来全不费工夫。杜强父母果然聪明，把自己的DNA数据留在了全国打拐数据库里。"

"别废话，比对成功没有？"

"成功了，杜强的亲生父母在深圳。"

"你这个说法不严谨，应该是精斑主人的亲生父母在深圳。到目前为止，精斑到底是谁留下的这个问题没有解决，虽然大概率是杜强的，但是仍然没有最后确定。"

老朴站了起来，折扇在手中打得哗哗作响，兴奋地道："功夫不负有心人，终于有了关键突破，虽然还差最后临门一脚。大利，你的运气好到爆棚啊。这也不全是运气，是在掌握材料的基础上，大胆假设，小心求证，再加上运气，这才成功了。现在马上去见这对夫妻，将杜强小时候的相片给他们看，确认以后，我们和这一对夫妻一起回山南，最终确定精斑是不是杜强所留。"

俗话说，运气来了挡都挡不住，田甜的电话在这时打了过来，道："我们拘留了杜家德。我在杜强房间发现了一个旧木箱，里面全是杜强的旧衣服，有两件旧衣服被刀砍破，找到了陈旧血迹。只要能够提到陈旧血迹上的DNA，那么就能确定杜强是不是精斑主人。"

"太好了，太好了，这个发现是及时雨。亲爱的，我爱你。"侯大利在此刻很想变成一段语音，能够顺着无线电波回到江州，用最大力气热烈拥抱田甜。

一个尘封多年的大案或许就要水落石出，侯大利胸口充满自豪感。但是，自豪感持续时间不长便被愤怒替代。

粤省警方效率极高，很快就安排了与深圳夫妻见面。

深圳夫妻出现在院内，身后还跟着一对小夫妻。

深圳夫妻衣着得体，气质优雅。王卫军如今是大学教授，头发花白，梳理得非常整齐。陈跃华已经从医院退休，稍稍有些发胖，却不显臃肿。身后小夫妻是王卫军、陈跃华的儿子和儿媳，两人皆是大学的青年教师，散发着浓浓书卷气。

侯大利站在窗前看到四人，相片中杜强的形象完全无法与眼前四人重叠起来。杜强的气质就是山中一把柴刀，锋利又狂暴，而眼前四人就如大学校园的书本，温暖又沉静。

老朴与侯大利并肩而站，折扇在手中打得啪啪作响，频率比平时更快。侯大利仔细观察过老朴的这个习惯，得出规律：凡是老朴心情发生变动时，打折扇的速度肯定会加快，今天打折扇的速度明显超过遇到疑难案件之时。

"王卫军丢失的儿子具有重大犯罪嫌疑。大利，你给他们两人交代实情，我旁听。人越老，心脏越脆弱，我感觉没有办法面对这对夫妻知道自己儿子是杀人犯时受到的打击。"

说完这句话，老朴重重敲打了一下折扇，发出啪的一声响。随即，折扇声音果断停止。

侯大利"嗯"了一声，道："很难开口啊。"

老朴恨恨地道："拐卖小孩的人都应该受到重罚。田甜调到打拐专案组，市局用对了人。"他又道："我不进会客室，你把握好情绪，给他们讲清楚，注意不要引起当事人过于激烈的反应。"

侯大利在一名粤省警方侦查员陪同下，慢慢朝着小会议室走去，推门而入时，立刻面对着四人急切又焦灼的目光。

粤省警方侦查员出示了证件，做完了自我介绍，又介绍侯大利的身份，然后由侯大利主谈。侯大利暗自吸了口气，语调平缓地道："王教授，陈医生，我是山南省江州市公安局刑警支队侦查员侯大利，有几件事情要调查，为了案件侦办，还得形成询问笔录，并同步录像，希望你们理解。"

王卫军点头，道："谢谢江州警方。"

侯大利拿出了七张中老年妇女的相片，放在桌上，道："这里面有你们认识的人吗？"

王卫军和陈跃华凑到桌前，凝神细看。王卫军刚要伸手，陈跃华却抢先拿起一张相片，突然间泪如泉涌，声音嘶哑地道："就是她，她就是当年的保姆。现在年龄大了些，相貌没变，化成灰，我都认得。"

王卫军拿过那张相片，道："嗯，确实很像。有没有更年轻的相片？"

侯大利又拿出七张中老年妇女年轻时的相片，交由王卫军夫妻辨认。这一次，王卫军和陈跃华扫了一眼相片，便一起指着杨丽芬的相片，异口同声地道："就是她。"

陈跃华死死盯着相片中的女人，道："我当时犯傻，没有到中介公司找保姆，图方便，直接到劳动力市场找保姆，没有想到找了一头白眼狼。她在我们家做了一个月不到，然后就带着涛涛跑了。她跑了以后，我才发现身份证是复印的，根本不是她本人。我真傻，居然没有查验身份证，就把一个坏人带进家里。"

王海洋见母亲又开始反复述说当年的事，便上前拉住母亲，免得母亲又犯病。

王卫军压抑住激动的心情，道："侯警官，王海涛在哪里？我们能不能见他？既然DNA比对成功，他就是我们的孩子，与被谁拐卖没有关系。"

侯大利又从包里取出一沓相片，是在杜家翻拍的杜强从小到大的所有相片。

相片如黑洞，牢牢吸引了王卫军和陈跃华的目光。陈跃华拿起一张相片，上面写着杜强两岁。此时，距离王海涛被拐已经有一年多时间。

"这是涛涛啊，你看眉毛，左边眉毛还是有个断口，额头还有一颗痣。"

陈跃华拿着相片，目光贪婪，似乎要将整张相片全部装进眼睛里，融化到心中。她将所有相片按年龄排序，一张一张细看，仿佛这样就能感受到儿子成长的过程。尽管王海涛已经由一个粤省婴儿彻底变成了一个梅山乡下婴儿，再变成一个乡间少年和具有杀马特性质的场镇少年，仍然让陈跃华感觉格外满足，每个细胞似乎都沐浴在春风之中。看罢相片，她又和丈夫讨论每一张相片与记忆中的王海涛的相似点。

粤省警方侦查员没有催促看相片的两人，耐心等待。终于，王卫军和陈跃华第三遍看完以后，抬起了头。

王卫军神情间隐隐有焦灼和担忧，道："王海涛在什么地方？"

侯大利字斟句酌地道："王海涛，现在的名字应该是杜强，在1995年春节前后失踪。目前，他牵涉一件1994年的案件，公安正在调查。正是在调查过程中，杜强的DNA与你们留在数据库中的DNA比对成功。"

在接到警方电话以后，陈跃华对于儿子王海涛的现状有足够心理准备，即使儿子违法犯罪也能接受，没有料到儿子王海涛居然在1995年春节前后就失踪了。找到儿子，儿子却又在十几年前就失踪了，陈跃华的心情从喜马拉雅山山顶一直摔落到马里亚纳海沟，大脑一片空白。王卫军头脑则如一大队超音速飞机从头顶飞过，巨大的声响几乎让耳膜裂开，失去了思维能力。

一直坐在旁边的小儿子王海洋比起父母冷静得多，道："王海涛现在还活着吗？他和什么案子有牵连？"

侯大利道："案件还在侦办过程中，有保密要求。王海涛失踪多年，我们不知道他是死是活，目前，没有得到他的死亡消息。"

希望越大，失望越大，王卫军和陈跃华夫妻原本封闭了心灵创伤，警方出现后，封闭的心灵被打开。谁知，他们只见到了被拐儿子从婴儿到青年的相片，可怜的儿子被拐二十年后又失踪，生死不明。陈跃华悲从心生，慢慢抽泣起来。她非常克制，抽泣声音很小。王卫军抱住妻子，轻声安慰。他安慰几声后，声音里渐渐有了哭腔。夫妻俩抱头哭泣，哭声低沉。

若是夫妻俩放声痛哭，甚至大吵大闹，老朴心里都会觉得好受一些。但这一对夫妻素质非常高，尽管悲伤，仍然尽力压抑着，没有在外人面前失态。越是如此，反而越让老朴难受。老朴走到窗边，狠狠地踢了下墙壁，很快，钻心的疼痛传了过来。他低头一看，皮鞋前端裂开，成了鲤鱼嘴。

侯大利的电话响起，来电者是DNA室负责人张晨。

张晨道："田甜厉害，在杜强衣服上找到陈旧性血迹，我也不辱使命，从血迹中提取到了DNA。"

侯大利道："十几年的陈年血液，能提取到DNA，厉害，果然是专家。"

张晨得意地道："若是用一般方法，效果不太好，我采用的是M48提取法，得到了纯度和浓度都比较高的DNA，获得了完整的STR分型图谱，与精斑DNA比对成功，精斑主人就是杜强。"

在日常检案过程中，经常遇到陈旧而量少的血痕检材，而且载体可能有泥沙、色素等干扰物质的存在，使DNA检测失之精准。M48提取法能够通过磁珠吸附的方式，得到纯度和浓度极高的DNA，从而达到更好的检测效果。其原理和铁矿石提纯的原理相似——面对混杂着各种杂质的铁矿石，往往先将其敲碎，再用磁铁吸附铁矿，冲洗掉杂质，最后得到高纯度的铁矿石。

侯大利拿着手机走出房门，低声道："这意味着杜强具有杀害丁丽的重大嫌疑。"

张晨声音中透着兴奋，道："肯定就是他了。"

精斑中提取到的DNA与王卫军的DNA比对成功，只能证明精斑主人与王卫军有父子关系，但是并不能证明精斑主人与杜强的关系。

王卫军和陈跃华的儿子被杜家德妻子拐走，看杜强相片后又确认了这一点，间接能证明精斑主人就是杜强。

如今从杜强衣服上的陈旧性血迹提取的DNA与精斑DNA相符，就能直接证明精斑主人就是杜强。

"终于找到了丁丽案犯罪嫌疑人的破绽，太不容易了。"侯大利感慨一声，挂断电话，走回房间。

房间里，王卫军从绝望中恢复过来，轻轻拍打妻子后背。

王海洋脸色异常严肃，来到侯大利面前，道："能不能借一步说话？"来到另一个房间后，王海洋问道："我哥到底做了什么事，你们这些年一直在追查？"

侯大利道："案件还在侦办，处于保密状态。拐骗王海涛的那一对夫妻已被拘留，会得到应有的惩罚。"

王海洋道："发案是在粤省，粤省公安早就立案了，现在这种情况是由粤省公安来侦办拐骗儿童案，还是由江州公安？"

侯大利道："一般来说，刑事案件由犯罪地的公安机关管辖。但是，由犯罪嫌疑人居住地的公安机关管辖更为适宜的，可以由犯罪嫌疑人居住地的公安机关管辖。这个案子由江州公安来管辖更合适。"

王海洋深深地叹了口气，道："我虽然没有见到过哥哥，可是从懂事开始，便笼罩在哥哥的气息之下。若不是哥哥被拐，我爸我妈的人生应该很不错。自从哥哥被拐，我爸我妈在工作时是一种状态，面对我时是一种状态，独自相对时是另一种状态。在前两种状态时还有笑容，装得和平常人一样，但是，他们两人在没有外人的情况下，哥哥被拐之事便会让他们丢掉所有快乐，陷入无法排遣的忧郁之中。我妈得了抑郁症，因为有我，因为要等着哥哥回来，所以靠信念和药物对抗抑郁。我恨不得将拐骗哥哥的保姆千刀万剐，千刀万剐都不能消除心头之恨。"

侯大利很同情素质很高的这一家人，想安慰这个年轻帅气的大学老师，却无法组织语言，只是拍了拍王海洋肩膀。

在粤省办事非常顺利，临走前，老朴和侯大利特意找了一家环境不错的餐厅，答谢给予大力支持的粤省刑侦总局副局长。

下午五点，老朴和侯大利乘机降落在阳州机场。

丁晨光早就等在机场，远远地看见老朴和侯大利，快步上前，道："两位辛苦了。"他眼中带有血丝，说了一句话后，喉头就堵住了，这名性格刚强的企业家眼角罕见地有了泪光闪烁。


## 重赏之下有勇夫

老朴和侯大利坐上了丁晨光的商务车，商务车空间很大，类似一个小型会议室。

丁晨光声音低沉，道："我希望凶手还活着，亲眼看着他吃枪子。"

老朴道："也许，他已经死了，毕竟这么多年都没有任何信息。"

丁晨光眼中冒出怒火，道："杀杜强的人，肯定就是他的同伙，这是杀人灭口。"

老朴道："有这种可能性，需要证据支撑。"

丁晨光又道："吴开军死了，黄大磊中枪，我觉得就是杜强做的，他们是狗咬狗。这种事情在江湖上很多，特别是前些年，江湖人翻脸比翻书还快。杜强肯定还活着。"

老朴态度平和，道："这也是一种思路，我们会根据掌握的线索做针对性布置。"

丁晨光把目光转向侯大利，道："朴处，大利，你们找到了杀害小丽的真凶，大恩不言谢，以后有用得着丁某人的地方，丁某一定效劳。朴处，你别否认，虽然你们是职务行为，但是对于我来说，你们就是我的大恩人。如果找不到真凶，那我死都不会瞑目，办这么大一家企业没有什么卵用。"他平时说话非常理智，极少说粗话，在公众场合，都是以睿智企业家面貌出现，今天得知真凶，又在车内，便放纵起来。

商务车来到丁晨光在阳州的工厂，工厂深处，便是丁晨光的住所。丁晨光是一朝被蛇咬，十年怕井绳，长期深居简出，住处防卫森严。过了最后一道关口，犹如进入桃花源一般，亭台轩榭，假山池沼，花草树木，近景远景，以独具匠心的艺术手法在有限的空间内点缀安排，移步换景，曲径通幽。此工厂内部的小花园比起金山别墅和高森别墅都更有意境。

丁晨光在前带路，道："我平常除了公事，基本不离开公司，所以把生活的地方搞得好一些。这是参照苏州园林风格建成的花园，平时在里面散散步，是极好的。以前我带小丽参观过苏州的园林，她很喜欢，多次在我面前说想要有一座苏州风格的花园。如今花园建成了，她却不在了。"

侯大利能充分体会丁晨光的心境。杨帆曾经谈起过想到大舞台表演的梦想，所以侯大利从来不去剧场，免得勾起痛苦回忆。

老朴跟在丁晨光身后，听着其絮语，回想着丁晨光对于"狗咬狗"的判断。这个判断其实也是刑警支队大多数领导的判断，刑警支队已经在黄大磊、秦涛周围布置了警力，等待神秘的"杜强"再次现身。

三人在花园中间用了晚餐，宾主之间相谈甚欢。

侯大利和老朴离开后，丁晨光独自在花园中又坐了半个多小时，然后来到办公室。办公室里有总裁助理、保卫部长和法律顾问三人。

丁晨光脸如寒冰，道："凶手是杜强。杜强在1995年失踪。杜强、吴开军、黄大磊和秦涛是喝了血酒的结拜兄弟，吴开军和黄大磊都受到了枪击。依我在社会上摸爬滚打的经验，杜强在1995年失踪是狗咬狗，如今吴开军和黄大磊中枪是杜强在报复。所以，杜强是警方搜寻的重要目标。"

他用手指着保卫部长老赵，道："养兵千日，用在一时。你把手下放出去，天天蹲在黄大磊和秦涛的家附近。发现杜强线索者，奖十万。抓到杜强，奖一百万。"

杜强带有枪，是极其危险的亡命徒，保卫部长很有些担心，道：

"按照保卫部习惯，保卫小组是三人，如是保卫小组发现了线索，是三人分十万吗？"

"具体方案你去做，只要有成果，我不怕花钱。经办人得多少，你都得双份。"

丁晨光又对法律顾问问道："在法律上有什么问题？"

丁晨光已经下定决心做这事，法律顾问字斟句酌地道："按照《中华人民共和国刑事诉讼法》第六十三条规定，对于有下列情形的人，任何公民都可以立即扭送公安机关、人民检察院或者人民法院处理，一是正在实行犯罪或者在犯罪后即时被发觉的；二是通缉在案的；三是越狱逃跑的；四是正在被追捕的。如果真发现了杜强，那我们扭送他到公安机关，这是公民的义务和权利，在法律上没有问题。如果杜强反抗，我们就用力扭送。"

丁晨光道："你协助老赵，把事情办好。若是遇到急事，先找丁明。"

丁明是丁晨光族侄，深受丁晨光信任，目前担任总裁助理，很多丁晨光不方便处理的事情皆由其出面。

老赵领受任务后，立刻和法律顾问回去做计划，从整个丁工集团保卫部门中抽调复员军人，组成十个小组，分别到江州和秦阳去邂逅"杜强"。老赵准备把此事的危险性讲清楚，由抽调人员自行选择是否参加，他相信重赏之下必有勇夫，肯定有不少的人愿意参加行动。

方案完成，老赵找到丁明。丁明看罢，提出两点修改意见，又道："改完了，你直接去找老板。"

老赵道："这么晚了，找老板不会被骂吧？"

丁明道："其他事情，或许会被骂，这件事情，绝对不会被骂。我马上要过去陪老板喝茶，你直接进来吧。"

老赵迅速修改了方案，然后送到花园。果然，丁晨光立刻接过方案，仔细看了起来。看罢，他沉吟片刻，又给侯大利打去电话。

老赵修改方案这段时间，侯大利已经开车把老朴送回省城阳州的小区。两人在小区中庭又讨论了一会儿杜强，皆唏嘘不已。

侯大利刚刚走进自己家门，便接到丁晨光的电话。

平时这个时间点回家，母亲李永梅要么是在打麻将，要么是在美容，今天难得独自在家，见到儿子自然很高兴，等到儿子放下电话，道："今天太阳从西边出来了，居然还主动回家。"侯大利笑道："今天太阳从西边出来了，妈居然独自在家。"

自从杨帆出事以后，儿子素来不苟言笑，李永梅见到儿子笑容，心中隐约的不爽就抛到爪哇国了，道："刚才我听到你在称呼'丁伯伯'，是丁晨光？"

"找到了杀害丁丽的凶手。"

"真的！是谁？"

"凶手在1995年就失踪了。"

"啊，这对丁晨光来说是遗憾。你别走啊，给我讲一讲到底是怎么回事。"

侯大利放下包，到卫生间方便。母亲一直跟着儿子，站在卫生间门口，隔着门继续和儿子说话。侯大利无奈地道："妈，你别站在门口，我尿不出来。"

"切，老娘一把屎一把尿把你养大，什么地方没有见过。"

侯大利哭笑不得，道："妈，我再次申明，我不是喝尿吃屎长大的。你站在门口，我真尿不出来。"

李永梅道："长大了，毛病还多。我在客厅，等会儿过来陪我说话。"

来到客厅，侯大利简略谈了丁丽案能公开的情况，话锋一转，道："田甜爸爸还有一个多月就要提前出狱，等到田叔出来之后，我们就准备结婚。"

李永梅道："我儿也要结婚了，我真的就老了。田甜人不错，只可惜工作不太好。"侯大利道："她不做法医了。"

李永梅道："我知道田甜不当法医了，其实到二大队当侦查员也不好，对于女孩子来说，侦查员太危险，也照顾不了家庭。你们两人都是侦查员，以后谁来照顾家庭？你以为小孩就是地里的一棵白菜，会自己生长？就算是地里的一棵白菜，也得施肥浇水。你初中阶段之所以在外面鬼混，原因就是当时企业还在爬坡上坎，我和你爸全部精力都在工作上，没有人管你，所以你就反了天，差点就成为纨绔子弟。"

"纨绔"两个字瞬间又引起了侯大利的回忆。当年他读不出"纨绔"的准确字音，还被杨帆耻笑。当时的画面完完全全留在了侯大利脑海中，没有随时间流逝而变色，反而越来越清晰，连杨帆纠正"纨绔"读音时的表情都历历在目。这种特殊的能力对于破案有好处，可以记住许多容易忽视的细节，但是对于整个人生来说并不算是好事，侯大利将痛苦经历记得太清楚，痛苦因而随时会光顾他。比如今天，原本正在与母亲随意聊天，因为"纨绔"两个字，一下就将侯大利拖向痛苦深渊。

李永梅见儿子脸色沉了下去，道："你这个娃儿也小气，说两句实话就给老妈看脸色，不管你喜不喜欢，我都得说真心话。"

侯大利苦笑道："不是给你脸色看，突然间想到了其他事情，与老妈无关。老妈，这是我找老婆，主要是看我喜不喜欢，我喜欢了，家庭才能和睦。如果找一个我不喜欢的老婆，生活得不开心，难道你就幸福了？至于危险，我当了一年多刑警，才明白每个人都会面临危险，有的是能够预知的，更多的无法预知。人在家中坐，祸从天上落，这种事情无法避免。"

李永梅同意了这个观点，还是夸张地拍额头，道："儿大不由娘，等到你当了爸爸就会理解老妈现在的心情了。当妈的明明觉得你做的事不对，不能说出来，还得憋在心里，这不符合人性吧。"

与母亲交谈其实挺愉快，李永梅谈话的风格在近年来虽然有些变化，因为常常坐主席台，学会了用一些"高端、大气、上档次"的词语来表达自己的意思，但是其本色还是工厂女职工，所以在与儿子谈话时喜欢用"老妈""老娘"等词语。每次听到这种词语，侯大利便不由得想起世安厂时光。当年一群小孩喜欢在院子里疯玩，吃饭都不回来，李永梅和诸多家长一样，做好了饭菜，就站在门前喊：

"侯大利，回家吃饭了。"

"杨帆，回家吃饭了。"

这是一段非常美好的时光。时光一去不复返，永远不能追回。

晚上，侯大利和田甜在电话里聊了一个多小时，直到手机发烫才结束通话。他躺在床上，随意翻看短信，见到了陈浩荡发来的一条新短信：给田甜打电话吗？一直打不进来。明天晚上不要安排其他事，我们请林师兄吃饭，就师兄、你和我。

侯大利和陈浩荡是刑侦系同班同学，一年多的时间里，侯大利成为神探，陈浩荡在政治处混得风生水起，都没有给刑侦系丢脸。在为人处世上，侯大利有理工男的性格，直来直去，简洁明快，不在意别人的看法。而陈浩荡则八面玲珑，各种关系都打点得不错，不管是局领导还是中层领导，提起陈浩荡都有不错的评价。

林海军是刑侦系师兄，到重案大队挂职副大队长，与侯大利见过数次。侯大利每次见面都称呼一声"师兄"，却因陷入追查杜强身份一事，一直没有抽出时间请林海军吃饭。

陈浩荡已经与林海军在不同饭局相遇过三次，这一次饭局的主题是山南政法大学刑侦系毕业生的小范围聚会，由于规模很小，更容易拉近关系。

回到江州，整个白天，侯大利都在重案大队。

上午，侯大利和朱林参加重案大队小会议召开的案情分析会。

杜强具有杀害丁丽的重大嫌疑，但是，目前证据只能指向杜强一人，吴开军、黄大磊、秦涛是否涉案却是未知数。如今吴开军死亡，杜强失踪，知情者或许就只有黄大磊和秦涛。若是黄大磊没有带防弹层的皮包，此时知情者只有秦涛一人。

枪击吴开军和黄大磊的凶手极有可能就是失踪的杜强。这十几年来，杜强没有使用身份证的任何记录，要么是彻底改变了身份，要么是已经死亡。从现在的情况来看，杜强更可能是改变了身份，以新身份藏在江州某处，然后对以前喝血酒的结拜兄弟虎视眈眈。

关鹏局长再次强调：枪击案凶手不管是不是杜强，两组刑警继续坚持守在黄大磊和秦涛周围，等待"杜强"撞进网中。

中午，侯大利正在吃午餐，接到了老朴电话："大利，你自己回去吧，我不到江州了。"

"朴老师，你这就要回省厅了？"得知老朴要回省厅，侯大利还真有些舍不得。

"我们过来主要是协助办案，也有督战的意思。目前案件已经取得突破性进展，我们就没有必要留在江州了。林海军在重案大队，更重要的不是督战，是在基层锻炼。他非常聪明，是个好苗子，就是自视甚高，得好好摔打。"老朴话锋一转，道，"你和林海军不一样，你得调到大机关来锻炼，开阔眼界。总队也想搞一个命案积案专案组，到时调你过来。我也会在这个组里。"

侯大利没有明确回答，道："谢谢朴老师，先把丁丽案办完再说。"放下电话，他想起还没有彻底解决的杨帆案，情绪一点一点跌落到谷底。

下午，市委常委、政法委书记杜军和公安局长关鹏等人在刑警支队会议室举行了小型座谈会，对重案大队和105专案组在侦办丁丽案中的成绩给予表扬，希望能够发扬"宜将剩勇追穷寇"的精神，干净、利索地侦办丁丽案。

座谈会结束，侯大利到二大队办公区，准备到田甜办公室坐一坐。打拐专案组设在二大队，二大队多数同志都视田甜为二大队的一员。侯大利大学毕业第一个岗位是二大队资料员，只不过没有做多久资料员就被抽调至专案组，工作单位也从二大队调整为一大队，在二大队实际工作时间很短。

侯大利进入二大队办公区，居然很有些陌生感。他来到田甜办公室门前，听到丁浩、田甜和顾华的声音，三人正在谈论前一次强奸少女的未成年男子许海。

顾华声音尖厉，一边说话，还一边拍桌子："渣男不分大小，许海就是一个彻彻底底的渣男，以后就是吃枪子的命。"

丁浩道："顾大队，怎么回事，情绪这么激动？"

顾华道："你才回来，不知道今天发生的事情，把我气死了。让田甜给你说，我都不想提起那个人。"

田甜道："许海今天在金色天街遇到了那个小学女生的父亲。女孩父亲见到他，自然就骂了两句，他不仅没有内疚，反而故意说了许多不堪的话，激怒了女孩父亲。女孩父亲完全被激怒，动了手。许海就站在监控镜头前，继续激怒女孩父亲。等到女孩父亲多次出手后，他突然就冲过去，把女孩父亲暴揍一顿。派出所来人以后，女孩父亲鼻青脸肿，还要被拘留十五日。许海还没有满十四岁，由父母领回。"

丁浩比两个女子要理智，道："许海确实是渣男，这个年龄就有如此心机，长大后绝对会坏得流脓。"

侯大利在门外听了几句，脑中浮现出接近一米八的强壮未成年人的形象，一边推门，一边骂了声"渣男"。

侯大利在重案大队树了不少"敌人"，不少侦查员还在暗中与其较劲。他如今成为二大队女婿，与二大队侦查员关系得到明显改善，在田甜办公室坐了一会儿，与曾经的二中队中队长丁浩聊起了刑警二中队的趣事。

在二大队坐了没多久，侯大利又来到三大队，找到主审王永强的三大队侦查员周向阳。他以前与周向阳不熟悉，在审讯王永强的过程中，才与这位绰号"铁嘴钢牙"的老侦查员有了交集。

周向阳正在办公室看案卷，见到侯大利进屋，道："王永强性格古怪，甚至可以说是变态。有两件案子，我们其实没有掌握证据，只是过来核实，王永强应该知道得清清楚楚，还是主动讲了所有作案经过，甚至带有炫耀的心理，担心所做的案件被埋没。让我不解的是，他唯独对杨帆案不说一字。如果真是王永强杀害杨帆，他这样做就很值得玩味。你和王永强有什么深仇大恨？"

侯大利苦笑道："我和王永强就是普通同学，上学期间连点头之交都算不上。"

周向阳眼睛中还带着血丝，打了几个哈欠，道："王永强是一个极佳的案例，我们一定要将这块硬骨头啃下来。不管他是不是杀害杨帆的凶手，总得有个说法。"

侯大利问："我能不能参加审讯？"

周向阳道："这个还得评估，其实我没有意见。不管王永强是否承认杀害杨帆，他都是死路一条。我给老朴聊过几句，如果我这边审不下来，可以请我的老师骆主任过来帮忙，他在省厅审下来不少大案要案。我已经根据骆主任的要求，将杨帆的相关资料和王永强案的资料复制了一套，送到刑侦总队第六支队心理测试室，先由副主任张小天来判读王永强是否说的假话。"

"王永强肯定说的假话。"侯大利态度明确，没有丝毫怀疑。

周向阳又打了个哈欠，道："这个世界上什么怪事都有，不能说得这么肯定。王永强是不是说谎话，就交给更厉害的专家来判断。张小天也是山南政法刑侦系毕业的，全省审测一体化的高手，有个口头禅是'别对姐说谎'，很有些本事。"

到了下班时间，侯大利便开车到指挥中心地下车库去等陈浩荡和林海军。他与田甜见面时，心情原本不错，但是与预审高手周向阳谈话之后，一想到现在还没有能够突破王永强的心防，心情就变得灰暗起来。

六点半，车库里的车辆陆续开走，陈浩荡和林海军才出现。林海军穿了淡黄色外套和牛仔裤，透着侦查员的利索劲儿。陈浩荡则是西裤和白衬衣，头发梳得整齐，提着一个手包，干净整洁。侯大利身上所穿的衣服品质很高，由于他长期在一线，并不是太注重衣着，活生生把大品牌穿出了地摊货的感觉。

林海军和陈浩荡上车以后，侯大利问道："浩荡，晚上吃点什么？"陈浩荡道："我们三人小喝一杯，找家环境好、适宜谈话的地方。"

越野车出了车库，直奔江州大饭店。

坐在雅筑餐厅，林海军等到殷勤的顾总离开房间后，道："大利，这是侯家产业？"

侯大利道："这里味道中规中矩，没有江州菜的火辣，胜在环境还不错。"

林海军的眼光很锐利，看了侯大利几眼，道："大利为了爱情，付出还是很多。"

侯大利不想在师兄弟聚会时谈起伤心往事，道："师兄喜欢吃湘菜吗？这边来了一个湘菜特厨，味道很不错。"

陈浩荡最擅长察言观色，见侯大利不接师兄的话茬儿，而林海军又隐隐有些架子，眼珠一转，打了个哈哈，道："前些天，我接待了师姐张小天，长得挺漂亮，应该和师兄一个年级的。她喝酒真是深藏不露，战至后半场，还和战刚局长碰了一个满杯，把战刚局长直接放倒了。"

林海军脸上浮起笑意，道："张小天的酒量，那是全省都有名，好多市局领导都领教过。她不仅喝酒厉害，还是犯罪心理学高手，经常被部里抽去办案。"

一道道湘式美食上来，让三个年轻人食欲大开。三人喝着小酒，聊起刑侦系出来的师兄弟和师姐妹，气氛很快就融洽了。喝了一会儿，话题不知不觉转到重案大队的案子上。

林海军首先提起黄大磊、丁丽等案件，道："我到重案大队以后，把丁丽案的影像卷宗和唐山林案、黄大磊和吴开军枪击案的卷宗，彻底翻看了一遍，大利在丁丽案中发现十几年前的精斑，着实漂亮。以前的刑警是干什么吃的？本来早就可以侦破的案件，拖到现在，还有可能引发一连串案件，当年的现场勘查人员和法医是渎职，判刑都不冤。"

林海军来自刑侦总队，内心深处有优越感，这种优越感虽然经过掩饰，可是在不经意间还是透露了出来。

侯大利是正宗的支队侦查员，加之雷神为此事病逝，挺反感林海军这种居高临下的口气，当即道："侦查员是人不是神，每年要面对如此多的案子，很难做到没有任何漏洞。"

林海军道："小失误可以，没有发现精斑绝对不能原谅。"

陈浩荡在侯大利反驳之前，抢先道："我们得很理智看待这事，那是十几年前的往事，刑侦技术比现在差远了。当年就算找到精斑，由于DNA技术还没有发展起来，所起的作用也不同。现在是一锤定音，以前就是提供一个参考，不一样的。所以，当年的现场勘查人员更注重指纹、掌印、足迹这些线索。来，来，来，我们三兄弟相会在江州，非常难得，大家碰一杯。"

陈浩荡故意将话题朝着大学时代的男女关系上引导，讲了当年师兄师姐们的一些八卦。谁知，侯大利和林海军的关注点都在案件本身，对其他事情兴趣不大，不知不觉又把话题转到案件上。

"我看了卷宗，抓住了一些特点，杜强在丁丽案中用了单刃刀，唐山林案中凶手也使用单刃刀，两把刀的刀背都有较为锋利的齿纹，这不是巧合。唐山林案中凶手使用了雨伞，黄大磊案也使用了雨伞，这同样不是巧合。黄大磊案和吴开军案使用了同一把枪，这更不是巧合。"林海军加强了语气，用食指关节敲打桌面，道，"支队一直在争论是一个凶手，还是两个凶手，其实不用争论，就是一个凶手。"

侯大利在案件上有"洁癖"，有了不同意见要窝在心里很难，不顾陈浩荡递来的眼色，道："目前有两个确定结论：第一，丁丽案的凶手是杜强；第二，同一把枪杀害了吴开军，打伤了黄大磊。除此之外，不能得出确切结论。"

林海军道："我说的不是确切结论，而是侦查推理。"

侯大利道："不管是杜强案中的单刃刀，还是唐山林案中的单刃刀，我们都没有找到凶器。相隔十来年，巧合的可能性很大。"

林海军马上反驳道："那使用雨伞遮挡监控器的行为，也是巧合？"

侯大利道："这确实不好解释，不过，说是巧合也未尝不可。"

林海军又道："我研究过丁丽案的影像卷宗，当年，丁丽房间地面比较粗糙，这对查找足迹很不利。当时尚年轻的老谭是现场勘查技术人员，在一个满是灰尘的角落找到一个完整足迹，足迹上包着橡胶皮。市刑警支队在案件陷入困境时，还曾经以物查人，花了大力气调查废旧轮胎。有这一回事吧？"

侯大利点了点头。

林海军继续道："唐山林案的凶手戴了鞋套，丁丽案的凶手在脚上绑了橡胶底，隐藏鞋印的具体方式不一样，思路却是一致的。难道，这也是巧合？"

侯大利道："还真有可能是巧合。"

林海军不满地道："没有这么多的巧合。大利，你这是为了辩论而辩论，不讲道理。"

陈浩荡有些无可奈何地望着两人，举起酒杯，道："喝酒不谈公事，注意隔墙有耳，大家举杯，喝酒。"

林海军仰头喝了这杯酒，调侃了一句："这是侯家产业，有没有窃听器，大利师弟应该很清楚吧。"

这话颇为刺耳，侯大利以茶代酒喝了一口，道："那我还得拿设备来检测一下。"

饭局是陈浩荡组织的，没有料到侯大利和林海军不仅没有惺惺相惜，反而如斗鸡一般争论起来。他使出浑身解数，插科打诨，才让两人不至于互相下不了台。饭局结束，他得出结论：侯大利有太强的家庭背景，根本无心当官；林海军想当官，但是智商高情商不高，容易成为技术骨干，很难成为高级领导。

送走了林海军，陈浩荡道："大利，你这脾气也得改一改。林海军是省厅的人，位置很有优势。朝中有人好办事，他来挂职，正是加深友谊的好时机。他分析案子，你何必一个钉子一个眼？"

"分析案子，我才一个钉子一个眼。若是其他事，我何必计较？"侯大利递了一支烟给陈浩荡，"现在我不想其他事，只想如何抓到杜强。"

陈浩荡和侯大利一起来到江州市公安局刑警支队，最初一段时间，陈浩荡将侯大利看作竞争对手，处处提防。到了现在，他看得很清楚，顶级富二代侯大利醉心于破案，根本没有在公安局谋个一官半职的打算。既然不是竞争对手，陈浩荡便开始维护同班同学的利益。

侯大利与陈浩荡分手以后，想到田甜还在二大队办公室，便不想回家，开车在城里转悠。车至金山别墅，又开过第三人民医院。他停了车，抽了支烟，随即掉头，将车开进第三人民医院停车场，准备再去瞧一瞧张林林。

虽然张林林的DNA鉴定结果显示与丁丽案无关，可是侯大利脑中始终有一幅葛向东画的素描。这是入室抢劫犯罪嫌疑人的素描，受害人认为极为相似。侯大利请葛向东根据杜强年轻时的相片画了一幅背影素描，与入室抢劫犯罪嫌疑人的素描也相似。这两幅素描，都与张林林身形相似。

两幅素描和张林林的形象经常在脑中出现，重合在一起。尽管DNA结果不匹配，侯大利还是想来人群中多看一眼。

张林林刚好送了一批货到五楼，下楼后，坐在门诊大楼前休息，望着来往的病人和病人家属发呆。他突然见到刑警侯大利走到身边，便站起来，道："侯警官好。"

侯大利听到他的岭南口音，又产生了一丝疑惑，道："你当临时工是权宜之策吧，什么时候能再做水果生意？到时我来照顾你。"

张林林道："我在这里当临时工，地位低，马青秀是护士，面子不好看。我和马青秀一直在存钱，存得差不多了，很快就可以重操旧业，那时就可以结婚了。"

侯大利道："最近还去做零工吗？"

张林林笑道："只要有机会，当然要做。黄总在改造别墅，我的泥瓦手艺还行，态度也不错，这一次承包了一段围墙改造。"

侯大利道："你认识黄总？"

张林林道："我经常到金山别墅做零工，不仅认识黄总，还认识金总。只可惜，我认识他们，他们不认识我。"

侯大利对张林林的怀疑其实并无根据，而且，张林林经常出现在金山别墅，与黄大磊必然会见面，自然不可能是杜强。

坐上越野车时，他觉得自己过于敏感。这是毛病。

第七章
# 飞上天的头颅

## 东南亚起内讧

看着侯大利背影远离，张林林神情阴沉下来，眼中闪出一丝凶光，与刚才热情上进的表情完全不一样。刑警支队的警官出现在医院，尽管只是聊了家常，张林林还是感到了危机。他仔细回想了自己的防卫措施，没有发现任何破绽，便将侯大利抛在一边。

张林林就是杜强。

杜强到现在还不知道自己的原名叫王海涛，也不知道杜家德并非自己的亲生父亲。他潜伏于此，偶尔也会想一想父亲和母亲。他对父亲杜家德没有太多好感，原因是小时候挨打次数过多。杜家德有句"黄荆棍子出好人"的口头禅，他把这句口头禅当成了借口，遇到不快事，便拿儿子出气，时常用黄荆棍子抽儿子屁股。心情好的时候，杜家德会招呼儿子一起喝酒，也不管儿子是初中生还是高中生。父子俩喝得称兄道弟，双双大醉。

杜强唯一喜欢和父亲一起做的事情是打猎。杜家德是极有天赋的猎手，只要出手，基本弹无虚发。杜强第一次打猎时刚满十岁，端着猎枪，跟父亲进入巴岳山深处，正在小道行走之时，一头强壮的野猪出现在面前。杜家德喊了一声："躲到树后，瞄准，我数一二三，就开枪。"

野猪强壮，皮厚，长有獠牙。杜强是第一次面对如此庞然大物，身体轻微发抖，大脑一片空白，在父亲的口号中，扣动了扳机。野猪从大树旁边冲过后，钻进丛林，不见了踪影。杜家德在树叶上见到血迹，顺血迹追踪，在一里地外发现了已经毙命的野猪。

"我儿厉害。"杜家德难得地夸奖了儿子，出了山，还扔了一支烟给儿子。杜强学着大人样，抽了一口，咳嗽起来。杜家德道："男人都抽烟，多抽两口，就不咳嗽了。"

父子俩费尽力气才将野猪弄回家。当夜，父子俩都喝了酒。喝酒以后，杜家德忘记了儿子打死野猪的功劳，一言不合，几个耳光将杜强打得晕头转向。

杜家德喜怒无常的性格深深影响了杜强，让杜强的性格慢慢也变得喜怒无常，与人争斗时异常凶狠。

杜强对母亲杨丽芬的感情很正常。杨丽芬是典型的农村妇女，吃苦耐劳，性格温顺，溺爱儿子。她被杜家德拳打脚踢以后，唯一的自我安慰就是"我有一个儿子"，为了这个儿子，愿意忍受在家里受到的不公，忍着忍着，也就成了习惯。每次儿子挨揍后，她就守在儿子身边默默流泪，煮饭时特意煎一个鸡蛋，或者悄悄煮一片腊肉，放在儿子碗底。这是母亲和儿子的小默契，每当杜强大腿和屁股被打得满是青肿印子时，杜强总会在碗里发现多出来的福利。杜强此时会慢慢吃饭，等到杜家德放下饭碗离开时，才开始享受鸡蛋或者腊肉的美味。长到初中以后，这场游戏还在上演，杜强往往会夹一半鸡蛋给母亲，共同分享。

随着年龄增长，杜强开始在梅山场镇里打架，很快就以凶狠出了名。他彻底推翻父亲的统治是在十七岁。那一次，杜家德喝了三两烧酒以后，习惯性拿起黄荆棍子。这一次，杜强没有忍受，也没有逃跑，抓住棍子，然后朝杜家德肚子上踢了一脚。杜家德捂着肚子，如虾米一样蜷在地上。

杨丽芬被吓坏了，担心丈夫会伤害儿子。谁知杜家德站起来后，没有再到儿子房间，独自进屋，杨丽芬敲门也不开。这以后，杜家德喝醉酒以后，只能趁儿子不在家时欺负杨丽芬，再也没有发生"黄荆棍子出好人"之事。

杜强戴着帽子，站在医院大门口，望着如集市一般的门诊大厅，偶尔会幻想在其中有自己的母亲杨丽芬。遗憾的是，母亲没有出现在门诊大厅，连村中熟人也没有在门诊大厅出现。他混迹东南亚多年，左右两边的牙齿和门牙都在刚进监狱时被打掉了，脸颊向内有了明显凹陷，相貌大变。出狱后，他一不做，二不休，干脆做了整形手术。手术结束，他相貌和气质都犹如当地人，更准确说是接近于岭南人；唯独变化不大的是眼神，愤怒时会朝外射出杀气，如野兽一样。

在第三人民医院当临时工，平时住在女友的出租房里，并且在医院职工宿舍有一张床，这是杜强采取的大隐隐于市的策略。回到江州以后，他第一件事情就是找工作。有了工作，才能在江州安顿下来，安顿下来以后，才有机会复仇而不被公安盯上。他在江州住了一段时间，不太费劲就找到了黄大磊的下落。他在黄大磊住处附近转了几圈，因为偶然原因结识了当护士的马青秀，并且利用其关系找到了相对稳定的工作。

江州第三人民医院是传染病医院，招收临时人员相对较难。杜强有岭南的正式身份证，又有本院关系，医院没有怀疑其身份，录用为后勤工人。当然在身份证上，杜强的名字为张林林，一个非常普通的名字。

正是因为这种策略，杜强在江州扎下根来。

第三人民医院距离金山别墅很近。在第三人民医院和金山别墅之间有一条老街，老街有不少本地小餐馆，味道正宗，价格便宜，医院医生和护士经常在附近街道吃饭。杜强身穿医院后勤工作服在路边小店吃饭就非常自然，完完全全能够融入环境。

杜强经常去一家小面馆，面馆里有不少人在金山别墅打工。一来二去，杜强和金山别墅的服务人员成了熟人。

王大姐是金山别墅区的服务人员，时常会在小面馆吃午饭。杜强看到大姐所穿服装以后便开始主动搭讪，刻意接近。久历江湖，杜强掩去了身上的杀气，将"见人说人话，见鬼说鬼话"那一套发挥得极为出色，偶尔还帮王大姐买单，迅速接近了王大姐。

通过聊天，杜强知道了大姐的家庭情况——丈夫在工地干活，摔成重伤，卧床不起，也知道了金山别墅区的内部细节。王大姐家中由于有病人拖累，日子过得紧巴巴的，因此说起金山别墅的富人总是以"那些黄世仁"来代称，绘声绘色讲起了"那些黄世仁"的丑事。

杜强在与王大姐交往中有了诸多收获，还利用王大姐的关系，到金山别墅做起了零工。做零工之时，他穿上了金山别墅服务人员的工作服，数次出现在黄大磊车前。黄大磊乘坐在小车内，眼光从服务人员中一扫而过，根本没有想到曾经喝过血酒的兄弟会以这般模样出现在金山别墅区。

杜强有一次正在修路时，遇到黄大磊走了过来，主动招呼道："黄老板好。"黄大磊听到这蹩脚的普通话，看了一眼杜强，"嗯"了一声，从杜强身边走过。

这一次遭遇以后，杜强大大方方出现在金山别墅。

除了通过王大姐和她的朋友了解金山别墅黄老板的生活细节，杜强还经常在医院报刊栏里读新闻，在江州本地论坛冒泡发言。在新闻里，他多次看到与黄大磊和吴开军有关的信息；在网络上，他在很多论坛中故意挑起与黄大磊或者吴开军有关的话题，得到了更多信息。

杜强学历不高，却是相当聪明，将所有线索归集起来，慢慢地就摸到了黄大磊的行动规律，并设计了行动方案，对黄大磊进行狙杀，遗憾的是黄大磊身中三枪居然没有死。

在江州论坛上，杜强看到了一些隆兴夜总会的顾客口水滴答地讨论吴开军出狱会给隆兴夜总会带来的新变化。吴开军进监狱，唐山林被杀，隆兴夜总会管理水平急剧下降，一些头牌小姐跳槽到其他夜总会，让不少在隆兴夜总会留下美好回忆的老顾客深为遗憾。吴开军出狱之际，老顾客们纷纷为重振隆兴留言献策。

杜强如猎犬，嗅着气味跟踪而至，蹲守数日后，终于逮住了复仇良机。打死吴开军，他出了憋在心中十几年的一口恶气，下一步就要继续针对黄大磊。至于秦涛，不算是罪魁祸首，暂且放到最后一位。

今天，杜强在值班时遇到侯大利，隐隐有些不安，便决定加快进度。复仇之后，他准备金盆洗手，安安心心地结婚生子，平平凡凡过完这一辈子。

下班后，杜强来到小面馆，恰好遇到王大姐。与王大姐聊天之后，他又去泡了江州政府网和江州论坛，看到一条短小的新闻之后，一个大胆构想钻进脑中。他跑到实地观察了几次，将构想一点点落到实处。

"黄大磊，老子要把你碎尸万段！"杜强考虑了所有细节，恶狠狠地向着黑沉沉的天空发出狂叫。

天空越来越黑，终于，暴雨倾盆。大颗雨滴从天而降，打在地面上砰砰作响，在泥土上砸出小小的土窝。雨水汇集，地上的小土窝很快消失不见。

一辆商务车在暴雨中离开了江州，黄大磊脸色阴沉地坐在车中。商务车在城中转了几个圈，确定无人跟踪以后，出城，上高速路。

这些天来，他每天睡觉都做梦，每次做梦都会出现一双眼睛。车外枪手戴了帽子和大口罩，认不出相貌，唯独那一双眼睛给了黄大磊似曾相识之感。在重症监护室里，他昏昏沉沉，醒来之时，脑中便悬浮着那道闪着野兽寒光的眼睛。

黄大磊出院之后，那双眼睛在脑中变得异常凶悍，与十几年前的老三面容完全能够重合起来。想起老三，黄大磊再也坐不住了，顾不得1995年立下的约定，主动联系了老四秦涛。他没有打电话，而是让总裁办秘书前往秦阳银行，亲自找到秦涛，递上名片，约定了见面的时间和地点。

出发之时，江州雷声大作，乌云密布，让黄大磊产生了"黑云压城城欲摧"的威压感。小车进入秦阳，风和日丽，阳光笼罩大地。商务车进城，坐在前排的总裁办小陈给提前来到秦阳的总裁办小李打去电话。

小陈名义上是总裁办文员，实则是退役武警，且是开过枪见过血的武警。前一次黄大磊回家，小陈没有跟随，导致出了大事，这以后不管到任何地方，小陈都必然是坐在副驾驶位置。

商务车来到银行大楼，刚刚停下，秦涛就和秦阳的总裁办秘书小李一起出门，直接进入小车。整个过程衔接得严丝合缝，没有给外人任何可乘之机。

秦涛仍然穿着银行工作制服，鼻梁上的眼镜还没有来得及取下来。他脸色严峻地进入车内，与黄大磊对视了一眼，双方在前几秒内都没有开口说话。

黄大磊先开口："秦主任，好久不见。"

秦涛挤出了几丝笑容，道："黄总，有什么业务需要到秦阳来办吗？"

短暂对话之后，两人便沉默起来。

小车开进秦阳温泉酒店，五人一起走进电梯，直奔提前预订的大套房。从大套房出来一人，对小李低声道："检查过了，屋内没有监控。"

黄大磊这才和秦涛一起走进套房。套房内有一个温泉池，面积约有十平方米，温泉池冒着热气，硫黄味道充斥在空气中。总裁办三人都守在外间，黄大磊和秦涛一起走进温泉池，脱下衣服，穿上了套房配发的短裤。

两人赤裸相对，也就不再伪装。

"老四，你给我说实话，当时扔到坑里去了吗？"

"老大，扔了。"

"你听到坑里传来了什么声音？"

"没有听到，我很紧张，扔了就转头朝你和二哥那边走了。"

"十几年没见面，你都成中年人了。"黄大磊笑容一闪而过，指了指腹部伤疤，道，"我在家门口中了枪。那人开了三枪，两枪被我用有夹层的皮包挡住，这一枪没有挡住。吴开军中了两枪，后脑一枪，后背一枪。我和吴开军都中了枪，下一步轮到谁，还用我来说吗？我有产业，有秘书，有保镖，他不可能再次杀我。你是银行工作人员，杀你易如反掌。我再问你一句，你给我说实话，到底把他扔下去没有？"

秦涛脸上没有表情，脚掌紧紧蹬住池底，道："那天，他的脑袋被打开了花，胸口又被我捅了一刀，至少捅进去十厘米。这种情况下，没人活得了。何况，那个土坑深不见底，没人能爬出来。"

黄大磊紧盯秦涛眼睛，道："如果当年不是我当机立断，早就被那个家伙拖累死了。他是疯子，杀人如杀鸡一样，迟早要拖着我们所有人一起粉身碎骨。老四啊，这些年我们各自过着平静生活，互不干扰，当年说过的话，我们都没有违背。从这一点来看，我们大家都讲信用，应该互相信得过。不管是过去、现在还是将来，我们都是一条绳上的蚂蚱，如果翻船，我逃不了，你也逃不了。我这些年享受了人生，就算死了也没有什么遗憾。你不一样，有妻子，有双胞胎，你若是翻了船，这一辈子就完了。"

秦涛脸上阴晴不定，如水面上袅袅升起的雾气，重重喘了口气，道："不会有人来找我，老大多疑了。"

黄大磊道："我很了解你，你应该知道些什么。那人在阴，我们在阳，你不给我说实话，最终我们两人都会被干掉。他疯起来是什么样子，难道你忘记了吗？当前是你死我活的战争，你不要再有侥幸之心。为了活下去，我们要团结起来。"

秦涛内心稍有犹豫，最终慢慢坚定下来，道："以前我年龄小，不懂事，现在不会再做这些事情了。"

浴室谈话没有结果。

越野车返回江州时，黄大磊心事重重，在整个路程中一言不发，闭眼回想与秦涛的谈话。十几年没有与老四接触，如今老四身体发福，心性却磨砺得深沉了。突然间，他打了自己一个耳光，自语道："我真傻，为什么不多走十几米？"

老板自打耳光，这是极为少见的事情，车中二人受到过严格的上岗培训，没有张望，也没有询问老板出了什么事情，仿佛老板没有自打耳光这回事。

回到办公室，黄大磊又变回大老板黄总，龙行虎步，目光坚定，充满上位者的自信。

总裁办主任拿着文件过来，道："矿业综合大厦后天要剪彩，您还参加吗？"黄大磊反问道："矿业综合大厦开业，省里国土资源厅要来一个处长，分管副市长要过来参加，我难道能够缺席？什么脑子？猪脑子啊。"

总裁办主任道："那我安排保卫，不准任何陌生人进来，进来的人都得有请柬才行。"

黄大磊火气挺足，道："你这人属青蛙啊？戳一下跳一下。给平时打交道的派出所、治安支队和经侦支队都发请柬，请他们参加。"

黄大磊前往秦阳之行自以为行踪隐秘，对于重案大队和105专案组来说则如透明一样。商务车冒雨出发，在市中心转圈，前往高速路，到达秦阳，在秦阳银行门口接走秦涛，关键环节全部被重案大队掌握。

黄大磊从秦阳回到江州公司以后，副局长刘战刚召集重案大队相关侦查员以及105专案组正、副组长开会。

侯大利来到重案大队会议室，进门便拿到了黄大磊在秦阳银行接触秦涛的全过程相片。

副大队长林海军来到重案大队，所接受的第一个大任务便是指挥四个小组蹲守。蹲守是个苦活，有的特殊任务往往会蹲守很长时间，彻底打乱侦查员们的正常生活。但是，蹲守又是一个极有效的笨办法，就算技侦手段发展迅猛，蹲守仍然必不可少。

会议主持人刘战刚简单讲了几句以后，就由重案大队副大队长林海军谈蹲守情况。

谈完蹲守工作布置和进展情况，林海军小结道："两人若是大大方方见面，那很正常。但是，黄大磊是趁着暴雨前往秦阳，在离开江州时，有意在城内绕圈子，很明显是查看有无跟踪。到了秦阳后，秦涛刚在银行大楼出现，商务车就开到，非常准确，前后不到一分钟时间，显然是经过精心准备，这就显得很不正常。我建议：第一，继续加大对黄大磊和秦涛的监控力度，不能松懈；第二，唐山林案、吴开军案和黄大磊案串并案侦查。"

重案大队长陈阳道："唐山林案与吴案、黄案不宜并案。"

林海军直接反问道："理由？"

陈阳道："丁丽案的凶手是杜强。杜强失踪，生死不知。如果凶手是失踪很久的杜强，他枪击吴开军和黄大磊应该能找到理由。但是，唐山林是在杜强失踪很久以后才与吴开军开始合作，杜强没有杀害唐山林的理由。从现场来看，这很明显是熟人作案，杜强与唐山林是熟人吗？我认为达不到串并案条件。"

"杜强是死是活都不知道，所以，我们暂时无法知道杜强与唐山林有何种关系。"林海军手握投影仪的遥控器，幕布上出现唐山林案的物证资料，"怎么会达不到串并案要求？其实物证非常明显，请大家看投影。唐山林案的凶手巧妙地躲开了监控探头，遇到一个无法避开的监控探头，撑了伞。再看黄大磊案，凶手躲过了绝大多数监控探头，藏在靠近大门的灌木丛里。他知道门前有监控探头，提前破坏会导致保安查看，所以没有破坏这个监控。最后开枪时，他打着伞，轻易遮挡了监控。"

林海军握着遥控器，用力挥了挥手，道："用雨伞来躲避监控是凶手作案手法中的一个重要特点，足以支撑将黄大磊案和唐山林案串并案侦查。"

重案支队侦查员也注意到这个现象，并进行过热烈讨论，参战侦查员有一些支持串并案侦查，另一些不支持串并案。

陈阳以前其实倾向于一个凶手，吴开军被杀后，才慢慢转变了观念，道："唐山林死亡以后，最大受益者是吴开军。从这个角度来看，唐山林之死更接近于杀人灭口，实际效果也是吴开军只是判了拘役。如果凶手是一个人，凶手把唐山林和吴开军都杀了，目的何在？动机何在？"

林海军针锋相对，道："并不是每个案子在侦破前都知道犯罪嫌疑人作案的目的和动机。若不是同一个凶手，则无法解释凶手用雨伞来遮挡监控器的手法为什么如此一致。"

这确实是一个不好解释的问题，侦查员们都陷入沉思。

林海军继续侃侃而谈，道："丁丽案中，凶手没有留下清晰指纹，但是留下了精斑，在十几年后被侯大利发现。发现精斑，就是捅窗户纸，捅破后觉得简单，但是捅破前其实很难。能打破思维的障碍，了不起。丁丽案中还有一个细节，鞋印中显示凶手在鞋底绑了一块胶皮，是从自行车旧胎上切割下来的，这一点非常重要。在唐山林案中，凶手同样没有留下指纹，还特意戴了鞋套。而且，这两个案子所用刀具都是单面开刃。从作案手法来看，丁丽案和唐山林案其实可以串并案，也就是说唐山林也是杜强所杀。这说明杜强还活着，如果杜强还活着，枪击黄大磊和吴开军的人就极有可能是杜强。杜强应该是换了身份，以全新面目出现在江州。"

投影仪上的画面清晰显露出四个案子的特点：丁丽案中绑有胶皮的鞋印；唐山林案中戴鞋套的鞋印；唐山林案中监控视频里出现的雨伞；黄大磊案中监控视频里出现的雨伞；黄大磊案和吴开军案中的弹壳。

林海军指着投影仪，斩钉截铁地道："如果杜强活着，那就是他做的案子；如果杜强死了，那后面三个案子则是另一人所为。"

宫建民没有表态，抬头细看投影仪。

主持会议的刘战刚扫了朱林和侯大利一眼，道："专案组一直在跟踪黄大磊和吴开军，你们是什么意见？"

朱林如今变得很"佛系"，凡是分析案情时，尽管让侯大利发言。之所以让侯大利发言，一来侯大利本身就是专案组副组长，有了发言资格；二是105专案组多次研究案情，有了共识，他信任侯大利的办案水平；三是有点恶趣味，他喜欢看侯大利怼人。

第三点也变成了侦查员们的小趣味。林海军从刑侦总队到江州刑警支队，虽然平时很注意说话的分寸，可是来自总队的优越感还是会不经意闪现出来。侯大利是本土起来的侦查员，水平不错，说话向来不留情面，由他来怼一怼刑侦总队的林海军，是老侦查员们喜闻乐见的事情。

侦查员们都扭转脖子，聚焦于侯大利。全场变得异常安静，比刘战刚和宫建民讲话时还要安静，没有人打哈欠，也没有人看手机。

林海军与年轻师弟在私下场合有过一次交锋，知道师弟与自己观点有差异。他再次深入研究案件，信心十足，挺起胸膛等待师弟发言。

侯大利此刻沉浸在案子当中，没有注意周边人的眼光。师兄林海军和他同出一门，思维方式很接近，有些结论是对的；但是，师兄太心急，对案件研究得不够深。

"我说两个观点。第一，丁丽案凶手是杜强，这个可以确定；黄大磊案和吴开军案肯定能并案侦查，这个也可以确定。第二，我同意陈大队的意见，唐山林案是另一个凶手所为。黄大磊和吴开军两案中我们可以看出凶手喜欢用枪解决问题。如果是同一个凶手，为什么在唐山林案中要用刀？凶手为什么改变了作案手法？一般情况下，凶手要杀人，肯定用最顺手、最有用的武器。枪击吴开军，隆兴球迷都没有听到枪声，说明有消音设备，凶手完全可以在不惊动其他人的情况下开枪。唐山林死后，吴开军是最大受益人，凶手杀了唐山林，又杀掉最大受益人，逻辑上有点问题；而且，杀害唐山林的凶手甚至有可能与黄卫案的背后指使人有关，唐山林和黄卫之间的联系点就是吴开军。只是，现在还没有发现凶手的作案动机。"

侯大利是用极为肯定的语气给出这个结论的，此语一出，满场皆静。

不管是林海军的判断还是侯大利的结论，都只是侦查推理，分别指向不同的方向。但是，两种推理都没有关键证据，存在不确定性。

随后，几个组长也发表了意见。会议结束前，宫建民讲了两点："陈大队、林大队和小侯的观点各有道理，凶手不管是一个人还是两个人，当前的工作重点仍然在黄大磊和秦涛身上。我们做如下安排：第一，四个监控小组继续加大监控力度，制订方案，合理安排人手，不能有任何漏洞；第二，凶手有枪，监控小组在执行任务时要带武器，凶手穷凶极恶，你们也要保护好自己；第三，技侦要全面跟进，在技术上监控黄大磊和秦涛；第四，视频大队要派专人，盯紧黄大磊和秦涛。"


## 飞上天的头颅

散会以后，三组组长李明来到二组组长苗伟办公室，两人站在窗边抽烟。

李明道："林海军代表重案大队，侯大利代表专案组，你觉得谁的判断更准确？"

苗伟道："我更倾向于侯大利，没有明确理由，凭直觉啊。唐山林身强力壮，年轻时长期在街上打架，不好对付，若是凶手有枪，他何必冒险搏斗？武侠小说是谁武功强谁胜利，真实搏杀不一样，胜负没有定数，什么事情都可能发生。"

李明道："听说滕麻子要回来了，他走了两年，失去了不少机会。一组敲了两年边鼓，想弄到大案子，早就盼着滕麻子回来。"

"滕麻子"是重案大队副大队长、一组组长滕鹏飞的绰号，他被借调到省厅办案有两年时间。黄卫调走以后，滕鹏飞和陈阳都有可能接任重案大队长，只是滕鹏飞不在江州，陈阳顺理成章接任了大队长。陈阳接任大队长以后，重案大队接连侦破了长青县灭门案、杜文丽案、黄卫案以及多件命案积案，算是坐稳了位置。

苗伟深知其中的微妙之处，没有多谈滕鹏飞，道："目前最好的办法就是守株待兔，弟兄们得做好蹲大坑的准备。"

苗伟和李明各带两个蹲守组，任务艰巨，责任重大，聊了几句以后，便召集不在蹲守岗位的本组人员开会，交代任务。

蹲守组的重点关注对象是黄大磊。黄大磊受伤以后，深居简出，大多数时间就在别墅里，小部分时间在办公楼。而黄大磊也是极为配合警方，除了那次雨夜外出是偷偷出行，平时外出皆要提前打招呼。

矿业综合大厦开业剪彩，黄大磊要参加。现场不仅人多，而且有省市相关人员参加。苗伟亲自带两组人员控制现场。上午九点，重案大队长陈阳和副大队长林海军来到现场，里里外外转了几圈，查看了几个守候点，这才离开现场。

远处高楼上，杜强站在走道窗口，窗口正好面对矿业综合大厦门前小广场。小广场搭了一个木台子，木台子上安放了一张演讲桌。演讲桌附近的地板下面，则粘有一个黑色小盒子。

小广场彩旗飘飘，音乐震天响，红地毯又宽又长。保安把小广场周边全部拦住，只留了一个入口，凡是来到入口，皆须出示请柬。

黄大磊陪着省国土资源厅处长和江州副市长坐在贵宾室，等待开业剪彩时刻。矿业综合大厦是江州矿业交易平台，这是全省第一个矿产交易平台，目前虽然只能覆盖江州，若是成功，也要在全省推广。能在江州建立全省第一个交易平台，黄大磊在其中出了不少力，所以交易平台放在黄大磊公司所在的矿业综合大厦。

江州副市长是副厅级，级别比处长高，但是处长位置要紧，又代表省国土资源厅，所以处长坐在主位。黄大磊和副市长坐在两旁，聊起矿产交易平台以后的管理问题。

聊天时，黄大磊右眼皮跳了许多次，想起"左跳财，右跳灾"的老话，心脏一阵发紧。他扭头朝窗外望了一眼，嘉宾陆续进入。嘉宾主要是江州市相关部门、各县国土资源部门负责人，以及一些矿老板。矿老板多喜欢坐马力强劲的越野车，所以小区外面停了一排豪华越野。

小区门口站着几个便装男子，默默地看着客人陆续进来。

这是苗伟带领的重案大队第二组，所有人都佩带了武器，防备凶手混入人群，暴起伤人。苗伟身边则是市国土资源局的老同志，非常熟悉情况，每当有人走进，便向苗伟介绍此人基本情况。

会议开始，进出口关闭，没有人能够进入现场。陪同领导走出会客室的黄大磊松了一口气，现场有重案大队便衣刑警，有指挥交通的交警，有维护治安的派出所民警，以及自己矿上的保安，安全应该绝对没有问题。

主持人是市国土资源局的同志，第一个致辞的便是黄大磊。

杜强站在窗前，用望远镜看着小广场。在他的记忆中，黄大磊就是一个喜欢穿花衬衫的乡镇杀马特。如今，黄大磊穿了一件白色短袖衬衣，下身是黑色西裤，脚穿黑色皮鞋，中间系着一条名牌皮带；走路不算快，很沉稳，已经完全没有一点点杀马特形象，真正成了江州的成功人士。

黄大磊念道："尊敬的王军处长，尊敬的杜市长。"

这个开头语是杜市长亲自改的，而且叮嘱一定要将"王军处长"放在最前面，以显示对省厅的尊敬。王军处长简单推辞以后，便默认了此排序。

　　窗边杜强拿起电话，拨通了一个特殊号码。他在东南亚混黑社会期间，向一名退役军士学会了制作爆炸物的方法。威力巨大的塑胶炸弹贴在木台子的地板下方，远程起爆，非常隐蔽，很难探测。国内承平日久，江州警方很少遇到类似爆炸物，这类级别的安保基本不会使用防爆器材检查现场，这也是他大胆使用爆炸器材的另一个原因。

　　黄大磊正在念稿子，突然间，一股巨大的力量从小腿附近传了过来。这股力量不可阻挡，直接将阻挡之物撕得粉碎。黄大磊来到半空中，逐渐远离了地面。他的头在半空中，双眼凝视爆炸点，随即头颅在半空中翻转。他的双眼便能看到蔚蓝的天空，意识渐渐模糊，在半空中哀叹道："我今天就要死了。"

　　头颅在空中划出一个漂亮的抛物线，落到靠近会客室入口处的礼仪小姐怀里。礼仪小姐被巨大的爆炸声镇住，如被孙悟空施了定身术，完全失去了行动能力。黄大磊头颅落在怀里时，她仍然没有收回目光，呆呆望着烟尘。她终于收回目光，低头打量双手抱住之物。血肉模糊的头颅向上翻着一双眼睛，眼睛失去了生气，如死鱼眼睛一样。

　　礼仪小姐惨叫一声，条件反射般将头颅扔了出去，然后双眼紧闭，直挺挺倒在地上。

　　杜强站在窗边静静地看着爆炸现场，等到硝烟散尽，这才离开窗边。到达街道时，他已经将手机拆掉，将部件扔进了不同的垃圾桶。

　　街上，警车和救护车都来得很快，行人都伸长脖子朝向警车和救护车前往的方向。

　　经过周密安排，仍然让凶手得逞，黄大磊被炸死了，主席台嘉宾有三人被炸伤。局长关鹏震怒，拍着桌子，宫建民、洪金明、陈阳、林海军等人都是江州公安系统的有名人物，此刻被训得抬不起头，恨不得在水泥地里找条缝钻进去。

　　从局长办公室回来，宫建民、洪金明、陈阳、林海军等人坐在小会议室，闷头抽烟，气氛沉闷。朱林、侯大利等人随后赶到重案大队。

　　面对这个藏在"身边"的凶手，众人并没有神奇的办法可以立刻捉住凶手，当前唯一可靠的办法就是派重兵守在秦涛身边。这是笨办法，相当于将主动权拱手让给了凶手。但是，当前除了这个笨办法之外，还真没有更有效的办法。

宫建民、陈阳等侦查员心情复杂，有愤怒，也有沮丧。作案者杜强则心情愉悦，买了条鱼，来到女朋友马青秀租住的小屋。马青秀昨天值了夜班，上午八点才下班，没有吃早饭，倒头便睡。杜强开了门，见女友还在睡觉，便没有打扰，开始在厨房里剖鱼做饭。他初中毕业之前，常常在厨房里帮助妈妈做饭，主要职责是照看灶口。妈妈做完饭菜以后，总会让儿子先尝一尝，或者单独给儿子弄点好吃的。这是杜强对于家的最美好回忆，正是有这样一段经历，他做菜几乎是无师自通，弄得一手好饭菜。

今天灭掉了大仇人，杜强心中空落落的，无端开始想家。他以前做菜总是做一些岭南菜，以显示与本地口味的区别，这样才能把新的人生扮演得更加逼真。今天他做了正宗的江州味道——麻辣鱼片，其中最重要的作料就是鱼香草。鱼香草有特殊味道，好之者觉得是无上美味，恨之者觉得难以下咽。杜强知道女友喜欢鱼香草，只是顾忌自己的口味，平时没有在做鱼时加放鱼香草。

跑油浇在鱼块和汤水上时，汤水发出嗞嗞声，将花椒、辣椒和鲜鱼的香味完全逼了出来。各色香味在滚烫跑油的催化下，发生奇妙的化学反应，制造出了远比单独香味更加诱人的奇香。

马青秀在睡梦中闻到香味，吞了不少口水。醒来后，她坐在床边打哈欠，道："你回来了？"

杜强道："弄了条鱼，前天学了江州麻辣鱼块的做法，刚刚尝了尝，味道还不错。以后我再学点江州菜，可以开菜馆了。"

马青秀吸了吸飘在空中的香味，顺着香味来到小客厅，尝罢鱼块，"哇"了一声，道："味道很棒。你什么时候学会做江州菜的？"

杜强道："我做菜有天赋，看你做过几次，再学不会就是笨蛋了。"

桌上只有一盆麻辣鱼块，没有其他菜。麻辣鱼块用了豆芽、豆腐和绿叶子菜打底，最是下饭。马青秀吃了两碗白饭，放下碗，道："你做菜真好吃，有当厨师的本事。我们两人使劲攒钱，有了三万块，就去弄一个小门面，专门卖麻辣鱼块。"

杜强拍着胸膛，道："这个月的夜班费多，可以多存一千块。明年，我们两人就能存满三万块。"

吃罢饭，马青秀怀着开小餐馆的憧憬，主动与杜强做爱。做爱之后，两人拥抱在一起睡觉，醒来时已经是傍晚。晚餐简单，以麻辣鱼块的油汤为调料，煮了两碗面条。

吃完饭，马青秀到医院值夜班。杜强则在房间看了一会儿电视，晚上九点出门，也到医院值夜班。

马青秀所租房屋距离第三人民医院不算远，步行约十分钟就能走到。杜强选择步行，步行时可以想想心事，是难得的安宁时光。灭掉了黄大磊和吴开军，报了大仇，至于是否找秦涛报仇，杜强则有些犹豫，步行时仍然在思考这个问题。

从东南亚回来以后，杜强猛然发现自己的家乡变成了和平之地，不用担心街道角落会有人突然冲出来开枪，男男女女走到街道上没有任何戒备，深夜居然还有单身女人出现在街道上。杜强对家乡街景相当不习惯，常常感觉这一幕不真实。时间久了，他觉得家乡变成这个样子挺好，至少比朝不保夕的地方好上十倍。

走进街心花园，远处约一百米便是第三人民医院。街心花园不长，以前有路灯，能照亮街心花园小道。几天前，路灯坏了，一直没人维修。街心花园种了很多灌木和竹子，路灯坏了以后，小道黑得只能看见人影。

杜强平时都从街心花园中间穿过，今天依然如此，想着心事，走到街心花园中部。还有七八米就走出花园时，他的眼角余光发现一个人影从灌木丛中慢慢走出来，拿着长条形东西。回国之前，杜强混迹于东南亚黑社会，脑袋拴在皮带上，随时可能丢命。长久下来，他对危险有着极为敏锐的直觉，正是这种直觉让他活到了现在。

杜强下意识朝腰间摸了摸，这才意识到没有带枪。他没有丝毫犹豫，转身，弯腰，朝左侧灌木丛猛扑过去。灌木丛不厚，穿过灌木丛便能离开街心花园。街道有行人，容易逃脱。

黑暗中的人影紧走几步，长条形东西冒出火来，发出轰的一声响。杜强只觉后背被人重重推了一把，身体借力冲破灌木丛，扑到街道上。他顾不得躲避公路上的汽车，用尽力气，连滚带爬冲向公路另一边。

黑影跟着冲出灌木丛，"轰"，又一声巨响。

杜强很幸运，枪响之时，一辆小车开过来，挡了火药枪发射出来的铁砂。

黑影为了稳妥起见，身上带了一长一短两支火药枪，事先装填满特制铁砂。这种经过改装的火药枪威力十足，打野猪都没问题，在黑暗中抵近杜强开枪，绝对一枪毙命。他没有想到杜强反应如此之快，居然能在极为不利的情况下逃脱必杀之局。此刻，杀机已失，黑影转身骑上摩托。摩托发出轰鸣，离开了街心花园。

接到报警后，110民警和120救护车很快来到街心花园附近公路。

随后，刑警支队技术室老谭、小林和小杨，重案大队侦查员和105专案组来到案发现场。打起强光以后，现场勘查人员很快发现灌木丛出现了一个缺口，从缺口到公路这条线上出现了滴落形血滴，缺口处较少，公路边上较多，对面街道更多。

宫建民站在朱林身边，简单讲了案情，道："医院那边传来目击者的消息，据目击者说，他正在驾驶，看见有一个人从街心花园冲到公路边，赶紧刹车，然后听到一声响，整个脑壳就麻木了。"

侯大利跟在老谭身后，看小林和小杨提取血迹，道："我觉得捡到宝了。"

老谭道："你知道这是谁的血吗？"

侯大利道："不知道。只不过，这里距离金山别墅很近，我希望是杜强的血。"

老谭道："现在你不仅是神探，还变成了神嘴。如今DNA检测室进了新设备，两个小时就有结果，希望你判断正确。"

DNA实验室出结论还需要两个小时，三组李明带侦查员调查走访，其他参战人员回单位待命，等待检测结果。

侯大利找到朱林，道："这里距离三院和金山别墅都很近，和张林林的家也不远，我想去看一看张林林的情况。"

朱林道："你查过他的DNA，和杜强无关。他是岭南人，去年才来，为什么还要查他？"

侯大利望着三院明亮的大牌子，道："张林林的身影和葛向东画的入室抢劫案犯罪嫌疑人素描非常接近，和成年后的杜强也很接近，这是一根刺，一直卡在我的喉咙里。"

朱林道："既然有刺，那就去拔掉。"

朱林、葛向东和樊勇回到刑侦老楼，休息，待命。侯大利和王华直奔医院。王华轻车熟路地敲开保卫科值班室。

保卫科值班室是有编制的正式干部在值班。那干部被人从睡梦中吵醒，十分不耐烦，开门见到王华，才把牢骚收进肚子里。他抓起桌上一包烟，抽了两支给王华和另一个来者，道："王大队，半夜光临，肯定有麻烦事。"

王华道："哪里找得到后勤人员的值班表？"

值班干部将挂在墙上的值班表拿下来，道："梁科长工作细致，除了医生和护士外，工人们的值班表都要送一份到保卫科备案。你们要找谁？"

王华没有回答，接过值班表，看到了张林林的名字，道："他是几点钟交班？"

值班干部道："后勤人员和我们一样，都是九点钟交班。"

街心花园枪击事件发生在八点四十左右，与交班时间非常接近。王华与侯大利对视一眼，又问："谁请假？"

值班干部给后勤组的值班干部打了个电话，这才对王华道："没人请假，但是张林林没来。后勤说这个家伙向来遵守纪律，今天没来，也不请假，还关了手机。"

侯大利、王华和保卫科值班干部来到原本应该是张林林值班的后勤组岗位，看到另一个人正在值班。后勤组值班干部又到护士站找马青秀。马青秀脸带愠色，道："我也打不通电话。张林林不知道跑哪里去了。晚上我们还在一起吃饭，他给我做了麻辣鱼块。"

街心花园出了枪案，一向守纪律的张林林没有来上班，连女朋友都不知道去向，得到这些消息，侯大利找了个无人处，给朱林打电话，道："有可能抓到杜强的尾巴了。张林林应该在晚上九点接班，但他没有来，女朋友马青秀也打不通他的电话。我建议通知技术室，再到张林林房间提取生物检材。"

老谭、小杨在刑警老楼与专案组会合，两辆车直奔马青秀租住房间，侯大利、王华和保卫科干部则带着马青秀，前往其租住房间。

马青秀有点茫然，生气地对保卫科干部道："你给院里报告没有？我今天值班，把我带走，如果出了事，你要负全部责任。"

保卫科干部并不了解事情的严重性，赔笑道："我只是奉命行事，其他事情不知道。"

马青秀见前来问询的年轻男子脸带寒霜，便问面容相对和蔼的胖子："张林林会出啥事？他一不偷，二不抢，三不放火，四不杀人，你们无凭无据，为什么找他？如果找错了，是不是要国家赔偿？"

王华道："国家赔偿是关到看守所以后的事，我们只是调查。"

马青秀嘀咕道："调查个狗屁！"

来到出租房，马青秀看到门洞处已经有几个壮汉和居委会同志，大家都神情严肃，有的汉子还提着手枪。她意识到肯定出了什么大事，害怕起来，说话声音也带着哭腔，用钥匙开门时，手抖个不停，始终打不开门。

朱林见状，接过钥匙，开了门。

樊勇第一个冲进屋，侯大利第二个冲了进去。经检查，屋内无人。老谭和小林开始寻找生物检材，包括头发、杯子、牙刷等生活物品。

侯大利在"张林林"身上遭遇过滑铁卢，进屋以后，对老谭道："我当时是突然来到张林林房间，张林林应该没有准备。我在卫生间的浴盆里找了十几根干燥的头发，又到床上找了十来根头发，这些头发全是同一个人的，但是与精液DNA没有比对成功，这个结果让我消除了对张林林的怀疑。如果张林林真是杜强，我有点纳闷，为什么他和马青秀的房间里全都是其他男人的头发。"

老谭道："简单，马青秀给张林林戴了绿帽子。"

侯大利摇头道："我怀疑张林林是故意弄了头发来，布下疑阵。"

如果没有侯大利提醒，老谭还会按照常规程序来寻找生物检材，经过提醒以后，他开始警惕起来，安排小林和小杨除了仔细搜集头发之外，尽量多提取其他生物检材。

现场勘查完毕，技术员共提取了牙刷、牙膏罐、水杯、指甲刀、空气清新剂、时钟、棉签袋、运动鞋、面巾纸块、洗衣粉、垃圾筒里带血的纸巾等14件生物检材。

提取完毕，老谭道："这是布下了天罗地网，张林林就算再狡猾，也得露馅。"他突然发出一串爽朗的长笑，又道："神探如果被犯罪嫌疑人耍了，那真是大快人心的好消息。重案大队侦查员听到这个消息，一定会高兴的。"

小杨也笑，道："我要把这个消息传出去，让大家在喝酒时都高兴高兴。"

侯大利一脸糙样，道："如果这一次比对成功，那我就在阴沟里翻了船。当时采集头发的时候，我还以为自己神不知鬼不觉就采集了DNA检材，没有想到啊，上了个大当。"

两个小时后，DNA实验室传来一条爆炸性消息：案发现场血迹DNA与杜强DNA比对成功。

得知此消息，所有参战人员积累在身上的郁闷一扫而空。以前大家都在猜测杜强是死亡还是失踪，如今终于得到答案，杜强没有死，而是潜伏在江州。侯大利一直怀疑杜强没死，现在他的怀疑得到证实。至此，吴开军和黄大磊案的凶手便直指杜强。

现在，找到潜伏的杜强便是刑警支队最重要的任务，刑警支队迅速打印了杜强二十岁时的相片。

三个小时以后，DNA实验室传来另一条爆炸性消息：张林林房间里的生物检材查出三个人的DNA，一个是马青秀的，一个与杜强DNA匹配，另一个是从头发中提取到的DNA，暂时没有能与其他人匹配上。

张林林便是杜强。刑警支队迅速打印了杜强化身为"张林林"的最新相片。

除了寻找杜强以外，还有一个很关键的问题，是谁打伤了杜强？既然有人打伤了杜强，那么，前一阶段争论的一个凶手还是两个凶手的答案便浮出水面。从目前的情况来看，两个凶手的可能性更大。

侯大利昨夜几乎通宵未睡，早晨便多睡了一会儿，到对面餐馆吃了早餐后，见到师兄林海军正在院内和旺财一起玩耍。

旺财是警犬，大李也是警犬，两者的性格却完全相反。大李非常威严，平时不怎么搭理人，只跟朱林和樊勇亲密无间。旺财则相反，对专案组成员都挺亲密，凡是进过专案组的警察，都没羞没臊上去闹着玩。大李和旺财性格差异大，可是都有一个神奇的特点——谁是警察，谁不是警察，分得特别清楚。有一次市委政法委书记杜军和局长关鹏来到了刑警老楼，旺财给了杜军一个大白眼，然后在关鹏面前嬉皮笑脸，极不自重。

林海军来到侯大利身边，道："你的观点是对的，凶手是两个人。但是，为什么有这么多相似点？绑在脚底的自行车内胎，鞋套，单刃刀，雨伞遮挡镜头，没有可提取的指纹，成功躲避监控，你能不能解释这些相似点？"

侯大利道："吃饭没有？"

林海军神情冷峻，道："我不是来吃饭的。到三楼资料室，放投影，我们要好好讨论一下这个事。"

侯大利在前，林海军在后，两人从一楼到三楼，没有寒暄。进了资料室，侯大利打开投影仪，道："先看哪个案子？"

林海军道："从丁丽案开始，最后到黄大磊案。"

投影仪启动，丁丽案卷宗出现在幕布上。侯大利持遥控器，控制播放进度。

与侯大利配合，林海军获得了一种很愉快的感觉。凡是他想细看的时候，侯大利便会主动停下来；凡是他不想看的，侯大利必然会快速前进。两人语言不多，配合默契，用了一个小时就将卷宗拉了一遍。

看完之后，林海军道："当前有三个关键点，一是凶手如何知道唐山林和黄卫的具体行踪，二是谁会枪击杜强，三是几个案件在证据上的相似点。这些都需要一个合理的解释。"

老朴曾经提过第一个问题，侯大利到现在还无法回答，只道："追捕杜强是当前重中之重。抓到杜强，一切问题都迎刃而解。"

林海军突然陷入沉思，过了几秒，道："今天见面很有收获，我有事先走一步。"

林海军回到刑警新楼，找到宫建民，单独汇报："我刚才在专案组资料室将几个案件全拉了一遍，在和侯大利讨论问题的时候突然有一个想法。我觉得，支队里有人给街心花园枪击案的犯罪嫌疑人通风报信，这个嫌疑人甚至很有可能就是支队里的人。"

宫建民顿时严肃起来，道："这是谁提出来的观点？"

林海军道："我根据事实进行的推测。"

宫建民道："你是和侯大利在一起的，他是否知道？"

林海军摇头，道："这件事非同小可，我有了这个念头，赶紧过来单独汇报，没有对任何人提起。"

宫建民神情缓了缓，道："这类事非常敏感，你单独跟我联系，绝对不可散布出去。"

林海军离开办公室之后，宫建民在办公室阴沉着脸，给朱林打电话，请他和侯大利到刑警老楼。

朱林和侯大利来得很快，进入支队长办公室后，发现政委洪金明也在场。

宫建民开门见山，道："林海军刚才在你办公室，对你说了什么？"

侯大利道："前一阶段，林大队认为唐山林案和黄大磊案是同一个凶手，街心花园枪击案以后，他觉得自己判断失误，到老楼资料室又拉了一遍案卷。拉完之后，他没有说几句话，匆匆离开了。"

侯大利所言与林海军本人所言基本一致，宫建民这才放心，道："朱支是支队老领导，保密意识强，领导们都很放心。侯大利工作时间短，保密工作能否到位，我在这里实话实说，领导们还是有隐忧。刚才林大队从专案组过来，也提出了有内鬼的想法，吓了我一跳，真担心是侯大利泄密。还好不是，虚惊一场。"

洪金明道："朱支，你是什么意见？"

朱林道："我信任侯大利。林海军综合手里的信息后提出有内鬼，算是不谋而合，这说明我们以前的思路还是靠谱的。"

宫建民从抽屉里拿出黄卫案的卷宗，道："这是以我的名义从档案里借出来的，转交给专案组。你扫描以后，把卷宗还回来。"

抱着黄卫案的卷宗，侯大利迫不及待地回到资料室，扫描完卷宗，又回到刑警新楼，将卷宗还给支队。


## 潜逃的真凶

从街心花园逃离后，杜强没有返回马青秀租住的小屋，弄了一辆自行车，朝巴岳山的备用藏身处跑去。他的备用藏身处有两处，一处在城区，借用同事身份证登记，里面放着抢来的钱以及手枪、爆炸品等物品；另一处在巴岳山里，是在最危险时刻才使用的藏身处。

杜强从东南亚回到江州以后，很快就在第三人民医院找到了落脚点；找到落脚点后，在值班空闲时间，经常爬巴岳山。以前跟随父亲在梅山打猎，让他对大山有天然的亲近感，独自在山中行走，仿佛又回到了童年时代。爬了七八次山，他终于寻到一个极佳的藏身处。若是一切顺利，这处藏身地就不会使用。

今天受到枪击后，杜强之所以直接使用这个藏身点，主要是因为他猜不透那个开枪之人到底掌握了多少关于自己的情况，不敢回到城区藏身之处。

巴岳山边有个破败场镇，场镇曾经是乡政府所在地，乡政府在1992年撤销后，此地有一千多户居民，青壮年多数外出做事，留在小场的多是中老年人。这是一个与时代脱节的小场镇，生活节奏缓慢，对外界的事情反应迟钝。从山里出来，能补充基本物资，又不至于被人盯上。

上山小道旁边是一条小溪。白天，溪水清可见底，游鱼细石，直视无碍；黑夜，能听到流水潺潺。杜强不知道自己沿途是否洒落血迹，为了防止警犬追踪，他脱了鞋，摸黑沿着溪水上行半个多小时，上岸，拐进树林，开始爬坡，爬了半个小时后来到一处破败房屋。在白天走这一段路没有任何问题，摸黑爬山则极为消耗体力。所幸杜强在山里长大，十岁就跟着父亲杜家德打猎，这才能在黑夜中找到落脚点。

房子是林场工人的看守房，废弃多年，杂草丛生。此处居高临下，人迹罕至，是藏身的好地方。破房子背后草丛里有一处山洞，山洞被大片灌木遮挡，很难发现。杜强早就将山洞清扫干净，在山洞里囤积了药品、矿泉水和大箱袋装食品、各类罐装食品以及自发热的饭食。

进了洞，暂时安全，杜强累到极点，顾不得清理伤口，拉开防蛇防蚊的睡袋，倒头便睡。天亮以后，杜强在洞口安了一面镜子，对着镜子，用烧过的跳刀挖出嵌入肩上的铁砂。铁砂太细太密，肯定挖不完，他抱着能挑多少算多少的想法，用跳刀在肩上刺来刺去，钻心的疼痛让他额头冒出了大颗汗珠。终于，他把通过镜子看得见的铁砂挑出来后，给伤处倒上云南白药，用绷带缠好。

休息两天后，杜强身体无大碍，便下山补充食品和药品。场口有电杆，电杆上贴着广告和带相片的通缉令。他站在电杆前，仰头看了一会儿通缉令。

### 公安部A级通缉令（公缉〔2009〕××号）

1994年10月5日，江州市江阳区发生一起故意杀人案件，致一死。经查，杜强具有重大作案嫌疑。

杜强化名为张林林，男，身份证上的出生日期为1975年10月9日，身高1.75米，体态偏瘦（体重约65公斤），身份证上的地址是岭南××××，身份证号：××××××××××××××××××。戴假发，额头有两个直径3厘米左右的圆形伤疤，伤疤周围无头发。操岭南口音，也能说江州话。眉毛呈八字形，双眼皮，长鼻，鼻梁挺直。左小臂前外侧有手术疤痕，内镶有钢板。平时喜欢戴帽，走路为外八字。

目前，公安部已发出A级通缉令全力缉捕，请广大人民群众积极提供线索。对提供具有重大价值线索并协助公安机关抓获或直接抓获犯罪嫌疑人的单位或个人，公安部将给予人民币5万元、办案单位将给予人民币30万元的奖励。

举报电话：各地110

江州市公安局刑警支队

联系电话：×××××××

××××××××××××（王警官）

×××××××××××（陈警官）

看完之后，杜强顺手撕下通缉令。在撕通缉令时，身边有人走过，压根儿没有注意到有人在撕通缉令。

撕完通缉令，杜强走进小场镇，意外地看见了一个商店里居然有报纸，便买了几份，放进背包。报纸用处大，除了可以了解当地新闻以外，还可以包东西，利于野外生存。

采购了食品和寻常药品后，他沿着小道上了山。

回到山洞，杜强开始换药。火药枪打到右肩，不是致命伤，只不过有很多铁砂子嵌入肉里，疼痛，且容易发炎。拆开绷带，见伤口处没有溃烂，有些地方开始结疤，他才放下心来。

由于治疗得很简单粗暴，以后肯定会留下大片黑色伤痕。伤痕对于曾经在东南亚黑社会拼命的杜强来说是家常便饭，只要能活命不残疾，难看就难看。

杜强坐在废弃房屋坝前，翻开报纸。第四版有一篇名为《寻儿三十六年，父母始终没有放弃》的文章，最初杜强只是当作普通新闻来读，可是看到杜某德、杨某芬的名字以后，惊得下巴都要掉到草丛里了。

新闻中虽然使用了杜某德、杨某芬这种省略名字，却用了梅山镇的实际地名，还有1995年春节杜某失踪的内容。杜强读书不多，脑瓜子却格外聪明，将通缉令和报纸上的内容比较之后，便明白这是警方想让自己自首。

杜强知道自己的事情有多大，自首也难逃一死，而且还有大仇未报，根本没有考虑自首。他的注意力集中在另一件事上：杜某德没有生育能力，所以杨某芬趁着当保姆的便利条件，拐骗了东家小孩，东家寻了三十六年，仍然没有放弃。

"我还真有可能不是杜家的人。"

看完这篇报道，杜强第一时间就相信了报道中的内容。一是自己是独生子，在那个年代非常少见。并非没有，而是少见。杜强同学大多有兄弟姐妹，最多的一家有八个。二是村里也有风言风语，说是母亲有病，不能生孩子。三是自己的相貌与父母都不太像，与堂兄表弟也差得远。四是自己相貌与报道中的王海洋十分接近。

文字报道旁边配有老夫妻和儿子的相片。杜强看着或许是自己亲弟弟的年轻人王海洋，脑袋似乎被铁锤砸了一下。在做整容手术的前一天晚上，他对着镜子看了很久，将自己的真实相貌牢牢记在了心里。此时看到王海洋，就如同看到当年的自己，不同的是弟弟细皮嫩肉，文质彬彬，如温室里的兔子，而当年的自己满头伤疤，如垂死的野兽。

三十多年来，杜强一直认为杜家德和杨丽芬就是亲生父母，从来没有怀疑过。此时无意中知道了另一种可能，他最初是无所谓的态度，坐在山洞口俯视山底，渐渐地，一股莫名的烦躁感出现在身体里。他很想站在山顶大吼数声，又怕被人发现，便转身进洞，在最深处抱起石块用力砸地。

"若是我不被我妈抱走，那就是另一种人生，多半和王海洋一样读大学。"

杜强脑海深处，仍然将杨丽芬当成了"我妈"。童年、少年到青年，杜家德喜怒无常，前一刻还在高兴，下一刻就拳打脚踢，发火时经常抓起手里的东西就打。这个东西有时是板凳，有时是木棍，有时是碗。唯一让杜强感到温暖的是母亲杨丽芬，碗底的鸡蛋或腊肉片，蚊帐里驱赶蚊子的身影，成为他永远的记忆。

除了记忆之外，年近四十的杜强还是有怨气：这一对夫妻将自己从亲生父母身边抱走，自己的人生从此彻底改变，从大城市的王子直接沦落为边远地区的山民。

杜强从山洞中走出，捡起丢在地上的报纸，打量三十多年如一日在寻找自己的亲生父母。他原本以为自己心硬如铁，读了几遍文章以后，内心深处涌起异样情感，情感如细绳，缠在钢铁心尖上，心尖慢慢有了痕迹。

痕迹也就只是痕迹，还没有达到让杜强改变想法的强度。他望着秦阳方向，琢磨着如何给躲在银行里的秦涛致命一击。

那天在街心花园的袭击者肯定是秦力，这是杜强反复思考的结果。除了秦力，没有人有本事和动机在街心花园袭击自己。他前些日子还在犹豫是否放过秦涛，差点命丧秦力枪口，让其新仇旧恨一起涌上心头，下定决心杀掉秦涛。

黄大磊被炸死，自己中枪流了血，亲生父母找了过来，杜强通过这些事情知道自己目前在警方面前就是透明人，警方必然会在秦涛周围布下天罗地网，现在到秦阳危险重重。他决定躲过这段时间以后，保存自己，再去消灭仇人。

"那个叫侯大利的警察还有点水平，我彻底暴露多半和他有关。他从哪里发现了我的破绽？"杜强在山洞里无所事事，想了很多事，最后想到了自己的对手。刑警侯大利提取了房间里的头发，又多次到医院，很明显是在怀疑自己，他一直没有想通侯大利为什么会盯上自己。

杜强在反复琢磨侯大利是如何盯上自己的，侯大利却不停反省为什么会在杜强面前阴沟里翻船。

"前一阶段太顺利，我飘了。"

田甜安慰道："也不怪你，确实是杜强太狡猾，居然想到把其他人的头发放在自己床上。魔高三尺，道高一丈，他隐藏得再好，最终还是输掉了底裤。而且，你是警察，输了就是一件案子没有办好；杜强输了，就是输掉整个人生。"

谈话间，越野车来到江州监狱。刚进接待室，田甜停下了脚步。从接待室门口出来一个中年女子，神情和相貌与田甜有七分相似。田甜素来干练，很少小儿女态，今天骤然见到多年未见的母亲，百味杂陈，一时之间，头脑乱成一片。

对于田家来说，田甜母亲是禁忌话题。侯大利本身遭受过切肤之痛，懂得回避家庭痛点。田甜偶尔谈起母亲，他只是听，并不多问。此刻田甜母亲出现在面前，他轻轻在田甜后背拍了拍，上前一步，道："阿姨，你好，我是侯大利，田甜的未婚夫。"

来者正是田甜的母亲甘甜。甘甜目光一直集中在女儿身上，听到侯大利自我介绍，这才将目光从女儿身上收了回来，道："你是田甜未婚夫？准备什么时候结婚？"

侯大利道："我们等田叔出来后，挑一个好日子结婚。"

甘甜取了一张名片，道："结婚之前，麻烦和我联系。"

侯大利看了一眼名片，这才知道田甜母亲叫甘甜。从这个名字来看，田跃进和甘甜必然有过一段美好的婚姻，女儿的名字从父母名字中各取一字，成为往日甜美生活的见证。

甘甜上下打量了侯大利一眼，眉间布起愁云，道："你也是警察吧？哪个部门？"

侯大利想起田甜的只言片语，道："我在重案大队。"

甘甜叹道："唉，这都是命。"

田甜站在侯大利身后，低着头，一直没有与母亲对视。当母亲主动询问时，田甜恢复了冷美人神情，不肯多言，主要是以"嗯"为主。甘甜最后放弃了与女儿对话，主要与准女婿对话。

田跃进走进铁门，朝女儿、女婿点了点头后，对甘甜道："你还是来了。"

甘甜道："这是你的一道坎，我还是要来的。"

自从母亲出现以后，田甜头脑中一直被酸甜苦辣各种情绪充满，反应远不如平时敏捷。她闷头往前走，直到被侯大利拉住，才停了下来。侯大利握住田甜的手，道："慢点走，他们有话要说。"田甜道："十几年不见，还有什么话说？"

田跃进和前妻并排走出监狱大门。甘甜道："我带了新衣服，你去换掉，然后找地方烧了，去掉晦气。"田跃进道："你也迷信了。"甘甜道："信一信，总比什么都不信要好。车上带了新衣裤，你去换。"

甘甜的路虎车后座上摆有叠得整齐的内衣裤和外套。田跃进试了试内裤，不大不小，不松不紧，刚合适。穿好内裤，田跃进在车内抽了一支烟，透过车窗看女儿和前妻，抽完烟，这才穿了外套，走到车外。

甘甜递来两根红绳子，道："走远一点还要跨火盆。算了，你是唯物主义者，不信这一套。这是我求来的红绳，戴上一段时间，去晦气。"

田跃进依言戴上红绳。

"小甜还是不肯和我说话。"

"别怪她，给她一点时间。"

"我没有怪她，是我自己做得不对，我没有资格让她喜欢。"

甘甜沉默了一会儿，转移话题道："你给女儿买的越野车？很贵啊。"

"侯大利的车。"

"重案大队的刑警买不起这么贵的车，家里有钱？"

"他爸，你应该认识。"

"谁？"

"侯国龙。"

"啊，国龙大老板的儿子。"

两辆车一前一后走了一公里，在一块空地前停下。甘甜从车里拿出搪瓷盆子，烧掉田跃进从监狱带回来的全部衣服，在烧衣服时，还是让田跃进从火盆上跨了过去。

这是流传于江州的老法子，相传是阻碍跟尾鬼盯踪。鬼魅怕火，无法跨过火盆，从此一火两断。

烧了衣服以后，甘甜来到田甜身边，用眼睛示意侯大利。

侯大利转身来到田跃进身边，道："黄大磊死了，开剪彩会时被炸死的。吴开军也死了，被枪击。杀害黄大磊和吴开军的凶手在街心花园遇袭，袭击者是谁不知道。杀害吴、黄的凶手目前逃跑，肯定还会作案。"

这一段话信息量很大，田跃进在脑中梳理了一会儿关系，道："你想问什么？"

侯大利道："秦力辞职的真实原因。"

田跃进要了一支烟，抽完以后，道："田甜过来了。"

田甜低垂着头，脸色苍白。路虎发动时，同样脸色苍白的甘甜伸出头来看了三人一眼，然后绝尘而去。

越野车来到田跃进所住小区，打开防盗门，室内焕然一新。一个老阿姨过来打招呼，道："今天中午是在家里吃饭吗？"

田跃进道："那是自然，就在家里吃饭，老规矩，两个素菜，一个荤菜，荤菜最好是鱼。"

老阿姨笑道："早就准备好了，今天一早，我就到菜市场挑了一条草鱼，两斤多。"

这个老阿姨在田跃进入狱前就在田家做事，做了近十年。田跃进入狱以后，田甜让阿姨在自己的住处帮着做家务，这样一来，阿姨便一直没有离开。今天田跃进有女儿和女婿陪同，进门又见到了熟悉的老阿姨，顿时有了回家的感觉。

洗澡，刮胡，田跃进再次出来，这才真正除掉了残留在身上的监狱气息。

吃饭期间，不断有律所同事的电话打进来。田跃进在监狱期间，律所同事通过各种关系，陆续到监狱进行探望。接了几个电话以后，田跃进准备晚上请八个同事吃饭。他在监狱数年，城市面貌一年三变，新餐馆兴起，旧餐馆关闭，一时找不到熟悉的餐馆，为了确保质量，便将晚餐定在江州大酒店的雅筑餐厅。

吃过午饭，侯大利和田甜告辞回家。

在车上，田甜忧伤地道："我怎么觉得爸爸的家不是我的家了，吃过饭想午休，就一门心思要回高森。我们两人走了，就剩爸爸一个人。我小时候不愿意爸爸再结婚，觉得后妈进门十分可怕，现在宁愿他再娶一个，生个小孩子。他这一辈子表面潇洒，实际上离婚以后，日子过得很不如意，没有真正的家庭生活。我们以后要好好过日子，有了矛盾不要轻易离婚。我不计较你和其他女人有性关系，对于法医来说，性关系和握手没有本质区别；唯一要求就是不能有情人，那就不仅仅是满足动物本能，而是精神背叛，后一点特别不能容忍。"

"你妈和你聊了什么？"

"她问了我们的情况，你对我怎么样，什么时候结婚。我不想理她，在我最需要母亲的时候，她离开了我们。"

"得原谅你妈妈，她不是警察，只是警察家属，被手枪顶住额头，害怕很正常。"

"我爸居然给你说了这事。这是我们家庭最隐秘的事，看来他确实认可了你。我们领证以后，双方父母要见面，我担心你爸会瞧不上我爸，他毕竟刚从监狱出来。我爸始终认为他的案子有问题，你把杜强案忙完，得认真研究我爸的案子。"

两人一路拉些家常话，回到高森别墅，田甜情绪总算从最低点往上爬了起来。

晚餐时间，侯大利、田甜陪着刚刚刑满释放的田跃进来到江州大酒店。几个律师朋友已经等在大厅，见到田跃进以后互相拥抱，拥抱之后，都夸田跃进身材保持得好，比起以前大肚子时代要精神得多。其中一个大胖子夸张地表示要进监狱坐一年牢，强制减肥以后再出来。

侯大利低声道："那个女律师姓杨吧？她跟你爸拥抱的时间最长，抱得也最紧，应该还亲了你爸的脸。"

田甜道："那是杨姐，和我爸有点小暧昧。她是大龄剩女，三十四岁。以前我有点讨厌她，现在看来是我心胸狭窄。"

一行人站在电梯口，有说有笑。

电梯下来，迎面出来一个气质出众的年轻人，正是杜强的弟弟王海洋。他主动招呼道："侯警官，能不能耽误几分钟？我想和你聊一聊。"

侯大利对王海洋印象很深，停下脚步。

两人来到大厅一楼的茶室。茶室服务人员都认识国龙集团太子，不用吩咐，便泡了顶级好茶，送到侯大利卡座前，询问是否还需要小吃。侯大利摆了摆手，道："就要一壶茶，其他都不用。"

服务人员和侯大利交谈时，王海洋暗自诧异，觉得江州大饭店服务人员笑容太真诚。这不是服务人员面对客人的工作式微笑，而是发自内心的微笑。

"通缉令发出来了，报纸也有新闻，我陪爸妈在江州大饭店等消息。"王海洋在大学教书，想得最多的是论文、科研经费这些事情，对广阔内陆腹地的生存状况只有书面认识，没有实际经验。这一次，他陪父母来到江州，从刑警支队了解到被拐骗哥哥王海涛的案情，又到梅山去了一趟。梅山和大学校园差异之大，让他感觉到了另一个世界。

侯大利直言道："现在只能等待，如果杜强看到报纸能自首，那是最好的。不自首，在如今科技条件下，很难再和以前那样藏匿；如果对抗，被现场击毙的可能性很大。"

王海洋无奈地道："我们肯定希望大哥能够自首，只是无法联系他。我爸妈每天都在以泪洗面，盼了三十六年，终于找到了大哥，但是，大哥又犯下了大罪。这都叫什么事啊？唯一值得安慰的是大哥总算还活着。要救大哥，唯一办法是他自首，并且还要立功。我们有劝大哥自首的想法，只是见不到大哥，一切无从谈起。"

案件还在侦办中，侯大利不宜与王海洋谈得过深，聊了几句便告辞，上了楼。

王海洋独自在茶室喝了茶，发了一会儿呆，到江州街道上独自行走。王家一直没有放弃被拐骗的王海涛，逢年过节，桌上必然会给王海涛摆上一双筷子和一个碗。在父母的耳濡目染下，王海洋从心理上很认同这个哥哥。

在街道行走一个小时，积郁在王海洋心中的浊气略有消解，这才回到宾馆。父母皆在房间，没有开电视，屋内密布愁雾。

"我在楼下遇到侯警官，就是来到粤省的那个年轻警官。我们喝了杯茶，交谈了几句，他不肯多说。我提出想办法让大哥自首并立功时，他没有否定。这是唯一的办法。"王海洋拖了一张椅子，坐在父亲和母亲对面。

王卫军原本靠在沙发上，听到儿子建议，挺直了腰。

王海洋道："在通缉令旁边贴我们的寻人启事，公布我们的电话号码和邮箱，还在本地论坛上发布类似的消息。大哥文化不高，但应该很机灵，说不定就能看到我们的广告。"

"只要能救你大哥一命，什么都值得。哪怕他被判无期，只要活着，我们就有奔头。"

陈跃华来到江州后，觉得整个城市都飘荡着儿子的气息，连续两个晚上无法入睡，吃了安眠药以后才勉强能睡一会儿。她神情憔悴，几天时间似乎老了十岁。

"海涛如今肯定藏了起来，我们要研究张贴寻人启事的地点，以便把信息传递给你大哥。"王卫军取过了一张江州城区图，道，"我和海洋明天打印几百张寻人启事，然后沿着公交车站进行张贴，每到一站就下去贴几张。公交车站的节点是海涛最容易出现的地方。沿公交站布点，基本上就能覆盖全城。"

王海洋补充道："如今城区有太多监控探头，大哥有反侦查能力，一般不会在监控探头下活动。我们的重点就是城郊。城郊交通还算方便，生活条件也行，是他最有可能藏身之地。"

陈跃华道："我来写寻人启事。"

积累了三十六年的相思，化作了短短近四百个字，陈跃华几乎不假思索，一挥而就。王卫军和王海洋读了一遍，几乎无法改动。

## 寻人启事

海涛，爸爸王卫军、妈妈陈跃华想你。三十六年前的7月7日，你如天使一样来到了我们家中，给我和爸爸带来了无限快乐。你是一个聪明宝宝，比其他小孩都要聪明，第一个月就能找彩色气球，特别是带声音那种，你会伸出胖手，指着发出响声的地方；第二个月，妈妈走过来时，你会发出高兴的笑声，三十六年来，天使般的笑声仍然在我耳边响起；第四个月，你就学会了照镜子；第六个月，爸爸拿了你的玩具，你会哇哇大哭。我的记忆在你六个月大的时候戛然而止，因为叫杨丽芬的保姆将我们家的天使从爸爸妈妈身边抢走，带到了江州梅山镇的偏僻大山。从此，我和爸爸的天空就没有了颜色。我们一家人没有放弃你，三十六年，时时刻刻都在盼你回家。我们现在住在江州大饭店，如果你看到这张寻人启事，可以与我们联系。电话：×××××××××××。邮箱：我用的是163邮箱，具体邮箱名就不公布了，你那么聪明，一定会猜到。

永远爱你的爸爸王卫军、妈妈陈跃华

王海洋道："妈，你打了个哑谜，我哥能猜到邮箱吗？"

"你哥很聪明，如果看到我们的寻人启事，一定能猜到。"

王海洋又问："这个不是你常用的邮箱，为什么选这个？"

陈跃华道："当时我还不会用邮箱，这是同事帮我申请的，很早了。"

王海洋道："妈，字太多了，一张纸打不下，还要放相片。"

陈跃华态度坚决，道："一个字都不要删，Ａ４纸打不下就用Ａ３纸。"

有了具体行动任务，陈跃华和王卫军似乎抓到了漂在大海中的稻草，满心希望这根脆弱的稻草能够拯救大儿子。

天刚蒙蒙亮，一家三口到宾馆一楼吃了早饭。前两天，陈跃华没有食欲，今天有了任务，强迫自己吃了两片面包和两个鸡蛋。

王海洋打印了五百张寻人启事，自己拿了两百张，负责南部和西部郊区；王卫军分到两百张，负责东部和北部郊区；陈跃华分到一百张，主要负责城区。

三人拿着地图，按照昨日规划的路线，各自走在寻找王海涛的道路上。他们知道用这个方法获得成功的希望很渺茫，类似于堂吉诃德与风车的战斗，也类似于蚂蚁举起长矛与大象的战争。可是，为了被拐骗的亲人，只要有一线希望，他们都会去做。

在江州和秦阳街道上，丁工集团保卫处的员工们三人一组，带着通缉令，全天候寻找"张林林"的蛛丝马迹。

丁明是二十支小组的总指挥，整个行动取名为"见义勇为行动"，指导原则是发现张林林以后，立刻以普通人的身份向公安局报告，如果条件许可，可以扭送到公安机关。

陈跃华在城里贴了十张寻人启事，便被三人小组发现。三人小组将这一情况迅速反馈给丁明。

丁明找到族叔丁晨光，道："杜强的爸爸妈妈来了，满城寻找杜强，我们派人跟着这三人，说不定有收获。"他为了迎合族叔，又道："让人收拾一下杜强爸爸妈妈，出口恶气。"

丁晨光盯着丁明，脸上没有表情："寻找杜强的是他亲生爸妈，他们是受害者。真正应该挨揍的是杜家德和杨丽芬，若没有他们拐骗婴儿，一切都不会发生。我一定要报仇，但是不能让仇恨毁掉理智。另外还有一点，我反复思考，杜强有枪，心狠手辣，我们发现他的行踪以后，不要扭送，直接报警。谁发现行踪，一样重奖。"

报纸上刊登了王海涛父母寻儿三十六年的消息，丁晨光把这个消息看了十遍。他作为父亲，能够真真切切感受到王海涛父母的痛苦，更加痛恨杜家德、杨丽芬和杜强这一家人，恨不得能够亲手复仇。

得到指示以后，丁明指挥的队伍就分出三个小组，紧紧跟在王卫军这一家人身后，希望能够发现杜强行踪。

# 第八章
# 鱼死网破大追捕

## 街心花园再响枪声

侯大利有挖内鬼的重任，和搭档一起来到高平顺家，重新调查此人的社会关系。

高平顺，这是一个寓意平安的名字。主人的命运与名字恰恰相反，没有能够平安地活到老，反而因为杀人死在警方枪下。

侯大利和王华敲开房门，出示证件。高平顺老婆神情冷漠，扫了一眼证件，径直回到厨房忙碌。卧室门口站着一个十六七岁的少女，少女如发怒的母狮，道："我爸都被你们打死了，你们还来做什么？"

王华没有退缩，道："跟我们吼叫有什么本事？让你爸去杀人的那个人才是罪魁祸首。"

年轻女子大吼大叫："我爸没有杀人，你们冤枉好人。"

高平顺的家庭是江州市最普通的市民家庭，电视、洗衣机、冰箱等电器摆在客厅，样式都很陈旧。沙发是老旧的暗红色木沙发，放着几个垫子。地板则是三百毫米乘以三百毫米的小瓷砖，这是十年前装修标配，在最近装修的房屋中基本被淘汰。客厅左上角还有空调，未使用，客厅颇为闷热。

侯大利近距离观察了高平顺的家。见到其家人，高平顺就不再是材料中的一个名字和图片，而是一个活生生的人。

重案大队之所以怀疑高平顺是受人指使杀人，一是高平顺刑满释放八年，没有违法记录，靠帮别人开出租车赚点辛苦钱；二是高平顺女儿肾脏出了问题，近期做了换肾手术，花了一大笔钱。高平顺妻子始终不肯说明这笔钱的来源。

观察了高家近况，侯大利对二十四万换肾费用产生了强烈怀疑。除了换肾费用，还有后期费用，杂七杂八的开支很多，高家难以承受。

"高雅亭手术后的排斥反应大不大？"调查走访是侯大利的短板。跟在朱林、王华等老同志身后学了一阵子，他熟悉了迂回作战的方法，站在厨房门口，问起高家人最关心的问题。

"她运气好，排斥反应不严重。"高平顺妻子略微迟疑，回答了年轻警官的问题。

"高雅亭运气也好，恰好有合适的肾源。如果没有特别严重的排斥反应，其实就可以和正常人一样。她需要经常锻炼身体，能够增强身体的抵抗力。"侯大利略微停顿，道，"高平顺虽然杀了人，但是对家里人来说，是一个好父亲。"

高平顺妻子眼泪如瀑布一样流了下来，哭声低沉压抑。

高雅亭冲了过来，用力推搡侯大利，道："我们该说的都说了，没有其他话！你们走啊，走啊！"

侯大利和王华退出了高家。

王华汗水如注，顺着胖脸往下滴，道："我说会吃闭门羹，你还不相信。"

"我的聊天水平还是不行。"侯大利回望高家的窗户，道，"亲眼见一见高平顺的家庭，对于摸清他的思想有好处。下一站，找出租车老板。"

王华已经给交通局老肖打过电话，约定十点半在交通局会议室调查走访出租车老板。

"我知道高平顺是刑满释放人员。"出租车老板四十出头，留平头，小胡子，夹着手包，典型的小老板形象。

"你知道他坐过牢，还敢用？"王华最擅长对付这种小老板，向来直来直去，不绕弯子。

出租车老板见惯了世面，语言一套接着一套，全是大道理："刑满释放人员回归社会，总要生活，我给他一个岗位，社会上就少了一个隐患。其实交通部门应该为此事少收点规费，残疾人到企业上班，所在企业都会有税收上的减免，刑释人员是精神残疾，也应该实行这个政策。"

王华道："别吹牛，说人话。"

出租车老板笑了起来，道："我们是小学同学，知根知底，又一直玩得好。"

老朴曾经传授了"社会关系"和"行动轨迹"的八字真言，这八字真言在绝大部分侦查员眼里平淡无奇，侯大利却将老前辈真言牢记在心里，凡是案子出现困难之时，便想起这朴实的八字真言。他得知出租车老板与高平顺是小学同学，顿时来了精神，问道："高平顺从监狱出来后，做过什么工作？"

出租车老板掏出了烟，散给两位公安，道："高平顺是好人，只是脾气暴，喝了酒控制不住自己。进去那次其实很没有必要，一起喝酒的朋友，几句话不对，他用碗砸过去，爆了对方一只眼。酒醒了，高平顺后悔得不行。"

侯大利道："高平顺进监狱之前是做什么工作的？"

出租车老板道："最初是街道食品厂的电工，后来食品厂破产了，买断工龄拿了两万块钱，从此过上了快乐的待业青年生活。他本来是电工，有技术，在房地产公司做过，具体哪一家还真不清楚。还做过小生意，每一行都没有做长久，倒不是手艺和人品问题，就是脾气急躁，喝了酒以后爱打架。我们这一代人都是这样，觉得能打架的才是男人。这个观点害了好多人，这一代自以为最男人的男人大多进了监狱，进了监狱以后，老婆没了，工作没了，出来以后发现以前的娘娘腔居然成了各行各业的领导。真是一个大笑话。"

王华笑道："你嘴巴就是收音机开关，扭了开关，话就不停。"

出租车老板嘿嘿笑道："平生没有什么爱好，就喜欢吹牛。"

侯大利喜欢爱说话的调查对象，刚才出租车老板噼里啪啦说了一堆，认真分析，会清理出许多值得深挖的点。有些点是卷宗里没有的，比如食品厂破产以后那一段经历，卷宗里只是一句话带过，而这一段经历里说不定就藏有重要线索。

上午，走了两个地方，眨眼工夫就到了饭点。两人随便找了一个火锅馆，有荤有素，摆满了桌子。

王华抱怨道："我要减肥，你净给我弄好吃的，存心不想让我减肥。"

侯大利将鸭肠和毛肚拿到自己身边，道："你怕胖，就吃素。"

王华伸手取过荤菜，道："这是我喜欢的鸭肠，既来之，则安之。明天再减肥。"

消灭了三盘鸭肠之后，王华暂时停下筷子，道："这样查下去，有用吗？杜强才是开门的钥匙，抓到杜强，一切迎刃而解。"

侯大利自然不会说出"查内鬼"这个特殊原因，道："抓到了杜强，只能说丁丽案破了，其他案子都没有绝对证据。查吧，说不定就有意外之喜。"

吃过饭后，前往停车场时，侯大利在一面广告墙前停了下来："王大队，你看这个。"

王华看完寻人启事，道："可怜天下父母心。不过，她对杜强太有信心了吧，除了163邮箱外，没有任何提示。"

侯大利道："表面上无迹可寻，实际上也有规律。邮箱名肯定与王海涛这个名字有关，多试几遍，应该能找到。"

王华道："你说杜强拿到这张寻人启事没有？"

侯大利道："如果杜强没有离开江州，肯定会看到。"

王华"啧啧"两声，道："这些知识分子板眼真多，居然明目张胆与通缉犯进行联系。也能理解这种做法，还是那句话，可怜天下父母心。"

侯大利看到了寻人启事，杜强也看到了。

王海洋的策略是正确的，沿着交通站点散发寻人启事是覆盖率最全面、最高效的方法。若不是租汽车跟随一辆公交车，王海洋绝对不会来到巴岳山山脚的小城镇。到了站点，他就在场头和场尾各贴了一张寻人启事，然后又开车追那辆公交车，赶向下一个站点。

当天傍晚，杜强从山洞出来，远远就瞧见了电线杆上的广告。城镇是衰败中的靠山小场，广告很少，无孔不入的性病广告都懒得贴在场镇。杜强有种强烈的预感，这个广告有可能与自己有关。站在电线杆前，他读完了密密的一段话，目光停留在相片上。相片是一对年轻父母与儿子的合影，母亲满脸幸福地抱着儿子，父亲一只手放在儿子的肥腿上。

杜强没有见过自己婴儿时的相片，可是他能肯定这张相片就是自己，小婴儿额头上有小肉痣，与自己小时候的肉痣完全一样。至于五官，说实话，婴儿与少年还是有挺大的区别，只能说是似曾相识。他揭下这张寻人启事，买了点药品和食品，回到山上。

当前最麻烦的是街心花园枪击事件非常突然，导致杜强没能到另一处藏身地取钱和枪，眼见着钱包越来越空，最多还能坚持一个星期。

杜强踩着溪水走了一段，再转入上山小道，路途中顺手捉了一条一米多长的菜花蛇。菜花蛇无毒，肥厚，烤来吃是绝对美味。仅仅加了盐和胡椒粉，烤蛇味道就鲜美无比。

山林中烤蛇需要手艺，不能引起山火，还要尽量减少烟气，烟气多了，引来护林员便是大麻烦。吃罢烤蛇，灭掉余火，杜强开始读那份寻人启事。仰头看电杆上寻人启事时，他的注意力要分出一部分观察周围动态，还要分出一部分看图，没有太多感受，此时独坐在山顶，山下是森林、农田和水塘，心境与在小场镇里时大不相同。

读完此信，杜强有些发呆。三十六年来，他天然地视杨丽芬为自己的母亲。尽管杨丽芬有不少毛病，可是儿不嫌母丑，在东南亚落难之时，他想得最多的还是杨丽芬。此时突然间多出一个亲生母亲，这个亲生母亲在三十六年间一直在寻找自己，那封信的一字一句似乎都变成了有生命的活物，努力想打通母与子隔绝多年的血脉联系。

他决定与写信的母亲见一面。

由于杜家德的原因，杜强对父亲产生了抵触情绪，对亲生父亲也没有太多想法。他唯独想见的就是写这则寻人启事的亲生母亲。要见到母亲，打电话肯定不行，用脚趾想也知道警方肯定有监控。他发现亲生父母这一家人挺有趣，居然给出了一个163邮箱，让自己来猜。

"这也太看得起我了。"

杜强在山上无所事事，开始猜母亲留给自己的谜语。这个谜语看起来范围大得没边，实则范围有限。母亲既然要让自己猜，绝对把信息留在了寻人启事里面。

陈跃华在江州市区转了一大圈，实在累得不行，这才慢慢走回江州大饭店。在回饭店的路上，她的眼睛一刻都没有闲着，凡是遇到年龄合适的男子，便直直地盯着对方看，被骂了好几声神经病。

电梯到了十五楼，陈跃华飞一般冲进房间，打开笔记本电脑，查看最新的邮件，遗憾的是还是没有最期待的邮件。

父子俩回到饭店。王卫军劝说了好一阵，陈跃华才愿意吃饭。

吃饭时，陈跃华反复问一个问题："海涛能看到寻人启事吗？他若是解不开邮箱，那说明不够聪明。若是不够聪明，那就会贸然打电话过来。没有发邮件，又不打电话，多半就是没有看到寻人启事，他有可能离开了江州。"

王卫军道："拿到寻人启事再到解开邮箱，会有一段时间，急不得。"

见母亲如此执拗地给大哥留邮箱，王海洋想起家中因为大哥被拐骗而蒙上的重重阴影，一时之间悲从中来，在无人角落潸然泪下。

晚上七点，陈跃华再次打开邮箱，猛然间发出一声压低嗓音的尖叫。叫了一声以后，她一只手捂着嘴巴，一只手指着邮箱。

这是落款为王海涛的邮件。

"我应该猜出来邮箱号了。现在警察到处在找我，很糟糕。晚上十一点，在三院外面的街心花园，葡萄架下面。手头有点紧，带点钱，你们来一个人。王海涛。"

陈跃华喜笑颜开，道："海涛果然很聪明，猜到了邮箱。"

"外面全部是警察，你晚上出去，肯定会被盯上。被盯上，见面就糟糕了。"

王家人不知道王海涛到底犯了什么案子，可是见警方如临大敌的模样，肯定犯了大案。他们讨论过多次，如果王海涛所犯罪行不至于被判死刑，那么最好就是自首，然后在里面减刑，十几年也就能出来，从此一家人就可以生活在一起。如果儿子所犯罪行肯定要被判处死刑，那么王家人不希望他被警方捉住，哪怕逃得远远的，一家人永远不能见面，但是知道王海涛还活着，一家人也就有了希望和盼头。

陈跃华态度坚定，道："我要见儿子。"

王海洋擦干眼泪，又回到父母身边，道："二楼厕所有窗，能翻过去。翻过去就是后院，可以从侧门出去。如果侧门有人，可以翻绿化带围墙。妈年龄大了，干脆我翻围墙去见哥哥。"

陈跃华断然否定，强调道："我要见儿子。"

三人研究地图，确定了街心花园的位置。

晚上十点，三人一起出门。电梯在二楼停下，陈跃华独自走出电梯。父子俩来到一楼大厅，同时出门，朝远离街心花园的方向快步走去，随即又分成两路。便衣随即打电话报告了这个情况，两辆汽车启动，跟在父子俩身后。

陈跃华从二楼女厕所翻出窗，落地时摔了一跤。她爬起来，来到大饭店侧门。侧门有保安和两个便衣男子。两个便衣男子站在同侧，面无表情看着大门，偶尔交谈几句。陈跃华躲在树后观察。恰好有一辆运货车进门，货车停在侧门，司机与保安交谈，货车所停位置恰好挡住了便衣的视线。她加快脚步，从货车旁边离开。

晚上十点半，陈跃华顺利来到街心花园。

晚上十一点，儿子还没有出现，陈跃华感觉心情由山巅落到了谷底。寻儿三十六年，无数次经历过这种情感体验，由希望到绝望都成为生活常态。

晚上十一点十分，灌木丛中走出一个黑影。

"我是杜强，原名应该叫王海涛。"黑影正是冒着危险潜入的杜强。他见对面人影突然有些摇晃，伸手抓住她。

陈跃华听到对方能说一口流利粤语，语音语调与小儿子极为相似，刹那间产生了错觉，仿佛儿子从来没有丢过，一直在自己身边长大。

"我要看看你的脸，看一眼就行。"陈跃华用粤语道。

杜强拿起火机，打燃。陈跃华看到一张完全陌生的脸，退后一步，道："你不是海涛。"杜强灭掉火机，道："我犯了案，整过容。以前额头有个肉痣，有点接近Z字形，现在表面看不出来，摸起来还有痕迹。你摸摸。"

这是一个极为重要的信息，若是核对得上，眼前男子就是自己的儿子。陈跃华伸手摸了摸男子额头，确实有一块痕迹，甚至能感受到Z字形状。她紧紧抱住了眼前的陌生男子，声音哽咽："儿啊，妈找了你三十六年啊，找得好苦，你知道吗？"

她紧紧贴住儿子的脸，努力将儿子所有气味都吸进鼻子里。

杜强满脸都是亲生母亲的口水和鼻涕，腾不出手去擦。他原本以为自己心硬如铁，谁知在亲生母亲的鼻涕和眼泪下，坚硬如铁的心软化了，左手抱住陌生的母亲，右手轻拍母亲后背。突然间，他脖子上的汗毛竖了起来，长期浪迹江湖形成的第六感在关键时刻发出预警。

杜强抱着母亲朝灌木丛扑去，一根棍子带着风声，重重地打在灌木丛上。

陈跃华反应远不及儿子，还在灌木丛中挣扎之时，杜强已经翻身而起，对着扑到面前的黑影开了一枪，又对着另一条黑影开了第二枪。第三条黑影听到枪响，吓得转身就跑。

中枪的两人倒在地上，一个不再动弹，另一个在地上滚动。

杜强伸手拉起还在灌木丛中挣扎的母亲，道："我走了。警察肯定要追问邮箱，你们没有办法拒绝。我的邮箱是杜强拼音加上梅山拼音，也是163邮箱。"

说完这一句话，杜强离开了街心花园。

陈跃华刚与儿子见了面，又被迫分手，分手之前，儿子还开枪打了两个人。这一次短暂相遇之后，什么时候能够再与儿子见面，或者说能不能与儿子见面，都是一个未知数。陈跃华从灌木丛中爬起来，失魂落魄地走到街上，满脑子都是与儿子相逢的画面。不断有警车开过，陈跃华对外界没有太多反应，儿子的声音、呼吸、味道和身体触感完完全全占据了整个心灵。

枪声震动了江州市公安局，丁明作为丁工集团的负责人来到了刑警支队。

"丁工集团员工一人受重伤，一人死了，到底怎么回事，你要说清楚！"宫建民脸色黑沉沉的，没有给丁明面子。

丁明很痛心地道："平时我们教育职工要见义勇为，他们见到通缉犯，就勇敢地冲上去，想扭送到公安机关，都是好样的。只是，他们没有想到杜强随身带枪。"

宫建民"哼"了一声，道："真人面前不说假话，你们是不是安排人员在找杜强？"

丁明道："三人在外面吃饭，无意中看到了杜强。他们看过通缉令上的相片，认出杜强，便跟踪到街心花园。"

宫建民道："为什么没有打电话报警？"

丁明道："他们三人太自信了，觉得三打一，能够扭住杜强。"

宫建民不想绕弯子，道："丁总想报仇的心思很正常，我完全理解。理解归理解，希望不要再出现类似的事情。员工也是妈生爹养，赤手空拳，面对穷凶极恶的持枪歹徒没有胜算。回去以后提醒员工，发现杜强以后，立刻报警。"

丁明道："一定提醒员工，看见杜强立刻报警。"

对于警方来说，调查丁工集团是否组织起来查找杜强并不是太困难，只不过调查出来也没有意义。宫建民和丁明谈话以后，便让丁明带走另一个员工。

林海军则主要负责调查王卫军、陈跃华和王海洋。

在警方的压力下，陈跃华打开了邮箱，让民警查看了来往邮件。陈跃华如祥林嫂一样反复讲："我们见面也就一两分钟时间，是不是王海涛我都不清楚。他找我要钱，很有可能是骗子。"

当夜，刑警支队灯火通明，三百多参战民警设卡堵住了所有出城路口，还有两百民警拉网式搜查全市娱乐场所、旅店宾馆以及出租屋。一夜忙碌，各个小组传回来的消息令人沮丧：没有发现杜强的下落。

上午八点，105专案组朱林和侯大利离开支队，回到刑警老楼。

葛向东和樊勇被抽调去参加抓捕杜强的行动，老朴回省厅，刑警老楼空空荡荡。旺财见到朱林和侯大利，欢喜得紧，跳过来扑到朱林身上。旺财高高大大，分量十足，扑得朱林退后两步才站稳。旺财和朱林打闹一阵，这才与侯大利来了一个热情拥抱。

专案组，朱林和樊勇照顾警犬最多，也最受大李和旺财喜爱。旺财与侯大利拥抱以后，把头靠在朱林腿边，一脸惬意。

上楼时，朱林询问道："今天有什么具体安排？"

"专案组目前未侦破的只剩下杨帆案，杨帆案的重点在于审讯。所以，专案组当前集中精力调查黄卫案幕后指使者，还要挖内鬼。这个内鬼肯定与黄大磊案和吴开军案有关联。我准备到食品厂调查走访，高平顺原本是食品厂电工，后来买断工龄出来，家还在食品厂家属院，主要关系也集中在这一块。"侯大利每次提起杨帆案，虽然尽量表现得平静自然，可是提起"杨帆"这两个字，心里就如被针扎了一下。

朱林道："老葛和樊勇都不在，我们一起去。"

侯大利道："朱支亲自去？"

朱林道："我现在不是支队长，就是普通侦查员，凭什么不能去一线？十分钟以后，我们出发。到了调查对象家里，不要称我为支队长了，在单位内部还可以说是习惯性称呼，在外面这样称呼就很别扭。你称老朴为朴老师，我们搞调查走访的时候，你也称我为朱老师。"

二十来分钟以后，朱林和侯大利来到食品厂家属院。当年电工班班长和高平顺住在同一幢楼，班长在一单元，高平顺住在二单元。门洞墙壁贴满了开锁、办文凭等小广告，犹如给白色墙壁贴了一层墙布。

电工班班长听到敲门声，过来打开房门，道："哪位是王大队？"

侯大利道："王大队有事来不了，我和朱老师过来。"

朱林满头白发，又被称为"朱老师"，电工班班长料到朱林就是单位老黄牛，临到退休还得做事。同为老黄牛，他的态度就亲切许多，将两人让进屋，端茶上烟。

房屋是老家属院格局，客厅特别小。朱林端起茶杯，茶杯上印有"为人民服务"几个字，看着格外亲切。

电工班班长道："食品厂曾经红火了二十年，说垮就垮了。我们电工班工人有技术，在外面还找得到工作。那些女工就惨了，有些年轻的还去当过小姐。"

朱林道："那时我在派出所干过，抓到小姐，凡是从厂里出来的，全部从宽处理。谁都不容易，只要不是杀人放火这种恶性案件，重在教育。"

几句话之后，朱林迅速拉近了与电工班班长的关系。凡是遇到调查走访，侯大利这个神探顿时就由主角变成配角。朱林平时话不多，真要与调查对象拉家常，往往就是几句话就能让对方接受，这是侯大利还没有学会的本事。

朱林很快就将话题拉到高平顺身上。

电工班班长道："高平顺这人技术好，难免心高气傲，当年就是电工班的刺儿头。但是，走到这一步，谁都没有想到。"

朱林道："高平顺家庭关系怎么样？"

电工班长道："高平顺老婆不错，贤惠，持家。如果没有这个婆娘，家早就垮了。"

朱林又道："买断工龄后，他在哪里工作？"

电工班长道："高平顺先是到了一家机械厂，后来喝酒打架，把别人鼻梁和肋骨打断，被开除了，差点还进了看守所。被开除后，他就到一家房地产公司做电工，在房地产公司工作了一段时间，最后闯祸打架。这个人不喝酒的时候，还是挺好的。从监狱出来后，高平顺彻底戒了酒，我们都以为他以后不折腾了，谁知搞了个更大的事。"

朱林询问了机械厂和房地产公司的名字。

听到机械厂和房地产公司的名字，侯大利下意识摇了摇头。走出电工班班长家，朱林道："你刚才为什么摇头？"侯大利道："那家机械厂被丁工集团收购了，属于丁工集团下面的企业。房地产公司是夏晓宇公司的下属企业，我没有与他们实际接触过，但是知道是国龙集团的。"

　　朱林决定趁热打铁，先到机械厂，下午到房地产公司。

　　机械厂厂长亲自到大门口等待两位警官。小会议室，桌上摆满了瓜果，有一个老工人等在会议室。朱林和侯大利刚坐下，又有一个工人进来。这两个工人当年和高平顺是一个班组的，最了解情况，被厂里用小车接了过来。

　　调查走访用了一个小时，得到的情况与重案大队的调查差不多，没有新线索。朱林和侯大利没有在机械厂吃饭，直接前往房地产公司。

　　夏晓宇等在公司办公室，与朱林握了手，道："支队长亲自调查，这种精神值得我们学习。我们先吃饭，吃完饭，了解情况的老物管吴经理差不多就能赶到。"

　　朱林道："重案大队来调查时，老物管吴经理没来？"

　　"重案大队警察没有特别要求老物管员过来。今天大利打电话，明确是要找最了解情况的人。所以，我让老钟把以前的物管吴经理叫过来。"夏晓宇又道，"大利难得来国龙集团的企业。这是国龙的第四级企业，平时我都来得少。"

　　夏晓宇是过来陪国龙太子的，并非陪自己这个卸任的支队长，朱林当了多年领导，最懂人情世故。明白归明白，却用不着说破，这样才皆大欢喜。

　　午餐在房地产公司自办小食堂吃。房地产公司一般没有多少人，用不着自办伙食团。这个公司负责人林总是世安厂子弟，有很深的伙食团情结，觉得一个单位没有一个伙食团简直不能叫作单位，便租了一个套房作为伙食团。有时兴之所至，林总还亲自弄菜给大伙吃。

　　夏晓宇尝了地产负责人亲自炒的回锅肉，感叹道："老林，你真是被房地产耽误的大厨师。"老林嘿嘿一笑，道："做饭只是爱好，房地产才是主业。为了生存，啥爱好都得靠边。"

侯大利经常吃江州大饭店特级厨师的菜。特级厨师讲究五味调和，菜品精致，味道鲜美。老林是江湖把式，剑走偏锋，重油重味，也挺好吃。侯大利采用工厂式吃法，把回锅肉的肉渣和油汤倒进碗里，与米饭混在一起，香味十足。这是重体力劳动者的吃法，体力活会消耗油脂，吃了也不会发胖。如今生活好了，这种吃法会让人发胖，厂里已经很少有人这样干。

吃了重油午餐，四人又到会议室喝普洱茶，用普洱来消脂。侯大利和夏晓宇低声聊天，朱林靠在椅子上打盹。两点，老物管吴经理来到会议室，与朱林和侯大利见面。她先是惊呼侯大利和他爸爸完全是一个模子刻出来的，又回忆与侯大利妈妈在同一个车间的故事。

这一次，由侯大利提问。闲聊几句，侯大利道："吴阿姨，你和高平顺熟悉吗？"

吴经理道："怎么不熟悉？高平顺就是我们物管部电工，客观地说，他的技术挺好，就是始终有国有企业老作风，拖拖拉拉，有时还和住户吵架。我批评过几次，他慢慢认识到顾客才是上帝，态度总算比以前好了一些。"

侯大利道："高平顺平时喜欢和什么人来往？"

吴经理道："我们这种国有企业出来的人，圈子都很窄，主要是和以前单位同事在一起玩。高平顺来往最多的还是老食品厂的人，他还利用老食品厂的关系，到其他公司打零工。我睁只眼闭只眼，只要不影响单位的事，让他赚点外快。"

侯大利随口问了一句："其他公司？具体是哪一家？"

吴经理道："是一家装修公司，名字记不住，只晓得里面有不少警察家属，专门给全市警察做装修。"

朱林听到此语，眉毛扬了扬。

## 高平顺的人生履历

调查结束，夏晓宇送侯大利和朱林上车，这才离开。

车上，朱林问道："你怎么看？"

这是一句没头没脑的话，侯大利听得出言外之意，道："高平顺拐来拐去，终于和警察联系在一起了。下一步就去查金色装修公司。"

朱林道："不用查，我家就是金色公司装修的，性价比很高，真材实料，价格公道。具体负责人是李晖，李晖丈夫是牺牲的刑警。老板是秦力，曾经的刑警。"

听到"秦力"这个名字，侯大利几秒没有说话。

105专案组侯大利和朱林肩负查找"是否有内鬼"的职责，秦力已经多次出现在侯大利观察名单之中。之所以将秦力列入观察对象，有以下几个原因：秦力是秦涛的哥哥，原重案大队刑警，部分符合作为"内鬼"的条件；秦涛和杜强喝过血酒，杜强是丁丽案的犯罪嫌疑人；黄大磊在临死前见过秦涛。

在黄大磊遭枪击一案中，秦力和秦涛都没有作案时间。在唐山林案中，秦涛没有作案时间；秦力作息时间与平常稍有不同，却也有合理解释。重案大队二组动用了技侦手段调查秦力，也没有发现明显问题。侯大利逐步将秦力排除在犯罪嫌疑人之外，但是，他始终没有忘记唐山林左手臂的奇怪伤痕以及秦力持双刀的相片。如今，通过高平顺这条线，秦力和黄卫案终于出现了交集。当然，也仅仅是出现了交集。

按照市局定下的原则，凡是朱林和侯大利发现任何一处有可能与"内鬼"有关联的线索，必须在第一时间上报。因此，越野车直接开到刑警新楼。

宫建民在政委洪金明办公室，等待专案组，等到朱林和侯大利进门，道："大利，把门关了。说说，什么情况？"

四人在会客沙发前围坐在一起，朱林道："还是大利来谈。"

朱林是真心看重侯大利，想趁着自己还没有退休，多给侯大利锻炼机会，凡是能让侯大利出面的事都让侯大利出面，自己则躲在幕后。

侯大利简单汇报了专案组近两天的调查走访情况，又道："高平顺曾经是金色装修公司电工，不是正式员工，接些零活儿，刑满释放以后，偶尔也会从金色装修接点事情来做。黄卫案发生前一年，他离开了江州。"

秦力是离职十来年的前警察，而不是在编警察，如果秦力是系列案件的幕后黑手，支队压力将会明显减轻。

洪金明理了理脑中信息，嘘了一口气，道："我了解秦力。若是为了兄弟秦涛的安全，他真可能杀人。有句俗话，长兄如父，恩重如山，秦力当得起这句话。他不仅把弟弟养大，还一手规划了弟弟的前程，把弟弟从社会混混培养成了银行骨干。"

朱林道："金明谈到了要害，为了让弟弟不受伤害，秦力什么事情都做得出来。还有一件事情，金明知道，建民和大利不一定清楚。黄卫和秦力都曾经追求过陈萍，黄卫家庭条件较好，秦力有一个弟弟，家庭困难得多，最后陈萍选择了黄卫。黄卫和秦力关系还是不错的，没有为了女人翻脸。"

"如果有这层关系，陈萍突然到省委去上访，背后指使者也就很明显了。"侯大利想起另一件事，道，"我和王大队曾经调查过黄卫的日记本，怀疑丢失了一本。只是，黄大队到底有几本日记，没有人能说得清楚。"

宫建民道："专案组对陈萍上访的推测从逻辑上说得通，只是陈萍出车祸，成了植物人，如今没有任何证据证实这个推测。黄卫最新的日记本是哪一本，是不是丢了一本，现在还真说不清楚。重案大队调查过和黄卫一起出差的同事，两个同事没有黄卫记日记的印象。千里押解期间，黄卫多次陪吴开军喝酒，每次都把吴开军喝醉。吴开军喝酒厉害，黄卫肯定喝不过。黄卫做了假，自己喝的是水掺酒，大半是水，小部分是酒，吴开军喝的是真酒。黄卫回家后，给我打过电话，说是从吴开军嘴里套出很多重要事情，在电话里不能谈这些事，约定见面谈。黄卫搞过预审，问人很有一套，加上吴开军喝了酒以后是大嘴巴，我估计黄卫弄到了不少重磅材料。我们一直怀疑有幕后指使者。幕后指使者要消除隐患的话，最简单的方法是杀掉吴开军；可是吴开军关在看守所里，没有办法下手，所以指使者才杀害了黄卫，拿走了日记本。杀害黄卫以后，吴开军还是有可能顶不住审讯，交代出某些幕后指使者想隐藏的事，所以这个指使者又做掉了唐山林。这样一来，吴开军就可以把事情朝唐山林身上推，从而顶住审讯，只要顶住了审讯，吴开军在押解途中酒醉后泄露出来的事情就不至于暴露。总结起来就是一句话，幕后指使者杀黄卫是为了取走重磅材料，杀唐山林是为了让吴开军在看守所顶住审讯。后来发展也确实如此，吴开军认了几项小罪，很快就从看守所出来了。目前能确定吴开军和黄大磊是杜强所杀，可是杜强又不应该是幕后指使者，这里面还有未解开的谜团。你从政法大学毕业不久，与地方没有牵连，不可能成为幕后指使者，这也是排除你的重要原因之一。"

在侦办黄卫案时，侯大利最初牵涉其中，所以缺席案情分析会，还是第一次听到如此多的细节。他慢慢醒悟，当初能顺利从案中脱困，自己很注意保留证据是一个重要原因，另外的原因多半在此处。

宫建民又道："高平顺若是被抓住，事情就好办了，可惜被那个路过的傻女人一嗓子坏了大事，让线索断掉。当务之急还得全力抓捕杜强。杜强这些年经历诡异，他所用户口是真实的，岭南确实有张林林这个人。张林林和父母这些年一直在东南亚，杜强应该在东南亚认识了张家，然后冒用了张林林的名字。"

侯大利道："杜强如果因为某事执意报仇，那多半会在风头过了以后前往秦阳。"

宫建民道："抓捕杜强的事由重案大队负责，他们很有经验，抓捕方案经过局党委批准，秦阳正是其中一个重要方向。你们目前还是盯紧黄卫案和唐山林案，继续查内鬼，内鬼和幕后指使人一定有关联，或者就是一个人。今天得到的线索很重要，需要向关局专门汇报，争取对秦力使用更强的技术手段。我再说一遍，查内鬼之事只能局限在我们四人，严格保密。"

朱林一直若有所思。上了越野车以后，他靠在皮椅上，道："你岳父当年是秦力和黄卫的组长，或许知道些什么，你可以和他谈一谈。"

侯大利道："我和王大队在监狱去找过他。他推得很干净，没有找到什么有用的线索。"

朱林道："你这人有时候聪明得很，有时又笨得可以。你和王华公事公办，他自然也是公事公办，私底下问一问，这样才能心底有数。你带几张黄卫案现场的相片回去，有意无意让老田看见。"

"为什么？"

"到时候老田会告诉你的。"朱林是老刑警，与田跃进曾经是同事，知道很多往事。他很少在侯大利面前提及往事，今天讲了这个方法，也没有说明原因。

侯大利约好田甜，到田跃进家里吃晚饭。

田甜为独自生活的父亲又请了一个阿姨，五十来岁，厨艺不错。新来的阿姨见到田家女儿和女婿回来，赶紧出门，去买新鲜菜。

三人坐在客厅聊了一会儿天，侯大利拿出卷宗，打开，卷宗里装着现场勘查记录和黄卫尸体相片。

田甜惊讶地道："你把现场相片拿回来做什么？"

"黄卫案一直没有真正结案。高平顺被击毙前，其女儿换肾花了一大笔钱。高平顺经济收入一般，在没有卖房的情况之下，谁出的这笔钱很关键，高平顺老婆坚决不肯说出此人是谁。经过重案大队调查，高平顺和黄卫没有交集，所以，重案大队认为此案背后还有人。"侯大利解释得很详细，讲完之后又拿过卷宗看了几眼。

田跃进坐在单人皮沙发上，望了几眼卷宗，脸上没有表情。

阿姨买了菜回来，还提了一桶油。侯大利便去帮忙提油，又招呼田甜一起到车尾厢拿酒。其他人走后，只剩下田跃进独自坐在客厅。在女儿和女婿面前，他强忍着看卷宗的冲动，等到客厅没有其他人，赶紧起身，拿起卷宗。

黄卫牺牲之时，田跃进还在监狱。出狱后，他在同事聚餐中才得知黄卫牺牲，也才知道唐山林、吴开军、黄大磊相继被杀。今天女婿将卷宗带了回来，又明确提起此案还有背后指使人，他虽然不知道案件全貌，可是隐隐有些疑虑。

拿起卷宗，看到黄卫牺牲时的相片，田跃进犹如被重型卡车撞了一下，头脑嗡地响成一片。过了一会儿，他头脑中的响声才慢慢消失，重新再看黄卫牺牲时的相片。

侯大利和田甜回到客厅时，田跃进已经不在客厅，卷宗相片散落在桌上。

阿姨手脚麻利，鱼香味很快飘了出来。

田跃进终于重新走进客厅，双眼红红的，指着侯大利道："你到书房来，我有事问你。"

关了书房门，田跃进道："今天是不是有意将卷宗带回来让我看？谁的主意，朱林吗？你别否认，肯定是他的主意。你们想问什么，可以直接问我。"

"黄大队押解犯罪嫌疑人千里归来，随即遇害，凶手高平顺很难获得黄大队回家的准确时间。我们要查幕后指使者，不能让指使杀人者逍遥法外。"

"你们怀疑谁？这些年，除了业务上的往事，我基本上与以前的老朋友没有联系。"

"田叔，当年你为什么辞职？"

田跃进原本站在书桌前，说了几句，便坐在椅子前，独自抽烟，接连抽了两支，这才开口说话："我辞职有两个原因，第一个原因与田甜妈妈有关系。当年江州黑社会挺猖狂，我是二组组长，秦力、黄卫以及另一个调到外地的侦查员是组员。我们和当年姓胡的社会大哥较上了劲，甘甜原本对我早出晚归甚至是十天半月不回家很有意见，有一次上班，她被人用枪顶在头上，吓坏了，强烈要求我辞职不当警察。我没有同意，闹了几次，伤了感情，就分居了。她后来就有了外遇，对方是她以前的追求者。这是俗套的故事，却是真实发生在我们家的故事。她离婚时，已经怀了小孩，不知道是谁的。我很不想谈往事，这事连田甜都不是太清楚。离婚后，我情绪不稳定，没有原来的工作劲头，这是辞职的原因之一。我最初很恨甘甜，经历的事情越多，对她的恨意越淡。"

他陷入回忆中，接近一分钟都没有再说话。

"第二个原因与秦力有关系。秦力当初是全队有名的拼命三郎，凡是危险的行动，他总是自告奋勇冲到前面，立过一次一等功、一次二等功，这都是拿命拼出来的。每个人都有弱点，我的弱点是妻子，秦力的弱点是弟弟。他是长兄如父，一个少年人养活了自己和弟弟，自己还考上了警察学院，非常了不起。秦力在一次行动中帮我挡了枪，若不是他扑上来，我的命早就交待了。在我们与黑社会较劲的时候，秦力回家的时候少，就在这个时期，秦力的弟弟秦涛跟梅山社会青年混在一起，里面就有黄大磊、吴开军和杜强。秦涛是六指，左手大拇指顶端还长有一段手指，非常特殊。我和秦涛多次见面，对他手指的特征记得很清楚。有一次，我们小组去查验一个入室抢劫现场，男主人反抗，被捅了几刀，受了重伤，女主人则被强奸。查现场时，我从客厅到卧室，看到秦力对着椅背人造革上的血手印发愣。我那时年轻，眼睛好得很，清楚看到椅背上血手印是六个手指。秦力没有注意到我在门口，抓起一条毛巾，擦掉了血手印。他擦完以后，才发现我在门口。我们对视一眼，谁都没有说话。我转身离开，他继续查看现场。雷神带着技术员来了以后，没有找到更关键的线索。"

侯大利把水杯递给岳父。葛向东和樊勇到秦家吃过饭，与秦涛有密切接触，他们没有谈过秦涛手上有六指的问题，那么秦涛就有可能是通过手术去掉了第六指。

田跃进喝了口水，继续道："此案以后，秦力辞职，他弟弟秦涛到城里读复读班，然后考入银行中专。我后来经常想到那天椅子上的血手印，觉得自己徇私枉法，不配当警察，对不起头顶国徽。辞职以后，我参加司考，当了律师，后来做了律所合伙人，比起当警察要富裕很多。但是，那件事情就是心中一根刺，始终让我心怀内疚，不能堂堂正正挺起胸膛做人。在律所打了不少擦边球，我从来不内疚，唯独那个血手印一直让我耿耿于怀。但是，当时我能怎样？秦力是我的好兄弟，没有他给我挡子弹，我早就牺牲了。我个性软弱，无法做到把事情讲出去，辞职是我赎罪的唯一方法。"

"受重伤的男主人后来怎么样？"

"救活了，腿部残疾。因为人没有死，没有纳入105专案组侦办范围。"

"哪一年的事情？"

"1994年年初，伤者是酒店老板，当年江州城有名的万元户。"

"这件事，我要汇报。"

"我不会承认今天说过的话。唯一用处是给你们提供侦查方向。"田跃进抽了第三支烟，"朱林眼光很毒，把我看得很透。我看到黄卫相片以后，那件事情再不说出来，那就真对不起黄卫。我还有一个疑问，就算此事与秦力有关，他怎么能够获得如此准确的信息？"

"秦力与陈萍熟悉，可以通过闲聊方式，从侧面探知黄卫的行踪。"

"这也是一种方式。如今陈萍出了车祸，无法验证。陈萍真是意外出车祸吗？"

"车祸查得很清楚，与其他案子没有关系。"

"如果是秦力杀了唐山林，还是同一个问题，他怎么知道唐山林的行踪？"

"我不知道。"

两人在书房细聊，晚餐时才到客厅。

得知秦力辞职的真实原因后，很多事情就能串在一起：秦涛、杜强、黄大磊和吴开军肯定做过不少类似的抢劫案子，这也是黄大磊第一桶金的来源，有了这笔钱，他才能开石场。后来起内讧，多半是分赃不均。如今杜强复仇，杀掉了吴开军和黄大磊，秦力是出于保护弟弟的目的，在街心花园袭击了杜强。虽然中间还有很多环节暂时无法解释，整个线索大体应该如此。

如果秦力是幕后指使者，如何能够获得黄卫行踪？从岳父家里回来后，侯大利整个晚上都在思考这个问题。半夜，迷迷糊糊之中，侯大利偶然间想起林海军曾经调侃过的一句话："这是侯家产业，有没有窃听器，大利师弟应该很清楚吧。"

想到这句话，侯大利猛地坐了起来。

田甜被惊醒，道："你做什么？"

侯大利道："如果黄卫家有窃听器，那么黄卫的行踪就有可能暴露。"

田甜调出专案组后，主要精力就转移了，跟不上侯大利思路，道："生活不是间谍小说，谁会在黄卫家里安窃听器？想多了，睡吧。"

这个念头产生之后便如动力强劲的机器，在侯大利大脑中不停转动：秦力掌握了一家装修公司，装修公司有不少警嫂，接了不少民警的家装工程。高平顺是电工。秦力在黄卫家安装窃听器没有技术难度。

早晨起床，侯大利给黄小军打去电话："你家是什么时候装修的，哪一家装修公司？"黄小军已经提前返校，刚刚从操场回来，汗水淋漓，回想一会儿，道："装修时间大约在我读初二下学期，具体装修公司确实记不清楚了。装修公司李阿姨的丈夫以前也是刑警，后来牺牲了。"

得到确切消息，侯大利顾不得吃早饭，匆匆忙忙出门。

田甜叮嘱道："后天是算过八字的好日子，再忙都得请假。"

侯大利又转身回屋，给田甜来了一个热情的拥抱，道："当然，后天是我们领证的大日子，任何事情都要靠边站。"

刑警老楼，听侯大利简略讲了田跃进辞职的原因，朱林骂了一句："他妈的！田跃进啊田跃进，真是小聪明大糊涂。若是当年他向组织反映了这件事情，丁丽就不会遇害，秦力本人肯定会受处理，也不至于走得这么远。"最后一句话，实则已经透露出朱林的真实想法。

四人会议仍然在政委洪金明办公室召开。这一次有了突破性进展，刘战刚闻讯也赶到了洪金明办公室，经过商议，决定使用反窃听设备检查黄卫的家。

上午十点，反窃听设备送到刑警支队，宫建民、洪金明、朱林和侯大利进入黄卫家。侯大利手持反窃听电子狗，从卧室开始检查，几分钟后，设备传来嗞嗞声响，第二谐波开始跳动。卧室墙壁挂有一个实木画框，画框上部有一个小灯，通过隐蔽插头供电。画框后面有三根木质横梁，木质横梁表面没有问题。

侯大利用螺丝刀将木质横梁撬下来，这才发现了问题所在：第二根木质横梁中部被挖空，放置了一个小型窃听设备。小型设备的电线与实木画框上的电线相接，可以持续供电。

黄小军已经从山南政法大学回到家中。当第二谐波开始跳动之时，他的脸色变得铁青。侯大利道："不要冲动啊。"黄小军紧握拳头："大利哥，我不会冲动。找到窃听设备，距离抓到真凶就不远了。这点时间，我等得起。"侯大利道："如果不出意外，是凶手装了这个窃听器。凶手已经被击毙，这条线不好挖。"

一行人又来到了唐山林家里，在唐山林卧室里查到了一模一样的窃听器。金色装修的李晖记得很清楚，唐山林家确实是由本公司装修，介绍人正是秦力。

由于电工高平顺被警方击毙，暂时无法得知到底是谁安装的窃听器，还得进一步调查装修公司才能弄清楚。从窃听器可以推断出泄露消息者并非警方内鬼，而是有人通过违法手段获取了警方内部信息。至此，由专案组朱林和侯大利执行的"挖内鬼"行动阶段性结束。"挖内鬼"这种事情极为敏感，如此阶段性结束最好不过。

刘战刚看着窃听器，连说了几句"可恶"，道："黄卫案是由重案大队三组侦办，让他们接手，彻底查一查近些年有高平顺参加的涉及公安干警的装修，包括办公室。"

秦力极有可能是凶手，在刘战刚心中，"挖内鬼"行动阶段性结束的轻松感慢慢被愤怒所代替。秦力曾经是一个战壕的战友，虽然离职有十来年时间，平时基本没有接触，毕竟曾在一个战壕摸爬滚打，想到他是凶手的可能性最大，刘战刚不由得痛彻心扉。作为分管副局长，刘战刚修炼得颇有城府，用平静神态掩饰内心的愤怒。

三组的李明看到拆解下来的监控器，惊得嘴巴都合不拢，竖起大拇指，真心实意地道："105专案组真是了得，我算是服气了，是真佩服，不是假服。"

完成了"挖内鬼"的阶段性行动，侯大利心情轻松下来，打算给杨帆说一说和田甜领结婚证的事情。

车到江州陵园，属于杨帆的气息扑面而来。

侯大利到陵园商店买了三份鲜花、香烛和纸钱，沿着石梯逐级向上。杨帆墓碑上的瓷质相片和多年前一样，没有改变。侯大利蹲下来，用手套轻轻拭去相片上的浮尘。

"杨帆，我要结婚了。"

烛和香燃起后，袅袅轻烟升起，空中飘起墓地特有的气息。侯大利低声道："很长一段时间，我都觉得和其他女人交往就是对你的背叛，所以，以前的纨绔子弟几乎没有女人。但是，我是需要女人的。田甜不错，我爱上了她。"

在杨帆墓前站了半个小时，侯大利提鲜花、香烛和纸钱前往师父李超的墓前。给师父上完香，侯大利前往黄卫墓，看到了站在黄卫墓前的秦力。

秦力目前是黄卫案和唐山林案的重要嫌疑人，由于高平顺死亡，线索就此中断，很难建立完整的证据链条。任何案件从立案到起诉、判决都伴随着案卷的形成、移交、封存过程，全部侦查活动都应该在侦查案卷中得到反映。秦力身上疑点重重，各条线索都汇集在他的身上，但是直到目前都很难形成正式的案卷材料，这意味着案件难度很大。案侦工作中存在偶然性，高平顺之死就是如此，若是当时能顺利抓捕，很多事情也就迎刃而解。

秦力主动打招呼："给黄卫上坟？"

侯大利道："嗯，给师父李超上了坟，到黄大队这边来烧一炷香。"

秦力道："我和黄卫、陈阳以前是一个队的，老田是我们的组长。十几年时间，老的老，死的死，老田居然还进了监狱。你和黄卫应该没有什么交情吧？"

"我是刑警，给前辈上香是应该的。"侯大利来到黄卫墓前，从袋子里拿出鲜花、香烛和纸钱。

"江州陵园躺了二十六位前辈，有几位老前辈基本上没有香火，家里人没有再来，单位也没有再来，彻底被遗忘。这也是大部分墓主人的命运，没有谁能逃得掉。"秦力头发稀疏，额头上皱纹如刀刻一般，面相比刚从监狱出来的田跃进还显老。

侯大利不愿与秦力说这些虚情假意的话，点燃香烛后，径直离去。他从墓碑前小道走到石梯，才拿起手机，拨打了杨勇的电话。

接电话的是秦玉。

"大利，有事吗？"

侯大利迟疑了一下，还是道："我准备结婚了，对象是刑警队的同事。"

电话对面有十几秒的沉默，随即传来杨勇的声音，道："大利，祝你幸福。"秦玉隐隐约约的哭声通过无线电波传了过来，如重锤一样打在侯大利的耳膜上。


秦力望着侯大利的背影，神情落寞。他开了一瓶茅台，走到陵园老区，找到逝去的战友和前辈，一一敬酒。

敬酒完毕，秦力缓步走下石梯，开车，准备到秦阳。

小车刚离开墓地，秦力接到了李晖电话，面对李晖愤怒的指责，淡淡道："这和我有什么关系？我从来不管公司的具体业务，你是知道的。我是介绍了唐山林给你认识，可是，我也没管具体的事啊。"

李晖怒道："高平顺是你介绍来的。"

秦力道："我只是负责介绍，用不用是你的事。再说，这事真是高平顺干的吗？你别把屎盆子往自己头上扣。警方要处理公司，得讲证据。"

李晖哭了起来，道："那谁安的窃听器啊？"

秦力道："你问我，我问谁？"

挂断电话以后，秦力脸上失去了血色，停下车，站在车外抽了一支烟。他原本以为高平顺被警方打死以后，再也没有破绽，没有料到警方居然能够追到装修公司。所幸高平顺死了，要不然，自己这次极有可能会栽进去。

正在寻找自己还有可能存在的破绽时，秦力接到了重案大队李明的电话。

有了心理准备，秦力面对李明时便极为坦然。一个小时以后，在询问笔录上签字后，秦力离开了刑警支队。

朱林和宫建民等人站在窗边，看着秦力离开。

"我希望这一次是支队弄错了，秦力不是杀害黄卫的幕后指使人。"朱林脑中浮现起秦力当年冒着生命危险扑住一个即将引爆炸药的凶手的画面，又想起黄卫遇害的惨景，心如刀绞。

宫建民腮帮子绷得很紧，道："秦力曾经是很优秀的刑警，能力很强，这意味着他的反侦查能力也很强。现在明明具有重大嫌疑，却没有任何直接证据可以对他采取措施；就算采取强制措施，二十四小时后还必须得放人。唉，我们只能眼睁睁看着他离开。"

朱林用力拍了下桌台，道："魔高一尺，道高一丈。派人盯死他，技侦一刻不能松懈。"

晚上七点，秦涛回家。

"弟妹和侄女们暂时不会回来吗？"秦力此刻有了破釜沉舟的决心，变得特别平静。

秦涛长期坐办公室，身体微胖，长有双下巴。他神情沮丧，道："老婆和女儿们都不愿意走，我又不能完全说实情。我在老婆面前的形象一直很好，现在全完了。"

秦力道："有因必有果，前些年做下的事，现在还债。"

为了保护弟弟，秦力提前数年便开始布局，一是预防黄大磊和吴开军出问题，牵出弟弟；二是预防杜强回国，大开杀戒。这些年一直相当平稳，没出任何问题，他的警惕性慢慢开始降低，以为平静幸福的生活到来了。谁知，吴开军玩过了火，成为江州有名的黑恶分子，重大把柄被黄卫拿住。秦力想起弟弟一家四口其乐融融的画面，心里就像有一把锥子在钻，痛不欲生。再三犹豫，他终于硬下心肠，下了辣手，利用高平顺杀掉了昔日的同事黄卫，又寻机亲手杀死潜逃回来的唐山林。办了这两件事情，他保住了吴开军，也保证了弟弟的幸福生活。经此一事，秦力痛下决心，准备杀掉黄大磊和吴开军，以免后患。他还没有来得及动手，黄大磊便被枪击，最令秦力担心的事情终于发生——疯子杜强回来了。

秦涛完全不知道哥哥为自己做过什么事，眼圈突然间红了起来，情绪失控："我就和鸡笼里的鸡一样，随时准备挨一刀，与其这样，还不如向警方坦白。我手里没有人命，最多就是参加抢劫。"

秦力道："早知今日，何必当初？"

秦涛烦躁地大声吼道："现在说这些有什么用？"

秦力耐心劝道："你只看到了我们的困难，没有看到杜强的困难。杜强如今被通缉，还带着伤，警方布下了天罗地网，以现在警方的能力，他绝对逃不出去。"

秦涛双手抓紧头发，道："如果杜强被抓了，反咬我一口，我就麻烦了。"

秦力给弟弟倒了一杯水，拍了拍他的肩膀，道："杜强犯的是死罪，被抓到就要吃枪子，在这种情况下，绝对不会束手就擒，多半会拼死反抗。黄大磊和吴开军死了，杜强若是被打死，则万事大吉，你就永远安全了。这种概率还会很大，值得赌一把。"

秦涛靠在沙发上，道："这种等着被宰的感觉很不好。"

秦力道："在家里很安全，重案大队侦查员肯定蹲在附近，以你为诱饵，等着杜强落网。杜强不傻，不会撞进网中。"

秦涛心神不安地回到自己的房间，秦力仍然没有开灯，整个客厅隐入黑暗之中。他在弟弟面前装出一副胸有成竹的神情，稳住了弟弟，独自陷入黑暗之后，情绪变得极坏，打了自己两个耳光，道："我真他妈的蠢，心存侥幸，没有对黄大磊和吴开军下手。我真他妈蠢，杜强回来，为了追求最佳效果，想一劳永逸解决问题，企图等着杜强打死黄大磊和吴开军以后再对杜强下手。当初早一点下手，杜强绝对跑不了；当初若是用手枪，杜强也跑不了。搬起石头砸自己的脚，说的就是我。"

秦力取出手枪，将枪口放进嘴里。只要轻扣扳机，一切都结束了，世上再无烦恼。

## 诱杜强入瓮

清晨，阳光穿破云层，天边出现五彩云朵。

侯大利站在阳台上打哈欠，道："今天我爸妈要过来，和你爸妈见面。"

"如果我爸和我妈不离婚就好了，双方家长这样见面，我总觉得别扭。"田甜仍然留着短头发，与之前不同之处在于烫了小卷。她化了淡妆，穿上平常不穿的淡紫色长裙和高跟鞋。

"别扭也得双方家长见面，这是山南习俗。"侯大利上前抱住未婚妻，道，"领了证，我们早点生个娃。"

田甜憧憬着婚后生活，道："生了娃，我恐怕得申请调到办公室工作，或者就在法医室。专案组太忙，真没有办法照顾小孩。"

九点，李永梅电话打了过来，道："我们到了江州大饭店。十点钟，我们和田家正式会面吧。"

丑媳妇怕见公婆，从古到今皆如此。田甜这种见惯了血淋淋场面的法医，即将以准儿媳身份见公婆，仍然出现了小女儿态，羞涩，怯生生的。两人在江州大饭店顶楼见过侯国龙和李永梅，田甜留在顶楼陪未来公婆聊天，侯大利到大堂去等田跃进和甘甜。

十点，两家人正式坐在一起。

侯国龙递了一支烟给田跃进，道："老田，我们认识有二十多年了吧？当年杨国雄跳楼死了，你到我办公室，差点给我上手铐。没有想到，我们居然成了亲家。"

李永梅打断，道："国龙，今天这个日子，就别说陈年旧事了。"

田跃进自嘲地笑道："后来查清楚，那真是一起自杀案，只不过杨国雄留的遗书太容易让人产生误解了。"

侯国龙道："这是陈年旧事，可是毕竟是事。今天讲出来，以后就可以当成笑话了。"

"跃进那一段时间走火入魔了，谁都敢惹，害得我被黑社会威胁，枪顶在头上，朝不保夕，提心吊胆，日子没法过。"甘甜经过精心打扮，时尚又年轻，和田甜在一起更如一对姐妹花。她在侯国龙面前有些拘束，委婉地解释当年离婚的原因。

李永梅道："上个世纪八十年代到九十年代末期，江州社会治安最乱，街上时常有小流氓提刀砍人，时不时还能听到枪声，也就是这几年才明显好起来。丁丽出事后，我和国龙都被吓惨了，所以才到阳州发展。"

几个长辈回忆起往事，很是唏嘘。谈完往事，话题转到了婚事，双方家长同意在明天领结婚证。李永梅提出在省城重新买一幢别墅作为新房。侯大利怕麻烦，道："我和田甜都在江州，没有必要到省城重新买别墅。"李永梅斥道："大人说话，小孩别插嘴。"

侯大利一脸糗样地溜到隔壁房间抽烟。

田甜跟了过来，笑道："我能猜到你小时候的模样，经常调皮，然后被你妈扭耳朵。"

侯大利道："你也应该差不多。"

田甜脸色黯淡，道："我也想被妈妈随意训斥，这是福气。可惜，那时爸爸和妈妈离了婚，妈妈每次来看我，别说训斥，甚至还要讨好我。"

双方父母见面之后，田跃进和甘甜离开。

田甜接到单位电话，急匆匆去了打拐专案组。


侯国龙坐在江州大饭店顶层，与夏晓宇谈了一件急事，然后给儿子打电话，道："我的事情办完了，你过来吧，我想和你聊一聊。"

放下电话，侯国龙走到窗边，俯瞰日新月异的城市，心中突然涌起万千感慨。1992年，他还是世安厂供销科副科长，后来辞职从商，创办了国龙厂。二十年不到，他成为山南省著名企业家，国龙集团成为全省的金字招牌。现在最让他烦恼的就是这个犟拐拐儿子，明明家里有座金山，却偏偏要做最危险的事情。更让人烦恼的是儿媳妇也是一线侦查员，这对家庭极为不利。他知道木已成舟，所以没有反对儿子和田甜的婚事。但是，他对田甜的职业并不满意。

侯大利来到江州大饭店时，侯国龙与夏晓宇正站在窗边闲聊。见到侯大利进屋，夏晓宇起身，道："老大，我先回去。你们爷儿俩慢慢聊，结婚总是好事。"他拍了拍侯大利肩膀，道："和爸爸好好聊一聊。"

宽大的房间内没有外人，侯国龙脸上的笑容不知不觉消失了，道："领了证，准不准备办酒？"

侯大利道："我不想办。"

侯国龙觉得自己太严肃，挤了点笑容，又问："那个凶手最后交代没有？"

侯大利摇了摇头，道："王永强承认了好几起杀人案，唯独不承认杀害了杨帆，我们没有足够证据，这事有点麻烦。"

侯国龙道："这样啊，那杨帆案算不算破了？"

侯大利尽量平静地道："理论上没有破。但是，我认为就是王永强，不可能再有其他凶手了。"

侯国龙看了看表，道："我等会儿召集江州分公司高管开会，趁现在有点时间，你带我去江州陵园看一看杨帆。她以前一直叫我干爸，我早就应该去看她。另外，你安排个时间，带田甜回家。在江州不办酒，我还得把亲戚朋友请到阳州喝顿喜酒。"

这是两个让侯大利感到意外的要求。

两人一前一后走出顶楼房间大门。侯大利跟在父亲身后，发现一向健壮的父亲居然微微有些佝偻，身形不再挺拔，略显臃肿。看到父亲的背影，他不由得想起了朱自清那篇著名的散文。

屋外，秘书迎过来，侯国龙摆了摆手，道："今天你们都别跟着，我和大利一起出去。"

越野车来到城郊，从主公路进入盘山道，几分钟后，停在了江州陵园停车场。

由于杨帆安葬于此，侯大利每次来到江州陵园，都会感受到空气中浓浓的离愁别绪。离愁别绪并非简单的暂时分离，而是永远的阴阳相隔。无论活着的人是幸福还是痛苦，是高兴还是悲伤，逝去的人再也不能感受。

侯国龙沿着石梯往上走了几步，便见到一个熟悉的名字。他停在墓碑前，对儿子道："这是老厂长，你还记得吗？当年在世安厂，就是老厂长力排众议，提拔我当供销科副科长。我在1992年辞职的时候，他还到家里来过一趟，非常生气，把我骂了一顿。生气归生气，老厂长还是肯帮忙，给我介绍了许多关系，创业初期，这些关系起了大作用。你等我一下，我要下山去给老厂长买点香烛。不用你去买，我自己去买，心才诚。"

侯国龙走下石梯，给老厂长买了些香烛和纸钱。上山之时，侯大利稍稍落后一步，再次观察父亲的后背。父亲在车间劳动过，曾经相当强壮，如今肌肉缩减，肥肉增加，后背开始佝偻。一个人不管多么强悍，仍然敌不过时间，在时间面前，所谓强悍不过就是一个笑话。

侯国龙在老厂长墓碑前点了烛，双手举香，念念有词。

一直以来，侯大利总觉得父亲高高在上、颐指气使，很难真正亲近。今天父亲站在老厂长坟前，似乎又成为世安厂供销科副科长。

给老厂长上香以后，侯国龙没有立刻跟随侯大利前往杨帆墓。他沿墓间小道行走在一座座坟前，不时停下来给儿子讲墓里人是谁。

"这是江州市'革委会'的主任，当年造反派的头头，风云人物。我记得在一次世安厂集会时，他站在主席台上抬手高呼，一呼百应，把一位站在台上接受批斗的南下干部当场打折了腰。他死的时候还不到五十，手里沾了血债，自作孽，不可活。"

……

"这就是那位被打折腰的南下干部，后来做了江州市委书记。"

……

一路走来，侯国龙居然看到了十几位熟人的墓碑，大发感慨："人这一辈子就是几十年，比火箭还要快，时间一到，不管你是什么身份，统统得到这里来躺着。我看了一下，最好的墓地也就二十万，也就比一般墓地多了一小块草地。"

当父亲作为成功企业家睥睨四方时，侯大利有意无意总在对抗父亲。当父亲主动要来看杨帆墓时，侯大利内心深处便柔软起来。他默默地跟在父亲身后，听父亲讲述墓中人的故事。若是以前，他会不耐烦，当了近两年刑警，见到许多人间惨事，他对人性和社会的理解远远超过生活在阳光下的同龄人。墓中人的故事是个人的故事，许多个人故事凑在一起，便是一个时代的故事。

即将接近杨帆墓时，侯大利有意带着父亲转了一个小弯，来到李超墓前。

"这是我的师父，李超，绰号李大嘴。我实习期间就是跟着他，后来他牺牲了。"

侯大利从口袋中取了三炷香和一对烛，给师父敬上，又道："师父，李琴学习不错，我会一直照看她，读个好大学没有问题，不用操心生活费。"

侯国龙取了三支烟，点燃，插在李超墓前。

两人走走停停，终于接近杨帆墓。侯大利沉默起来，脚步放慢。侯国龙感受到儿子的情绪变化，想起杨帆小时候的可爱模样，难得地伤感起来。

侯国龙将鲜花摆在杨帆墓前，和侯大利之前带来的鲜花依偎在一起，亲自点燃香烛。隔着缓缓上升的烟气，墓碑上的瓷质相片年轻得让人心痛，漂亮得让人心酸。

"小帆，伯伯一直没有来看你，对不起了。好好在那边生活，不要多想这边。这边生活现在很不错，比前些年好多了。"

说到这里，侯国龙火气突然上来了，道："凶手已经被大利抓住了，肯定要吃枪子。等会儿我们多烧点纸钱，你有了钱就找几个帮忙的。凶手去你那边以后，也不要原谅他，找人把他的魂魄全部打散。"

父亲的话很淳朴，一点也不符合国龙集团大老板的身份，侯大利想笑，更想哭。

离开陵园，坐上越野车，侯国龙道："父业子承，这是老祖宗留下来的观点。实话实说，我不是一个有现代思想的人，很难接受把大好江山交给其他人。这或许有点保守，与时代潮流不一样，但是，这就是我的真实想法。我不给你提回来的具体时间。管理大企业非常复杂，至少不比刑侦技术来得简单，趁着年轻，你可以从最基础的学起。若是年龄大了，学起来困难，也很难深入一线。"

侯大利含糊地答应了一声，话锋一转，讲出了积郁在心头的话："爸，你做什么事情我管不了，不要伤害我妈。"

侯国龙道："你妈见过大风浪，不是世安厂的女工了。她想得很明白，比你想得明白。"

回到江州城，父子分手，侯国龙回江州大饭店开会，侯大利直接回到高森别墅。他在房间给田甜打了电话，田甜手机关机。

此时，打拐专案组民警和长青县刑警大队民警出现在铁坪镇。

铁坪镇和梅山镇都在巴岳山山区，铁坪镇在山北，南面则是梅山镇。这一次解救行动是高度保密行动，除了铁坪镇派出所以外，没有让当地村社参加，也没有沿盘山公路上山。一辆中巴车和两辆越野车停在山底隐蔽处，在铁坪镇派出所民警的带领下，三十多名民警沿着崎岖小道往山上爬。这是林场护林员行走的路线，坡度很陡，平时没有行人。

带队领导是市局副局长刘战刚。他年龄最大，平时爬山没有问题，如今穿着防弹衣，又是沿着山路往上爬，体力消耗比平时大得多，边走边喘气。

田甜走在队伍中间，由于经常运动，体力不错，只是背心有些轻微出汗。

这是打拐专案组的一次大行动，目前确定有三名妇女和四名儿童被藏在巴岳山深处的一处窝点。这些妇女和儿童并非本地人，全是邻省或者邻市的人，在巴岳山区的窝点集中，随时可能被转移。专案组得到情报以后，决定赶在犯罪团伙转移之前，将这伙人一网打尽，解救被拐骗的妇女儿童。

这个犯罪团伙有两名妇女和三名男性，有火药枪等武器，因此，解救组全副武装。每个队员都穿有防弹衣，配有八二式微冲和八五式轻冲。防弹钢盔数量不够，主要分配给突击队员。田甜和顾华配备了六四式手枪，作为防身之用。

专案组一行人到达了山腰一处稍稍平坦的缓坡，这里距离一幢民房只有两百多米，可以清楚观察到院内情况。窝点有一道高大围墙，院内房屋有三扇门，堂屋是正门，有一扇厨房门、一扇猪圈门，在左边房屋和厨房门之间还有一扇后门。这和被解救妇女提供的情况完全一致。

队员们停了下来，做好突击准备。

刘战刚把二大队几个领导和长青县刑警大队的封大队叫到身边，问道："他们只有一支枪，能不能确定？"

二大队大队长叶大鹏道："我们找到了被这个团伙卖掉的两名妇女，她们都曾经在这里住过。其中有一人看见过一柄枪，她说不清楚是什么枪，但从其描述来看是改装过的猎枪。"

顾华道："这种短柄猎枪威力很大，我建议调武警过来。"

长青县刑警大队的封大队道："这条山沟是有名的穷山沟，前年的解救行动被村民围攻，是出动防暴支队才解的围，伤了七八个警察。事不宜迟，必须速战速决，否则不好脱身。"

叶大鹏道："我们有三十多把长短枪，对付一把枪，有绝对优势。"

刘战刚下定了决心，拿出一幅平面图，道："除了正门以外，左边房屋和厨房门之间有一扇后门，可以逃跑，要派人堵住后门。丁浩，你是突击队长，里面有妇女和儿童，速度要快，用催泪弹时要准备湿毛巾。"

丁浩道："院外有只狗，我们带了有麻药的肉团，先由一个民警悄悄摸过去，把那条狗麻倒，然后我们就冲进去。"

刘战刚交待得非常细致，道："同志们平时很少实战，对武器不熟，为了防止意外，摸近小院前，突击组上枪关保险，后面的同志上枪不上膛。"

交待了细节，铁坪镇民警装扮成林场工人，腰挂柴刀，右手持棍，左手捏着带麻药的肉团，朝窝点走去。接近小院的时候，院外土黄狗冲了出来，趴低身体，喉咙发出吼叫声。民警用最快速度抛出肉团，土黄狗的叫声瞬间消失，猛扑过去，咬住肉团，夹紧尾巴，跑到了角落里。

狗叫了两声，院内人也没有太在意。若是有人要进院，那狗叫声就不一样。

一个汉子正把一个十八九岁的年轻女子压在床上，疯狂抽动。年轻女子是大二学生，被骗到大山沟后，被三个臭哄哄的中年人轮番蹂躏，身体和心灵遭受重创，变得麻木，一动不动，呆呆望着黑黝黝的天花板。

院外响起狗叫声，汉子停下动作，凝神细听，眼光看向桌边的短柄猎枪。院外狗只叫了两三声，便停了下来。汉子骂了一句脏话，猛地用力，身下女子眼角有一滴泪水，慢慢滑了下来。

院外，打拐专案组民警轻手轻脚地向小院靠拢。

副大队长丁浩带着十名年轻精干的民警从正门强攻，六人从堂屋攻入，两人攻厨房门，两人攻猪圈门。

顾华带着增援民警组成第二组，跟在丁浩的突击队之后，搜索被困的妇女和儿童。

长青县的封大队带领另一组民警堵住后门，防止人贩子和被拐骗妇女和儿童从猪圈后门冲出来。

副局长刘战刚、大队长叶大鹏和另一名民警留在院外，居中指挥。

田甜和一名年龄超过五十岁的男民警则守在外围，负责阻挡有可能过来看热闹的村民。

随着刘战刚一声令下，丁浩带着突击组朝院子冲去。到达院外，两个强壮民警站在墙外，双手紧扣，托着另一名瘦小民警的脚，用力往上送。瘦小民警相当灵活，借力攀上围墙。

院门打开以后，突击组按照事先计划分成三组，分别从厨房、堂屋和猪圈攻入。主力是攻入堂屋的那一组民警，共有六人。进入堂屋后，再分成两组，一组攻入左边房屋，另一组攻入右边房屋。

三位民警冲向左边房屋，迎面走来一个男子，还没有反应过来，就被扑到在地。

这个男子身后还有一人，一边狂喊，一边去拿放在墙角的短柄猎枪。他即将摸到猎枪时，被扑倒在地，几只手牢牢按住了他。民警继续搜索，发现另一间小屋中有两个妇女和四个儿童。由于打拐组行动迅速，人贩子根本没有来得及开后门，全部被按倒在地，人质全部安全。

另一组民警则冲向右边房屋。从窗户数量来看，右边应该有三间房，但是没有外门，只能从堂屋进出。民警冲进了第一间房，无人。第一间房和第二间房之间有一道木门，木门紧闭，推不开。一名强壮的民警手持撞门器，用力撞在插销位置，"咣"的一声响，木门应声而开。

一名年轻女子光着身体，蜷缩在床角，惊恐地望着冲进屋里的人。

"我们是警察。"

"你是一个人？"

年轻女子用双手遮住胸部，眼神惊恐，没有答话。顾华进屋，扯过被子，遮住年轻女子，道："还有没有人？"

年轻女子这才回过神来，指着另一道木门，道："那边，有枪。"

顾华又问："里面几个人？"

年轻女子道："一个。"说完这句话，她蒙着脸，呜呜哭了起来。

民警子弹上膛，对准房门。等到撞门器撞开房门以后，站在房门旁边的民警迅速将一颗催泪弹扔进屋内，大喊："缴械投降，抵抗没有出路！"

第二颗催泪弹扔进去以后，里面仍然没有反应，几个民警这才冲了进去。屋内没人，有一扇小窗打开。民警不敢从小窗翻过去，怕被伏击，退出房门，绕过小院追击。到了屋后，找到小窗，却没有发现逃跑之人。

最外围，田甜和老民警都望着大院方向。田甜握着手枪，子弹上膛，严阵以待。老民警神情轻松，道："我们二三十把枪，对方只有一把，实力悬殊太大。我和你是老弱妇孺，领导照顾我们，让我们守在最外边，这是绝对安全的地方。你关掉保险，等会儿走火才麻烦。"

田甜没有关保险，道："小心一点好，万一歹徒在外面有接应，我们得防一手。"

话音未落，只听到身边传来响动，一个提着猎枪的男子从草丛里钻了出来，正好面对老民警。老民警大惊，正在掏枪，男子手中的猎枪响了起来。

田甜反应迅速，对准突然冒出来的男子扣动了板机，两发子弹正中男子前胸。

六四式手枪具有快速反应能力，上弹匣速度很快，便于持续射击。其最大的缺点是威力不够，实战中多次出现歹徒中了数枪还能反抗的案例。这次遭遇战中，六四式手枪威力不足的缺点显露无疑。男子前胸中了两枪后没有倒地，端起猎枪朝田甜开枪。歹徒开枪的同时，田甜打出第三枪，这一枪打穿了歹徒的右眼，穿过大脑。

听到后背传来的数声枪响，居中指挥的刘战刚大惊，道："跟我上。"叶大鹏和另一名民警抽出手枪，朝后背方向冲了过去。

来到枪战处，刘战刚脑袋"嗡"的响了一声。

地上躺着三人，老唐和田甜躯干中弹，血肉模糊。另一个男人胸部中弹，右眼被打烂。

105专案组正在开会，朱林和侯大利手机几乎同时响起。

"田甜受伤，我们在铁坪镇。"电话里传来丁浩的声音。

侯大利听说田甜受伤，犹如被子弹击中，跳了起来，道："怎么回事？伤得严不严重？"

丁浩咬牙切齿，道："打拐专案组端了一个窝点，解救出四个妇女和三个儿童……"

侯大利打断道："田甜伤得重不重？"

丁浩道："田甜本来在最外围，有一个人贩子从地道逃跑，钻出来正好在田甜和老唐身边。老唐牺牲了。田甜打死了那个人贩子，胸口也被人贩子开枪打中。市人民医院的急救车正在朝铁坪镇赶过来。"

朱林接到的是刘战刚的电话。刘战刚在电话里说了实话："老唐牺牲了，田甜胸部被猎枪打中，生命垂危，很可能救不回来。田甜很勇敢，开了三枪，三枪都打在歹徒要害处。你要有心理准备，做好侯大利的思想工作。"

侯大利放下电话，一时之间有些茫然失措。在猝不及防的情况下，多年前那一幕再次出现，身体周围似乎出现一层透明的屏障，外界信息被彻底隔挡，无法到达身体，只有一颗心在忽快忽慢地跳动，体温一会儿冰冷一会儿滚烫。

朱林道："王华，开车，我们到铁坪。"

这句话如一把锥子，把透明屏障刺了一个孔，声音、热量、颜色等"呼呼"地从小孔钻进屏障，发出尖锐风声。

侯大利毫无预兆地朝外跑。

朱林早有准备，双手抱住侯大利的腰，道："你不能开车，让王华开车。你是刑警，要冷静。"

侯大利没有预料中狂暴，被朱林抱住之后，便停了下来，仰头看天，努力不让泪珠滚落："走吧，师父，我不会失态。"

王华接过钥匙，匆匆下楼，启动越野车。

侯大利说完"走吧，师父，我不会失态"这句话以后，便不再说话，面无表情，两眼一直望着窗外。朱林不放心，仍然紧紧挽住侯大利胳膊。

越野车在前往铁坪镇的路途中遇到了救护车，侯大利看了一眼救护车，依旧默不作声。一辆小车从后面赶了过来，速度极快，朝过越野车，又超过救护车，如脱缰野马，转眼间就不见了踪影。

王华猜到这是田跃进开的车，便用力踩了油门。越野车超过了救护车，追赶前面的烟尘。

侯大利又回到了笼罩着透明屏障的状态，透明屏障成为他大脑的外化体，与田甜在一起的细节如此生动又清晰地出现在透明屏障中，如同360度无死角的环幕影片。杨帆之死在其内心深处留下了永远难以磨灭的伤痕，奈何命运再一次作弄他，又在原有的伤痕旁边再次用电钻钻出另一处伤痕。

车至铁坪镇卫生院，市人民医院的救护车还没有到达。病房里，田跃进跪在病床前，双手握住了女儿的手。卫生院已经用尽了所有手段，维系田甜生命。侯大利冲进屋，又强行让自己慢了下来，轻手轻脚走到床的另一边，跪在床前，握住了田甜的另一只手。

田甜面色苍白，没有一点血色，仍然处于昏迷状态。

救护车到来，田甜被转到救护车上，随车的医生道："病人家属到了没有？最好跟在车上，病人随时有生命危险。"

侯大利跨上救护车时，腿没劲，摔倒在地，小腿磕在救护车上，掉了一大块皮。他爬起来，双手并用，这才跨上救护车。

从铁坪镇到江州城区的这一段路平时也就四十多分钟，对于侯大利和田跃进来说，漫长得超过了二万五千里。田甜一直没有苏醒，双眼紧闭，眼珠偶尔能够转动一下。侯大利感觉田甜手指突然用力握了一下自己，赶紧凑过去，低声呼唤道："田甜，田甜。"

田甜嘴唇微微张了张，似乎想要说话，却又没有发出声音。

来到人民医院，田甜被送进了手术室。江州市公安局局长关鹏、政委杨英、副局长宫建民都来到手术室门前，和刘战刚、侯大利等人一起，焦急地等待漫长的手术。

甘甜得到消息，一路狂奔，来到医院，对众人道："田甜怎么了？"

田跃进抱着脑袋，不说话。甘甜撕扯田跃进的衣服，道："你为什么让田甜当警察？为什么啊！田甜若是出了事，我怎么活啊……"

甘甜的声音在侯大利身体里来回穿梭，将内部器官冲击得稀巴烂。他感觉身体和外界又多了一层深深的隔膜，从外面看，他还是完整的，从内部看，灵和肉都四分五裂。

侯国龙和李永梅闻讯赶了过来，守在门外。甘甜抱住李永梅，犹如溺水之人抓到稻草，放声痛哭。

侯大利面色灰白，盯着手术室，一动不动。

半小时过去，手术室大门打开一条缝，一个护士出来。侯国龙问道："医生，手术做完了吗？"

"还在抢救。"护士简短地说了一句，急急忙忙离开。

"抢救"这两个字，如炙热的子弹，精准地击中侯大利胸口。他下意识地扶着墙，胸口发闷，重重喘气。

田跃进从监狱出来，舔干净伤口之后，已经重新找到了往日当大律师的感觉。女儿中枪，他所有外在的伪装全部被风吹散，双手抱头，埋在腿间，露出后脑的白发。

过了许久，一个中年医生出来。

侯国龙又问道："医生……"

那个中年医生面无表情，道："手术还在进行。"

中年医生和护士一样，来来回回，走得很快。脚步声很轻微，却如重鼓一样敲在侯大利耳中。他此刻茫然无措，犹如在火车站走失的两岁幼儿，充满对这混乱世界的深深恐惧和茫然。

终于，中年医生再次走出了急救室的门，摇了摇头。

田跃进瘫坐在地上，悲痛欲绝，道："小甜最后一句话都没有说出来，她想说，就是没有说出来啊。"

李永梅是当妈的人，能够理解到田跃进和甘甜的心情，泪如雨下。虽然她一直不太满意田甜的职业，可是田甜毕竟是未过门的媳妇，为人处世挺好，想此田甜如此年轻就香消玉殒，悲从心来，泪流满面。

与杨帆遇害时相比，侯大利的情感变得内敛克制，没有在诸人面前表现得过于悲伤，甚至没有过多流泪。只是，他失去了笑容，话很少。

田甜和唐有德两位烈士的追悼会由市局政治处负责。

陈浩荡想要安慰老同学，话到嘴边，又不知从何说起。

被解救的妇女儿童的家人都赶来参加，给烈士敬献了花圈，局长关鹏亲自致了悼词。在关鹏致悼词的时候，人群中哭声一片，很多面对危险都没有退缩的警察都掉下了眼泪。

侯大利着装整齐，神情肃穆，列队在刑警之中。

李永梅一直在观察儿子，等到关鹏致悼词结束以后，低声对丈夫道："儿子两鬓的头发全白了。杨帆遇害时，他两边的头发还是半白，现在全白了。我儿真是太可怜了。"侯国龙没有说话，只是叹息一声。李永梅又道："我们还是要劝他改行，当刑警太危险，什么意外都有可能发生。"

侯国龙摇头，道："这是以后的事情了，现在千万别劝。"

法医解剖室设在殡仪馆，侯大利以前常来。他以前都是作为侦查员来法医室，并非到殡仪馆，今天作为家属进入殡仪馆，顿时感受到此地蕴含的特殊悲伤。由于是火化两名烈士，殡仪馆安排了特殊通道。田跃进和甘甜不敢面对女儿火化后的遗骨，由侯大利完成这些工作。

侯大利特意带了一个大号骨灰盒。田甜的骨灰出来以后，工作人员准备用木质锤子将头盖骨等大骨头碾碎。侯大利拦住工作人员，不准他们敲打田甜的骨头碎片。

安葬以后，朱林开车离开江州陵园，送侯大利回高森别墅。

"大利，我留下来陪你。"

"谢谢师父，我没有那么脆弱。"

别墅里留有太多田甜的痕迹，每一处细小痕迹都是一把锋利的刀，将侯大利刺得遍体鳞伤。独自一人之时，侯大利这才感受到深入骨髓的疼痛。他坐在客厅地板上，泪水第一次喷涌而出，如决堤之水，源源不断往下流。

他如一只垂死的老狗，在无人之处低声呜咽。

上班时间，朱林、王华正在院内谈事，意外地看到侯大利出现在刑警老楼。从田甜英勇牺牲到如今不过几天时间，侯大利两鬓全白，而其他头发乌黑透亮，显得颇为怪异。

朱林平静地抬手看了表，道："大利，王华，九点半开会。"

健身房的"咚咚"声停了下来，樊勇和葛向东走了出来，两人站在健身房门口，望着侯大利没有说话。

朱林道："大利，你到我办公室来。"

来到二楼办公室，朱林道："你没事吧？"

侯大利道："选择当刑警就得接受命运的选择。田甜牺牲了，我哭哭啼啼没有什么用，多抓几个坏人，才对得起田甜的牺牲。"

朱林想起了当年杨帆遇害时的场景，十年时间，当年的纨绔子弟真正成熟起来，没有被痛苦击垮，反而勇敢地面对惨淡的人生。他拍了拍侯大利肩膀，道："这我就放心了，化悲痛为力量，这是老话，也是实话。"

专案组正在开会，朱林手机响了起来。电话里传来刘战刚的声音："专案组赶紧到刑警老楼，我们到巴岳山大兴村。一组巡山护林员发现有人在山里居住，这人和通缉令相片上的人长相很接近。"

警情如火，105专案组全体前往巴岳山。

临时指挥部设在巴岳山脚的大兴村办公室，105专案组到达时，村办公室前已经有十几辆警车，其中有特警和武警的数辆中巴车。

朱林到指挥部开会以后，对专案组其他人介绍情况："护林员有三人，发现在废弃的看守房里有一个陌生男子，便上前问话。陌生男子准备离开，护林员想阻拦，对方就把手枪拿出来了。护林员带着棍子和柴刀，又是三人，陌生男子也没有对抗，直接离开了。护林员看了通缉令，指认就是杜强。"

"难怪在城里没有找到他，居然躲在大山中。要判断是不是杜强，还得到他的窝点寻找生物检材。"侯大利将悲痛深埋于心，注意力全部集中在案件上。这个时候，他的痛苦似乎减弱了。

朱林道："这个是常识，技术室肯定就要到了。"

说话间，技术室警车开了进来，老谭、小林和法医老李下车，从后备厢取了勘查箱，打过招呼，便在一名年轻警察带领下匆匆上山。

村办公室中临时挂起一张地图，刘战刚、宫建民、洪金明、陈阳等刑侦领导皆围在地图边。

刘战刚面色凝重，道："山上的人大概率就是杜强。杜强在山区长大，是打猎的好手，这就意味着他在山里的生活能力很强，又带着枪，非常危险。省厅协调了巴岳山沿线地区警力，准备将杜强堵在山上。但是，我们要做好堵不住的准备。若是堵不住，杜强最有可能前往秦阳。洪政委和朱支带一个工作小组，前往秦阳，协助秦阳警方，不给杜强任何可乘之机。工作组成员除了金明、老朱和侯大利之外，还要把熟悉情况的葛向东和樊勇抽过去；王华暂时不用过去，留在江州。另外从重案大队抽三名实战经验丰富的侦查员。省厅老朴也要前往秦阳，代表省厅做协调工作。老朱、洪政委，秦阳那边就拜托你们了。"

临战之际，大家也不多语，各自奔赴战场。

侯大利在出门前，停下脚步，道："刘局，建议抽几个人做一做杜强父母的思想工作，利用邮箱和其他渠道，劝杜强放下武器，投降。"

刘战刚道："三大队抽了一个小组，一直在做这项工作。"

三大队职责之一就是预审，江州市公安局的预审高手集中在此。由他们来做杜强父母的思想工作，最为合适。

洪金明、朱林、侯大利等人到刑警支队领了枪弹后，乘坐三辆车，直奔秦阳。侯大利平常使用的那辆越野车性能极佳，又是地方牌照，适用于这种特殊局面，领头车便是这辆越野车。

朱林眯眼休息了一会儿，突然道："一时半会儿抓不到杜强，撑得住吗？"

侯大利在师父面前也不矫情，道："办案时真没事。只有投入到案子里，我心里才会好受些，否则就要想起田甜。"

朱林点了点头，道："你觉得杜强流窜到秦阳的可能性大不大？"

侯大利道："杜强失踪了十来年后才出现，出来后大开杀戒，说明他很隐忍，同时爆发力又很强。"

朱林道："我最怕他长时间消失，等到大家都放松警惕以后，再重开杀戒。除了杜强以外，还有杀害唐山林的凶手。这人也很凶悍，不知道还会出什么幺蛾子。"

侯大利道："最后查到几个窃听器？"

朱林道："四个。三个安在重案大队侦查员家里，包括黄卫那个，一个在支队办公室老王家里。二组就窃听器之事询问过秦力，秦力推得干干净净，说他只是股东，根本不管具体业务，窃听器与他无关。李晖知道这事以后，浑身长嘴也说不清楚，大哭一场，从金色装修辞职了，准备自己单干。秦力和我们的想法差不多，提前来到秦阳，住在弟弟家里，估计也在等杜强。秦涛的妻女都搬回了湖州娘家，对外说是和秦涛吵架了，其实就是避险。如果在以前，警方怀疑秦力，早就可以控制他。现在一切讲证据，这是对的，可是捆住了我们的手脚啊。"

黄卫案和唐山林案显露出来的种种蛛丝马迹纷纷指向秦力，秦力极有可能是幕后指使者，只是高平顺死后，线索都被斩断了。即使田跃进能出面指认秦力曾经为帮助弟弟秦涛损坏了现场证据，也只是一人之说，没有任何证据，何况田跃进在明面上不会承认这个说法。这是刑警支队目前没有办法对秦力采取直接措施的原因。

秦阳市和江州市被巴岳山分隔，两地居民交往频繁，公安机关合作紧密，互相都挺支持。洪金明一行来到秦阳之后，马不停蹄奔向秦阳刑警支队办公室。

省公安厅老朴已经提前到达，正在会议室和秦阳刑侦领导们谈杜强案，看到洪金明一行进屋，道："你们稍稍休息，我和侯大利说几句话。"

两人来到屋外，老朴道："田甜牺牲时，我正在追一个要案，没能来参加葬礼。"

侯大利深吸一口气，道："她牺牲得很英勇。"

老朴道："案子办完，我到陵园看一看田甜。今天还是由你来谈案子，没有问题吧？"侯大利点了点头。

进屋后，老朴恢复常态，折扇在手掌中拍了一下，道："江州的人到了。大利，你来讲一讲杜强的案子。"

在石秋阳案子中，侯大利冒着生命危险替换了人质，获得秦阳警方一致好感。他们只是认为侯大利很勇敢，并没有听到"神探"这个绰号，老朴如此安排，让他们有点疑惑。

江州警方工作组八人，侯大利最年轻。但是，工作组所有人都觉得老朴让侯大利讲案子是理所当然，各自找位置坐下，准备再仔细听一听侯大利的想法。

来参会的秦阳警方皆是刑侦方面的高手，察言观色是其拿手好戏，见到诸位江州侦查员神态，明白眼前这位年轻侦查员肚子里应该有货，否则这些老侦查员不会如此认真。

侯大利潜心研究过丁丽案以及近期新发命案，知之甚深，肚子确实有货，讲起来自然头头是道，只花了十分钟，便将从丁丽案到最新发生的街心花园枪击案的来龙去脉解剖得清清楚楚，把喝血酒四兄弟的复杂关系也梳理得脉络清晰。

由于事态紧急，碰头会开得很短，秦阳警方组织三百民警、一个中队武警以及治安积极分子，前往巴岳山，封住杜强进入秦阳的大门。秦阳警方的前线指挥部设在靠近巴岳山的派出所。

江州警方工作组只有八人，朱林和葛向东留在秦阳市局做协调工作，洪金明、侯大利和其他侦查员到前线指挥部。

侯大利、洪金明和樊勇准备前往前线指挥部，车正在启动，老朴和秦阳刑警支队副支队长张伟从办公楼走了出来。

老朴向越野车招了招手，又对跟在身边的张伟道："我坐江州支队的那辆车，在车上还得问些情况。"

洪金明原本坐在副驾驶位置，得知老朴要坐这辆车，赶紧把位置让了出来。老朴也不客气，坐在副驾驶位置，道："还得到巴岳山去看看，不了解地形，谈方案是空的。"

三辆车向巴岳山疾驰。

老朴靠在座椅上，折扇一会儿打开，一会儿合上。他猛地将折扇关上，在掌心重重打了一下，道："江州警方和秦阳警方都一门心思想把杜强堵在山上，我最担心杜强离开江州以后，不到秦阳，而是藏起来，敌明我暗，等到我们松懈时，再来致命一击，这个最难防范。如果能够说服秦涛，让他认罪，我们把他关进看守所，实则保护了他。"

侯大利道："重案大队派人谈过，他根本不承认以前的事，态度很坚决，应该还抱有幻想。如今秦涛在城区，杜强有太多可藏身之处，不如把秦涛调到偏僻的乡镇分理处，故意给杜强可乘之机，我们派一个精明强干的小组暗中保护，这样既能节省警力，又能给杜强制造陷阱。"

"这事难点在于秦涛是否配合。若是他辞职，你的计划就不能实施，但是，从他现在的表现来看，也有可能不辞职。你做一个方案，想细一些，如果一个星期左右还没有发现杜强踪影，就可以提交上来。"老朴歪着脑袋看侯大利，道，"你这人是傻大胆，提出方案是需要负责任的。你本来就是一个刑警，听指挥就行了，却活生生要把自己放在悬崖上。"

侯大利道："我从丁丽案开始就在研究杜强，这人性格变化大，是否上当还真说不清楚，就当是赌一把。赌输了，没有损失；赌赢了，那就大赚了。若说责任，上面有领导顶着，他们不批准，方案也实施不了。"

秦阳警方自然希望将杜强堵在巴岳山，若是窜进市区，说不定会危害更多市民的生命安全。数百警察和群众守在巴岳山，无数支小分队在山上反复搜索。七天过去，杜强没有在秦阳露面。大量警力不可能持续耗在山上，秦阳警方决定在巴岳山留下少量警力，其余警力陆续撤走，回归原单位。

在老朴的主持下，秦阳刑警支队和江州警方工作组召开了案情分析会。会上，侯大利提出了新方案：将秦涛由城区调到农村地区银行网点，警方成立工作组，等待杜强露面。

江州警方工作组组长是刑警支队政委洪金明，副组长是原支队长朱林，但是每次到案情分析时总是由最年轻的刑警侯大利发言，秦阳警方始终对此有些不习惯。当侯大利提出方案以后，秦阳警方副支队长张伟发出疑问："这个方案太简略了吧？把秦涛调到农村地区银行网点，杜强怎么能够知道？"

侯大利想过这个问题，道："建议这次银行调整地区网点负责人，调两三个就行。秦阳银行楼外面有一个银行张贴栏，调动通知贴在这里，杜强肯定会看。另外，可以在秦阳本地论坛上发布消息。"

张伟道："如今全省警察都在追杜强，杜强为什么一定要在这时候找秦涛的麻烦？"

侯大利道："杜强失踪十来年，出现以后，杀了喝过血酒的两个兄弟，秦涛也是喝过血酒的兄弟，他们应该是有很深的内部矛盾，不会轻易化解。江州重案大队一直在做杜强父母的工作，杜强父母收到了杜强一封邮件，杜强提到要解决以前的事情，然后洗心革面，重新做人。据此，我们判断杜强会在短期内前来秦阳。如果杜强彻底消失，那才是最麻烦的事，说不定哪天又有血案发生。"

老朴作为省公安厅代表，明确支持侯大利的观点，道："杜强这人极度危险，身负数起血案，我们务必想办法将其引出来，然后摁倒在地，让他不得翻身。若是他再次潜逃，更是防不胜防。我们绝不能让这种情况发生。"

秦阳刑警支队将江州警方提出的方案上报给秦阳市公安局，经过江州市公安局和秦阳市公安局协商，最终同意此方案。

七天后，秦阳警方选择了最利于监控外来人口的唐河镇，在进入唐河场镇的交通要道安装了多个监控器，六名江州警察和四名秦阳特警悄悄摸进了唐河，布下了天罗地网。

八天后，秦阳银行调整了人事。

秦涛接到调动通知之后，回到家里和哥哥秦力协商。

秦力在客厅里抱着手臂走了几圈，道："你以前听到过调动的风声没有？"

秦涛摇头："完全没有，来得很突然。以前没有这种调动方式。"

秦力道："很显然，那就是故意把你调到唐河镇。警方肯定在唐河蹲守，等着杜强过来自投罗网。你就是那个诱饵。"

秦涛想起杜强砍人时的凶悍，道："我不想当诱饵。"

"你应该当诱饵，配合警方有好处。"秦力在客厅里不停转圈，一边转一边分析，"目前分为四种情况。最佳情况是杜强被警方击毙，那么一切OK；次佳情况就是杜强被警方逮住，交代了以前的事情，你的职业生涯也就完了，生活就与以前彻底不一样了。但是，你参加的事情都是很久以前的事，很难定罪。如果出现杜强被捉住的情况，凭我的经验，你要想脱罪一定要记住这一条，什么都不要承认。坦白从宽，牢底坐穿，抗拒从严，回家过年。差一些就是杜强再次藏起来，不再露面，我们的心从此就要悬起，日子过得提心吊胆。最差的结果就是他找到了你，你和黄大磊和吴开军一样的结局。"

秦涛道："我辞职，找地方躲起来。世界这么大，总有我容身之地。"

秦力不停摇头，道："躲起来不是办法。若是躲起来，你就会永远生活在杜强的阴影之下，以前所有努力都泡汤，还很有可能百密一疏，出现第三种甚至是第四种情况。我们配合警方，把杜强引到唐河镇，以杜强的性格肯定会和警方发生冲突，第一种情况可能性比较大。就算出现第二种情况，警方除了杜强的指认以外没有任何证据，也奈何不了我们。而杜强不同，他杀了丁丽、黄大磊和吴开军，必死无疑。"

秦涛道："哥，你不去唐河？"

"我要去，不过得暗中去，帮警方盯住杜强，随时给警方通风报信。"秦力没有对弟弟完全说实话。他前往唐河并不是要给警方通风报信，而是想躲在警方后面，如果警方没有击毙杜强，他就要出来开枪击毙杜强。杜强是通缉犯，他打死杜强可以算作见义勇为，最多就是非法持枪的问题。而非法持枪罪情节严重的，处以三到七年有期徒刑，他能够接受这个刑期。

在杜强没有枪杀吴开军和黄大磊之前，只有秦家兄弟知道杜强仍然活着，而且知道杜强与黄大磊和吴开军有深仇大恨。当黄大磊和吴开军先后被枪击以后，掌握更多信息的秦家兄弟便判断失踪多年的杜强回来了，至少杜强回来作案的可能性最大。

秦力知道杜强还活着，以杜强的暴脾气，报复是迟早要来的。为了弟弟的安全，他很早就开始做防范准备，其中一条防范措施就是在靠近黄大磊和吴开军住家附近购买房屋，稍有风吹草动就可以抵近监控。这些年，黄、吴两人的生意越做越大，多次搬家，他也跟着搬家，每次搬家就要卖掉以前购买的房子，如此折腾几次，反而赚了一大笔钱。

秦力在金山别墅区对面楼房也布置了监控，近期经常守在房间用高清望远镜监控对面小区。在监控中，他多次发现一个骑车人在夜间驻足金山别墅区，此人曾经在白天出入金山别墅区。经过跟踪，他发现此人在第三人民医院上班，说一口岭南话。口音变化有可能，相貌变得太多则让秦力无法判断此人是不是杜强。

黄大磊被炸死以后，秦力便最终认定说岭南话的人就是杜强，相貌改变极有可能是整容。当夜，他在街心花园突袭了杜强。通缉令出来以后，证实此人确实是杜强，秦力极为后悔当初犹犹豫豫，错失了良机，若是早些下手，弟弟就彻底安全了。

秦涛前往唐河后，秦力回家，天天给妻子杜琳做好吃的，主动洗衣服，还罕见地主动求爱。接连三天时间，老夫老妻都在做爱，弄得妻子产生了怀疑："你身体是不是有问题？四十好几的人了，为什么这样亢奋？"

秦力抱紧妻子，道："我这辈子太有福气，能娶你为妻。"

杜琳伸手摸了摸秦力额头，道："你没生病吧？莫名其妙说胡话。"

第四天，秦力外出，带着警方监控人员在城内转圈。他摆脱警方监控人员后，消失在茫茫人海之中。

唐河镇，秦阳银行唐河分理处位于新场镇最东端，分理处门口是新修街道，视线开阔。分理处办公室和职工宿舍是同一栋单独小楼，职工下班以后，从门面朝左拐走五米，就可以从楼梯进入宿舍区。

唐河分理处小楼对面有一幢三层楼的房子，一楼是超市，楼上两层是超市老板的住家。除了这幢房子以外，方圆约两百米都没有其他建筑。这栋楼远离人口较多的场镇，易于埋伏，是秦阳警方精心选择的陷阱。

秦涛知道自己是诱饵，来到唐河镇第一天，非常配合警方工作。他都在分理处工作，绝不乱走，从来没有离开过警方的视线。为了安全，整个分理处大换血，两个柜台女员工是由秦阳公安局财务人员假扮的，临时突击学习了银行业务，平时办业务由秦涛指导。另一位负责内务的员工来自秦阳银行保卫处。"保安"由侦查员担任，穿着整套保安制服，挂着一条橡胶警棍，腰上则有手枪。

中午下班后，秦涛在"保安"陪同下走出分理处。他站在门口，望了一眼空空的街道，对女柜员道："你们也可以下班了，下午两点钟继续工作。"

对面小超市楼上有两名侦查员，坐在窗口，紧盯街上的一举一动。

在四楼秦涛住房对面的房间还有两个警察，一人盯着监控屏幕，一人则休息、待命；另外还有侦查员在离分理处稍远的场镇，若发生枪战，则可以包抄杜强。

秦涛回到房间，屋里飘出了饭菜香味。桌上摆有青椒炒肉、黄瓜皮蛋汤和炝炒青菜。侯大利坐在桌前，道："自己盛饭，等朱支过来就吃饭。"

朱林接到吃饭的电话，从对面房屋走过来，道："我今天买了只老鸭子，晚上我来烧酸萝卜老鸭子汤。手艺一般，你们将就着吃。"

秦涛盛饭后，坐在桌前，慢慢吃。

朱林道："秦涛，你会做什么菜？明天中午就由大利来做，晚上你显显手艺。"

秦涛情绪不佳，道："结婚后，我上班忙，都是老婆做饭，我平时基本不上灶。"

朱林道："秦力以前和我是同事，他的手艺不错。这次杜强来找你，最着急的肯定是你哥。他这一次怎么不到唐河来？"

秦涛知道言多必失，不愿多说话，低头吃饭。

相对朱林迂回作战的方式，侯大利则要直接得多，道："杜强到底和你们有什么深仇大恨，非得把以前喝过血酒的结拜兄弟全部打死？警方保护你，你也得讲讲真话。讲清楚来龙去脉，我们更好防范。"

"杜强就是疯子，我不知道他为什么要这样做。"秦涛语气低沉，食欲全无。在杜强没有出现前，他是一个微胖的中年人；如今重压之下，小肚子没了，圆脸瘦成了尖脸。

侯大利道："你哥前几天都在秦阳，现在到哪里去了？"

秦涛道："我哥有自己的事，我不知道他在做什么。"

在执行任务时，所有人都刻意回避田甜，侯大利也从来不提起与田甜有关的事情，仿佛生活还和从前一样。

时间过得很快，转眼就过了半个月，秦涛比起普通人更加坚强，平时正常上班，下班后就吃饭、看电视、睡觉，偶尔也与朱林和侯大利聊几句，但是绝对不涉及案子。化装进入柜台的女民警本来是财务人员，最初对银行业务还比较生疏，在秦涛的指导下，半个月后已经能够独立操作。

参战的侦查员们都有足够的思想准备，耐心地守在唐河镇。最初相当紧张，随时准备枪战，十几天后，大家紧绷的神经开始松懈下来，蹲守时开始聊天。当然，在聊天的时候，大家的注意力仍然在分理处。

这十几天里，最难受的不是秦涛也不是侦查员，而是守在山对面的秦力。

秦阳市多个地区都是浅丘，几乎没有大块平地。唐河场镇建在相对平坦的小河边，东端附近有一座不算高的无名山坡。山坡高约百米，总长度有十几公里，坡上杂草灌木茂盛，还有大量杂树。无名山坡的存在，不利于布置陷阱，但是整个秦阳市，根本找不到场镇周边没有山坡的地方，唐河相对来说最有利于设置陷阱。

秦涛来到唐河工作以后，秦力并没有立刻过来。他判断杜强如果真要来到秦阳，必然会找地方躲一阵，避过风头以后再来寻找秦涛。杜强得知秦涛调到唐河以后，又得有一定准备时间才能来到唐河。所以，他在弟弟来到唐河约十天以后，这才来到唐河镇。

电子地图与真实地形非常接近，秦力在山坡上转了半天，找到了观察唐河分理处的最佳位置。在这个观察点，不仅能将分理处一览无余，还能观察到是否有人在山中活动。

观察点同时也是秦力近期生活地点。他备有军用睡袋、压缩食品以及瓶装水，还在密林里挖了坑，用来掩埋粪便。对于长期生活在城市的市民来说，野外日子非常难过，秦力咬牙坚持，在坚持不下去的时候，他鼓励自己：这是最后一战，不管杜强是被打死还是被抓，噩梦将永远结束。

夜深了，秦力坐在石头上，用望远镜观察分理处。

秦涛早早上了床。卧室没有开灯，侯大利和朱林站在客厅窗口，低声交谈。

"半个月了，杜强还没有露面，你觉得工作组坚持多久合适？"朱林临近退休，很超脱，把很多责任都压在了侯大利身上。

侯大利双手压在窗台上，望了望黑暗中如野兽般的无名山坡，道："杜强从包围圈中逃出来，又给他亲妈发了邮件，很狂妄，又很疯狂，报复心特别强。他来到秦阳报复秦涛的可能性很大，我们至少要坚持三个月。"

朱林道："唐河场逢二、五、七要赶场，人来人往，大家要打起精神。"

侯大利道："我们安了八个公开监控镜头，四个秘密监控镜头。杜强只要出现在场镇，很难逃过这些监控。最麻烦的就是赶场，密密麻麻全是人。明天就是赶场天，让唐河派出所继续用隔离杆将分理处附近公路断掉，这样就不会有村民摆摊摆到分理处门口。"

## 最后的挣扎

唐河镇距离城区较远，村民还保留赶场习惯，赶场不仅仅是商品交换，还是重要的社交场合。很多小摊小贩在凌晨四五点钟就来到场镇抢占地盘，卖衣服、皮鞋、日用品的一般要搭起棚子和简易货柜。天亮后，四面八方的村民就会从家里出发，会集到场镇。

杜强戴旅游帽，坐在湖州车牌的货车货厢里。公路不平，货厢颠簸得厉害。由于有一包衣服，倒也不怕被磕着。老刁在上一次赶场时和杜强到过此地，熟悉地形，进入唐河场后，在距离唐河分理处不远的地方占了位置。这个位置不是场镇核心位置，不是商家必争之地，没有固定摊位，谁先来谁先占。

老刁和满脸大胡子的杜强一起动手，趁夜扎起摊位，货车则摆在摊位后面。摊位搭好，杜强用江州话道："老刁，这个场你来卖。昨天感冒了，我在货厢睡一觉。"

老刁咬着香烟，道："老板，唐河场生意不错，忙起就歇不下来，涨点工钱。"

杜强道："涨个锤子，你要涨好多？"

老刁道："两百。"

"多卖点力气，我是薄利多销，卖得多，才有钱给你涨工资。"杜强又扔了一支烟给老刁，道，"我要睡觉，不要开货厢。你要是开货厢，打扰了我睡觉，一分钱不给你。"

唐河镇与湖州附近的杨县是田接田、土靠土，赶场天出现湖州牌照的车很正常。小摊贩们抢占了有利位置，啃着冷馒头，等待天亮。

杜强从里面锁上货厢，从货厢和车头之间的车窗朝外张望。他选的位置很好，正好可以透过车窗看到唐河分理处。上一次赶场，他观察到秦涛下班以后会沿分理处门面走向旁边的楼洞，然后上楼。这个过程就是下手的最好时机。经过反复琢磨，他制订了弄死秦涛的可行方案。

天亮之后，侯大利和樊勇到场镇走了一圈，查看情况。平时，工作组不会派人到场镇巡视。赶场天，人来人往，杜强极有可能混在里面。工作组就两人一组，隔一段时间巡视一次。

樊勇道："组座，等会儿我和旺财到山上遛一圈。"

侯大利道："上次上山，将旺财累瘫了。它年龄太大，不适合剧烈运动。"

樊勇道："那一次是搜山，有工作任务。李兽医只有赶场天才过来，我准备给旺财拿点药。旺财不吃东西，老是拉肚子，拖下去会出问题。"

侯大利观察着越来越多的人群，道："等到散场，你再去拿药。"

旺财是刑警老楼的退役警犬，平时和大李一样，住在刑警老楼。如今专案组大部来到秦阳，王华又另有任务，樊勇舍不得将旺财交给其他人管理，便将旺财带了过来。平时，旺财被关到楼上，只有到夜里，才由樊勇带出来遛一遛。樊勇第一次带旺财上山，主要是遛狗，顺便查一查杜强是否藏在山里。在山上走了一圈，人没事，旺财累得吐舌头。从此以后，樊勇只是在深夜带着旺财在分理处外面玩一小会儿。

侯大利和樊勇在场镇走了一圈，没有发现异常情况，回到分理处，继续严阵以待。

杜强用望远镜能看清楚那个年轻侦查员脸上的痘痘，暗道："这帮蠢货，自以为聪明，那就让你们尝一尝厉害。"他从小生活在场镇，对场镇环境极为熟悉，得知秦涛来到唐河分理处，很快就想到了用货车进入场镇的应对之策。

上午十一点，赶场的人陆续散去，餐馆和茶馆都坐满了喝茶聊天的村民。杜强打开货厢，把老刁叫到身边，道："把这个袋子扔到分理处门口的那堆建筑垃圾上。"

老刁道："这是啥子？"

杜强道:"我看不惯分理处的人,弄点东西恶心他们。把袋子扔到建筑垃圾上,中午我请你吃豆花饭,加一份烧白。"

老刁是见钱眼开的浑人,听说中午有豆花饭和烧白,便屁颠颠地走到分理处门面和楼梯中间,将蛇皮口袋丢到建筑垃圾上。

赶场天,场镇到处乱七八糟,垃圾很多,要到下午两点左右,居委会聘请的清洁工才会出来打扫卫生。商贩老刁将蛇皮口袋扔到建筑垃圾上,没有引起任何人注意。今天在分理处里担任保安的是秦阳刑警支队侦查员老蒋,趁着无人来办事的间隙,与柜台里的江州同事开起玩笑。

山坡上,秦力坐在大树下,举望远镜观察分理处。他从早上起来便头脑昏沉,额头滚烫。在野外坚持了这么久,人到中年的秦力身体出现了状况,发起高烧,除了身体不舒服、浑身乏力以外,还格外烦躁,总觉得有事情会发生。

十二点,分理处已经没有来办事的村民了。秦涛准时下班,走出分理处大门,和侦查员老蒋一起准备回宿舍。与此同时,樊勇带着旺财下楼,准备去找李兽医。旺财刚走出楼门洞,突然从喉咙间发出低沉的吼叫声,身体下伏。樊勇愣了愣,松开绳子。旺财朝着建筑垃圾冲了过去,想去咬蛇皮袋。

旺财是治安犬,常在车站寻爆。樊勇马上反应过来,大吼:"秦涛、老蒋,快跑。"

秦涛和老蒋跑了三四步,轰的一声巨响,一股巨大力量将秦涛和老蒋推倒在地。旺财则失去了踪影。

听到爆炸声,除了看监控的侦查员以外,朱林、侯大利等侦查员都冲到楼下。

朱林看了看现场,道:"杜强上次是用手机引爆,这次肯定也是,他人就在附近,两人一组,搜查。"他又用对讲机对看监控的侦查员道:"看监控,有谁接近了分理处。"

樊勇顾不得等其他组员前来会合,提枪就往场镇冲去。他心疼旺财,脾气大暴,来到老刁的摊点前,命令道:"把货车车厢打开。"

老刁想起老板承诺的两百块钞票,迟疑道:"老板在车上睡觉,弄醒了我要遭骂。"

樊勇道："少啰唆，打开。"

老刁只得敲车门。车内传来骂声："他妈的，老子睡觉，叫你别敲。"

在杜强原计划中，引爆炸弹后，警方应该会出现短暂的混乱，他正好趁机离开货车，进入山中；只要能够进入山坡，凭着从小在山中打猎的经验，他就能轻而易举地甩掉警察。他没有料到警察没有混乱，直接就扑了过来，没有给自己留出进山的时间。

樊勇上前用力敲车门，道："开门。"

车门猛然打开，一个麻袋扔了出来，随后一声枪响。樊勇侧脸中了一枪，鲜血瞬间涌了出来。如果樊勇没有下意识躲避麻袋，这一枪就正中面部，射穿后脑。他躲了一下，子弹从左边脸颊进入，从右边脸颊穿出，牙齿飞出好几颗。

杜强在东南亚时经常参加帮派枪战，实战经验异常丰富，打倒敲门警察之后，拔腿就朝山上跑去；到达山脚时，借着树木掩护，转身往后射了两枪。追击的警察被压制，躲到树后，开枪还击。

杜强动作迅速，弯腰冲进山林，子弹从他头顶飞过，打得树叶哗哗作响。

山腰观察点，秦力兴奋地取出手枪，矮身，紧盯着往山上跑的杜强。杜强所跑方向恰好在设定的伏击范围内，秦力如狼一般朝右侧运动，很快就要到达狙击杜强的最佳位置。

杜强奔跑迅速，眼看着就要跑到坡顶。

秦力从树林中冲了出来，原本准备抵近杜强射击，谁知高烧之后体力不支，从树林中冲出来之时，双腿承受不住冲力，踉踉跄跄，差点摔倒。如果不是高烧之后体力不足，秦力突然冲出，必然会占据绝对主动。他迅速调整身体，正准备举枪射击，杜强已经抢先开枪。

狭路相逢勇者胜，秦力毫不退缩，迎着子弹扣动了扳机。打到第三枪，秦力的仿制手枪卡壳了，将手枪朝杜强砸去，从上往下，朝杜强扑了过去。

杜强朝扑过来的秦力又打了一枪。一番枪战，枪中子弹打完，他来不及换弹匣，和秦力扭打在一起，在草丛中翻滚。

杜强养精蓄锐，体力明显占优，将中了枪的秦力压在地上，双手卡住其脖子。他正准备取腰刀，结果秦力性命，谁知取刀之时，他的右手手腕被手铐铐住，手铐的另一端则铐在秦力的右手手腕上。秦力拼命拉动手铐，不让杜强取刀，与此同时，拼尽残余的力气，左手取出单刃刀，对准杜强腰部插去。

杜强甚是强悍，腰部中刀的同时左手挥拳，以泰山压顶之势，重击秦力太阳穴。秦力太阳穴挨了两拳后，脑子嗡嗡响成一片，天空五颜六色，异常绚烂。昏迷之时，他左手仍然握在刀柄上，刀刃还插在杜强腰上。

打昏秦力，杜强这才能抽出自己携带的单刃刀，准备切断秦力手腕。

侯大利体力最好，跑在最前面。他冲到杜强和秦力搏斗处，恰好看到杜强抽出腰刀，便紧跑两步，一脚踹在杜强脸上。这一脚力量极大，杜强翻倒在地，鼻梁当场断掉，鲜血喷涌。

其他侦查员赶到山腰时，杜强一只手被侯大利扭断，另一只手被手铐铐住，已经无力反抗，满脸鲜血，如死鱼一样在地上喘气。秦力腹部和胸部各中一枪，重伤，昏迷。

此役，警察两人受伤。樊勇脸部中枪，子弹打穿脸颊，打掉了好几颗牙齿，所幸没有伤到其他部位；秦阳刑警老蒋小腿被炸断。秦涛摔倒在地，多处擦伤。旺财距离炸弹最近，英勇牺牲。

秦力被抬下山后，在卫生院进行简单处理。在等待救护车时，他醒了过来，喃喃地道："涛涛，涛涛。"

朱林知其生死难料，将秦涛叫了过来。秦涛跪在哥哥床前，哭道："哥，你不要吓我啊，你不要吓我啊！"

秦力用尽全身力气抬起手，放在弟弟脑袋上，道："记住哥说过的话，好好过日子。"

他又对朱林道："我在金山别墅对面四楼有套房，里面有些单据，你们去找一找。支队长，我不是好警察，做了很多坏事。"他猛然提高声音，又道："当警察是我这辈子最光荣的事，下辈子，我还要当警察，要做一个干净的警察。"

朱林见秦力出气多吸气少，知其情况不妙，道："黄卫是不是你叫人杀的？唐山林是不是你杀的？"

秦力说最后几句话时，神采飞扬，仿佛回到了刚刚入警的那一段时间。他没有回答朱林的问题，面带微笑，轻声说了一句"下辈子我要当好警察"之后，喉咙发出"咕咕"的响声，逐渐没有了呼吸。他一双眼睛没有闭上，直直瞪着天空。秦涛用手拂了两下，也没有能够让他哥哥闭上眼睛。

"哥，你不能走，走了我怎么办？"秦涛如今做到了秦阳银行中层，办事能力很不错。但是，哥哥一直是他的主心骨，是他的精神支柱，如今哥哥死在自己面前，秦涛觉得整个世界完全垮塌，坐在地上号啕大哭。

杜强肩膀中了一枪，子弹擦着肌肉过去，没有伤着骨头，腰部受了刀伤，疼得直吸凉气。他被铐在警车上，听到外面传来的哭声，狂笑道："秦力，我杀了吴开军和黄大磊以后，其实已经打算放过秦涛，你如果不在街心花园袭击我，就不会有今天这些事。你是好哥哥，为了帮助弟弟机关算尽，这就是命，我逃不掉，你也逃不掉。"

他又骂道："×他妈哟，秦力上来就给我戴铐，看来自己也不想活了，要拼个两败俱伤。"

得知成功抓捕杜强的消息以后，江州刑侦支队立刻调集精兵强将，制订审讯方案，等到朱林、侯大利等人回到江州，再次开会，补充了审讯方案。

审讯前，杜强提出一个要求：希望在粤省找到自己亲生父母的警官来审讯，否则不讲。

一个小时后，老朴从省厅来到江州，和侯大利一起走进审讯室。

经过核实，杜强确认这两个正是找到自己亲生父母的警官之后，道："你们问吧，想知道什么，我知无不言，言无不尽。"

侯大利放弃事先拟定的预审提纲，必经程序说完，直奔主题，道：

"丁丽是不是你杀的？"

杜强道："是我杀的。"

……

"那是1994年10月，具体日期记不住了。黄大磊是大哥，吴开军是二哥，我排行老三，老四是秦涛。我们喝了血酒的，当时我认为喝了血酒就比亲兄弟还要亲，有福一起享，有难一起当。那时幼稚，十分相信这一套。黄大磊是老大，我们都听他的。胜利煤矿要拍卖，黄大磊听说丁晨光找了老板围标，就出了个主意，绑了丁晨光女儿，让丁晨光退出竞争。主意是黄大磊出的，信息也是他找的，包括丁丽住在哪里，都是黄大磊提供的。那一天秦涛被秦力叫走，没有参加。我绑人，吴开军开车，黄大磊在旁边照应。计划是我绑了丁丽以后，打电话给吴开军，他们就开车到后院，弄走丁丽。谁知我绑了丁丽以后，面包车却在中途熄了火，吴开军就找修车店修车。我在等待他们开车的时候，发现丁丽长得漂亮，动了色心，用刀威胁丁丽脱了衣服。如果面包车不熄火，我也没有时间起色心。这他妈的就是命。"

……

"丁丽长得漂亮，身材又好，我最初只是想玩一玩。当时我也没有太多性经验，还没弄进去，就在外面全射了，射到她腿上和肚皮上。"

"那后来为什么杀人？"

"我早泄了，本来就很尴尬，她躺在床上还敢嘲笑我，说我就这点本事还强奸。我很生气，觉得没有面子，就拿刀砍了她的脖子，还捅了几刀。捅了她以后，我还是很后悔，洗澡后，把她大腿和肚子上的精液收拾了，觉得没有留下什么，这才离开。"

……

"你为什么要擦掉指纹、收拾精液，还用自行车内胎绑了鞋底？跟谁学的？"

"秦涛哥哥秦力是警察，秦涛把秦力在警院的笔记本拿给了我。我从小想当警察，后来知道当不成，还是喜欢读警院的书。秦力学习认真，笔记很详细，我超喜欢这个笔记本，天天抱着看。擦指纹、自行车内胎绑鞋底，是避免留下证据；到屋里拿钱、翻抽屉，是为了制造抢劫的假象，都是笔记本上的招数。秦力实际上是我的老师，我有时很羡慕秦涛，要是我有这样的哥哥就好了。在丁丽案里，我还是嫩了点，处理得不冷静，只顾着擦掉丁丽身上的精液，没有考虑精液有可能会留在床上。后来我分析，若是警方真能找到我，多半就是床上遗留有精液。手枪是在边境弄的，我在东南亚长期用枪，枪法不是自吹，百步穿杨是夸张，准头还是不错。我还学会了制造定时炸弹，炸弹不要想得太神奇，很多材料都能做。"

……

"你化名张林林，与马青秀同居。我到你房间搜集了短头发，为什么不是你的？"

"我心中有鬼，怕被人搜集DNA，故意拿没有案底的同事的头发，扔到枕头和卫生间。当时只是预防手段，没想到还真有人来搜集我的头发。我还有一处住房，装着入室抢来的钱，准备以后金盆洗手再用。"

……

"我为什么复仇，原因很简单，是他们三人先杀我。1995年元旦后，我们四人到东南亚玩。这是黄大磊的主意，说是找了钱，要到国外操外国女人，为国争光。到了东南亚，疯玩几天，我们进了一个风景区，黄大磊和吴开军突然袭击了我，用榔头敲碎了我的头，他们各敲了一下，然后又让秦涛捅了我一刀。秦涛当时被吓住了，有点不愿意，最后还是捅了。他们开石场发了大财，只有我手头有三条人命，一个是丁晨光的女儿，还有两起是弄的外地人。为了不被我连累，黄大磊就下了狠手。为了让秦涛死心跟他们，不反水，不仅让秦涛捅我，还让秦涛将我扔到山洞里。我挨刀后一直在装死，秦涛拖我到山洞前时，我睁开眼，哀求他放三哥一马。秦涛年龄最小，心软，就把我丢在草丛里。我捡了一条命，一无所有，身受重伤，逃到山下后，被张林林那家人救了。他们是在当地打工的中国人，见我是华人，便救了我。后来，张林林被地方帮派杀了，我为了给他报仇，捅了当地黑社会，进了东南亚那边的监狱，关了整整七年。在监狱里，我认识了当地黑社会老大，出来后就给他们当打手。我在监狱最初的日子过得很难，牙齿都被打掉了，脸形全变了。赚钱后，整了容，然后用张林林的身份回国，整容后，我和张林林还真有点相似。你带句话给我的亲生爸妈，我在东南亚有两个娃儿，他们愿意，可以将两个娃儿接回国。我有罪，两个娃儿没有罪，希望我的亲生父母能好好教育我的娃儿，让他们好好学习，成为对社会有用的人，千万千万不要走上犯罪道路。"

……

"黄大磊本身没有钱，我们一起抢了很多家，这才弄到钱开石场。他阴险得很，打架都躲在后面，让我和吴开军冲到最前面。秦涛胆子小，只敢在后面喊叫。我杀了丁丽，黄大磊非常生气，退出了投标。我估计就是在那次，他起了杀心。他发了大财，怕我当时和疯狗一样的状态，把他们拖下水。我当时确实和吃错药一样，成天亢奋得很，一言不合就动刀。"

……

"阳光小区有一起入室抢劫案，你知道吗？"

"是我做的，抢了三万块钱。我没有强奸，那女人脱了衣服，身体肯定有反应，但我突然间想起丁丽那件事，就没有了兴趣。在江州我一共抢了四家，有三家应该没有报警。"

……

"我在街心花园遭秦力打了一枪。我炸死黄大磊以后，原本准备放过秦涛，至少杀他的心不是太强，可杀，可不杀，毕竟他在关键时刻放了我一马，还替我求过情。秦力打了我一枪，让我很愤怒。我们是喝血酒的兄弟，秦涛不仅不帮我，还捅了我一刀。若是他能提前给我说，我们二对二，根本不怕黄大磊和吴开军。我准备杀掉他，然后出国，彻底脱离犯罪团伙，去过正常人的生活。"

……

"吴开军和黄大磊都是我杀的。"

……

"第一次在黄大磊别墅开枪时，打伞的目的是遮住监控。我在别墅做过工，熟悉情况，能避开监控。最后一个监控避不开，就打了伞。"

……

"你认识唐山林吗？"

"我知道唐山林，隆兴的总经理，但是他不认识我。"

"唐山林是不是你杀的？"

"不是，绝对不是。我杀了这么多人，反正都要吃枪子，何必否认这一件？我打伞的招数是从秦力笔记本上学到的。他的笔记本记得非常详细，分析了很多犯罪手法，这些手法都被我拿来用了，好用又简单。我年轻时脾气特别暴躁，一言不合就动刀，都是被杜家德带出来的。后来在东南亚吃了太多苦头，性子被磨平了，年轻时的疯劲也少了，不随便打打杀杀。但动了手，我也不会手下留情。"

……

刘战刚、宫建民、洪金明、陈阳、朱林等人都在监控室旁听，随着审讯深入，笼罩在案件上的迷雾才一层又一层被拨开。

这边审讯还在继续，另一组侦查员已经搜查了秦力在金山别墅小区对面的房间，在房间里找到了高平顺在医院的检查单。作案前，高平顺已经得了白血病，他是用自己的命换来了治疗女儿的钱。在这个小区还找到了另一部车，车牌为套牌。此车曾经在唐山林小区附近多次出现，后来就失去了踪影，车内有秦力的指纹。

高平顺被击毙，秦力死亡，黄卫案的指使者是谁仍然是未解之谜，唐山林案从某种意义来说也成了悬案，黄卫的日记本是否被盗、凶手与唐山林的关系等诸多细节再无法查证。

大家都明白指使者和凶手很大概率是秦力，但是这个结论没有证据支持，无法写在结案报告中。

林海军感叹："难怪几个案子有这么多相似点，原来杜强和秦力是'师徒'，思路和手法出奇地一致。可惜秦力死了，这个案件不圆满。"

宫建民在基层摸爬滚打多年，见过更多遗憾之事，道："人生不如意、有遗憾是常事，办案也是如此。办案越多，遗憾也就越多。"

两个小时后，审讯即将结束，王卫军、陈跃华和王海洋被带到了监控室，通过监控屏幕看亲人。

虽然杜强是凶悍的杀人犯，罪行累累，但是江州刑警支队的侦查员普遍同情丢失儿子的这一家人。支队领导同意在不违反政策的情况下，让这家人看一眼在外尝尽人间疾苦又做了太多恶事的大儿子。

陈跃华贪婪地看着屏幕里的儿子，道："海涛跟我说了，他做过整容，所以相貌有所改变。他记得自己额头有一颗痣，是Z字形。"

王海洋站在母亲身后，随时准备保护身体原本不佳的母亲。

王卫军虽然更为理智，想到等着大儿子的将是一颗冰冷的子弹，依旧悲从中来，几乎无法抑制。

政委洪金明道："王教授、陈医生，你们的行为是错误的。但是，人心都是肉长的，我们支队很同情你们的遭遇，杜家德和杨丽芬也肯定会受到法律制裁。另外，王海涛在东南亚有两个子女。审讯会继续，还有些程序要走，我们会在适当的时候把王海涛子女的名字告诉你们。"

这又是一个极具冲击力的消息。陈跃华哀求道："洪政委，一定要告诉我们孙子的名字和地址，我们一定会将他们培养成人，好好教育他们，不走邪路。"

王卫军看到大儿子在审讯室的时候，心中有万念俱灰之感，此时，他深吸了一口气，又有了努力生活下去的强大理由。

陈跃华哀求了几句，眼前突然闪现无数金星，倏然倒下。守在其身后的小儿子王海洋及时抱住了母亲，喊道："妈，你要坚强啊，我们还要到东南亚接你的孙子呢。"


监控室内，宫建民手机忽然响了起来。指挥中心打来电话："胜利桥上的水沟边发现了一具尸体，请立刻安排人员前往。"

宫建民走到窗边，打通滕鹏飞电话："滕鹏飞，事情来了，胜利桥边发现一具尸体，赶紧过去。"

秦力死了，杜强被捉，重案大队长陈阳还有很多事情要做，宫建民就将新发命案交给刚从省厅办专案回来的重案大队副大队长、一组组长滕鹏飞。阴沉着脸的滕鹏飞接到电话，来到一组办公室门口，敲了敲门："哥儿几个，跟我走，案子来了。"

三辆警车拉着警笛、闪着警灯，风驰电掣，七八分钟就来到胜利桥。胜利桥上站了一些伸长脖子的围观者。派出所民警已经来到现场，拉上了三道警戒线。

副所长钱刚见到雄赳赳的滕鹏飞，道："哟，滕麻子回来了？好久没见你了。"滕鹏飞进入现场后就将负面情绪彻底丢掉，道："才回来几天，改天喝个酒。"钱刚道："你接了案子，肯定会忙得昏天黑地，哪有时间喝酒？破案之后，接风酒和庆功酒一起喝。"

勘查人员小林、小杨，法医老李下车，提着箱子，弯腰进入最里面的第一道警戒线。

滕鹏飞见到李法医，微微点头，想起牺牲的田甜表情不由得有些僵硬。他进入第二道警戒线后，停下脚步，恢复了正常表情，道："谁发现的？"

钱刚道："环卫工人到桥边小便的时候发现的。受害者是隆兴夜总会老板吴开军的儿子吴煜，纨绔子弟。吴开军刚被枪杀，儿子又被人捅刀子，真是墙倒众人推。"

滕鹏飞望着现场不说话。

半小时后，李法医从核心现场走出来，道："麻子可以过去了。"

滕鹏飞开始戴手套，道："死了多长时间？"

李法医道："尸斑明显，指压不全褪色；尸僵也明显了，角膜轻度浑浊，死了有七八个小时了，右手有抵抗伤，目测胸部和腹部都有创伤，是比较锋利的单刃刀，准确情况得解剖后才清楚。"

滕鹏飞"啧啧"两声，道："死者很壮实，右手抵抗伤，说明有正面交锋。李超人，等会儿认真查一查指甲，还得看一看是不是同一把凶器形成的伤口。"

李法医素来严肃，不苟言笑，长期与尸体打交道，神情中总带了些阴气，除了滕鹏飞以外，无人会当面称呼"李超人"这个绰号。他瞪了滕鹏飞一眼，道："这些都是必查项目，还需要你来讲？工作时间，滕大队严肃一点，不要轻易叫同志的绰号。"

"我们一起到支队，当年在一个寝室，如今四脚蛇戴眼镜——充起了正神。"

滕鹏飞嘲讽几句，又回头问侦查员："谁熟悉吴开军案？"

侦查员杜峰道："吴开军案是二组在办。我们一组敲边鼓，参加大行动，对具体案情不熟悉。但是，一组有人熟悉吴开军案，比二组的人还要熟悉。"

滕鹏飞皱眉道："谁啊？叫过来。愣着做什么？"

"侯大利算是我们一组的人，不过一直没有在一组办案。他是105专案组副组长，熟悉吴开军案。他现在不能过来，还在审讯杜强。"

滕鹏飞知道侯大利是田甜的未婚夫，想起田甜冷眉冷脸的俏模样，暗自叹息一声，大步朝核心现场走去。

死者平躺在公路排水沟里。前年发洪水，胜利桥下成为积水区，一辆小车在此地被淹没，驾驶员死亡。消息传开，舆论哗然，公众对江州地下管网进行了无情批判。洪水退去后，市政部门重修了胜利桥附近的排水系统，公路两边的排水沟变得又深又宽。行人和过往车辆在公路上无法看见水沟里的情况，发现尸体的是负责这一段卫生的环卫工人。

吴煜酷似其父，五官英俊，身高在一米八左右。他躺在水沟里，双眼已无生气，空空洞洞，望着灰暗的天空。

李法医蹲在吴煜身边，正在用放大镜观察脖子处的痕迹。

滕鹏飞蹲在公路沿上仔细观察受害人，问道："吴煜是个公子哥儿，身上有钱，钱包在不在？"

勘查现场的小林直起腰，道："现场没有发现钱包、手机和手表。"

李法医没有说话，仍然保持刚才的姿势。

"吴煜皮带很值钱，至少得几万。凶手取走钱包、手机和手表，没有拿走皮带，那就有两种情况：第一种，凶手是为了抢钱而杀人，不知道皮带特别值钱，没有抽走皮带；第二种，凶手不是抢钱，主要目的就是杀人，取走钱包、手机和手表是为了制造抢劫的假象，慌张之中却没有看见皮带，或者说是没有意识到皮带值钱。"

滕鹏飞说话时，俯低身体，瞧了瞧公路路面的痕迹，道："胜利桥是东城和西城的通道，吴煜不会步行经过，他的车到哪里去了？杜峰到交警支队和视频大队，查一查吴煜的车。"

现场勘查完毕，尸体运到了殡仪馆。

滕鹏飞站在公路边，猛然间又想起牺牲的田甜，心情低落起来。他从省厅归来后就不断听说侯大利的名字，此刻想起这人和田甜的关系，肚子里又腾腾地升起一股怒火。

这时，两个工人从排水沟里抬起了受害者吴煜。一个工人从水沟跨向公路时摔坐于地，吴煜上半身滑出担架，头砸在地上，空洞的双眼正好望向滕鹏飞。

看着昨夜遇害的年轻、英俊又富有的吴煜的尸体，滕鹏飞肚子里的怒火在刹那间熄灭。相对于死亡，人世间没有过不去的坎。他转过身，背对战友们，望着灰暗深沉的天空，为受害者吴煜，为牺牲的田甜，默默祈祷。


在滕鹏飞带队勘查现场的时候，审讯结束了。侯大利和老朴取得了决定性胜利，回到办公室。老朴这才拿出手机，道："哟，张小天打了三个电话，肯定与王永强案有关。"

侯大利瞬间从杜强的案子中回过神来，道："张主任有什么消息？"

"我还没回电话。你也别心急，当侦查员的心理素质要好，泰山崩于前而色不变，麋鹿兴于左而目不瞬，然后可以制利害。"老朴掉了一句书袋，想起眼前年轻侦查员正在经历未婚妻牺牲的痛苦，赶紧停了下来，给张小天回电话。回电话时，他一直在"哦、哦"应答。

田甜牺牲以后，侯大利的心态发生微妙变化，很沉静地站在一旁，听老朴对话。

打完电话，老朴望着侯大利，道："骆主任和张小天研究了王永强的审讯视频和相关材料。张小天提出一个观点，王永强有可能在杨帆案上说的是真话。她对这个案子很有兴趣，准备抽时间到江州来一趟，搞一次审讯和测谎。很多老侦查员有习惯性思维，总认为心理评测这一套是花拳绣脚，起不了大作用。这两年，张小天通过心理测试攻破好几个大案犯罪嫌疑人的心理防线，心理评测才受到刑侦总队重视。张小天年纪轻轻就被提拔为六支队心理评测室副主任，有真本事，算是个厉害人物。"

一直以来，侯大利坚持认为是王永强杀害了杨帆。谁知，刑侦总队心理评测室的副主任却认为王永强有可能不是杀害杨帆的凶手，这让他难以接受。杨帆遇害，真凶尚未伏法，田甜又壮烈牺牲，侯大利的心灵深处留下了两道深深的伤口。他走到窗边，想大吼两声，发泄心中积郁的烦闷和痛苦。只是在氛围严肃的办公室，无法吼叫出来。

远处天空出现了一大片乌云，缓慢又坚定地朝着江州的天空压了过来，暴风雨即将来临。

（第三部　完）

## 《侯大利刑侦笔记4》即将出版，精彩预告：

又一次痛失所爱，侯大利试图用不眠不休的查案来麻痹自己，却无意间发现了吴煜尸体上的玄机，并和顶头上司滕鹏飞产生了意见分歧。之后，江州偏远地区一处山体滑坡，滚出了一具焦黑的人骨，侯大利再次与滕鹏飞意见相左，甚至失去了局领导的支持。侯大利始终坚信自己的判断，可追查之路却处处受阻，每一个费尽心力得来的线索，仿佛都在向他哭诉这桩案件背后的巨大冤屈……

劲敌当前，侯大利到底如何才能取胜？杨帆溺亡、田甜牺牲，当真只是偶然？侯大利又该如何打破命运的诅咒，找到自己从警的真正使命？

敬请期待《侯大利刑侦笔记4》！

# 激发个人成长

多年以来，千千万万有经验的读者，都会定期查看熊猫君家的最新书目，挑选满足自己成长需求的新书。

读客图书以"激发个人成长"为使命，在以下三个方面为您精选优质图书：

## 1. 精神成长

熊猫君家精彩绝伦的小说文库和人文类图书，帮助你成为永远充满梦想、勇气和爱的人！

## 2. 知识结构成长

熊猫君家的历史类、社科类图书，帮助你了解从宇宙诞生、文明演变直至今日世界之形成的方方面面。

## 3. 工作技能成长

熊猫君家的经管类、家教类图书，指引你更好地工作、更有效率地生活，减少人生中的烦恼。

每一本读客图书都轻松好读，精彩绝伦，充满无穷阅读乐趣！

# 认准读客熊猫

读客所有图书，在书脊、腰封、封底和前后勒口都有"**读客熊猫**"标志。

## 两步帮你快速找到读客图书

1. 找读客熊猫

2. 找黑白格子

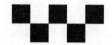

马上扫二维码，关注**"熊猫君"**

和千万读者一起成长吧！

# 《清明上河图密码》

## 1-6册大全集

冶文彪　著

## 隐藏在千古名画中的阴谋与杀局

# 新版小套装
# 《鬼谷子的局》

### 寒川子 著

讲述谋略家、兵法家、纵横家、阴阳家共同的祖师爷

——鬼谷子布局天下的辉煌传奇！